黑轴

DARK AXIS

荒原大字

SEEK IN NOWHERE

顾非鱼 ◆ 著

台海出版社

献给懂懂*小*朋友

◇前记

　　这是学界还未知晓的领域，也是人类从未涉足的世界。当我写下这句话时，我知道我选择了一条艰险的道路，也明白了我个人的渺小，但我还是决定勇敢地尝试，也许我将一无所获，也许我将半途夭折，可我心里深处隐隐有一种本能的召唤，哪怕只有万一可能，我也会走下去，将其中的秘密大白于天下，那么这个"领域"或是"世界"从哪里开始呢？就从这荒原大字开始。

　　整个地球重新回到了蛮荒原始状态，直到第四纪大冰期结束，我们的祖先快速进化发展，现代人类文明诞生。但我不妨大胆假设一下，最后依然有极少数躲避在黑轴内的闭源人存活了下来，只是他们无力回天，他们也回到了蛮荒时代，但他们特有的基因却很可能与现代人类混杂在一起，黑轴文明的种子依然隐藏在我们现代文明之中。

　　我从袁教授手上拿回笔记本，随手又翻了翻，忽然发现在笔记本的最后一页出现了一句话，同样是用钢笔写就，字迹应该就是袁帅妈妈的，我慢慢念出了那句话——我们打开了黑轴的秘密，它就不会再关闭！

　　我们打开了黑轴的秘密，它就不会再关闭！当我念出这句话时，所有人都面面相觑，仿佛被这句话震慑，它像一句咒语，又像是一句预言。

"这颗星球上只有两件事会让我感到热血澎湃：一是研发出让人类健康长寿的科技；二是让人类变为多星球栖息种族的科技。"袁教授忽然说出了一句特别牛的话，弄得我哭笑不得，我是该对他肃然起敬，还是该感到恐惧？

　　我闭上了眼睛，耳畔传来袁教授的喃喃低语，"我知道人类迟早会打开黑轴的秘密，但没想到是由我们打开！一开始我也没想到会陷这么深，它……它太诱人了，高度发达的科技，一千岁的健康寿命，取之不尽的能源……啊！既然我们已经打开了黑轴的秘密，它就不会再关闭！"

　　当我们驶到一座庙时，我忽然叫秦悦停车，因为我发现就在草地上，斜着仁立了一块不大的石碑。"这块碑我们之前怎么没发现？"我小声嘀咕着，看看秦悦和宇文。

　　"看上去不像古代的碑！"秦悦说。

　　宇文凑上去，拂去碑上的灰土，上面显露出一行像是用刀刻上去的文字，"是俄文！写的是——我们打开了黑轴的秘密，它就不会再关闭！"

　　宇文喃喃地读出了碑上的文字，我们打开了黑轴的秘密，它就不会再关闭！这句话已是第三次出现，第一次是在桂颖留下的笔记本后面，第二次是从袁教授的嘴里，而这次是在这块草草刻成的碑上，是谁刻下这如咒语般的话语，是格林诺夫，还是阿努钦，抑或是柳金？还是那个有一半中国血统的梅什金？

　　而这碑文是对人类的忠告？还是得意的嘲笑？

CONTENTS

引 子

　　看过我之前作品的朋友都知道我去过许多地方，爱好解密与探险，这都源于我的少年经历。我从小生活的这座城市有山有水。小时候我不太合群，常去我妈单位后面的山上玩，山上是一座座明代开国功臣墓，高大的石人石马掩映在半人高的杂草中，我爬上钻下，一个人玩得不亦乐乎。大概小学五六年级的时候，就敢一个人在山里走夜路，下小溪掏螃蟹，当然有时候掏错了，掏出来的也可能是蛇！不过说实话像在山里走夜路这事，已经是我那个年龄的极限了。

　　当时，班上还有一个不合群的同学，叫袁帅，一听这名字，就充满了不合群的气息。这小子可比我厉害多了，呃……是比我不正常多了！怎么来形容袁帅的不正常呢？一个字就是作，两个字就是作死，三个字就是作天作地作空气！呃……好像超出三个字了！当我只是夜里去山上古墓附近捉捉蟋蟀，下河掏掏螃蟹蛇洞的时候，他的爱好是站在铁轨上，一直等到火车头逼近，离他只有零点零一秒时他才躲开，火车司机的咒骂淹没在刺耳的轰鸣声中，火车从他身边擦过，震耳欲聋，大地颤抖，我经历过一次，就已满身冷汗，他却乐此不疲。袁帅还喜欢在池塘里捉水蛭，放到自己身上，看着水蛭一点点吸自己的血，以致有次水蛭钻进了皮肤，他被送到医院抢救！所以比起他，我已算是正常人了。

可就是这个不正常的家伙，后来成了我最好的朋友，一起升入初中、高中，还都在一个班，我能说什么呢？这算是命运的安排，或者是命运的惩罚吧！跟着袁帅，我也尝试过许多课外活动，就这样我的胆越练越大，我们相约考上大学后，要一起踏遍名山大川，神奇秘境，可怎奈人袁家家大业大，袁帅都没来得及在国内上大学，就被他父亲送到U国去了。从此之后，只有在袁帅休假回国的时候我俩才能一会，而我就发现，每年袁帅回国，他的不正常都变本加厉！特别是今年暑假，他的特立独行已经超出了我的承受范围。

烈日下，我费了半天劲，才在铁路桥的南引桥下找到袁帅，"搞得像特工接头，让我这么难找！"

"我找到了值得我毕生探索的事业！"袁帅并不接我的话，而是兴奋地挥舞着手中的东西对我说道。

"这是什么？"我吃惊地看着袁帅手上的一张纸，"你兴趣也忒广泛了，在U国先拿了一个化学硕士，又拿了一个生物学硕士，最后还拿了个物理学博士！你这又是准备鼓捣什么？"

袁帅将手里的纸递给我，我才发现那是张打印出来的卫星地图照片。我懵懂地抬头看着袁帅，袁帅一脸笑容也盯着我，他从小就这样子，喜欢读书，懂的比周围的孩子都多，当我们向他请教一些问题时，袁帅就用这样的笑容盯着我们，笑而不语，笑中带着一些傲娇和不屑，只是这次袁帅笑得很天真，很无邪……

但我作为金宁大学地理系资深讲师（资深是说因为不爱写论文

一直评不上副教授）兼非主流悬疑探险小说作家，也不是等闲之辈！

我盯着照片，快速分辨，一片黄色，有些地方略微呈深灰色，基本没有绿色，没有大城市，没有城镇，没有铁路，没有高速公路，没有国道，甚至看不出有道路的痕迹，这是哪里？我快速在脑中搜寻着。

"这里如果在中国境内，应该是西部某个荒漠地区，比如南疆塔克拉玛干沙漠，或是青藏高原北部地区，也可能是内蒙古西北部阿拉善……"

"不错，你的地理及格了！"袁帅脸上露出一丝戏谑的表情，但随即又一本正经地说道："但我要说的不是地理！"

"那是什么？"

"荒原大字！"

"荒原大字？"我吃惊地盯着袁帅，又看着手中的照片。

"你看这里！"

在袁帅指点下，我发现在无边无际的荒原上有一些貌似符号的东西，仔细辨认，我忽然眼前一亮，因为我认出了其中一些文字，准确地说是汉字，我慢慢地小声念出了那些文字"提高警惕，保卫边疆"我略加思考，"这应该是边疆地区，戈壁荒原上有这些文字也不奇怪，当年戍边的将士经常会用石块在荒漠上摆出一些口号！有时候在卫星地图上还能看到，你这就大惊小怪了！"

袁帅摇摇头，"你再仔细看这里！"

我循着袁帅手指的方向，发现在"提高警惕，保卫边疆"几个大字旁边，还有一行有些模糊的符号。

"这……好奇怪！"

"是不是很突兀？"袁帅瞪大眼睛看着我。

"嗯，又是在这荒原之上，就不仅仅是突兀了，甚至有些不可思议！"

"更不可思议的还不仅仅于此！你再看。"

此时，我对这张卫星照片也产生了浓厚的兴趣，仔细观察，在这几行荒原大字周围呈放射状密密麻麻散布着各种符号和文字，不仅是中文，凭我的知识储备至少能认出有英文、法文、俄文、日文、阿拉伯文、希伯来文，包括现在已经很少使用的拉丁文、梵文，当然还有很多我不认识的符号和文字。我也难掩自己的好奇，"这究竟是什么东西？"

"我说过了，荒原大字！"

"为什么会有这么多不同的文字和符号出现在无人的荒漠里？"

"这正是我感兴趣的！"

"那你现在打算怎么办？"

我盯着袁帅，渴望从他身上得到进一步回答，或许我已经养成习惯，从小都是他带我不走寻常路，但这次袁帅失神地仰头望着周围，在长久地沉默后，却说："咱们上去试试这个！"

"试试这个？"我仰头望见头顶的铁路桥上一列飞奔的列车疾驰而过。

没等我话说完，袁帅已经熟练地冲上了通往大桥上的铁梯，只留下一句："我们也不是小孩子了！"

　　我不明白袁帅想干什么？但本能促使我也爬上铁梯，铁梯中间有一道上锁的铁栅栏门，袁帅在栅栏门前停下脚步，回身微笑地看着跟上来的我，然后使劲拉住我的右手，紧紧抱住我，猛地在我后背拍了两下，瞬间我就觉得后背一阵刺痛，但刺痛感很快又消失了，我被袁帅这突如其来的一抱彻底弄懵了。

　　袁帅凝视片刻，又猛地推开我，我向后趔趄两步，站定，袁帅已经轻松地将身体悬出铁梯，翻过了铁梯上的栅栏门。而我迟疑了一下，一切都太快，我有些恍惚，待我笨拙地跃过铁栅栏门，气喘吁吁地爬上大桥时，只见离我百余米处，袁帅又像小时候那般，直直地站在铁轨上，我看不清他的表情，只是凭直觉觉得他很兴奋，又很诡异，然而这一切都在一瞬间，随着一列奔驰的列车疾驰而过，戛然而止！

　　列车太快了，飞驰而过……什么都没有，空空的铁轨上……真的什么都没有！我本能地飞奔过去，嗯……准确地说是连滚带爬过去，我当时已经有些怂了，嘴里喃喃自语："见鬼了！别吓我！"

　　可当我爬到袁帅刚在站立的铁轨旁，这里竟然什么都没有，没有袁帅！没有人，也没有尸体！甚至连一丝血迹都没有！我向四周望去，空空的大桥，下面就是滚滚大江，我扑到桥边，向桥下望去，刚下过雨，江水浑浊，并没有异样！

　　"可恶！帅！你不要吓我！你给我出来！别跟我玩消失！"我绝望地大叫起来，但我的叫声很快又淹没在另一列疾驰而过的列车旁。

　　就在这样一个阴郁的下午，袁帅消失了，凭空消失在大桥上，什么也没留下！我不禁在这个炎炎夏日里打了个寒战。

第一章　出发前日

1

大桥"吃人"的当天傍晚，我失魂落魄地踢开好友宇文松工作室的门。宇文松是我大学时认识的好友，人长得挺帅，却显呆萌，做事心细认真但太慢，所以我常喊他"松松，抓点紧！"宇文松名校毕业，精通符号学与各种古文字，以及各种稀奇古怪的偏门学问。因为他随便给某大公司开发的文字符号识别软件，就让他在三十岁前轻松实现了财务自由。

我曾经带宇文和袁帅见过，两人也算认识，只是没有深交。我有些语无伦次，把下午恐怖的经历跟宇文说了遍，宇文还保持着清醒的理智——废话，他又不是亲历者！宇文说也许只是袁帅的一个恶作剧！也许只是他玩的一个黑科技！也许他现在就在家里等着看你的反应呢！我去！宇文一连三个也许，我真想呼他一巴掌，"也许袁帅正在头顶看着你呢！"

不过，宇文的话还是提醒了我，对！去袁帅家看看，好歹也该确认一下！我掏出手机来时，后背一阵奇痒，我下意识地用右手在后背抓了抓，左手拿着手机，刚要给袁帅的父亲袁正可教授打电话，突然，手机猛地震动起来，我心里一惊，手机竟掉到了地上。我这是怎么了？手机还在地上不停地震动，原本好听的音乐此刻变得异常刺耳！我赶忙从地上拾起手机，竟是袁教授打来的，我心中马上升起了一种不好的预感……

"喂，袁叔吗？""非鱼吗？"我和袁教授几乎同时开口，都透着惊慌。

我停下来，袁教授也停下来，手机里的沉默让我心悸，过了一会儿，袁教授才终于开口，"非鱼，我先说，帅……帅他去找你了吗？"

"找……找了，但……"我可以听出袁教授的焦急与惊慌，也听出自己的语无伦次。

"他人呢？"

"消失了！"

"什么？什么……叫消失了？"袁教授愈发焦急。

"帅下午约我在铁路桥见面，然后……然后就消失在铁路桥上了。"

"帅跳桥了？"

"没，就那么……消失……消失了！"

"这……这怎么可能？"

"就在我面前，千真万确！帅……他人就不见了！"

"这……"手机那头沉默了片刻，随即，袁教授对我说，"非鱼，你到我家来，我给你看样东西，快！快来！"

宇文开着他那辆有年头的大切诺基，将我送到袁家时，已是晚上十点整，袁教授正失魂落魄地瘫坐在巨大的沙发里。袁正可教授执教于我们学校生物系，是知名生物学家，跟我也算是半个校友；早年的多项专利转化成了生产力，也转化成了某上市公司的股份，袁家就是这么发达起来的。这栋近郊的别墅占地广阔，装修低调而奢华，每个细节都体现了主人卓越的品位。

袁教授一见到我，像是看到了救星，猛地从沙发里跳起来，急走两步，抓住我的手，我只好详细地将下午袁帅从铁路桥上消失的情况，对袁教授叙述了一遍。袁教授几乎是站着听我说完这段离奇恐怖的经历，然后一下瘫坐在沙发上，低沉不语，我僵硬地回头看看宇文，不忍打扰袁教授，我注意到才两月未见，袁教授竟苍老了许多！我焦虑地等待了半天，还是开口了，"袁叔，帅他到底怎么了？"

袁教授像是被我的问话惊醒，猛地抬头看向我，苍老浑浊的双眼，失神地盯着我。许久，袁教授才含糊不清地说道："你跟我来！"

说罢，袁教授径直走向通往楼上的楼梯，我看看宇文，赶忙跟了上去。我还是去年暑假来过袁帅家，我努力回忆着他家的布局，袁家的豪华别墅地上三层，地下一层，地下一层是车库、健身房、视听室、保姆间等，一楼是客厅、餐厅与客房，二楼有四个宽大的卧室，但袁帅却选择住在三楼。我们跟着袁教授一直走上了三楼，整个三楼都被袁帅改造过，三楼除了有个小客厅，就是一间有巨大斜坡顶的房间，足有八九十平方米，原来是三个房间，被袁帅打通，成了一个巨大的空间，这个空间既是他的卧室，也是他的书房和实验室。

　　三楼阳光好，别墅区的人家一般都将三楼这个巨大空间打开，连接外面的阳台，成为一个巨大的露台；也有一些人家用来堆放杂物，当储藏室用，毕竟顶楼的这个房间不太适合居住，特别是夏天闷热难耐，而袁帅不但将自己的房间和活动空间都安排在了三楼，而且还将外面的阳台封死，成为一个幽闭而空旷的巨大空间。我曾经问他为何这么改造，他只回答了我两个字——安静。

　　真是安静，我都能听到自己的心跳，袁教授打开三楼小客厅的灯，没有进入房间，而是指了指面前的房门，"你们进去看看吧！"

　　我好奇地看看房门，又看看袁教授，"您不进去吗？"

　　"我在这儿等你们！"袁教授面色沉重。

　　房门虚掩着，我和宇文对视一眼，不知道这里面有什么？但我想我已经做好了再次受惊吓的准备，于是，我轻轻推开了房门。

　　"我去！这是什么？"宇文瞪着一双充满惊恐的眼睛看着我。

　　我也吃惊地看着宇文，因为我们见到了最为恐怖的一幕，这一幕不是在古墓洞穴里，也不是在深山荒岛上，而是在我发小袁帅的房间里。现在回想起来，这是我在一天内第二次感到深深的寒意！刚才在屋外，我以为自己做好了准备，可当我真的置身其间时，还是被惊吓到了！我强大的小心脏也经不住这接二连三的惊吓！

　　我和宇文背靠着背，头呈四十五度角仰望着这个房间，整个空间很宽敞，但又给人感觉很压抑，因为门窗全都紧闭，特别是原来有一面巨大的景观落地窗，全被改建成了只有电脑屏幕那么大的小窗户，房门又重又厚，关上后，这里完全是一个密闭的空间。没有杂音，一片漆黑，本能的直觉告诉我，这里的主人应该在从事某种特殊的工作。

"我找到了值得我毕生探索的事业！"下午见到袁帅时的一幕猛地浮现出来，我的心脏一阵狂跳。

作为一个资深讲师兼非主流悬疑探险小说作家，我也是见过世面的，但这样的场景还是第一次见到，怎么形容呢，这不是那种感官刺激的恐惧，而是一种由内心深处慢慢滋生的恐惧，刚开始进来时，这种恐惧并不强烈，更多的是好奇，而我现在分明感觉背靠着我的宇文在瑟瑟发抖！

房间里的灯是声控的，灯亮后才看清楚，偌大的房间内，只有一个很小但是光线很强的LED灯，这盏灯发散出来的光线呈现出一种诡异的角度，完全不符合一般的光学原理。诡异的角度折射出幽幽的蓝光，照在墙壁上，墙壁上用不同颜色的水彩笔，写满了各种奇怪的符号，密密麻麻，有的像是文字，有的就像是某种符号，有的完全陌生，有的似曾相识，但又并不认识！

"非鱼，你不是见多识广吗？你看出这都是什么了吗？"宇文紧张地问我。

"天哪！我走南闯北这么多年，什么没见过，但……"我此时只想赶紧离开这间屋子，刚才的惊恐慢慢变成了一种难以形容的窒息感觉，像一种病毒慢慢袭遍全身每一个细胞……

"好了！你们先出来吧，不要待太久！"身后传来袁教授的声音。

我像是得到了某种命令，赶紧拉上宇文就向屋外走去，可是我和宇文的身体仿佛被一种奇怪而强大的力量吸引，意识清晰地告诉我们往屋外走，而身体却寸步难行！慢慢地，我的意识开始模糊起来，我依稀听到房门被推开的声音和杂乱的脚步声，紧接着是袁教授大声的呼喊，然后，我残存的意识感觉有人将我连拉带拽地架出了这间诡异的房间。

2

待我恢复知觉，发现自己又回到了客厅里，宇文与袁教授正关切地看着我，我有些诧异，"宇……宇文，你没晕倒？"

"那屋子是很奇怪，我也感到眩晕，但还没晕倒，就看你不行了，赶紧和袁教授把你架了出来。"宇文揉着太阳穴说。

我又将目光移到袁教授脸上，袁教授皱着眉，面色沉重地说："你们都看到了吧，这次帅回国，就好像变了个人，神秘古怪，性情大变，他不让我进他的房间，所以我一直不知道他最近在干吗？"

"是啊，以前帅一回国就会找我，可这次回国半个多月了，今天才找我，结果就……就出了这么恐怖怪异的事！"我回忆着袁帅最近几个月的情况。

袁教授继续说道："开始帅还会出来和我一起吃饭，出门也会和我打招呼，可……可最近一周，我完全见不到他人了，甚至从前天开始，打他手机也没人接，我总有一种不好的预感，所以……所以我今天才破门而入，发现……幸亏我们家的方阿姨及时发现了我，要不我晕倒在里面也没人知道。"

方阿姨是袁家请的保姆，我环顾左右："方阿姨人呢？"

"我给了她一笔钱，让她先休息一个月。出……出了这样的事，我方寸已乱，我马上想到报警，但……"袁教授欲言又止。

我马上明白了袁教授的意思，"您是怕帅做了什么……"

袁教授点点头，"所以我又急又怕，紧接着就想到你，你是帅最好的朋友，想想看，他到底怎么了？"

我沉吟片刻，从沙发上坐起来，"袁叔，现在帅活不见人，死不见……呃，我想再看看他的房间，因为他最近干的事一定和房间墙上那些符号有关。"

"可你们刚才……"袁教授面露难色。

宇文这时候说道："多用几盏灯，把整个房间照亮，我们感到眩晕很可能与刚才的灯光有关。"

"好！"袁教授领我们在别墅里搜出所有可以用的灯，一起搬进三楼的房间，打开！整个房间顿时灯火通明。这时，当我再环视周围时，果然好了许多，只有很轻微的眩晕感，我不明白帅为何要把自己屋子布置成这样？又为何只用一盏灯照明？他似乎在故意制造一种眩晕的感觉……

我环视了一圈周围的墙壁，慢慢地，我仰起头，盯着房顶的各色符号，有拉丁字母，也有西里尔字母，还有阿拉伯字母……我看到了许多字母，但我并不能马上看懂那儿写的都是什么？当我的目光慢慢移到斜坡屋顶时，突然，两行熟悉的汉字让我猛地瞪大了眼睛，"提高警惕，保卫边疆"，我的心里像是猛地受到了重击，下午那令我惊恐的一幕又闪现在我面前。

这时候，宇文也看到了这里，惊道："这……这不是……"

我盯着宇文，"对，就是下午帅给我的那张照片！荒原大字！"

"照片呢？"宇文反问我。

"我……我好像放你那了。"我快速地思考一下，马上做出了安排，"袁叔，我可能发现了线索，您一定要守好这间屋子，别让旁人进来。宇文，我俩赶紧用手机把墙壁和天花板上的这些文字，还有符号都拍下来。"

我和宇文很快将墙壁和天花板上各种符号、文字拍了下来，然后快速向市区驶去。

离开袁家时，已是午夜，外面下起了雨，一路上雨越下越大，上环城公路时，宇文突然说道："好像有辆车一直在跟着我们。"

我看看后视镜，雨水太大，根本看不清楚，但确实后面有辆车亮着灯，一直跟我们保持着同样的速度。我又回头望去，"从什么时候开始的？"

"上了环城公路我才发觉的，至于之前是不是……就不知道了！"

"谁会跟踪我们呢？"我狐疑着，扭头盯着宇文，"要不你先靠边减速，看看那辆车……"

宇文点点头，开始减速，后面的车却并没有减速的迹象，依然保持着原速，很快就超过了我们，是一辆黑色的荣威，本地牌照，我长出一口气："你太敏感了吧！"

宇文没说话，继续开车，很快我们下了环城公路，进入市区，那辆黑色荣威早就不见了踪影。我晚上就没好好吃饭，此时已是饥肠辘辘，想吃点夜宵再回去，但车外已是暴雨如注，无奈之下，我和宇文只好选择回去吃泡面。

宇文的工作室在一个旧厂房改造的文化园区里，他平时就住在这里。当宇文驾驶着白色的大切缓缓驶进园区时，我从后视镜里忽然发现，有辆黑色的牧马人跟着我们也进入了园区，我猛地回头，警觉地盯着后面的车，但雨水让我什么也看不清。

"你怎么也敏感了？"宇文也注意到了牧马人。

"这个点还有……"我转过身时，宇文已经将车停在了离工作室不远的停车场上。

我俩下车后一路狂奔，在一声惊雷响过后，我赶忙打开了工作室的灯，扑到宽大的桌子上，那张照片应该就在桌子上，一阵翻找，却在桌子的一个抽屉里发现了那张照片，呃……或许是自己记错了吧！不管那么多，我怔怔地盯着那张照片出神，越看我越是心烦意乱，事情的发展已经超出了我的认知范畴，宇文倒是不慌不忙，他不紧不慢地泡了两桶牛肉面，牛肉面浓郁的香气弥漫在潮湿的空气里，我忍不住了，"我说你能不能吃点有营养的东西？"

"哥，以我的经验，吃饱了就会来灵感了！"宇文一本正经地说。

"以我的经验，吃饱了就想睡了！"我又翻出手机里的照片，与那张荒原大字照片对比，我将手机上的照片放大，仔细辨认，以我的知识储备可以看出屋顶那几句中文周边有英文、法文、俄文、日文、阿拉伯文、希伯来文，其他几种字母符号，我就不认识了，还有四周墙壁上那些密密麻麻的符号我就彻底认不出了。但有一点我现在可以肯定，经过对比，天花板上的文字符号就是荒原大字照片上的那些文字符号。

　　牛肉面的香气让我难以忍受了，我放下手机，看宇文吃得那么香，我想他应该已经看出了什么。我只好转而求助宇文，"松松，你得抓点紧，你可是这方面的专家啊！"

　　宇文松吃完了最后一根面后，这才不急不慢地说道："屋顶呈放射状分布着大约几十种文字，除了已经认出来的简体中文和繁体中文，还有英文、法文、德文、西班牙文、日文、俄文、阿拉伯文等现代常用文字。"

　　"这些我也看出来了。"

　　"关键是其他一些现在已经不常见，甚至不用的文字也出现在其中，比如拉丁文、希腊文、梵文、希伯来文这些古老的文字，更神奇的是我还认出了几种死文字！"

　　"就是那些早已消失的文字，这你也能看懂？"

　　"大致能认得一些，比如这种让我很吃惊！"宇文指着手机屏幕上放大的一排奇怪符号，"这是消失很久的吐火罗文，全世界应该没几人认得这种文字了。还有这种，这也是一种死去的文字——古波斯文。"

"像是楔形文字。"

"嗯，是一种消失的楔形文字。还有它旁边这一行是阿拉米文，也是一种死文字，传说《圣经旧约》最早就是用这种文字写成的。"

"这么多种文字，现代的，古代的，人类还在用的，已经消失的，共同出现在荒漠上，而且是呈放射状排列在荒漠上，这意味着什么？"我陷入了思考。

"荒漠上？你能推断出那张照片上的位置吗？"

"就凭这张照片……有点难！"我绞尽脑汁在大脑中搜寻，但最后依然是一片空白。这时候肚子开始咕咕作响，我有些泄气，开始大口吃面，也许是过于饥饿，也许是吃面动作过猛，一点汤汁溅到了外面，正落在照片上，我赶忙用纸巾去擦，在油渍中，我忽然发现了一些异样。

3

我擦去油渍，将照片凑到灯下，仔细查看，照片上隐隐现出了一个圆形图案，橘红色的外圈，下部粗，越往上越细，直至上部正中位置，橘红色的外圈留有个缺口，缺口中间有一个黑色的"Φ"图案，外圈中间是一个橘红色的近似三角形的图案。我看得出神，也引起了宇文的好奇，"这个图案好奇怪？"

这个奇怪的图案我似乎在哪见过，但我翻遍了记忆深处，怎么也想不起来！我是在哪儿见过呢？这时，宇文做出了推测，"这个图案很像是一个徽记。"

"徽记？"

"对，像是某个家族或者组织的徽记。"宇文进一步推测道。

"那一定很古老喽？"

"徽记可能很古老，不过照片历史并不长，你看这……"宇文指着徽记上方那个"Φ"，说："这个很像是希腊字母，也可能是西里尔字母，西里尔字母脱胎于希腊字母，所以都有这个字母。"

"这能说明什么？"

宇文耸耸肩，"以我的能力，现在只能分析出这两点。由此可以推断一下，这个徽记代表的家族或者组织是照片的持有人。"

"那帅他……他可能就是这个组织的喽？"我进一步推断道。

"那不一定，也许袁帅是意外得到这张照片的，你再回忆一下，他给你照片时说了什么话？"

"他就说——我找到了值得我毕生探索的事业？"我努力回忆着袁帅的每一个细节。

"从这句话看，袁帅也是刚得到照片不久，现在通过我们的分析，可以知道所谓值得毕生探索的事业，应该就是照片上这些荒原大字。"

荒原大字？袁帅消失？诡异密室？神秘徽记？我感到脑袋快被撑破了，我无奈地冲宇文挥挥手，一阵阵困意来袭，面也不吃了，我倒在沙发上，想着这些东西，竟很快进入了梦乡。

这一觉睡了很久，醒来时已是次日下午，但我感觉睡得并不好，一直被一些稀奇古怪的梦包围着。看看窗外雨已经停了，宇文盯着电脑屏幕，似乎在忙着什么，"你干吗呢？"我问。

"我已经查了一上午了。"宇文说道。

"查什么……一上午？"我感到大脑一片空白。

"那个徽记啊！"

宇文这一说，我才想起那个徽记，"你查到什么了？"

"这个徽记果然够神秘，我查了一上午，问了很多人，都没人……你看……"宇文突然显得有些兴奋，"这人说他知道这个徽记。"

我噌地从沙发上蹦起来，"那你快问他！"

我扑到宇文的电脑旁，只见屏幕上对方只打了一行字，还是英文的，翻译过来就是："这个徽记属于一个古老而神秘的组织。"

"没了？"我一脸懵。

"暂时没了！"宇文看看我。

"什么呀，这不是废话吗？"我失望地回到沙发上，继续在我记忆深处寻找这个徽记。宇文盯着电脑也在发呆，就这样过了半个小时，宇文突然又叫起来，"那个人又说了！"

我对此已经不抱什么希望，晃悠到电脑边上，看见对方这次倒是多输入了几句话，"这个古老而神秘的组织很可能最早诞生在古希腊，起初并不彰显，后来在十六至十九世纪异常活跃，但随即在两次世界大战后，突然销声匿迹。"

"又没了？"

宇文没有说什么，我俩就这样怔怔地等了一个小时，直到我感到腹中空空，也没有新的消息，我怒道：“怎么搞的，挤牙膏啊，隔那么长时间，就说一句！”

“挤牙膏就不错了，你看根本就没下文了！我还支付给这人一个比特币（一种加密数字货币）呢！”宇文一脸无奈。

“可恶，你还真有钱，不过不怕，到时候找袁叔报销！”我说着想了想，“不过这人说的还是有些价值的，一个证实了你对那个字母的推测，确实是希腊字母，另一个更重要的是他说的时间。十六世纪开始活跃，十六世纪不正是西方文艺复兴的时期！‘二战’后销声匿迹，这倒是能说得通！”

“你还忽略了一点，这个人应该知道更多，只是他不愿再多说！我说比特币管够，他也不肯再说，我想或许这人本身就是这个组织中的成员，他由于某种限制，而不愿也不能多说！”宇文推断道。

我点点头，“看来这个组织不仅古老而神秘，还很严密！”

我们一直等到天色渐黑，那个家伙也没有再多说一个字，外面又开始淅淅沥沥下起小雨，看天气今夜可能还有暴雨，我现在脑子里只剩下一件事——必须出去大吃一顿！于是，我和宇文没开车，走出了园区，在靠近园区大门的位置，一棵高大的梧桐树下，宇文突然指着不远处的一辆黑色牧马人，“昨天看见的就是这辆车。”

我停下脚步观察着黑色牧马人，里面看上去没人，车顶和车前盖上落满了被风雨打落的梧桐叶，“看来这辆车昨夜进来后一直停在这。”

“怎么？”

"没什么！也许是我敏感了。"说着，我走出了园区，带着宇文走街串巷，来到一家口味炸裂、人气燃爆的烧烤店撸串。店里人声鼎沸，我们来得算早，二楼还剩最后一个靠窗的位子，我们赶忙占住位子，开始点菜，他们家最有名的是烤羊腰，与别家烤整个羊腰不同，他们家是将羊腰切成薄厚均匀、大小一致的片，再放入十几种香料制成的秘制调料浸泡去腥，待客人点单后，涂上厚厚的羊油烤制……不行了，我的口水都要泛出来了，先来四十串！又点了一大堆各种串，再来一个冰镇啤酒，我已经饿了一天一夜，如此美味，根本停不下来！

吃到半饱，我忽然又想到袁帅，喃喃自语道："找到了值得我毕生探索的事业！帅说这话时明显透着兴奋，他怎么会马上去自杀呢？"

"从昨晚你跟我说这事开始，我就一直觉得袁帅不会死，也没有死！"因为店里嘈杂，宇文的声音有点大，一下将我从思绪里拉了出来。

"小声点！"我对宇文做了个嘘声的手势，然后压低声音说："如果帅没死，那么就有两个问题，一是他为何要自杀？二他去了哪里？"

"第一个问题也许我们一开始就想错了，你换个思路想想，如果袁帅跑到铁路桥上的动机并不是自杀呢？"宇文说的时候不停地观察着周围的人。

"对！我现在也觉得他不是自杀。"

"那么最大的可能是他故意让自己消失或是自杀……"

"故意消失？"

"这就带来你问的第二个问题，他去了哪里？他故意消失很可能就是为了他所谓的毕生探索的事业，假设袁帅没死，他是故意消失，那么，他最有可能去的地方就是——荒原大字！"

宇文说到最后声音压到了最低，但"荒原大字"这四个字却让我心悸不已，我忽然感觉浑身都不自在，也忍不住向四周嘈杂的人群观察。

我和宇文都沉默下来，埋着头继续撸剩下的串，我好像点多了……我心里升起了不好的感觉，周围撸串的人，高的、矮的、胖的、瘦的、男的、女的，谁都像有问题！那一刻我忽然觉得整个世界都在与我为敌！我将脸转向窗外，透过玻璃窗上厚厚的水气，外面的小雨淅淅沥沥，突然，我狠狠眨了一下眼，我发现了一个人——袁帅！

那个熟悉的身影回头看了看，便扭头消失在人群中。我扔了手中刚吃一口的串，飞奔下去，跑到街上，这是一条人来人往的美食街，我分开人群，来回张望，不见袁帅！宇文也跟着跑出来，"你干吗啊？"

"帅……"

"袁帅？你看到他了？"

"是。是他！"

"窗上全是水汽，你能看清？"

"对！就是他！总觉得有人在盯着我们。"

"不会吧！他好不容易来那么一出，消失了，会这么轻易出……"

这个时候，店老板追了出来，说我们还没付账，"我是那种吃饭不付钱的人吗？松松，付钱！"说完，我留下宇文在那儿付钱，独自闯入人群胡乱寻觅一圈，最后和一个与我块头相仿的壮汉撞在了一起。

4

我和宇文有些恍惚地回到工作室，瘫倒在宽大的沙发上，想打个盹，勤劳的宇文又坐到电脑前，一会儿，电脑那头传来他失望的声音。

"那个人竟然没再说什么！我可出了三个比特币！"

我没言语，还是想刚才撸串时的推测，一刻钟后，我才慢悠悠地从沙发坐起来。

"松松，你说这个荒原大字究竟在哪？如果按照你刚才说的，帅搞出这么大的动静消失，是为了去找这个荒原大字，那我们只要搞清楚照片的拍摄地在哪儿，不就知道帅去了哪儿吗？"

"理论上这样！不过……"宇文想了想，"这问题是你专业啊，我哪能看出来？"

"废话，我要能看出来不早就告诉你了！"我又拿出那张照片，这张让我心悸的照片，我已经盯着看了一整天，仅凭这张照片，我根本无法判断出照片上这片荒原的位置，谁也不可能！顶级的专家学者，最优秀的旅行者也不可能，除非这个人去过那里！

就这样，我和宇文大眼瞪小眼，又盯着那张荒原大字的照片半个小时，最后宇文像是想起了什么，"要不……去找你老师问问？"

"我的老师？"我一怔，"从小到大，教过我的老师多了。"

"我说的是蔡老，他可是国内人文地理学的权威，或许他能看明白这照片上是什么东西！"

宇文说的是曾经给我上过课的蔡鼎甲教授，他是国内人文地理学的权威，已近八十岁高龄，若不是他退休前还坚持给本科生上课，我这辈子也无缘聆听蔡老的教诲，记得上课时我问了蔡老一个很特别的问题，蔡老认为我孺子可教，从此我就经常登堂入室，向蔡老请教一些问题。说起来我能留校当这个讲师，也是拜蔡老的极力推荐，老爷子跑去跟校长说我是难得的人才。于是，我就当了六年讲师，或许是蔡老觉得我不争气，丢了他老人家的脸，最近两年也不太关心我，也没怎么走动。

我想到这里，拿出手机，已是晚上九点。犹豫片刻之后，觉得蔡老应该还没睡，我便开始拨打蔡老的号码。蔡老不用手机，这是他家里的电话，电话响了很久。蔡老这个点应该在家啊……可能蔡老年纪大了……胡思乱想的时候，电话终于拨通了，那头传来一个慈祥、苍老、安静的声音，彬彬有礼。

"喂，请问哪位？"

是蔡老，我不知怎么有点紧张起来，竟有些吞吐。

"呃，蔡老……我是非鱼啊，您身体还好吧？"

电话那头传来了笑声，"非鱼啊，你小子可好久没来看我了，怎么，有事找我？"

蔡老一向不喜客套，跟他谈话从来都是直奔主题，我也就不绕圈子了，"是的，有一个让我困扰的问题要向您当面请教，不知您明天有时间吗？"

"好啊，明天上午吧，我锻炼完回家，大概……九点钟你过来！"蔡老的话语总是简洁明了。

"好的，好的，明天上午九点我过来看您。"

我说完就准备挂掉电话，电话那头的蔡老忽然又问了一句，"你简单说说是什么问题，我也好做点准备。"

不知怎么，我又是一阵紧张，支支吾吾地说道："呃……是这样，我收到一张照片……照片上呢，看上去像是某处戈壁滩，戈壁上面有些奇怪的文字和符号，我想知道那是哪里。"

"哦？！"电话那头传来蔡老奇怪的声音，随后是短暂的沉默，最后蔡老只说了句"好，我知道了"便挂断了电话。

我拿着手机，有些出神，我不知道自己说清楚没有？蔡老能给我想要的答案吗？算了，别想那么多，从昨天到今天已经遭遇太多事，好好睡一觉，明天一早或许见到蔡老就会有答案了。

宇文的工作室也算是他的家，里面一应俱全，二楼有两个房间，一间就是宇文的卧室，另一间说是客房，其实长期被我霸占，虽然我在这城市有套很大很舒适的房子，但我却更喜欢这里。我冲了一个淋浴，就四仰八叉躺倒在客房的床上，我估摸着应该很快进入梦乡，但就在我似睡非睡的时候，手机突然响了，我本能地从床上蹦起来，四处寻找手机，手机在写字台上不停发出震动，这么晚是哪个混蛋……要在以前我可能直接过去挂断，接着呼呼大睡，但这两天的遭遇让我不敢掉以轻心，我扑到写字台前，拿起手机一看，竟然是蔡老的电话！不敢怠慢，赶忙接听。电话那头传来蔡老的声音，依旧慈祥、苍老、安静，但我却听出了一丝焦虑不安，"非鱼啊，你能不能现在就过来？"

"现在？"我吃惊地看看手机上的时间，已经快十一点了，宇文松的工作室与蔡老家正好在城市的两个不同方向，开车最快也要四十五分钟。

"对，就现在，越快越好！"蔡老的声音变得坚定起来。

"好，我马上过来！"

我手里拿着衣服，几乎是光着身子冲出房间，猛拍对面宇文的房门，叫醒宇文，一边穿衣服，一边叫他开车赶紧带我去蔡老家。我们只用五分钟就冲上了宇文那辆有年头的大切诺基。这时外面又下起了大雨。

车窗外暴雨如注，大切驶过无人的街道，穿过沉睡的城市，直到市中心才有些人气，酒吧门口的男男女女勾肩搭背，闹市的霓虹依旧闪烁，宇文一边开车一边不停地问我，"这么晚，雨这么大，蔡老怎么会突然喊你过去？你就在电话里简单说那么两句，蔡老就得到了什么惊人结果？"

我心里越发烦乱，没有回答宇文的问题，因为我也不知道，蔡老师家在金宁大学一片老宿舍区内，这里都是二十世纪八九十年代学校分给教授的福利房，如今都已变得老旧。蔡老的一双子女都事业有成，一个在U国的著名大学执教，一个是某大公司的高管，老伴儿故去后，蔡老一直独居于此，子女想接他过去住，或是给他买新房子，都被他拒绝了。

大切驶进院子里时，我看看时间，已经十一点半。蔡老家在三楼，我率先下车，冒雨冲上三楼，砰砰砰，使劲敲门，却没人开门！接着敲，门里依然没有动静，我心中的不安愈渐强烈。

5

我一边敲门，一边连喊了两声"蔡老"，没人答应，宇文这时候也冲了上来，和我一起敲门，仍然没人开门，却把对门敲开了！一个中年男人，戴着眼镜，在防盗门后面盯着我，四目相对，我们都认出了对方，陈墅老师。陈墅是蔡老的弟子，也是我们系现在的老师。不过他以前没教我，如今却成了同事，蔡老师的老伴去世后，一直是由陈墅负责照顾蔡老。

陈墅也认出了我，却依然没有打开防盗门。

"这么晚，你们干吗？"

我听出陈墅对我们有很强的戒心，平时跟他也没什么交集，也就系里开大会的时候，还有就是以前来看蔡老师时，偶尔会跟他打个照面，我喘着气对陈墅解释道："是……是蔡老让我……我们来的，蔡老可能……可能出了事？"

"出事？不可能啊，我九点半的时候还去看过蔡老，挺正常的啊！"陈墅还是没出来。

"蔡老是快十一点给我们打的电话……"

"不可能，如果蔡老有什么情况，他直接找我就行了！还用舍近求远……"

我打断陈墅的话。

"先别说那么多了，您不是有蔡老家的钥匙吗？先开门进去看看，我俩刚才敲了半天门，里面也没回音。"

陈墅在防盗门里想了一会，最后点点头说道："等一下，我去找钥匙！"

当我打开蔡老家房门时，嗅到了一股淡淡的香味，来不及多想，去摸门边上的电灯开关，摁下，灯却没亮。我打开手机，借着微弱的光线摸索进去，蔡老家我很熟悉，门口是一个不大的客厅，里面有三个房间，其中一间最大的是蔡老的书房兼会客室，我慢慢向书房的位置摸索，宇文和陈墅也摸黑进了屋，我回头看看，他们在查看电箱。我继续向书房摸索，慢慢推开书房的房门，心脏开始剧烈跳动，这种感觉又让我想起了昨夜的袁帅家，袁帅那令人费解而恐怖的房间。

依旧是淡淡的香味，我用手机照去，微弱的光亮划破黑暗，蔡老的书房如往常一样，堆满了书，几乎无法下脚。我看见了一摊倾倒的书，蔡老的书柜早已摆满了书，常用的书就靠着墙码放在地上，书房的中心位置是一张有些破旧的长沙发，这就是蔡老会客的地方，以往我向蔡老请教问题的地方就是这里，靠窗是两张写字台拼起来的宽大书桌，仍然没有发现蔡老！

随着书房的灯亮起，我环视周围，就觉得蔡老一定出事了！我快步走出书房，来到另外两个房间和厨房、卫生间查看，其他几个房间一切如常，卧室的床铺没有睡过的痕迹，只是不见了蔡老！宇文小声说道："刚才电闸跳了！"

"这旧楼的电路也该改造一下了，最近老是会跳闸……"陈墅小声嘟囔着，回头看见我严肃的脸，他也知道出事了。

陈墅快步检查了每个房间，一脸惊恐地冲我俩吼道："你俩把蔡老弄哪了？蔡老这个点儿不会出门的！他都快八十了……"

我再次走进蔡老师的书房，仔细勘察，书房内有些凌乱，书柜的书依旧整齐，但靠墙码放的书却散落一地。长沙发的位置也有些偏离，书桌上的一些纸张飘落在了地上，书房的窗户是开着的，现在是六月，窗户开着是正常的，不过外面正在下大雨。我走过去，探出脑袋，窗户上面有雨篷遮挡，窗台上没有异常，我又向楼下望去，三楼，不算高……我回身又从这个角度望去，觉得书房更加凌乱，蔡老一向嗜书如命，将书都要码放得整整齐齐，绝不会这样，这里一定出了事，为什么约好明早九点见，又深夜让我过来？我的脑子一团混乱，后背忽然一阵酸痛，顿觉天旋地转，一下坐在了书桌前。

我趴在书桌上，额头渗出了细汗，直到窗外吹进一些凉风，才感觉好点，我想直起身，却忽然发现书桌里似乎有些东西，老式的书桌，两侧各有四个抽屉，其中左侧的那排第二个抽屉明显没有关好，露出了一截。我本能地拉开了这个抽屉，抽屉内放着一沓白色的A4打印纸，打印纸上面有一小块黑色的像是玻璃的东西，我伸手缓缓拿起这一小块黑色玻璃，一种奇异的感觉瞬间传遍了全身，我将它对准了书房屋顶的白炽灯，这是什么？在灯光下，半透明，闪着奇异的幽光，蓝宝石？黑钻？不，以我的地质学知识很快就可以排除这些可能，难道这是某种人工制品？玻璃？却从没见过如此模样的玻璃，想到这里，我将这一小块黑色玻璃揣了起来。

刚想关上抽屉，忽然又觉得那一沓A4纸有些异常，这是一沓没用过的打印纸，看上去整齐，但却……伸手去摸，A4纸中间似乎夹着什么东西，抽出来一看，我整个人都怔住了，竟然是那张照片，荒原大字的照片！

不知什么时候，宇文站在我身后，也看到了这张照片。"这是你带来的？"宇文问。

我失神地摇摇头，"不，我刚才上来匆忙，帅给我的照片丢在你车上了！"

"那……那这是……"宇文惊得没说出话来。

"蔡老也在研究荒原大字，而且他比我们知道的更多，我在电话里只是简单提了一下，他就已经猜到了，但他却犹豫了将近两个小时，又给我打电话，而就在我们赶来的路上，蔡老出了意外！"我的大脑这会儿慢慢冷静了下来。

"但蔡老是怎么知道荒原大字的？"宇文话音刚落，楼下忽然响起了警笛声。

6

不大一会儿，一男一女两个警察出现在我们面前。男的身着警服，五大三粗，约莫三十多岁，我觉得有些眼熟，似乎在哪见过。再看那女的，面容精致，身材完美，标准美女，二十七八岁的样子，虽身着便装，却透着英武之气。两人向我们出示了证件，男的叫楚峻，女的叫秦悦，不过让我意外的是，秦悦看上去比楚峻年轻，警阶却比楚峻高了不少。难道美女警官驻颜有术，实际年龄……呃，我常常无法控制自己发达的大脑，就在我无限联想的时候，楚峻已经开始询问陈墅事情的经过，那个叫秦悦的女警察却一言不发，直直地盯着我和宇文，看她的表情我就可以确定，这事越来越麻烦了！

我胡思乱想着，眼睛也盯着对面的秦悦，可能是我的眼神杀伤力过大，秦悦终于开口了，"顾非鱼，宇文松，没想到咱们这么快就见面了！"

什么叫……咱们这么快就见面了？这话里有话啊，"你认识我们俩？"不知怎的，我问的有点心虚。

秦悦微微一笑，"久仰大名！"

"久仰大名？可我从来不认识你。"在这个女警察面前，我忽然感到有些紧张和局促。

秦悦并没回答我，而是在扫视了一遍房间后，问道："蔡老是你的老师？"

"对，我有时会来向蔡老请教一些问题，但我已经很久没来了！"

"那怎么今天深更半夜……"秦悦盯着我，仿佛想看透我内心，忽然秦悦抬起书桌上那张照片，在手里晃了晃，"因为这张照片，因为荒原大字？"

我心里猛地一颤，"你也知道荒原大字？"

秦悦还是没直接回答我，她依然观察着这间书房，我有些尴尬地继续说道："我在蔡老的书桌抽屉内发现了这个，看上去像是慌乱中夹在这一沓打印纸中的。"

秦悦这才仔细看了看手中的照片，微皱眉头，"蔡老也在研究这个。"

"我也很惊讶，本来我是来向蔡老请教这张照片的，没想到他也在研究这个！"

秦悦抬起头，看看我和宇文，过了好一会儿，她走过去关上书房的门，压低了声音说道："正式自我介绍一下，我叫秦悦，负责调查近期出现的学者、专家失踪事件。你们可能还不知道，就在最近一个月内，仅在国内就有七位各方面的学者、专家离奇失踪了，而他们似乎都在研究……荒原大字！"我和宇文大吃一惊，秦悦则继续说，"为此，警方成立了专案组，由我负责此事。由于事关重大，我们对一些相关人员进行了调查，其中就包括二位。现在我也正式邀请你们协助我调查此事。"

宇文完全懵了，我的大脑快速转动，盯着秦悦的眼睛说："这不可能，蔡老刚刚失踪，你们不可能把那些失踪事件和我们扯上关系，难道失踪的还有我们认识或认识我们的人？"说完我看向宇文，宇文连忙摇了摇头，表示完全不知情。

秦悦完全无视了我的疑问，继续说道："一个月前，物理学家郑丰城教授失踪；二十天前，著名画家骆醒鹄失踪；十五天前，考古学家刘恒失踪；十天前，外科专家齐宁失踪；五天前，冶金材料专家郭鸿失踪。现在又加上了蔡老……"

"你不是说有七位吗？这不才六位？而且这些人我都不认识……"我边盘算边说。

秦悦轻轻哼了一声，"不是还有你的发小袁帅吗？"

"你们……你们已经知道了？"我忽然想起了那种感觉，一直有人盯着我的感觉。现在看来，我们恐怕已经无法置身事外了。

"袁正可教授报案了，我们已经去开袁帅失踪的现场勘探过了，不过就算他不报案，我们也会知道的！"

我听得汗都下来了，宇文倒先恢复了理性，"这些失踪事件有什么关联吗？"

"最主要的是在他们的家、工作场所，或是常去的地方，都发现了与荒原大字相关的神秘符号！"

"神秘符号？你是说他们都在从事这方面的研究……"我惊得已经说不出话。

此刻，窗外的大雨丝毫没有要停的意思，秦悦沉重地点点头，"其中，郑丰城教授是著名的物理学教授，正在评选科学院院士，在他家中我们发现了相关照片和资料，不过这些照片和资料藏在很隐蔽的地方，我们也是偶然发现的。起初我们对郑丰城的失踪并没太在意，直到骆醒鹄的失踪，我们在骆大画家位于郊外的工作室中也发现了这些神秘符号，更可怕的是跟袁帅的房间差不多，涂满了一整面墙，我还以为是壁画，或者涂鸦什么的，但是后来忽然想起来前一个失踪的郑丰城。紧接着是考古学家刘恒，他是从B市来的，然后就消失了，我们在他入住的宾馆房间里没发现任何有价值的线索，但我们走访了他的亲朋好友、同事学生，他们都不知道刘恒为何而来，都以为他在内蒙古的现场主持考古发掘！"

"然后你们去了内蒙古，在考古现场发现了神秘符号的资料？"宇文接着说道。

"不！"秦悦一脸严肃地说："不是照片或者资料，而是考古现场旁边，整个一面山坡上，绿油油的草场上被摆出了那些奇怪的符号！我们当时都被惊住了，刘恒的学生说这是他在失踪前几天摆的，当时他们问刘恒在干什么？刘恒也很奇怪，不回答也不解释，就一个人在山坡上，一连几天几夜！"

"天啊，是够惊悚的！"我喃喃自语。

"接着失踪的频率加快了，我们在外科专家齐宁与冶金材料专家郭鸿的办公室、实验室里都发现了这张照片和相关的资料。这些精英无声无息地都失踪了，活不见人，死不见尸，也没有绑匪要求赎金！"秦悦的脸色变得越来越难看。

书房内陷入沉默，许久，宇文缓缓说道："秦警官，听你介绍，我发现失踪的几位是有些共同点的：第一，他们的失踪都和神秘符号有关。这点你已经说了。第二，他们都是高知，各领域的佼佼者，但又并不是局限在某个领域！"

"是的，这很奇怪！"

"第三，他们失踪的时间似乎很有规律。不过不排除还有其他失踪者的可能性！总之，他们都是在近期失踪的。"

"嗯，还没有发现早期的失踪者！"

宇文考虑了一会儿接着说，"我们再回过头看，袁帅的失踪与前面几起有些不同，前面这些老师都已功成名就，而袁帅虽然学识渊博，算是一个奇葩另类，不过似乎更该消失的是袁教授才对！"

"袁教授？"秦悦有些吃惊。

我有点理清了，点头道："是啊，袁教授是功成名就的学者，著名的生物学家！"

宇文又接着说道："袁帅消失的方式也有所不同，那几位的失踪完全无声无息，只有袁帅是从家失踪的，然后又出现在了非鱼面前，最后又以一种不可思议的方式消失了！"

"是啊！袁帅的消失很不一样哦……"我正要说下去，秦悦忽然丢下我，回到客厅，向陈墅出示了一张照片，厉声问道："你最近见过这个人吗？"

7

陈墅显然被秦悦吓了一跳，他有些紧张地接过照片，只看了一眼便肯定地说道："见过，就是最近两周，这人来找过蔡老，来过好几次！"

"你确定？"

"确定！而且就在前天，我听见蔡老家里发生了争吵，蔡老是翩翩君子，从不与人争执，于是我就过来看看，与蔡老争执的就是这个年轻人！"陈墅很肯定地说道。

"那你听到他们在吵什么？"秦悦追问。

陈墅想了想，还是摇摇头，"他们是在书房吵的，所以我在外面听不太清，等我进来以后，他们就不吵了！我就依稀听到几个词，什么……'太危险''疯了''不可能'之类的词！"

"那么后来呢？"

"后来这个年轻人就走了，我问蔡老怎么回事，蔡老只说是因为学术问题发生了一点争执。"

太危险？疯了？不可能？我知道秦悦给陈墅辨认的肯定是袁帅的照片。陈墅的述说解开了我刚才的疑问，应该是袁帅给蔡老提供的荒原大字照片，而且他俩还发生了激烈争吵，争吵内容一定和荒原大字有关，可他为什么会来找蔡老？我正狐疑之间，秦悦转而问我，"袁帅之前认识蔡老吗？"

我沉吟片刻，摇摇头。

"不认识吧，我从未跟帅提到过蔡老，我认识蔡老的时候，帅已经去U国留学了，不过这也不奇怪，蔡老是国内人文地理学方面的权威，帅说这照片是他一生为之献身的事业，说明这个荒原大字很重要，他来找蔡老也是正常的。"

"也就是说袁帅这次回国后，先找了蔡老，然后才找的你，然后……然后他消失了，蔡老也消失了……"秦悦小声嘀咕着，像是在对我讲，又像是喃喃自语。

"消失？"

我和宇文，还有陈墅都吃了一惊。

"哦，我想蔡老应该是被绑架或是被挟持了！"秦悦又说道。

这时候，宇文忽然想起了什么，"非鱼，我们刚进大院门时，有辆白色的路虎差点蹭上我们！"

宇文的话提醒了我，"是，那辆路虎车速有点快，我还骂了一句呢！"

秦悦眼前一亮，忙吩咐楚峻去调附近监控。然后又对我喝道："现场都让你们破坏了！"

"没有我，你能发现什么？"我颇不服气。

"好呀！那你还发现了什么？"秦悦用挑衅的目光盯着我。

"我想再看看蔡老的书房，那些书应该会留下一些蛛丝马迹！"我将目光重新投向书房，"我觉得当我给蔡老打电话后，他还没有休息，而是一直待在书房里，他在思考。但为什么隔了将近两个小时，才给我打电话，让我深夜过来？蔡老在这两个小时里经历了怎样的变化？他发现了什么？所以我必须再看看书房！"

秦悦看我语气坚定，无奈地冲其他人挥挥手，"你们都先出去！"

蔡老家中就剩下我和秦悦，我回到书房，再次环视这里，书柜没有动过，只有另一边靠墙码放的书倾倒在地，我看向秦悦，在秦悦用相机拍下了现场后，我开始在这些倾倒的书中翻找。最外侧的书应该是蔡老最近翻看的，所以我把重点放在了这部分书上，从深夜一直翻到东方破晓，窗外的雨停了，出现了梅雨季节难得的旭日朝阳。秦悦在沙发上打了一个盹，直到我将一摞书重重地放到桌上，她才揉了揉布满血丝的大眼睛问："发现了什么？"

"我不知道算不算发现。"

"什么意思？"

我指了指桌上厚重的一整套《中国历史地图集》，说道："这是我国历史地理学奠基人谭其骧编著的八卷本《中国历史地图集》。我在其中三本上发现了四处标示，从笔迹上看，是最近画上去的，应该是蔡老本人画的。第一处在第四册南北朝部分北魏时期的地图上，第二处是在第六册辽代的地图上，第三处是在第七册元代的地图上，第四处同样是在第七册明代的地图上，蔡老在这四处地图上都画了一个圈。"

我依次在地图上给秦悦指出了这四处标示，秦悦瞪着大眼睛，反问道："这能说明什么？我看这四个圈有大有小，位置也并不在一处，甚至标示的用笔颜色都不一样。"

"是的，用笔的颜色都不一样，说明蔡老不是在同一刻标示出这四个圈的。四个圈有大有小，位置也不尽相同，但……"

此时，我不知道该怎么对秦悦解释，我盯着面前摊开的三大本地图册，猛地撕下了有四处标示的地图，秦悦惊叫起来，"你这是干吗？"

我快速地将四张地图重叠起来，对着窗外初升的太阳，在朝阳的映照下，那四个大小不一、位置有偏差的圈重叠起来，隐隐约约可以发现，四个圈竟有一部分地方是重叠的，我指着重叠之处对秦悦说："或许这就是蔡老想告诉我们的。"

"你的意思是蔡老通过一些研究，判断出了照片上荒原大字的大概位置？"秦悦还是聪明的。

我点点头："我想是这样的。"

"是哪里？"

我随手从书堆里找出一本《中国现代地图册》，来回比对，最后用手指轻轻在中蒙边境附近画了个圈。

"竟然在这，和我最初的预想差别很大！"

秦悦盯着地图上的位置看了很久，"这确实是一片很大的戈壁滩。但我们还是无法判定具体位置，更不知道那里到底隐藏着什么秘密，让袁帅如此执着疯狂。"

"疯狂？"当秦悦从口中说出疯狂这个词时，我的心脏猛地一紧！疯狂？袁帅？难道这一切都是袁帅所为？"不，我不知道这里面隐藏着什么，但我不认为袁帅疯狂，他不会……"

说这话时，我自己都没有底气，我只是基于与袁帅多年的交情，本能地信任他，但眼前的一切该如何解释，秦悦指了指那张照片，"这一切难道还不够疯狂？消失在火车前，荒原大字，诡异密室……"

秦悦说着，楚峻端着两份早点走了进来，我早已饥肠辘辘，很自觉地伸手去拿其中一份，谁料，楚峻把手一撤，"不好意思，没你的份。"

"好吧,你们先吃着。"我讪讪地说道。

楚峻向秦悦汇报道:"我们调阅了附近监控,没有发现什么白色路虎。这俩小子可能在胡扯。"

我正欲离去,听楚峻这么说,立马盯紧秦悦,秦悦没说什么,楚峻继续汇报道:"蔡家的门和窗户都没有撬开的痕迹,不像是被绑架,除非……除非是蔡老很熟悉的人。"

楚峻说着把目光落在了我的身上,他什么意思?怀疑我和宇文?我心里一阵慌乱,但表面上依然镇定自若,盯着秦悦,我就纳闷这楚峻怎么对秦悦如此毕恭毕敬,看来这秦悦还真有两下子!

秦悦就这样看着我,依然没说话,对视了足有两分钟。好吧,最后我败下阵来,扭头就准备走,秦悦却突然喊住我。

"你说……蔡老是如何判断出那个大致位置的?"

我刚才也在考虑这个问题,我装作一副若无其事的样子说:"蔡老不是神,他不可能凭空想象出来,一定是有更直接的发现,而这个更直接的发现很可能是袁帅带给他的!"

"研究荒原大字的人都消失了……"秦悦欲言又止,最后她看着我,只说了一句,"你小心!"什么意思?我忽然怔在了书房门口,难道下一个就是我?想到这,我不禁浑身一颤。

8

下一个会是我?呵呵,我从来不信邪,但我忍不住四处查看,白色的路虎、黑色的牧马人，我让宇文在市区绕了一圈半，心里才稍稍安心，回到了宇文的工作室。

宇文笑我吓破胆了，我回怼道："我是谨慎，为你安全考虑！"

"你说现在蔡老也出事了，我们下一步该怎么办？"宇文收起了笑脸。

"山人自有妙计，先睡觉！"我一时也不知该怎么办，只觉得困倦难当。进了客房，倒头就睡，可我刚刚入睡，忽然觉得身上一阵瘙痒，迷迷糊糊中，我本能地用手去抓，意识模糊。我胡乱地在身上乱抓，突然，指甲抓到什么地方，一阵钻心的疼痛，我猛地从床上坐了起来。

惊醒过来，我看看自己的右手，中指的指尖上沾着一些血迹，后背隐隐作痛，我马上意识到是后背被抓破了。我忙下床，面对卫生间的镜子，脱去上衣，查看后背。我顿时怔住了，后背除了被我自己的指甲抓出一道道紫红色血印，隐约有一个微微肿起的小红点，刚才就是抓到了这个位置！我仔细观察，这个小红点很像一个针眼，袁帅在铁路桥下猛拍我后背的一幕闪现在我的眼前，难道又是帅？他给我注射了什么东西？针眼周围的皮肤好像也起了一些变化，我用手使劲摁下去，针眼周围的肌肉变得坚硬，血管和青筋明显暴起，更让我惊诧是皮肤的颜色，变得发黑且紫，这是怎么回事？我微微颤抖地又用手摁了摁，倒并不疼，只有针眼那儿会痛！

我盯着镜子中的自己，心跳明显加快，感到有些窒息，我干脆脱去了所有衣服，赤身裸体地在镜子前来回转了两圈，仔细观察着自己身体的变化，头脑快速判断着这一切，以至于宇文推门走进卫生间，我都没发现……

"嚯，你这是要裸……"宇文话说了一半，看见我身体的变化，瞪大惊异的眼睛，没了声音。

我瞪着惊恐的眼睛看着宇文，一时手足无措，又在宇文面前转了一圈。宇文用奇怪的目光注视着我。过了许久，我嘴里才喃喃说道："袁帅消失那天晚上，还没这样，只是……只是那儿有个小红点！"

我必须冷静下来，想想是怎么回事，我们就这样大眼瞪小眼，对视了两分钟后，我猛地冲出卫生间，赤裸身体回去找手机，但我刚拿起手机，手机就响了……已成惊弓之鸟的我心惊肉跳地盯着手机屏幕发呆，直到铃声完全停止，这才反应过来，是袁教授的电话，我赶忙回拨过去，袁教授的声音透着疲惫和不安，"非鱼，你能马上过来一下吗？"

"现在？"我看看墙上的钟，现在是早上九点，周一的早上。

"对！就现在！"

"好！"想到自己身体的变化，我正想请教一下袁教授。

"不过不是我家，是到我的实验室来！"

"学校的实验室？"

"对！生物系的实验室！我就在实验室等你。"袁教授肯定地说。

我挂了电话，裸着身子又奔回卫生间穿衣服，宇文已经被我的身体折服，直到我对他喊出那句口头禅，"松松，你抓点紧！"他才反应过来。

　　大切直奔金宁大学生物系的实验室而去。临近暑假，又刚下过大雨，校园里人不多，十分静谧。生物系是一栋建于民国时期的大屋顶中式建筑，灰色的青砖墙壁上布满爬山虎，透着这座建筑的古老和荣耀。金宁大学的生物系历史悠久，久负盛名，我和宇文简单登记，便走进一楼大厅，大厅、走廊内，处处悬挂着前辈大师的照片。

　　小时候袁帅就经常带我来这里玩耍，我对这里再熟悉不过，袁教授的实验室在四楼，也是整栋建筑的顶楼。我和宇文径直爬上四楼，整个四楼好像都没有人，穿过光线昏暗的走廊，我看到走廊一侧似乎有间房门是打开的，那里就是袁教授的办公室。

　　袁教授失魂落魄地瘫坐在窗前的椅子上，失神地望着窗外，直到看见我们，袁教授才缓过神来，淡淡地说了句，"你们来啦！"然后起身，拿起桌上一大串钥匙，向门外走去。我和宇文对视一眼，不明所以，只好跟了上去。

　　袁教授用钥匙打开实验室大门的时候，我发现他的双手在颤抖。我和宇文跟着袁教授走进实验室，马上就听到了一阵奇异的响声，有金属撞击地板的震动声，有轻轻的摩擦声，有刺耳的尖叫声，有……总之，各种声音交织在一起，形成了奇异的声响，我和宇文面面相觑，继续跟着袁教授往里走，透过走廊两边的玻璃，我们发现那些交织在一起的奇异声响，都是实验室内的各种动物发出的。

　　"怎么会这样？"我问袁教授。

　　"好像是受到了某种刺激，变得躁动不安！"袁教授怔怔地看着实验室那些躁动不安的动物，喃喃说道："我这两天因为帅失踪的事，心神不宁，没有来实验室，今天早上我听助手说实验室的动物变得狂躁不安，所以来看看，我推测是在昨夜……呃，也可能……你们看我都老糊涂了，昨天是周日，一般周日实验室没人，我……我现在真是方寸大乱，哎！"

我看袁教授一夜之间似乎苍老许多，不禁心里一软，宇文接着问道："实验室周六有人吗？"

袁教授愣了一下，"我的实验室一般周六都有学生和助手来的，这是我对他们的要求，不过……最近学校快放暑假了，周六……我得问问他们，看有没有人来实验室……"

袁教授打了一通电话，最后冲我们摇了摇头，"上周六他们都没来实验室。"

"那也就是说这些动物是在这两天发生的变化，也就是袁帅和蔡老……"宇文狐疑地观察着周围。

"袁叔，您喊我们过来不会只是看这些狂躁的动物吧？"我也有些不耐烦。

袁教授看看我，额头上竟渗出了一些细汗，此刻，阳光被厚厚的云层遮蔽，外面天又黑下来，看上去还有暴雨！实验室没开灯，显得有些阴森诡异，"是这样，我今天早上来到实验室后，不但发现这些动物异常，存放实验药品、试剂和设备的房间也被盗了！"

"被盗了？"我和宇文一脸吃惊。

"对，这个房间一般人是进不来的，只有几个人知道密码。"

我这才注意到袁教授此时已经带我们来到了走廊尽头，面前是一扇结实的大门，门上是密码锁。袁教授熟练地输入密码，门开了。走进这个房间，里面竟然一片凌乱，明显被人洗劫过。

"都丢失了什么？"我问道。

"一些药品和制剂，还有实验设备。"袁教授一脸沮丧。

"这些丢失的东西能干什么？"宇文反问道。

袁教授想了想，摇摇头。

"都是一些普通的实验设备和制剂，一般大学实验室都有的，至于能做什么，这就不好说了，但我想盗走这些东西的人一定有他的用处！"

我觉得最后一句纯属废话，我和宇文在这个房间转了一圈，最后宇文又问了一句，"还丢了什么？"

袁教授沉吟片刻，像是突然想起来什么，"哦，最重要的是丢失了一份重要的试验数据！"

"试验数据？"我注意到袁教授反复强调了'最重要'几个字。

"对，长矛项目的试验数据！"

"长矛项目？"我和宇文听到这个名字，都吃惊地看着袁教授。

袁教授怔怔地盯着眼前一个保险柜，我注意到这是一个指纹保险柜。门虚掩着，显然已经打开了，我和宇文对视一眼，伸手打开了保险柜，里面果然空空如也，这时候袁教授低声说道："长矛项目是一个还处于保密阶段的国际合作计划，由多家知名大学和研究机构参与，国内只有我们加入了这个计划，这是一项高度前沿的生物基因改造计划，如果我们研究成功，将通过改变人类基因，达到克服癌症等顽疾，延长人类寿命的目的。不过……"

"不过什么？"我听出袁教授话里有话。

"不过如果这些研究数据被人利用，会……会有严重的副作用……"

"什么副作用？"我和宇文几乎异口同声问道。

袁教授几乎是在我和宇文逼迫下，才长叹一声说道："弄不好会产生变异，我们的技术还不够成熟，在给动物做试验的过程中，曾经有动物发生了严重的变异。"

变异？我忽然想到了什么，心里猛地一颤，我盯着袁教授，袁教授脸色越来越难看，我好像明白了什么。

"所以您不直接报警，而是喊我过来？"

袁教授沉重地点点头，宇文好像还不明白。

"您应该报警啊，为何喊我们？"

"因为我想到了帅，帅从小在这里长大，对这里太熟悉了，并且他有我的钥匙，知道我的密码，还……还能弄到我的指纹！"袁教授痛苦地瘫坐椅子上。

窗外这时响起一阵闷雷，震得我们也狂躁不安起来。

9

我在袁教授和宇文注视下，慢慢脱去上衣，将后背裸露……袁教授猛地瞪大了双眼，"这……这是……"

"这是帅给我注射的！"我痛苦地说道，此时我的胸中充斥着被欺骗和背叛的感觉。

"不！不……这不可能！这绝对不可能！帅怎么会……"袁教授慌乱地抓着我，仔细查看着我的后背。

窗外划过一道闪电，昏暗的实验室内顿时一片白光。就在这时，走廊里传来了急促的脚步声，还不止一人，我来不及穿上衣服，秦悦就带人闯了进来。我半裸的身体就以一种奇怪的方式展现在了秦悦面前。

秦悦见到我和袁教授奇怪的样子，也是一怔，显然她也注意到了我身体的变化。就这样四目相对，怔怔地对视了几秒钟，我才先反应过来，一边穿上衣服，一边不忘调侃一番秦悦。

"我身体就这么吸引你呀？"

"你想多了。"秦悦有点尴尬地转向袁教授，问："实验室被盗，为何不报警？"

"我……我才发现，刚想报警……"袁教授有些语无伦次，显然对秦悦他们的突然出现大感意外。

"事实是您并没报警，而你们却出现在这里……"秦悦转而逼近我，她漂亮的大眼睛盯着我，我却并不感到紧张，直到她以命令的口吻说要将我送到医院隔离时，我才慌了起来。

"凭什么？我又不是你的犯人！"

"你是病人！也可能是传染源！"秦悦咄咄逼人。

"我什么时候成了……传染源？"我又急又气。

"好吧，那我就直说吧！"秦悦环视我们三人，"我们现在怀疑袁帅在进行一项极具破坏性的计划，根据我们已经掌握的证据，最近一个月所有失踪的专家学者都在研究荒原大字，然后全都神秘失踪，唯一与他们都有过接触的人就是袁帅！他的神秘消失很可能是因为蔡老发现了他的计划……"

"不，这不可能！我最了解我儿子，他一直是个聪明单纯的孩子，只是……只是有些另类的想法而已。"袁教授情绪激动起来。

秦悦打断袁教授的话，严肃地说："对，就是因为他有另类的想法，我不知道袁帅在国外经历了什么，但他现在已经变成了一个科学狂人，甚至说的更严重点是……科学魔鬼！"

"不，这不可能！"袁教授痛苦地摇着头。

秦悦继续说道："活人消失，荒原大字，诡异密室，连环失踪，再到现在实验室被盗，基因变异，他究竟要干什么？"

"不，不，现在下这个结论为时尚早！"我赶忙帮着袁教授。

秦悦盯着我，猛地一拍我的后背。

"你还是先关心你自己吧！"

我一龇牙，一阵钻心疼痛，"你怎么还动起手来了？"

秦悦不再理我，对身旁的楚峻吩咐道："把他送到医院，做全身检查。"

随后，我就被架出了试验室。半小时后，我出现在医院一间洁净的颇有科幻感的房间内，进来的医生全副武装，只露出两只眼睛，像看怪物一样打量着我。我从未有过的惊慌和紧张，让我的血压和心跳急速升高，以至于给我量血压的医生吃惊地看着血压计，估计她从未见过这么高的血压吧！

各种检查，各种仪器都给我用了一遍，我估计这套检查如果自费的话，怎么也得好几万！想到这里，我血压反倒下来了，就当秦悦给我做了一次免费体检。结果肯定会让她失望，果然，当我在病房里睡了一大觉后，秦悦拿着一沓化验单出现在我面前。

"怎么样，我是不是快不行了……"我装着奄奄一息的样子。

"别装了，比我还正常！"秦悦没好气地将检查报告扔在我身上。

我接过这些报告看了一遍，心中也是疑惑，检查报告上只说后背有淤青，其他各项指标全部正常，甚至可以说是优秀！难道我身体那些变化没有危险？不可能啊！我强装镇定，放下手中的检查报告，"那我是不是可以出院了？"

秦悦盯着窗外黑漆漆的雨夜，若有所思，"不，你还需要进一步隔离观察。"

"为什么？"

"我们怀疑袁帅给你注射的东西是某种病毒，只是这种病毒的潜伏期可能比较长，所以现在还没进一步……"

我激动起来，打断秦悦的话，"我身体已经起了这么明显的变化，还潜伏期？既然都检查过了，说明这种变化并没大碍，可能只是过敏，你不能就因为这个隔离我……"

秦悦翻着白眼看看我，不再理我，走出房门，我从床上蹦下来，追着秦悦打开房门，刚走出来半步，就被两个戴着口罩的壮汉拦住去路。壮汉目光凌厉，我只好慢慢退回到病房，我轻声骂了一句，看来是真的要被隔离了。

就这么失去了人身自由？我从来不信邪，过了一刻钟后，我蹑手蹑脚走到病房门后，通过观察窗向门外望去。观察五分钟，除了医生护士，没有一个病人走过，医生护士全都戴着口罩，如临大敌，那两个身材魁梧的壮汉，一动不动坐在走廊上，看来这是医院的传染病隔离区。我又走到病房另一边，打开窗户向下探望，这里是十五楼，朝上望去，整个大楼共有十八层，也就是说上面还有三层楼。呵呵，以为这样就能挡得住我？我好歹也是攀登过阿尼玛卿雪山的人，不过我需要些工具，我瞥见自己的手机就放在床边，秦悦竟然还给我留下了手机，我赶忙拿起手机，快没电了，我本想给宇文打电话，但想想还是给他发了条信息，便上床闭目养神。

大约两个小时后，听到窗台有些响动，我猛地睁开了眼，紧接着传来两声鸟叫，我知道宇文来了。于是我侧耳倾听，走廊上没有动静，已是晚上九点半，我蹑手蹑脚下床走到窗边，小心翼翼打开窗户，外面还在下雨，一条德国产的Edelrid动力绳正垂落在窗边，我观察了两分钟，然后将脑袋探出去，朝上面看看，我知道宇文此刻就在楼顶。

收拾妥当，将病床整理成有人的样子，然后爬出窗户，将动力绳绑在自己身上，再从外面关上窗户，我使劲一拽动力绳，宇文心领神会，很快我就借助窗台爬上了楼顶天台。我和宇文配合默契，去掉绳索，换上宇文带来的衣服，再戴上了一顶棒球帽，宇文将绳索装进背包，我们很快混入十八楼的走廊，乘电梯下到一楼，在十点医院关闭大门前，大摇大摆走出了医院大楼，消失在雨夜中。

　　　10

　　我和宇文并没有多少虎口余生的喜悦，而是心事重重地回到工作室，宇文去开门，钥匙插进去，宇文忽然神秘地看看我，我心领神会小声说道："有人？"

　　宇文点了点头，我对宇文做个手势，然后猛地推开门，屋内没开灯。宇文打开灯，沙发上果然坐着两个人，一脸严肃，不是秦悦，更不是袁帅！是袁教授和另一个有些眼熟却不认识的漂亮女生，这二位让我大感诧异。

　　"袁叔，您是怎么找到这儿来的？又是怎么进来的？"

　　袁教授苦笑道："是你的这位小伙伴。"

　　宇文接过话来，"是我，你被秦悦带走后，我告诉袁教授，让他有事来这儿找我们。"

　　我的目光落在了袁教授旁边那美女身上，仔细打量这个女的，大概二十七八岁，跟秦悦差不多大，也可能更大一点，因为她看上去比秦悦要成熟些，一身得体的套装，衬托着修长的身材，皮肤白皙，大眼睛微微凹陷，鼻梁挺直，五官精致，几乎无可挑剔！又遇到一个美女，有些眼熟，但却想不起来在哪见过，她是谁？我心里嘀咕。

　　这时，袁教授开口介绍道："这位是袁帅在U国交的女朋友夏冰。"

我猛然醒悟，这才回想起来，大概是两年多前，袁帅跟我提过这位女朋友，这也是我所知道袁帅第一位，也是唯一的正式女友，那时我就很好奇是什么样的女生能征服帅？袁帅给我看过几张合影。此刻，我看着眼前的夏冰，慢慢地回想起来这个夏冰就是照片上的姑娘。

袁教授继续介绍道："深夜来访，是因为……因为夏冰给我们带来了更可怕的消息！"

"更可怕的消息？"我和宇文惊道。

"是的，夏冰今天一回国就来找我，我也领她看了帅的房间……"袁教授没再说下去。

夏冰这时也在注视着我和宇文，我想了想，压低声音，反问夏冰，"帅离开U国的时候，有什么不正常吗？"

夏冰似乎有些犹豫，她看了看袁教授，才开口说道："是的……最近几个月里，帅像是变了一个人，变得更孤僻、更敏感，总是独来独往，谁也不知道他在做什么！"

"帅从小就这样啊！"我自认自己很了解袁帅。

夏冰摇摇头，"我知道帅以前什么样，但他认识我后，变得开朗了，而且结交了不少朋友，我一直认为这是我的影响，是爱情的力量，可……"

我轻轻地哼了一声，什么爱情力量，我跟帅从小长大都没能改变他，就你才跟她认识几年？袁教授这时候也在旁边附和道："是的，我也感觉这几年帅变得开朗了，一直为他的变化而高兴，不知怎么这次他回来就……"

我仔细回忆袁帅前两年回国的变化，确实是有些改变，但我还是小声嘀咕了一句："帅如果彻底改变了，就不是帅了！"

夏冰看看我，也失望地点点头，"帅这次回国以前，连我也不知道他在做什么了。"

"那么……那么这一切总有一个转折点吧？"宇文的头脑依然保持理性。

夏冰回想了一会儿，才喃喃说道："我想都是因为那个女人……"

"女人？"我忽感一幕香艳大剧就要上演，帅竟然还会……我心里吃惊不小，因为我一直以为在男女之事上，袁帅是个不解风情的呆头鹅！

夏冰觉察出我们的惊异之情，忙解释道："哦，不，你们不要误会，不是那种事，我偶然发现帅这两个月一直和一个四十多岁的女人有来往……"

"四十多岁？"我的头脑愈发在香艳大剧上狂奔。

"不，他们并不是那种关系，那女的究竟多大年纪，我也不清楚，看上去像四十多岁，或许更大吧！但让我诧异的是我问他这女的是谁，他总是闪烁其词，非鱼，你是知道的，帅这个人不会撒谎！"夏冰解释了一大通。

"这个女人是干吗的？叫什么名字？"袁教授关切地问。

"我也不清楚，帅不肯说。但是我觉得他们一直在秘密研究什么？"夏冰环视众人。

"荒原大字？"我脱口而出。

夏冰一怔，我拿出了那张照片递给夏冰，夏冰失神地望着照片。突然，她眼前一亮，像是受到惊吓。

"对，我想帅就是在研究这个！"

"那么……"我指着照片上神秘的徽记，"那么你认识这个徽记吗？"

夏冰盯着徽记看了半天，不置可否，而是打开背包，从里面拿出一台外面都已经碎裂的笔记本电脑，打开，屏幕也有一条长长的裂痕。

"这是帅在U国常用的一台笔记本电脑。"

"怎么变成了这样？"

夏冰像是陷入了回忆，"这也是奇怪的地方。帅在回国前两个月出了一次离奇的车祸，当时帅驾车去洛杉矶，他没走高速公路，而是选择了著名的一号公路，结果与一辆货车迎面相撞，帅的车头被撞烂，当时一半车身悬在海岸悬崖外，随时可能坠落悬崖，但帅却在拖车到来之前，自己钻出了车。"

"自己钻出了车？帅没受伤？"我想象着那个画面，前两天铁路桥上那一幕又闪现在我眼前，不禁浑身一颤。

"对，车已经被撞烂，但他只受了些皮外伤，当时这个笔记本电脑就放在副驾驶的位置上，只要看看这个笔记本电脑的破损程度，就能想象出当时的惨烈。"说着，夏冰用手摸了摸苹果笔记本电脑的屏幕，一层细微的玻璃碎屑滑落下来。

"我怎么没听帅说起过车祸？"袁教授皱着眉头。

"他怕您担心，特地嘱咐我不要告诉您。但这些都不是问题的重点，重点是就在这次车祸后，我发现了帅的种种怪异，当我赶到警察局时，那个四十多岁的女人已经在那了……"

"那女人当时也在车上？"宇文问。

"并不在！"夏冰答道。

"那说明帅首先通知了那个女人，或者……"袁教授欲言又止。

"或者那个女人控制了帅！"我接着说道。

"我不知道。"夏冰很痛苦地摇着头，"后来……后来帅变得越来越不对劲。当帅回国后，我在即将被清理的垃圾箱里发现了这台笔记本电脑，我开始并没当回事，以为这台笔记本已被撞坏，帅就把他扔了，我捡回这台笔记本，试着打开，没想到竟然还能正常开机。"

"这就怪了！如果没坏，帅是不会把不用的笔记本电脑随意丢弃的。"袁教授喃喃说道。

"是的，一般他的电脑里会有些重要的论文和试验数据，是不该随意丢弃的！果然，当我打开这台笔记本后发现，电脑曾被修理过，里面所有文件都被删除了！"夏冰点动鼠标，电脑内一片空白。

"等等，你的意思是……"我快速分析着夏冰叙述的一切，"你的意思是这台笔记本电脑被撞坏后，帅曾经修复了电脑，然后复制里面的文件，最后又删除了里面所有的文件，丢弃了电脑！"

夏冰点点头接着说："我想是的，所以我想这台电脑里很可能有非常重要的东西，甚至……甚至就是帅和那女人在研究的东西。"

"那你在电脑里找到了什么？"宇文问道。

"我找电脑高手，尽可能地恢复了电脑数据，不知是帅的疏忽，还是……让我发现了几个可能有用的文件夹，其中一个文件夹里，就有这张荒原大字的照片。而且这个加密文件夹的密码竟是我的生日。"说着，夏冰用密码打开了那个加密文件夹，里面出现了几张照片和一个文件，打开文件，只见密密麻麻写了好几十页，但全是我看不懂的符号，只有开头一段文字我看懂了……

11

初探荒原大字

这是学界还未知晓的领域，也是人类从未涉足的世界。当我写下这句话时，我知道我选择了一条艰险的道路，也明白了我个人的渺小，但我还是决定勇敢地尝试，也许我将一无所获，也许我将半途夭折，可我心里深处隐隐有一种本能的召唤，哪怕只有万一可能，我也会走下去，将其中的秘密大白于天下，那么这个"领域"或是"世界"从哪里开始呢？就从这荒原大字开始。

只有这一段用汉字写的开头，我认出来了，却是一头雾水。我看看众人，四人面面相觑，夏冰缓缓拖动鼠标，下面密密麻麻是一种我不认识，准确说是我从未见过的符号书写的，其间夹杂了一些汉字、拉丁字母、希腊字母、阿拉伯字母等，我转向宇文，一脸严肃，拉住宇文的双手，"松松，下面就得靠你了！"

"我去，虽说我对符号学、密码学、各国文字都有所了解，但……"宇文皱着眉仔细辨认着袁帅所写的论文，"我可以负责任地告诉你们，这篇论文所用的文字或者说是符号，我从未见过，更别提破译了！"

"What？连你居然也会不认识！"我有些吃惊，虽然经常拿宇文开涮，但我心里很清楚他有几斤几两，宇文也算是个怪才，那几个名牌大学的文凭不是白捡的，只是他不喜名利，否则分分钟弄个专利出来。

"我是真的真的不认识，并且从来从来没见过！"宇文语速很慢，反复强调，"这种符号既不是现在人类使用的文字，也不是古老生僻的文字，也不是已经消失的那些死文字！"

"那会不会是密码？我以前听说过有种建立在文字基础上的密码，减字母或是增字母，减笔画或是增笔画。"袁教授问道。

宇文沉吟片刻，"在我的知识范畴内，没有这样的密码，也可能是袁帅自己创造的一种密码或是文字，毕竟您儿子是位天才，智商应该在我们之上。鱼哥，以前袁帅跟你玩过这种东西吗？"

面对宇文突然一问，我有点懵。最近这些年肯定是没有，我回想着小时候。

"小时候……小时候我似乎见袁帅用过一些奇怪的符号写日记，

我当时问他这是什么，他就收起来不给我看，说这是他的秘密！但我不能确定袁帅小时候写的符号就是这种符号。"

"这就对了，如果一种密码或是一种文字只有一个人懂，那就无解了！袁帅果然从小就不正常！"

宇文最后那句是小声嘟囔的，却还是让袁教授听到了，"我怎么从来没见帅写过这些东西？我也没教过他这些，他是跟谁学的呢？"

"我跟袁帅认识有三四年了，也是第一次见到这种符号！"夏冰说道。

"好吧！无解！再看看那几张照片吧！"我已经迫不及待接过鼠标，点开了那几张照片，其中一张照片就是袁帅消失前给我的照片，拍摄角度完全相同。

袁教授和夏冰面色沉重，宇文仔细看了照片，"这比你给我看的那张照片更清晰一些。除此之外，并无大的差别。"

我点击鼠标，紧接着又出现一张图片，图片上灰蒙蒙一片，只有中心位置有一片红黄相间的颜色，很刺眼！我仔细端详一阵，反问夏冰："你怎么看这照片？"

"像是热成像什么的。"

"对，这就是热成像照片。"我肯定地说。

"那你看出来什么吗？"夏冰关切地问。

我来回按动鼠标，反复比照前一张荒原大字照片和这张热成像照片，慢慢地，慢慢地，我察觉出了一些味道。

"你们看，这张热成像照片并不像是在城市里拍的，中间的红黄相间的颜色并不是人或者动物发出的热成像，这像是在野外，准确地说是从高处，或者说是从高空拍的，你们再仔细对比这两张照片……"

我快速地切换着前后两张照片，宇文首先脱口而出，"这张就是前一张荒原大字照片的热成像！"

"对！就是荒原大字照片的热成像！你们再仔细看这中心红黄相间的颜色和荒原大字的位置……"我仍然来回切换着两张照片，但放慢了速度，"中间红黄相间颜色是热源，对比前一张荒原大字，我之前就说过荒原大字上那些符号、文字是呈放射状分布的，那么放射状分布必然有一个环绕的中心。"

屏幕停留在荒原大字照片上时，我停了下来，将图片放大、放大、再放大。宇文、夏冰、袁教授仔细辨认后说道："并没有什么异常啊！只是……"宇文忽然没了声音。

此时，当我将两张照片对比，再一次仔细辨认时，终于看出了一些端倪。

"在这些荒原大字环绕中间的位置是一些阴影，像是云层！"

"对！被云层遮住了，看不清下面，而这个位置正是热成像照片中的热源位置！"袁教授摘掉眼镜说道。

"结合两张照片看，问题就很明显了，荒原大字环绕的中心位置就是这张热成像照片上的热源，而且从颜色上看，这个热源很强！"我对这个推断很是肯定，毕竟我玩热成像已经十多年了呢！

"热源很强？你刚才说这个热源不是人或者动物发出的，那是什么？"宇文对这些就不懂了。

看到宇文这懵懂的样子，激起了我的兴趣，"这恰恰是这两张照片对比后的玄机所在！在这个高度，人和动物不可能发出如此强烈的热源。如果仅仅是这张热成像照片，我会推断是某种地热或是火灾，但这两张照片对比，问题就不那么简单了，首先那些各种怪异的符号、文字看似毫无意义，却又十分规律地呈放射状分布在荒无人烟的大漠深处，我们现在还无法判断这些荒漠大字究竟有多大，初步可以推测都是挺大的字，这需要很多人力才能完成，那么做这事的人一定是有某种强大的动力，目的和指向都很明确！目的、指向是什么呢？我们现在还不得而知，热成像照片却显示这些荒原大字环绕的中心位置有一个很强的热源，两者之间一定有必然的联系，我推测荒原大字所环绕的就是这个热源。"

"荒原大字？强大热源？"夏冰喃喃自语，她又打开了袁帅那个论文，"现在再看袁帅论文的开头部分，我感到……感到不寒而栗！"

"是啊！我也感到……什么叫这是学界还未知晓的领域，也是人类从未涉足的世界？这能是什么？"袁教授瘫坐在沙发里。

窗外的雨又下大了，我看看墙上的古董钟，已是凌晨时分，我走到窗边，偷偷观察，明天早上秦悦就会发现我逃离医院，随后追查到这里！我忽然发现正对着窗户，停车场上孤零零地停着一辆黑色的荣威，或许上面的人此刻正用热成像望远镜望着我们，不过我对秦悦的人并不害怕，他们在智商和知识上处于劣势！但袁帅那句话却让我在这夏日里感到一丝丝凉意，未知晓的领域，未涉足的世界，大桥下的滔滔江水，满是怪异符号的房间，连环失踪的精英，长矛项目……一幕幕闪现在我眼前，跳下去难道就进入那个世界了？

12

我焦躁不安地来回踱步，宇文反坐在椅子上发呆，夏冰盯着电脑屏幕出神，袁教授瘫坐在沙发里，已经十分困倦。

我们都仿佛走进了一个迷宫，不可解的迷宫，似乎往前走了一点，但却又迷失了方向，直到宇文一拍椅背，"先别想那么多了，想想我们该怎么办？"

夏冰失神的眼中闪过一丝光亮，我停下脚步对夏冰和袁教授说："你们二位雨夜来访不仅仅是给我们看这点东西吧！你们有什么想法吧？"

夏冰一副欲言又止的样子，倒是袁教授从沙发里直起身子，戴上眼镜，重重叹了口气说："夏冰跟我商量的意思就是想弄清楚这荒原大字究竟是什么？它和袁帅消失又有什么关系？帅究竟在做什么？"

"那就只有去实地看看喽！"宇文脱口而出。

"这就要先搞清楚这荒原大字在哪？"袁教授反问道。

"我最后跟袁帅见面时就推断过可能在西北，也可能在境外，但是袁帅没有给我明确回答。"我思虑片刻问夏冰："袁帅还留下了什么吗？"

夏冰又打开另一个文件夹，严肃地说："还有几个文件夹，我看了都是关于生物基因方面的研究，我不是很懂，就给袁叔看了……"

袁教授面色沉重地对我说："正是看了这些研究材料，我才更加觉得问题的严重！帅的这些研究材料、数据都……"

"怎么？"我内心焦急，已经预感到什么。

"都和实验室丢失的长矛项目有关！"袁教授话音刚落，窗外划过一道闪电，紧接着是一声闷雷，昨天在实验室的那一幕又闪现在我眼前。

我和宇文吃惊地望着袁教授，虽然我已经料到，但……袁教授继续说道："所以我现在六神无主，夏冰是帅的爱人，你是帅最好的朋友，我现在只能依靠你们！我不相信帅会做什么可怕的事，如果这一切都是帅所为，那么……那么一定是被什么人蛊惑蒙蔽，甚至是被人控制胁迫！所以我现在只有一个想法，尽快找到他，避免发生更可怕的事！"

"但是，帅是死是活我们都不知道！"宇文嘟囔了一句。

没想到宇文的话让袁教授突然愤怒起来，"不，我坚信帅没有死，而且他离我们并不远！"

"并不远？！"我和宇文对视一眼，本能地朝周围和头顶看看。

袁教授继续说道："不，我说的'不远'不是这个意思，而是他很可能离我们的思路并不远！"

"您是说帅很可能去了荒原大字？"我反问道。

夏冰也点点头，"目前来看，如果这一切都是帅所为，那么他的目的很可能都是为了去荒原大字！"

"可荒原大字究竟在哪呢？"我喃喃自语，托起袁帅那台破碎的笔记本电脑，"就只能从帅的那篇论文里找蛛丝马迹了？"

"你能破译？"宇文的表情带着疑问，又带着一丝嘲讽。

"晕！你语文是体育老师教的啊！我说了是寻找蛛丝马迹，要是破译了，那还叫蛛丝马迹吗？"我又转而对夏冰和袁教授说，"给我点时间，你们要是不嫌弃这里，就先在这将就一宿，明早给你们蛛丝马迹！"

"没我，你能看懂那上面的东西？"宇文还跟我抬杠。

"那你别睡，跟我一起……"我话还没说完，宇文困倦地躺倒在沙发上。

"我去，说倒就倒啊！"我将笔记本电脑放在桌上，安排袁教授和夏冰到二楼的两间屋就寝。

回到大厅，宇文已经传出轻轻的鼾声。我关了大厅的灯，并没有马上开始破译帅的论文，而是蹑手蹑脚打开了夏冰留在大厅里的箱子，箱子设有密码，我摆弄了一阵没打开，倒是桌上的背包没有锁，我翻找一遍，并没有特别的东西，只有一台笔记本电脑吸引了我，我轻松打开了夏冰的笔记本电脑，她的密码竟然是帅的生日。

对！我是在检查她的电脑，因为我还无法完全信任这个女人。我仔仔细细、里里外外翻查了一遍夏冰的电脑。夏冰的电脑里东西不少，包括她写了一半的论文，我都大致看了下。她学的是动物学，论文看得半懂不懂。夏冰的私人照片我也看了，其中有不少和袁帅的合影，从拍照时间看，他们确实认识三四年了，近两年的照片开始增多，应该就是交往的这段时间。甚至……甚至她写的日记我都没放过，但……但夏冰电脑里的东西都中规中矩，没有任何我期望的发现，日记写的很简短，一般只有一两句话，都是记载每天做了什么事，翻完夏冰的电脑，我隐隐有种感觉，似乎她的电脑被人有意识地清理过，给我看到的都是过滤后的内容。这种感觉就像你费尽心机进了美女的闺房，却忽然觉得索然无味！

我只好关上夏冰的电脑，又返回来看袁帅那篇奇怪的论文，别忘了我的任务，当务之急是找到荒原大字的位置。我盯着两张照片看了足有半个小时，苦思冥想，我的头脑人称"小百度"，无所不包，特别是地图，基本上只要给我一张照片，我就能通过照片上的景物、建筑、人或动植物大致判断出这张照片拍摄的地方，但是这两张照片，我也只有发呆的份，除了荒漠和那如密码般的大字，没有建筑，没有人和动植物作参照，更没有经纬度，这让我的大脑怎么百度？甚至连这是国内还是国外都无法判断！

呆坐半小时后，我只得把注意力转到如天书般的论文上来，这是什么符号？究竟写的是什么？我困倦地打着哈欠，但依然强迫自己集中注意力，一行一行往下看，我注意到这种奇怪符号文字不是像现代语言那样从左往右横着书写，而是像一些古代文字那样从右往左横着书写，我想到了古汉语，古代汉字就是从右往左书写，但却是竖着书写，而这篇文章是从右往左横着书写，并不符合古汉语的书写方式。

密密麻麻的奇怪符号中夹杂着一些现代语言和古代语言，我能看懂的只有简体中文和繁体中文，还有英文，还有一些我能大致判断出是哪种文字，但不认识。第一页第十九行出现了"提高警惕，保卫边疆"，第三页第十四行出现一句英文"I like the dreams of the future better than the history of the past"，如果我没记错的话，这是U国第三任总统杰斐逊的名言，翻译过来就是"比起过去的历史我更喜欢未来的梦想"，第四页第一行有一句我想应该是法文"La Liberté guidant le peuple"，搜了一下，果然就是那句"自由引导人民"，第七页第十一行我猜测是一句很有名的德文"Ein Volk，Ein Reich，Ein Fuehrer"，翻译过来就是那句著名的纳粹口号"一个民族，一个帝国，一个领袖"，这都是什么乱七八糟的，又是民主的名言，又是独裁的口号，混杂在一起！第八页第八行是恺撒的名言"Veni，vidi，vici"，当然这句是用古老拉丁文书写的，后面还有其他一些文字，有的我翻译出来了，有的死文字我实在也是没办法。

我慢慢地比对照片，发现论文中提到的各种文字，在荒原大字照片上都可以找到，虽然找得我眼睛都快瞎了！于是，我有了一个大胆的推断，袁帅这片诡异的论文正是在破解论述荒原大字。文中提到的各种文字，正是在引用那些荒原大字，至于他究竟研究出了什么，我实在是无法破译了！

13

时间一分一秒流逝，我一点一点陷入困倦，东方即将破晓，终于……终于在迷离睡眼中，我看到了一串数字，对！是阿拉伯数字，这是我第一次在论文中见到阿拉伯数字，我像是打开了地官大门一样，猛地瞪大布满血丝的双眼，"E110°22′，N42°46′"，啊！这……这不是经纬度吗？好呀，我终于在接近最后的第四十八页第十六行发现了一个经纬度！

我使劲把鼾声越来越响的宇文摇醒，嗯……准确地说是被我喊醒的，宇文嗷嗷直叫地从沙发一跃而起，一头撞在我下巴上，啊，是不是骨折了？我直接就倒在椅子上，"怎么了？发生什么了？"宇文惊慌地晃着我。

我这才想起来不能轻易弄醒宇文，这小子睡觉会做梦，突然叫醒他估计还没出梦境呢，以前就吃过这亏，差点把我打得……哎，不提了，都是伤心往事！直到把我撞晕，他才算是正式醒过来。

"你怎么了？"宇文看我疼得龇牙咧嘴，还来关心我。我没好气地说："都是你害的！"

"我害的？不管了，你是不是发现了什么？"

变得倒快，我们的喧闹声引来了夏冰。

"把你吵醒了？"我看看夏冰。

"我根本就没睡好！迷迷糊糊听见楼下有动静，就起来了。"

"我研究了一晚上照片和帅的论文，终于有一点发现，小小的发现！"我极力压低自己的声音，却难掩我那点得意。

"哦，什么发现？"

"他说他发现了经纬度！"宇文揉揉眼睛，一副对我不屑一顾的样子。

"真的？照片上可没有经纬度啊！"

"是的，照片没有，但我在帅的论文里找到了，东经120度22分，北纬42度46分。"

　　我话音刚落，刚才还对我不屑一顾的宇文噌地窜到书架前，翻出一本地图册，"这，这，应该在M国国境内，东戈壁省，靠近内M国E市的地方。"

　　"你们能确定吗？"身后传来袁教授的声音。

　　"不会错的，蔡老在历史地图册上画了四个圈，四个圈位置不一，但四个圈的重叠交集处，就是这里！"我一边极力回忆着，一边用宇文的台式机，在电子地图上按照这个经纬度找到了M国东戈壁省境内。果然是一片黄灰色的荒漠戈壁，嗯，听地名也该听出来了，这里大片连绵的荒漠戈壁，我进一步放大，放到最大，却已经模糊不清，我不禁嘀咕道："就是这里，可是一般民用地图软件看不清楚。"

　　"那我们手中的地图是军用卫星？"袁教授胡乱猜测。

　　"不，不！"我又仔细看看那几张照片，"即便是军用卫星恐怕也无法拍到这个清晰度，当然不排除某些最新型号的军用合成孔径雷达卫星能达到很高的清晰度，但我觉得这几张照片不是卫星照片，而是航空器拍的，更准确的推测是体形比较大、航程比较远、飞得比较高的无人机拍的！"

　　我的话让众人大惊，沉默了一阵，袁教授反问我，"也……也就是说之前就有人去过那里拍照？"

　　"拍照的人去没去过现在还不好说，因为我刚才说了是航程比较远的大型无人机拍的，所以拍照的人也可能是无意中远程遥控拍到的。"我解释道。

　　"不过这种大型远程无人机可不是我们平时玩的那种，一般人是不会拥有这种大型远程无人机的吧？"夏冰推测。

我点点头，"这种大型远程无人机一般是军用的，但显然我们手里这两张照片并不是军用无人机拍的，因为那个徽记已经暴露了照片的主人！"

我说最后这句话时，将目光落在了夏冰身上，夏冰没说什么，袁教授却反问道："你的意思……徽记背后的神秘组织很可能拥有大型远程无人机，就是照片的主人？"

"蓝……"夏冰嘴里喃喃念叨着什么，可我却没听清。

"你说什么？"我预感到夏冰一定还知道什么。

"不，没什么。"夏冰的神色有些不安，"我是想说照片属于那个神秘组织，又怎么跑到帅手里了？"

"这……或许和你说的那个女人有关！"我推测道。

又是一阵沉默，东方既白之时，袁教授像是下了很大决心，"总之，我们得去找到那个地方看看，找到帅，阻止他做出更……更疯狂的事，我想夏冰肯定是要跟我一起去的，至于你们……"

"去啊，去啊，我对荒原大字已经发生了浓厚的兴趣！再说袁帅是非鱼的发小，也就是我的朋友……"宇文天性纯真，一边说着一边拍我肩膀，我两天两夜没怎么合眼，被他这如催眠般的摇晃，直接瘫倒在沙发上，临闭眼时，我还不忘嘟囔了一句："我们的征途是星辰大海。"

等我醒来时，四本带有M国签证的护照摆在我面前，我揉揉睡眼翻开看看。"你这就准备出发啦？"我依然困倦。

"要去就快走！天亮了，很快那个女警察就会找过来！"

宇文说这句话时，我就感觉自己后背一阵瘙痒，隐隐作痛，帅究竟给我注射的是什么？为何我的身体会有那样的变化？医院又为何什么也没检查出来？为了我自己的小命也必须找到帅！活要见人，死要见尸！

我暗自思忖着，不经意瞥了夏冰一眼，发现夏冰也在注视着我，四目相对，我们赶忙回避了目光。我也不知道为什么会去看夏冰，只觉得她有种很特殊的魅力，当然朋友妻不可欺，我对她并没有非分之想，但我想能让袁帅动心的女人一定不一般。夏冰之前，我还没听说袁帅交过女朋友，以至于我曾怀疑他的性取向，我们还被人误会过……

至于秦悦，我冥冥中有种预感，她还会出现的，因为我跟她命中有劫，嗯……袁帅好像也跟我命里有劫！那个……宇文这家伙，算了，跟我命中有劫的人太多！谁叫我的魅力大呢！

14

我们出发要躲开秦悦的人，我思虑片刻做出安排，"袁叔，秦悦见我跑了，有可能会去找您，您先回去，准备准备，明天一大早我们去接您！夏冰，你在这忍一宿，不过现在你最好出去逛逛，晚上再回来，如果撞上秦悦他们，你就说……就说是宇文的女朋友！"

"哦？好吧！"夏冰一脸无奈地看看宇文，宇文有些尴尬地也看看夏冰。

宇文赶忙扭头看着我，"那我们怎么去啊？"

"用你的大切啊！"

"我去，我的……我的大……大切！那可是我的心肝宝贝！这要是开一趟M国回来，我的大切不死也残了！"宇文此刻一脸惊恐。

"心什么肝！你那车都开了十万公里了，还心肝？"

宇文还想说什么，我赶紧打断他："我们还是想想怎么对付秦悦吧！"

"他要找的人是你，又不是我！"宇文一脸天真。

"我可是传染源哦！"

"这样吧，我这工作室有个阁楼……"

宇文的话，让我马上想到了那个堆满杂物、落满灰尘的狭小阁楼，不注意都不会发现工作室在二楼之上还有一个小阁楼。想到那地方，我就一阵恶心，但想想如今在这座城市，哪里还有可靠的地方？好在只需要躲一天！

果然，当袁教授和夏冰走后，秦悦、楚峻带着人很快就进了宇文的工作室。我屏住呼吸，躲进逼仄的小阁楼里，这里堆满了宇文不用又舍不得扔的东西。透过木板的缝隙窥视着下面，楚峻带人四下搜查，秦悦则叉着腰，绕着宇文，来回踱步，我欣赏着秦悦婀娜的身姿，心里好笑，倒要看看这个美女警察有多大本事？一番搜查后，楚峻带着人失望归来，秦悦四处张望，最后逼近宇文命令道："我提醒你，现在我们怀疑袁帅就是这一系列事件的幕后黑手，同时，你那个好友体内携带了袁帅制造的某种病菌，这种病菌潜伏期内很难检测出来，后果难以预料，所以必须马上找到他们！"

宇文该聪明的时候还是聪明，他对秦悦装傻卖萌一番后，秦悦悻悻而走，不过我知道外面一定有她的人，她是不会就此罢休的。

我不敢下来，在阁楼忍了一白天，倒是补好了觉。等我醒来时，已是晚上，宇文竟然是跟夏冰一起回来的，他们给我带了一份外卖。我从阁楼下来，压低声音，戏谑道："你这么快就进入角色了？还出双入对了？门外……"

宇文做了个嘘声的手势，"门外一直有辆车，但他们没有盘查夏冰！"

我走到窗边，掀起窗帘一角，晚上雨停了，有辆白色的比亚迪正停在不远处。我狼吞虎咽吃完外卖，三个人分坐在大厅不同的角落里，大厅内保持着沉默。夏冰对宇文书架上的书产生了兴趣，宇文则昏昏欲睡，我摆弄着手机，一边盘算着明天如何甩掉秦悦的人，一边期待着明天早日到来！

突然我的手机响了一下，我猛地瞪大眼睛，只见一条微信写着"用你过去的号码，两个小时后我会联系你！"

半夜闹鬼啊，这……这谁啊！是一个叫"小雪"的微信号，我微信上加的人太多，我想了三分钟，实在想不起来这个小雪是谁，可能在什么聚会上随便加的，后来就再也没联系。头像倒是个美女，不过这年头不能信头像。

"用你过去的号码，两个小时后我会联系你！"这是啥意思？诈骗电话？要在以往我就直接删除了，但……

我正寻思呢，又是一条微信，还是小雪，"勿让他人知道，阅后删除！"这个小雪倒是跟我心有灵犀，我毫不犹豫地删除了和小雪的聊天记录。但在这个非常时期，我不能忽略任何有价值的信息，上个当我也认了！我之前的号码？这个小雪知道我之前的号码？我之前的确还有另一个运营商的号码，不过后来换了现在的号，那个号就用的少了，只有我家人和几个好友知道。我一直没去管它，我晕，不会三个月没交费，销号了吧？

我瞥了一眼夏冰和宇文，宇文已经呼呼入睡，夏冰则拿了我之前写的《西夏死书》坐在沙发上看了起来。嗯，她应该是看进去了，根本没注意我，这充分说明了我的《西夏死书》是本好书！

我晃晃悠悠地走到楼上的阁楼，记不得那张手机卡放哪了，应该还在老手机里，老手机在哪？应该就在这个阁楼里，阁楼里有个肮脏的旧桌子，我一个个拉开抽屉，翻出我的老手机，充电器也还在。先充上电，然后给老号码充了五十元，焦急地等待了半个小时后，我打开旧手机，很快收到一条短信，显示充值成功，谢天谢地！

继续充电，两个小时后联系我！我还是觉着这就是个恶作剧或是诈骗短信，诈骗什么呢？诈骗五十元话费？想不通，这几天想不通的事太多了，困意再次来袭，我晕晕乎乎地趴在桌上又打了个盹。也不知睡了多久，好像还梦到一个美女，当我伸了个懒腰，直起身来时，梦中那个美女的容貌竟又浮现在我记忆里，居然是秦悦！

我有些恍惚地发现，自己竟然在杂乱的阁楼里，这才想起来手机。旧手机就在我胳膊下压着，绿色指示灯一直在闪，我这才想起那个神秘的信息。

我打开手机，只见旧手机屏幕上显示有两条短信，是一个陌生号码发来的，第一条"我是帅，我需要你的帮助"；第二条"一定看懂我给你的照片"。

袁帅？他真的没死！给我发短信，这……这可信吗？我看了一下时间果然是准时发过来的，而我竟睡着了，此刻已经是凌晨一点，我再给他回信，他能看见吗？想到这里，我决定先试探一下。

"我怎么相信你是帅？"

"570921"对方秒回了一串数字。我的大脑像被什么东西猛击了一下，袁帅家的条件从小学起就很好了，他用的电脑都是最新最好的，所以我常去他家蹭电脑，这是他电脑的开机密码，当时我曾经问他这串数字有什么寓意？他说代表对刚刚去世母亲的思念，因为这是他母亲的生日。

我这就能相信对方是帅了吗？可能还有别人知道这个密码，比如说袁教授，但我现在没得选择，只能选择相信。于是，我一口气连发了三条短信。

"那天在铁路桥上究竟是怎么回事？"

"照片我和袁教授、夏冰、宇文分析了，我们准备去那里！"

"夏冰可以相信吗？"

很快，对方回复了两条。

"那天是想跟你说一件惊天秘密，但我们被跟踪了。"

"你和他们分开走，你单独坐火车到 B 市，我找机会与你见面！"

这两条是对我前两条的回应，但是等了很久也没等来对第三条短信的回复。惊天秘密？跟踪？嗯，那天好像是有人盯着我，但是那天……一切都太突然，我已经无法分辨那天是否有人跟踪我！分开走？为什么？为了约我单独会面？我胡思乱想了近二十分钟，对方终于又发来一条短信。

"现在可以相信。"

看了这条短信，我轻舒了一口气，可又皱起眉头，可以相信？现在？这个"现在"又像是多了一层迷雾。我刚想再发一条问对方，对方却给我又发了一条短信。

"注意安全！你不要主动联系我，这个号码我随时会换掉，我会联系你，今天就这样！"

我握着手机，又怔住了，对方是袁帅吗？这么谨小慎微，如此言简意赅，这跟我印象中的袁帅判若两人啊！袁帅在我心目中还是那个绝顶聪明、学识渊博，会跟我滔滔不绝、侃侃而谈的少年，或许他在国外的这些年改变了不少吧！

15

次日清晨，我对宇文和夏冰宣布了我的新计划。要出远门之前，突然想起来家里还有一件大事要处理，同时为防止被秦悦和楚峻盯上，最好分开来行动！宇文开车带夏冰和袁教授先出发，我随后赶到

E市会合。夏冰倒没说什么，宇文却不知深浅地一个劲问我有什么大事要处理，是不是哪个妹子在等我，我只回答他两个字——滚粗！

看宇文开着他心爱的大切带夏冰走了，我定好下午四点的火车票，收拾妥当，又在肮脏的阁楼上睡了半天，这才不急不慢地起来，盘算着该怎么神不知鬼不觉地离开这里。看看手机，宇文给我发来两条简短的微信，第一条是"我们的征途是星辰大海"。这是我和宇文约定的暗语，说明他们已经接上袁教授，平安上路。第二条是"今天雨转晴"。这也是我和宇文约定的暗语，说明有跟踪但被宇文摆脱了。

我走到窗边，掀起窗帘一角，向外望去，停车场上各种车辆，但我扫过一圈后，发现白色比亚迪不见了，应该是去跟宇文了。一连下了几天的雨今天终于转晴了，可我刚高兴三秒钟，就很快发现那辆黑色荣威又出现在停车场。

宇文的工作室里面无奇不有，我乔装改扮一番，还给自己黏了胡子，然后叫了一辆专车，当车在我指挥下，稳稳停在门外时，我才不慌不忙地走出大门，上了车。专车很快驶出园区，上了环城公路，我给司机的目的地可不是火车站，而是相反的方向，后视镜里，我发现那辆黑色荣威一直紧紧尾随，果然是秦悦的人。就这样黑色荣威跟着我们绕了一半环城公路，还是没有放弃！我让司机改变了目的地，司机驶下环城公路，黑色荣威紧紧尾随，我看看时间，离火车出发时间只有一个小时了，这个位置要赶到火车站，时间已经很紧张，正在焦虑之时，突然一辆银灰色奔驰GLC超过黑色荣威，挡在了荣威前面。

红灯转绿，我们很快通过路口。后视镜里，我发现黑色荣威没有跟上来，而是被奔驰GLC死死堵住了那条车道，隐隐约约，奔驰车上下来两个人，似乎奔驰出了什么问题。再往后，我就看不清了，管他呢，看来今天我的运气还不错！专车将我送到最近的一个地铁站，我赶忙换乘地铁，终于在离发车只剩五分钟时，冲进了火车站。

随着车厢门关闭，火车缓缓启动，我终于长舒一口气。火车过铁路桥时略微放慢了速度，这就是那天袁帅消失的地方，我怔怔地盯着窗外，神情恍惚，心里依然一阵心悸！我向车厢四周望去，有的旅客昏昏欲睡，有的旅客专注手机，有的旅客走来走去，还有两个熊孩子吵闹不休，袁帅会出现吗？我闭上眼睛，想再睡一会，可却没了睡意，火车一直没停站，直到济南西站才停了三分钟，很快火车又启动继续向北飞驰。车窗外夜幕慢慢降临，田野、山林都笼罩在了黑夜中。

我在座位上换个姿势，闭目养神，突然手机响了一下，我掏出手机一看是黑屏，我稍微一怔，马上明白是那个旧手机，我担心把这个已经不值钱的旧手机弄丢，特意放在背包里面的小口袋里，掏了好一会才找到，短信只有三个字——往前走！

往前走？我撑着胳膊站起来，四下张望，自己在较为靠后的第十四号车厢，往前走就能碰到袁帅？不是说到B市见吗？难道他在济南西站上来的？来不及想这么多，我开始沿着车厢过道往前走，身子随着列车的晃动微微晃动，避开熊孩子，绕过大叔和大妈，还有几对小情侣，我走的速度不快，也快不了，暗中观察车厢中的人，并无异常。通过第十三号车厢，十二号车厢，十一号车厢，到了十号车厢。这里忽然安静许多，原来这节车厢有许多空座，我继续往前走，就在我路过十号车厢和九号车厢连接处的卫生间时，突然，卫生间的门开了，我毫无防备，被一只有力的胳膊拽进了卫生间，紧接着"咯哒"一声，卫生间被锁上了！

"别闹，帅——甩……货！"一切都很突然，我本能地要反抗，但又以为是袁帅，定睛一看，居然是秦悦！阴魂不散，冤家路窄！刹那之间，我从动作到语言都变得很奇怪，把那个"帅"字拉长改成了一句家乡话"甩……货！"

"你说什么？"秦悦用胳膊压着我，我被抵在厕所门后。

"甩货啊！家乡话，适用于亲密朋友间！"我对我的反应速度深感欣慰。

"谁跟你亲密朋友！"秦悦的整个身子靠过来，但我非但没有感到难受，反倒喜欢这样的感觉。

秦悦的表情有些夸张，与她那漂亮的脸蛋很不协调，我就和她这样在狭小的厕所里互相贴着足有半分钟，这才发现我刚才本能地把背包挡在胸前，包里有一个突出的坚硬物体顶到了秦悦胸口。

"你……你这是什么凶器？怎么过的安检？"秦悦已经疼得有些龇牙。

"书啊！就是一本书呀！"确实是一本书，只是这本书又硬又厚，有时真的可以防身，我带着它最主要是因为它是袁帅小时候送给我的书。

"书？"秦悦吃痛放开了我，捂着胸口，弯下了腰。

"真是书啊！你不信？"我掏出那本书来，书名叫《历史语言学与地理语言学研究》。袁帅小学时就在读这种书，我都不明白他当时怎么能看懂。

"可恶！"秦悦瞥了那书一眼，一脸无奈。

"你说你见到我这么激动干吗？动手动脚的！"

"谁跟你动手动脚……"秦悦头上都渗出了细汗，这破书居然这么厉害？

"行了行了！别嘴硬！胸疼啊，我给你揉揉就不疼了！"

"滚！"我这种正人君子当然不会去揉啦！可是秦悦却本能地往后退了一步，靠在厕所的另一面。

"那我就滚啦！"其实我是想走，还有正事要干！

"你敢走！"秦悦说着又抬起一脚踢在厕所门上。

说实在的，秦悦的身材实在是好。哎！可惜她这么凶，也不是我的菜啊！又过了半分钟，秦悦好像缓过来了。

"说，你出来准备去哪？"说着秦悦摁了一下抽水马桶。

"你这是干吗？嫌臭啊！"

"隔墙有耳！"

我也摁了一下抽水马桶，回答了她两个字："B市！"

"别蒙我！你是不是和宇文准备去照片上那地方？"秦悦摁了一下抽水马桶。

"你都知道了还问，还有袁教授和夏冰！"我摁了一下抽水马桶。

"夏冰是谁？"秦悦摁了一下抽水马桶。

"袁帅的女朋友！是她给我们提供了荒原大字的线索……"于是我边摁抽水马桶，边简要说了夏冰的情况。

秦悦若有所思，直到我又摁了抽水马桶，在巨大的冲水声中，我开始问她，"你……你怎么在这趟车上？"

"哼，你以为你能逃过我的手心？从你那天逃离医院起，一切都在我的掌握中！"秦悦脸上露出一丝得意。

"什么意思？"我有些懵。

"咱们到底谁问谁？"秦悦把眼一瞪，不过我一点都不怕她，我这才注意到她今天没穿警服，穿了一身休闲的户外运动装。

"你这身打扮，不会是要跟我们一起上路吧？"

"不该问的不要问！"

我们就这样一直摁着抽水马桶，你一言我一语的，但就在我想出门时，忽然觉得秦悦身后的车窗玻璃上有些异样，我一把抓住秦悦的双肩，把她拉到我身后，卫生间的车窗是块不大的小车窗，我猛然发现有一张脸，一张人脸就贴在车窗玻璃上！

"脸！人脸！"我惊叫出来，再次看向窗外，我发现车窗外一片漆黑，什么也没有，列车高速飞驰，任何人趴在外面都会被撕烂！可……可是刚才我确实看见了那张脸，我闭上眼，额头渗出了微微细汗，回忆着刚才那张脸，是袁帅吗？那天他就是在一班火车过后消失的！难道他就是这样趴在车外？不，理性和逻辑告诉我这不科学，袁帅血肉模糊被撕裂的画面浮现在我脑海中，挥之不去！

秦悦看我这幅尿样，竟然关切地摸了摸我的额头，"你是不是病了？太紧张，产生了幻觉？"

"不……不可能！千真万确！"我使劲摇着头，"他……他也许是想从窗外伤害你！是……是我把他吓跑了！"

"好！好！好，我谢谢你，你救了我一命！"秦悦被我的囧样逗乐了。

16

我整理好衣冠，把卫生间门打开一条小缝，四处观察，见无人，这才和秦悦挤出厕所。不曾想突然窜出一个孩子，一个女人紧随其后，我和秦悦一愣，熊孩子还大声问那女人："奶奶，叔叔阿姨怎么上一个厕所？"

女人一脸尴尬地看着我们，然后一把抓住孩子一边往车厢里拖，一边嘴里嘟囔着："不要脸！现在这些年轻人真不要脸！"

看着大妈远去的背影，我从刚才窘态恢复过来，竟然乐了，秦悦捅了我一下。

"有啥可乐的？"

"我在脑补一个画面，要是你今天穿着警服……"

"我要是穿警服，今天就铐了你。"秦悦没好气地拉我坐在最近的十号车厢。

我乘秦悦不注意，掏出旧手机看了一眼，没有新的消息！袁帅没见到我，应该给我发新消息啊，难道……难道刚才厕所窗外的那张脸真的是袁帅？想到这里，我不禁浑身一颤。

列车很快就要到B市了，我有些沮丧，但看着一旁的秦悦，忽然觉得又多了一些希望，"你这趟就是为了跟踪我？"

"我负责调查这件事！"秦悦严肃地跟我说了这句话。

"这件事？袁帅失踪的事？"我觉得秦悦的话模棱两可。

"所有的事！"

"包括郑业成、骆醒鹄、刘恒、蔡老，等等，这些精英的失踪事件？"

"我告诉你，现在失踪的可不止这几位了！"说着秦悦严肃地扭过脸盯着我。

我心里一惊，"又有新的失踪者了？"

"我跟你说，U国中央司令部的诺福德将军失踪了！"

"这……"我吃惊地抓住了秦悦的手，"也跟荒原大字有关？"

"对！我们刚刚核实，诺福德是在执行秘密任务时失踪的。开始怀疑他是落入了恐怖分子之手，后来发现不是这样，他们找到了诺福德的手提电脑，这是司令部专门配发给他的工作电脑，里面不允许有私人内容，这种电脑安全系数很高，但他们发现在电脑中有一部分文件被删除了。于是，他们动用最顶尖的电脑专家恢复了其中一部分内容，让他们吃惊的是这部分内容并非军事机密，而是一些神秘的符号！"

"就是荒原大字的内容喽？"

"是的！另外还得知与此有关的失踪者包括S国著名数学家伊萨

科夫，他同时也为S国军方和情报机构制定密码。A国的一位生物学家奥斯汀，她长期从事已灭绝动物的研究！注意，她是一位女性。"秦悦加重了语气。

"终于有个女的了……"

"什么叫终于有个女的？"秦悦又瞪我一眼。

"我在寻找失踪者之间的共性啊！前面失踪的都是男性，现在有女的，说明并非只是针对男性。现在他们的共性就是三点：时间是最近一个月，身份都是各方面的精英，最重要的是都与这个荒原大字上的神秘文字符号有关！"

"你第二个身份共性也被打破了！"秦悦冷笑道。

"哦，还有谁失踪了？"

"I国有个叫拉菲索玛的小女孩……"

我吃惊地打断了秦悦，"小女孩失踪也和荒原大字有关？"

"是的，这个小女孩才九岁，在当地有神童之称，被当作圣女供奉，她在很小年纪就能很快掌握语言，据说还有未卜先知的能力！"

"吹牛吧！"我嗤之以鼻。

"反正不管是不是吹牛，这女孩确实失踪了，并且在她家中的墙上发现了类似荒原大字的文字和符号！"

"有意思了，这女孩怎么会自己研究这些文字和符号呢？她家的大人呢？"

"她家大人文化程度不高，根本不可能……"

我打断秦悦说道："那肯定是有人诱导她！"

"这……"秦悦陷入了沉思，"国外还有一些失踪信息，但要核实，不过我们现在也管不了国外的案例！补充一点共性，就是至今都没有这些人的死亡报告。"

"也就说他们都还可能活着，甚至……甚至可能去寻找荒原大字了！"我忽然十分肯定那个神秘短信的另一头就是袁帅。

"只有一个例外……"

"袁帅？"

"因为他是在你面前消失的，而且几乎所有失踪者似乎都曾经与他有过不同程度的接触！"

"可我没失踪。"

"这也是例外的地方，你是他消失前见的最后一个人！"秦悦说着直直地盯着我，仿佛是在看一个怪物。

"我……好吧，就算是一个例外吧！"我心里盘算，那袁帅再次联系我算不算是更大的例外。我胡思乱想又问秦悦："那你准备跟我们一起去破解荒原大字？"

"对！我这趟就是打算去，并不是跟踪你。"

"但我不知道袁教授和夏冰是否愿意，宇文应该没什么问题！"

"这由不得你们！"

我们把声音压到了最低，列车缓缓进站了，我趁下车混乱之时，又看了一眼旧手机，还是没有信息，再看微信，也没有"小雪"的微信。

我焦急起来，等车厢里的旅客都下车了，我才不舍地走出车厢，四下张望，没有发现袁帅的身影！秦悦用力拍了我一下："你魂不守舍地看什么呢？"

"因为要和你分别，所以魂不守舍啊！"

"谁说我要跟你分别了，你晚上住哪儿？"

我愣住了，这……这是要干吗？这么快就要追我？

"你瞎想什么呢！我问你住哪？明天早上我来接你，一起上路！"

"一起上路？"

"对！我提醒你，别跟我耍滑头，首先你逃不掉，其次你没有我，连国门都难出！"

"好吧，明天早上九点你到市中心半岛酒店来接我。"

"住的不错哦！明早见！"

"等等，你还没说你是怎么找到我的，这关系到我们一路上的信任！"我一脸认真地叫住秦悦。

秦悦看看我，脸上露出得意的笑容，就见她笑着一步步逼近我，几乎跟我贴在了一起，我已经可以嗅到她身上淡淡的香气，这小妮子想干吗？就在这时，秦悦的手伸进了我牛仔裤后面的口袋里，我浑身一紧，发现我的手机到了秦悦手上，秦悦拿着我的手机晃了晃，笑道："那天在医院隔离区，你以为我会把手机留给你？"

我的大脑快速运转着，很快就明白了秦悦的意思，"你对我手机动了手脚？"

"还是蛮聪明的，我就是想看你会去哪！"

"那你不担心我身体里的病菌？"

"你身体内的病菌应该还在潜伏期,暂时不会……"秦悦皱皱眉,又接着说道,"你是最后见到袁帅的人,荒原六字又是你擅长的领域,所以我只能跟紧你!"

"好吧!那……合作愉快!"我意识到自己是无法摆脱秦悦了。不过有她参与,应该能更快破解荒原六字的秘密,找到袁帅。

秦悦说完消失在火车站的人流里,我一个人还在无人的站台上张望,手在裤兜里紧紧握着另一部旧手机,甚至盯着车厢卫生间外的玻璃看了半天,除了一些污垢和水渍,什么也没有,可能我看的时间过长,以至于引来了工作人员,最后我被请出了站台。

一晚上我都心神不宁,一个人在市区闲逛,看着灯红酒绿,繁华世界,想着我们马上就要去那个荒无人烟的地方……两个手机都没响,难道给我发短信的人不是袁帅,而是……秦悦?因为秦悦出现以后,就再没收到短信!可秦悦又是怎么……不想了,此刻想多无益,只能养精蓄锐,等待明早出发。

17

第二天早上天气不错,希望是个好兆头。我背着包,嘴里嘟囔着出了酒店往停车场走去,还没到停车场,路边有辆黑色的牧马人就冲我摁喇叭,我一抬头,秦悦正摘下墨镜,冲我一脸坏笑,"你不是住半岛吗?怎么从对面诺富特出来啦?"

"废话!半岛那么贵,你给我报销啊!"我仔细打量秦悦,今天的牛仔打扮配上这车,还挺漂亮,但更让我吃惊的是秦悦的车,我想起袁帅消失当晚，这辆牧马人就一直跟着我们，"可恶，原来你一直跟着我。"

秦悦笑而不语，待我上车，一踩油门，牧马人飞驰出去，在堵城帝都也来去自由，我不禁佩服起秦悦的车技来。"车技不错啊，在哪儿学的？蓝翔吗？"我嬉笑道。

秦悦瞪我一眼，很快就上了高速。

早上我联络宇文，他们昨晚在大同住了一晚，这会也正在驶往边境的路上，我没告诉他遇到秦悦的事，准备给他们一个大大的……惊吓！

一路上我和秦悦轮流驾车，每次去服务区上厕所时我都偷偷看一眼那部旧手机，一直没有动静！我估摸着傍晚时分能到E市，宇文他们也差不多时间。果然，当夕阳西下时，我俩驶进了边境小城E市。

小城人不太多，主要依赖边境贸易，我跟宇文定好在陆桥公园门口会合。我把车停在公园门口，放下车后面的敞篷，十来辆老式的苏制老吉普车从我们旁边驶过，看着这些老掉牙的嘎斯吉普车晃晃悠悠，像是要散架的样子，不禁发笑。

"都是M国牌照的车，你有什么好笑的？"秦悦盯着我。

"我笑你啊，开这么一辆崭新的牧马人。M国那边全是这样的老爷车，你的车太扎眼，小心被坏人盯上！"

"等到了那边，你来开这车，你不是喜欢吗？"秦悦满不在乎。

"拿我当靶子？你可是领教过我秘密武器的哦！"说着我掏出了那本巨著一角，在秦悦面前一晃。

秦悦顿时花容失色，一脸娇羞地捂着胸口说："到现在还疼呢？"

"还疼？"我还真有点怜香惜玉了，刚要凑近秦悦，却感到她冰冷的眼神在瞪着我。

我忙后退，靠在车门，这时我后脑勺突然被什么东西重重地砸了一下，疼！真的很疼！我回头一看，只见宇文把大切停在路中间，直接给我扔了个地图册来。

"你有病啊！"我怒吼道。

"你不是说家里有事吗？好哇，怎么把警察领来了？哦……我知道了，你看人家漂亮就出卖了我们。"宇文越说越激动。

"冷静！不是你想的那样！"我也不知道怎么会蹦出来这么一句，怎么听都像是我和秦悦偷情被抓了个现行，但我能跟他们解释说袁帅给我旧手机发了短信吗？可恶，有口难辩！我只好无助地看看秦悦，只有她能帮我说句话，可秦悦也是够绝情的，对我置之不理，径直下车走向袁教授和夏冰，呃……我跟她有情谊吗？应该有，我昨天还在火车厕所里救了她一命！哎！今天就对我这么无情无义！

秦悦的出现让袁教授有些吃惊。

"秦警官，你怎么来了？"

"哦，你们不辞而别，去调查荒原大字，我怎么能不来呢？"

秦悦回答着袁教授的疑问，目光却挪到了夏冰的身上，宇文也不说话了，和我一起注视着这两大美女的交锋，有一种看女子职业摔跤的紧张感，我觉得自己好像有点恶趣味。

秦悦和夏冰两人站在一起，都有着精致立体的五官和姣好的身材，只是秦悦妩媚嚣张，夏冰知性高冷！就见秦悦慢慢逼近夏冰，对！在我看来就是逼近，她比夏冰略矮两厘米，昂着头，脸没顶上，胸倒是撞到一起了，我又觉得关注到这点的自己有点猥琐，其实我平时不是这样！

"你就是袁帅的女朋友？"秦悦问。

夏冰还没开口，袁教授赶忙过来介绍道："对，夏冰，帅在U国交的女朋友，她给我们带来了一些新的情况，特别是帅的笔记本电脑……"

"非鱼已经跟我介绍过了！不过我要跟你说的是这一路很艰险，你这细皮嫩肉的，吃得消吗？"秦悦似乎一开始就对夏冰怀有敌意。

"你不也是细皮嫩肉的，你吃得消吗？"夏冰给顶了回去。

"我……"秦悦的嘴还真说不过夏冰，秦悦动了动嘴，却什么也没说出来，是啊，两个美女都是细皮嫩肉的，秦悦穿着便装，一点看不出她是个女警察。

"好了，好了！我们自己要团结！"我赶忙凑上去分开她们，"再说我们这样横在马路中间，也太……太嚣张了，别等我们还没出国门，就被此地的交警给灭喽！"

"我不想和她一起走！"夏冰对我说道。

"这可不由着你！"秦悦说完，两人又杠上了。

我只好硬着头皮再次分开两人，对夏冰小声解释道："没有她，我们恐怕连边境都过不了！再说你又不跟她一辆车，她烦也是烦我，你怕什么？"

听我这么一说，夏冰没再说什么，谁料，秦悦这小祖宗又指着夏冰对我说，"晚上我跟她一间屋，就这么定了！"

其实我心里很乐意让她们两个住一起，但嘴上却还得向夏冰表明态度，"小祖宗哎！你们住一个屋别又杠起来！"

"你放心，我绝不会欺负她！"

夏冰轻轻哼了一声，"谁欺负谁还不一定呢！"

秦悦还想说什么，被我及时拦住。

天黑之前，我们入住了酒店，袁教授一间，我和宇文一间，秦悦和夏冰一间，我心里盘算着倒要看看她们能闹出什么名堂来。

不过此刻更让我揪心的不是这两位美女，而是袁帅，我掏出旧手机端详半天，一整天都没有响过了，我不知道明天出了国门，手机还能不能收到信号。老天保佑，快点跟我联系，这样我才好判断下面该如何上路。

第二章　第一日

1

虽然困倦不已，但我几乎一夜未眠。眼见东方即将破晓，我坐起来，无奈地瞅瞅旁边还在熟睡的宇文，又侧耳听听隔壁那两个美女的动静，一晚上什么响动也没有，不会出什么事吧？想想这几天的遭遇，我此刻竟有些恍惚，居然跑到了这边陲小城。袁帅到底是死是活？那个给我发短信的家伙是袁帅吗？他没见到我为何不继续联络我？想到这里，我又掏出旧手机，黑屏！

天色刚蒙蒙亮，我干脆起床洗漱，洗漱完毕，坐在马桶上翻看微信朋友圈，袁帅的微信停留在了两个多月前，他的最后一条朋友圈停留在五月十一日。内容写的是"莫哈韦沙漠"，然后配了一张沙漠公路的照片，荒无人烟的沙漠上一条高低起伏的公路一直延伸向天际，我盯着这张照片有些恍惚，照片上的景物与我们要去的M国东戈壁省似乎很像，那么袁帅既然之前已经开始研究荒原大字，为何不早点跟我讲？一定是有什么事促使他临时下的决心……我的心里一紧，同时手机也响了一下，吓得我将两个手机都掉在了地上。

捡起手机，旧手机依然黑屏，提示音来自微信，还不到六点，谁会这么早给我发微信，是秦悦！不过不是单独给我，而是在群里，昨天我给大家拉了个群，就我们五个人，我还给这个群起了个闪闪放光的名字——我们的征途是星辰大海。

"我和夏冰都醒了，随时可以出发，你们都醒了吗？"秦悦在群里问。

"我也早就醒了，年纪大了，睡得少！"袁教授也醒了。

我巴不得赶紧出发，像是得到圣旨一样从马桶起来，冲到宇文床边，飞起一脚，把宇文踢到了床下，不这么做根本叫不醒梦境中的松松。

"我把宇文踹醒了，可以走了！"我在群里回复。

见到秦悦和夏冰，他们跟没事人一样，我难掩心中好奇，我有意把秦悦和夏冰往一起凑，就是想让她俩发生点什么！特别是夏冰，我始终对这个女人不放心。

我们在超市买了许多吃的和饮用水，装满了两辆车，便向口岸驶去。出关时幸亏有秦悦，等到那边入关时，却等了很长时间，因为前面排了一溜M国的吉普车。"就是昨天我们在公园门口看到的那个车队。"秦悦提醒我说道。

"我们出发得够早的了，他们竟然比我们还早！"我盯着前面的车队，点了一支烟。待我抽了两支烟了，前面车队的人还在跟M国的边防官员叽叽歪歪说着什么？

"你抽烟？"秦悦突然问我。

"之前戒了，但是这两天……"

"压力有点大，抽就抽吧！"

"嘿，我抽烟要你批准啊！"我拿秦悦还真没办法。

宇文只跟熟人话多，他与袁教授、夏冰都不熟，所以想和我一辆车，我却把他强行赶到大切上，与袁教授、夏冰一起。此时，大切跟我们并排等待，宇文正一脸幽怨地盯着我。

等了足有一个小时，那个车队终于走了，接下来我们更换M国临时车牌，又耽搁一些时间。过境之后，秦悦驾车在前，宇文他们跟在后面，我则用GPS负责导航，开始一切都很顺利，路况虽然不比国内，但也还好，当我们拐向另一条向西的公路时，便开始颠簸起来。

这条公路越来越颠簸，路况越来越差，窗外的景色倒是越来越美。没有人烟，远处是起伏的群山，近处则是一片草场，这是我们出境的第一天，也是进入戈壁的第一天，我们今天是目标是到达W市，在那里最好能找到一位去过荒原大字的向导。

颠簸两个小时后，路况终于好了一些，后面有辆破旧的苏制小吉普迅速超过了我们，"M国跑的全是这些破车，还开得死快！"我嘟囔着。

"别废话，我们离那个什么来的，还有多远？"秦悦已经开的有些不耐烦了。

"地图上显示还有十公里吧，就快到了！"

"都是刚才那样的破路，开到天黑也不一定能到。"

"哎，你们女司机还是不行啊！别看刚开始挺牛，持久力不行！"

秦悦瞪了我一眼，"不行你来啊！一大老爷们，还让女的开车。"

"我来就我来！是你自己……得，不跟你一般见识！"

我和秦悦换了驾驶，宇文和夏冰也换了过来，继续向前，我的运气就是好，这路越往前路况越好，十公里一会儿就要到了，以至于我一脸得意地盯着秦悦，反而放慢了车速，秦悦白了我一眼，"有病！快点！"

我一踩油门，瞬间感到强大的推背感，很快我们就在戈壁滩上见到一座城镇，这就是今晚我们将要过夜的W市。

2

小城不大，不过在戈壁滩中已算大城。我们将车停在一家旅馆门口，旅馆的条件有些简陋，里面的家具都是二十世纪八十年代的样式，而电器则是来自中国，稍微新点，但也有十多年历史了。

依然像昨晚一样，我和宇文一间房，秦悦和夏冰一间，袁教授单独一间，我拿着钥匙——对，没错！这旅馆房间还是用钥匙的。我拿着钥匙给夏冰，"今晚你们不想在一起也不行了，这是最后一间。"

"最后一间？"夏冰嘟囔了一句。

秦悦也感到奇怪。

"这偏僻的小镇还住满了？"

"喏，你看！"旅馆后面的院子里停满了老式苏制吉普车，还有两辆卡车，也都有年头了。

"这就是早上跟我们一起出境的那个车队！我还以为他们跟我们不是一个方向。"秦悦看着小镇上满街跑的老式吉普车，开始觉得自己的车过于扎眼了。

我们走出旅馆，就感觉有很多双眼睛盯着我们。

"怎么样？这下我们被所有人盯上了！"我有些嘲讽地调侃秦悦。

"在这里，任何外来者都会显得显眼！"秦悦轻轻哼了一声，扭头朝人多的市场走去。"哎！哎！你都够扎眼的了，还往人多的地方去！"

"既然已经这样了，那索性就往人多的地方去，我们不是要找向导吗？"秦悦看看我，又说，"你说是不是内心阴暗猥琐的人，就怕去人多的地方啊？我们光明正大怕什么？"

"就是！阴暗猥琐！"宇文不忘补刀，忙跟上秦悦。

"你斗不过她的！呵呵！"夏冰也不忘补刀，难得脸上露出一丝笑容。

"我……"我头脑里的大数据平台算了一下，自从遇到秦悦这小妮子，我基本上被她压制，输多赢少。

时间已是下午三点半，我们早已饥肠辘辘，秦悦首先带着大家进了一家饭店，我和宇文上去就是一顿猛吃，八十串羊肉吃得满嘴是油，我还不忘问老板："有羊腰吗？"老板根本没听懂我在说什么，于是我在宇文身上比画。

宇文和我的吃相把秦悦都给震惊了。

"你们俩一个也算是有好几项专利的发明家，一个好歹是……就算是……就算是个作家，怎么能吃成这样？"

"什么叫就算是？"我吃完最后一串羊肉，相当满足，打个饱嗝，我不忘纠正秦悦，"作家对我来说就是副业，摄影师对宇文来说也是副业，我和宇文的正经工作是——科学家！"

我这句话，把袁教授都逗乐了，"对！对！这次能破解坐标都亏了你，你也算是科学家。"

"对！我们是科学家！"宇文一边喝着羊汤，一边不忘附和，"别以为我们是吃货，刚才我吃了这些羊肉后，已经计算出M国的羊肉确实好，新鲜！"

秦悦一脸不屑，"就你俩，袁教授和夏冰还算是科学家，你们俩撑死……顶多算是民科！"

"民科也是科学家！"宇文嘟囔着。

"好啊，我俩就是民科，那我们就看看谁先找到向导。"我愤愤地说。

"可我们都不会当地语言啊！简单比画一下还行，但……"夏冰有些为难。

"没关系，秦警官什么都会！"我冲秦悦笑笑。

秦悦瞪我一眼，"咱们找个会汉语的不就行了，最近边贸发展很快，这边会讲汉语的不少。"

"哦，好啊，那咱们分开找，找到后回旅馆汇合。"

"分开找就分开找！"秦悦和夏冰、袁教授出了饭店，满街比画，汉语夹杂英语，甚至袁教授把他压箱底的那点俄语也拿出来了，可大多数路人都冲他们摆手、摇头，在这个戈壁深处偏远的小镇，除了当地语言，你想找个会其他语言的很难。

我并不急着跟人打听，因为除了汉语，我的英语也是半吊子，更别说什么其他语言了，但是民科有民科的办法，我和宇文晃晃悠悠就跟在秦悦他们后面，晃悠了半个小时，我发现市场另一条街两边都是店铺，但人气却差了很多。我拉着宇文拐到这条街上，发现这条街上的店铺不像那条街都是饭店、菜场、杂货铺，这条街上的店铺有的在卖二手电器，有的在卖汽车零配件，有的店铺则关着门，生意颇为冷清。

忽然有家铺子让我觉得眼前一亮，一家卖奇石的铺子，这正是我要找的铺子。沙漠戈壁里因为大风侵蚀，都会产戈壁石、风凌石之类的奇石，国内最近这些年收藏热，这种铺子老板可能做过中国生意，或者经常接待国内来的买家，会讲汉语。其次，这种铺子老板会进戈壁深处寻找好的奇石，或许去过荒原大字那里。宇文和我对视一眼，就明白了我的意思，这家伙聪明绝顶！

我俩走进了那间铺子，店面倒是挺大，里面陈列了许多大大小小的戈壁石，我不紧不慢地转悠了一圈，突然店中心位置一块黑色的大石头吸引了我，这块石头足有一个床头柜那么大，被店主精心陈列在卵石铺就的底座上，我仔细观察着，心里不禁咯噔一下，这时，身后传来一个洪亮的声音，是汉语。

"二位对这块陨石感兴趣？"

我赶忙回头，只见一位体格壮实、头发花白的老汉站在眼前，听得出来他的汉语比较生硬，但他的年纪却让我暗暗吃惊，我本以为懂汉语的店主会是位三四十岁的年轻人，没料到这位老汉的年纪快赶上袁教授了，不免有些泄气。

"老伯您好，您知道我们是从中国来的？"

"这小城外来的人一眼就能看出来，何况本地人对这些石头也不感兴趣！"店主说道。

"那您为啥不把这店铺开到大的城市或是景区呢？"

"老了，不想动了，以前去过口岸那边做石头生意，所以学了点汉语。"

我心里盘算着，以这老汉的年纪他是最早一批做石头生意的人，应该颇有积蓄，怎么会跑到如此偏僻的地方，我又看看这块巨大的陨铁，"中国人来这里的多吗？"

"不多，偶尔会有几个。不过我有些固定客户，我有时会把好的石头带到口岸那边去交易。"

"老伯，我猜你在这偏僻的地方开店，是因为这附近出好石头吧？比如这块陨铁。"我盯着老伯问。

老伯看看我，眼里一亮，"年轻人，你果然识货啊。对！这是陨铁，不是一般的陨石！不过你后一句话可说错了，我在这偏僻地方开店不是因为这附近出好石头！"

"那是……"

"你们不是有句老话叫什么叶落归根，对！叶落归根！"

"哦，难怪，您就是本地人！"本地人？又进戈壁滩捡石头，老伯对这片戈壁应该非常熟悉，正是我要找的向导。于是，我不再兜圈子，直接自报家门，拿出了那张照片。"老伯，今天我们来是有件事要拜托您，如果您肯帮忙，我们一定会支付您满意的报酬。"

"这是啥？"老伯接过照片，仔细端详，但只是一眼，老伯就脸色大变，把照片扔还给我，"年轻人，你们想干吗？"

"很简单，我们想去那里，需要您给我们做向导！"

"不，我压根不认识那个地方，怎么给你们做向导？"老伯一口回绝。

老伯刚才的反应已经暴露了，这个谎撒得实在太低级，这也说明老伯是个心地质朴之人，并不会过多掩饰，我更确定他就是我们要找的向导。

3

我进一步对老伯说明缘由，"老伯，我们去那里是为了找人，我们的好友去这个地方考察，失踪了，所以我们要去找他！除了我们两人，还有三位，包括好朋友的未婚妻和父亲，他的父亲跟您差不多年纪……"我看老伯似乎陷入了沉思，继续说道，"这是您的家乡，您又长年在这儿的戈壁滩收集石头，好的石头都在戈壁深处，所以我想您一定去过那里，所以请帮帮我们。"

"失踪了？"老伯沉吟了片刻，改口道："那地方不能去！"

"不能去？为啥？"宇文追问。

"因为那是禁区！"

"禁区？"我和宇文都是一惊。

"那个地方怪异得很，没有人烟，牛羊、骆驼都不愿去那儿，人和牲畜去了会迷路，指南针什么都不管用，车也会莫名其妙出事！所以不能去，可怕得很！你那朋友如果真的去了……多半回不来了！"

老伯的话让我心里一沉，但我并不死心，"那您最近这些天有见过中国人吗？这就是我的朋友。"

说着我掏出手机给老伯看，老伯瞥了一眼，摇摇头，"没见过！最近也没见过中国人，那地方不好去，很难找，即便有人去找，也不一定能找到。所以嘛，你那朋友可能还有一线希望，就是根本没找到那个地方！"

老伯讲的话我半信半疑，如果那地方这么诡异，那么，荒原上的大字又是什么人弄的呢？从大字的内容也能大致判断出来，大致是近半个世纪搞的，所以那地方一定能去。"老伯，这荒原上的大字也是人摆的吧？您这块大陨铁我估计就是从那儿弄来的吧？"

老伯愣了一下摇摇头。

"哎！年轻人，我就跟你实话实说吧！我们的祖先一直对那个地方很敬畏，镇上的人是不会去那儿的，也不是不敢，是几乎没有人能找到那里。听老人讲，曾经有几个年轻壮小伙去那边找戈壁石和陨石，结果都没能回来，久而久之，也就没人提那个地方了，现在的年轻人更是不知道那个地方。我年轻时胆子大，身子也壮，那时候我儿子得了一种怪病，没钱给他看病，于是我就进戈壁滩捡石头，拿到口岸去卖，周围好的石头早就被人捡光了，只能深入戈壁深处才有可能捡到好石头，我开着我的小吉普往戈壁深处走，走了很远，也没捡到好石头，我后来想到了那片禁区……"

"您进去了？"宇文迫不及待。

老伯点点头，"进是进去了，但进去没多久就迷路了，正好遭遇沙尘暴，我在里面转了三天三夜，干粮和水都没了，最后我找到了一个水泡子，才得救！"

"车还在？"

"幸亏我在离水泡子不远的地方找到了车，当时那块大陨铁就在水泡子边上，我如获至宝，费尽力气把这块陨铁搬上车，就这样摇摇晃晃开了回来！"

"那您也算没白跑这一趟啊！"

"这算是长生天对我的馈赠吧！也是对我可怜儿子的怜悯吧！"

"您儿子后来……"

"后来儿子还是走了！"老伯声音低沉。

"哦，对不起！"

老伯摆了摆手，店里面沉默下来，我在想该怎么说动老伯，想来想去，只能退而求其次。"老伯，要不这样吧！你把我们送到禁区就行，后面的路我们自己走！"

老伯沉吟良久，还是摆手，但我觉得有门，这老头心动了！我正在犹豫该出多少钱，既能节约经费，又能打动老爷子，没想到这时宇文毫不犹豫极其潇洒地掏出一张卡扔在桌上，"老爷子，十万！您给句痛快话，去不去？"

十万！我刚才心里盘算着两万、三万还是两万五？这败家玩意儿直接开价十万！我再仔细一看，桌上的银行卡还是我的！我的！我的！哎！要说这钱真是好东西啊！何以解忧，唯有暴富！十万，这老爷子不心动是不可能的，就听宇文还在那儿添火，"老爷子，十万人民币，您可以去口岸那边取现，怎么样？我们交个朋友，你只需要把我们带到禁区就行，我们好说话，不会为难您，我们要是出了事，跟您没半毛钱关系，您照样拿钱走人！"

老爷子拿起银行卡，我内心深处一遍遍传来呐喊，我的，我的，我的……有一种被撕裂滴血的感觉！老爷子瞅了瞅银行卡又放下来，思虑良久，绕着店面走了十来圈，最后像是下了很大决心，冲我和宇文伸出两个手指，"我要这个数！"

"二……二十万？"我吃惊道。

宇文一把推开我，"好，老爷子爽快人，就二十万，我们不还价，这十万你先拿着！"

"吉凶难料！还是先给好，最好是现金。"老爷子讲起价来毫不含糊，一看就是老江湖。

我的心有一种进一步被撕裂，血快滴干的感觉，我把宇文拉到店外，压低声音说，"松松啊，那卡里只有十万！"

"没事，我已经在群里说了，袁教授他们马上就过来，袁教授有钱！"

"那你让老袁把二十万都出了，别拿我这十万。"我好像心里又回了点血。

"你跟你发小的感情连十万都不值啊？！哎，那将来要是我有个三长两短，真是指望不上你！"宇文对我一脸失望。

"松松啊！你也知道我一个小讲师，工资微薄，还要兼职码字，你说我容易吗？再说平日里请你撸串啥时候抠门过？"

"嗯，那倒也是。那就都让老袁出了！"

"松松啊，我就知道你不会放我血的，你最好了！"

"你这些话，还是留着对秦悦说去吧！"

"对她？哼，别瞎说，我对她一点想法都没有，你说她有什么优点？能耐不行，还当警察，然后还凶，嘴也厉害。你们是不是都认为她长得漂亮，我被她迷住了？算了吧，我告诉你，我脸盲，我压根不知道她美……"

我估计当时是血回得快了点，有点忘乎所以，声音也大了起来，我就感觉耳朵一阵撕裂的感觉，这已经是今天第三次撕裂了。"你说什么呢？"秦悦撕着我的耳朵，一脸的不悦。

袁教授和夏冰根本没理会我，直接进到了店里，秦悦也放开我，"你等着呢，回去看我怎么收拾你！"

"说话也犯法啊！"我嘟囔着，也赶紧跟了进去，拿回我的卡最重要。

袁教授和老伯说好了二十万，直接掏出二十万现金，我惊道："合着您包里就装钱了！"

"非鱼啊，你有你的长处，这个你就不如我了！"

"当然，还是您考虑的周到。"

"我是说在这里什么卡啊支付宝啊都不如现金！"袁教授说着请教老伯姓名，老伯一边把钱装好，一边拿出一瓶酒，斟满六个杯子，"你们就叫我那日松好了！"说完，那日松将自己那杯酒一饮而尽。

袁教授、宇文和我皱着眉喝了酒，是烈性酒！夏冰端起酒杯，看看秦悦。秦悦也是面露难色问："我俩能不喝吗？"

"是啊，她们女的就不喝了吧！"宇文也附和说道。

那老伯摆摆手。

"此去艰险，祸福难料，我们六个人一起从这出发，就得齐心协力，不能有二心，这杯酒是一定要喝的。我们不签什么合同，喝了酒就是生死契约！"

"当警察的还有不会喝酒的？"我又继续嘲弄秦悦。

秦悦狠狠瞪了我一眼，拧着眉，硬把这杯烈性酒喝了下去，夏冰无奈，也只好分了三次，才将那一小杯喝下去。

我们与那日松约好，明天一早他来我们住的旅馆引导我们上路。分别时已是黄昏时分，那日松送我们出来，不忘叮嘱我们，"那边没有什么信号，你们要跟家里打电话都在今晚打完。"

"如果一切顺利，我们哪天能回来？"

那老伯掐指算了算，"我收你们二十万，把你们带到我发现陨铁的水泡子那里，然后我在那里等你们五天，记住，只有五天！如果五天你们出不来，我就走了！莫怪我！路上大概要两三天车程，来回就算五天，整个行程也就是十天左右！"

　　"好，我明白了，要带好十天的干粮和水！还有电池和汽油。"

十天后我不知道我们还能不能完好地回到这里，只能祈求长生天保

佑了。

第三章 第二日

1

吃完饭，回到旅馆的时候，我还不忘到后院看上一眼。那支车队的车跟下午时一样，还停在院子里，卡车上罩着帆布，帆布下面像是装满了货物。从轮胎看，吉普上也装着货物，挺沉的样子！一直没见到车队的人在镇上露面，不知道他们明天是否会跟我们同路？

我在院子里又抽了一支烟，掏出旧手机看看，依旧黑屏！难道是因为这边没有信号？那个人今晚要是再不联系我，明天可就彻底没信号了！我掐灭烟蒂，绕着院子走着，思虑着，抬头看看，正好看到秦悦和夏冰的房间窗户还亮着灯，袁教授的窗子已经黑了。

我又点燃一支烟，掏出旧手机看看，拿起，再次放下，攥在手中，当第二支烟燃尽时，我终于做了个决定——主动给对方发一条短信。

"前天在火车上有突发情况，你这两天为何不联系我？"字斟句酌后发了过去。

手机显示短信已发送成功，于是我点燃了第三支烟，继续绕着院子走着，最后竟然绕出了院子，来到街上。小镇的居民都已入眠，黑漆漆的街道，让人辨不清方向，我不敢走远，就在一家即将关门的小店里，买了一包"红色猎鹰"香烟，便折回了旅馆，自己从国内带的那包软中华还没抽完，就把"红色猎鹰"揣了起来。

回到旅馆，在旅馆大门前抽了第四支烟，昨夜几乎没睡，此刻困意来袭，已经抵挡不住，当第四支烟燃尽的时候，对方仍然没有回复，我决定不再等了，该做的都做了，剩下的只能交给命运了！

一夜无话，几天来我终于睡了个好觉。第二天一早，开着嘎斯老爷吉普车的那日松已经来了，这几天大家都累了，八点过了都还没醒！又是我第一个醒过来，洗漱收拾停当，下楼想吃点早饭，却发现那日松已经坐在车里等我们了！

"那老伯，您起得可真早！"

"戈壁上的人起得都早，不像你们一看就是大城市来的。"

我和那日松刚说两句，就见那支车队从旅馆后院一辆辆鱼贯而出，掀起了许多尘土。

"这个车队好像跟我们一路同行，在口岸那边就一直……"

"后边就不会和你们同行了！"那日松没等我说完就很肯定地说。

"您知道他们的行程？"

"不，我不知道。但我知道你们要去的地方不会有人去！"

这时，袁教授拿着行李走出了旅馆，我忙帮着袁教授拿行李，待我把行李抬上宇文的车，却发现袁教授站在那日松的嘎斯吉普车后面，若有所思，"袁叔，怎么了？"

"哦……没……没什么，就是肚子忽然有点不舒服。"

我见袁教授额上微微有些汗珠。

"您不要紧吧？要吃点药吗？"

"药我都带着呢，老毛病了，以前做实验不按时吃饭，把胃搞坏了！"袁教授摆着手，坐到了车里。

宇文一边拉着秦悦的箱子，一边拉着夏冰的箱子，顶开了我。

"让，让开！"

"你自己箱子呢？"

"后面，你就不能帮我拿一下？"

我摇摇头，回头帮宇文拿箱子，宇文一直就是女生喜欢的那种暖男，不过仅此而已。

我将宇文的箱子装进大切，又小声提醒宇文，"路上小心，注意夏冰，她的一举一动你都得告诉我！"

"我看她挺正常的啊！虽然有些冷，但绝不是坏人。"

"绝不？你这么肯定？如果帅真的有问题，她是在U国和帅相处时间最长的人！"宇文一向把人都往好处想。

"她不是说这两个月有个神秘女人……"

"你书读呆啦！她说有就有呀？神秘女人，我觉得她就像……"我正说着呢，看秦悦走过来了，赶忙改口道："你去买点吃的，早饭我们路上吃。"

"你俩嘀咕什么呢？"秦悦背着手，走到我身旁，跟我贴得很近。

　　"秦警官，我也跟你嘀咕两句，你可要保护好我们！"我压低声音对秦悦说。

　　"废话！这还用你说！"

　　"说实话，我现在谁都不信任，除了你！"我一脸真诚地看看秦悦。

　　秦悦很诧异地说："宇文也不……"

　　"他太单纯，保护不了我，遇到危险你一定要保护我，你可是人民警察！"

　　"他单纯？你意思就是我不单纯喽……"秦悦被我说得云山雾绕，也不知我哪句真哪句假。一路上，我不知何时开始习惯于拿秦悦开涮，从起初她一脸严肃地出现在我面前，我就有一种想将她变回小女生的冲动。

　　当宇文抱着一大袋馕和手抓羊肉回来，我们就出发了。这是进入戈壁滩的第二天，那日松开着他的嘎斯走在前边，我和秦悦紧随其后，宇文他们殿后。虽然有那日松带路，但我并不敢放松，依然用GPS与北斗的组合，再加地图导航。

　　"你还不信任那老伯？"秦悦问我。

　　"毕竟初次相识！"

　　"呵呵！"秦悦冷笑道："那你跟我也没认识几天，怎么就相信我？"

　　"因为你是警察啊，你要保护我啊！"

"我去！我现在恨不得掐死你！"

我们正在斗嘴的时候，对讲机里传来那日松的声音。

"我们在往西走，这段路还算好走，所以呢，我们速度可以快一点！"

这里的公路上根本没有什么交警、摄像头，只要你的车够快，就是赛道！对讲机里的话音刚落，我就看得呆了，就见前面的嘎斯老吉普，猛地冲了出去，时速估摸得有一百二十公里以上，这路上有砂石，路两边也没围挡，就敢开到时速一百二十公里，简直疯了！我都怕那日松的车开着开着就自动解体啰！

秦悦赶忙加速，跟了上去，就这样高速行驶二十分钟后，嘎斯老吉普速度降了下来，对讲机里又传来那日松的声音，"前面路就很颠簸了嘛！你们开车要小心咧。"

果然，路越来越颠簸，坑坑洼洼，时速一下降到了二十公里，而且一路爬坡，三辆车起起伏伏，一路颠簸，我很是佩服秦悦的车技，但更让我惊叹的是那日松的嘎斯老爷吉普车，"老吉普就是皮实！"

2

就这样一直颠簸到将近晌午，我们又开始了另一种频率的颠簸，这边完全是土路，没有半点沥青的痕迹。我已经被颠得五脏颠倒，早上吃的那点羊肉和馕还没消化，一阵阵反胃，只想吐！秦悦一脸鄙视地扔给我一个塑料袋，我使劲摆摆手，不能认怂！

又是一个上坡，紧接着是一个更大的下坡，我被如搓衣板的大下坡震得不得不认尿，一把抓住秦悦大腿上的塑料袋，呕了几下还没吐出来的时候，前面的嘎斯突然停了！秦悦一个急刹车，一股不明物体已经冲到我嘴里，结果车一停，我又给吞咽了回去！

秦悦鄙视地看看我，我忽然觉得自己高大上的形象瞬间崩塌了！我还在平复刚刚颠碎的自尊心，秦悦已经下了车，袁教授、夏冰也从后面赶过来，我也只得下车，一头撞上宇文，这家伙也好不到哪儿去，一看就是刚吐过！

难兄难弟相互搀扶，走到前面，就见一支车队挡在了我们前面。那日松正走到一辆卡车上面查看，我一眼就认出来，这不就是那个一直跟我们同行的车队吗？而此刻，这支车队空荡荡地伫立在我们前面。

我们走过去依次查看，那日松皱着眉，从卡车上跳下来。

"一共九辆车，七辆吉普，两辆卡车，车都在，人不知去哪咧。"

"您老早上不还跟我说他们不会和我们同行吗？"

"是啊！我也觉得奇怪咧！他们怎么会和我们同行……"那日松向四周张望。

"更奇怪的是，他们怎么把车留在这个地方？前不着村后不着店的！"宇文也大惑不解。

"他们没走多远，发动机还有热度！"秦悦打开一辆卡车的前引擎盖检查。

"不但人没有了，车上也空空如也，什么都没有！昨天我在院子里看他们车上好像装着挺沉的货物。"我拿出望远镜，开始仔细观察周围，两侧是不算高大的山峦，我们正在一条还算宽阔的峡谷内，再抬头看看天，正午时分，日头高照，置身于这九辆空空如也的老爷车当中，十分诡异。

秦悦勘察比谁都仔细，但依然什么都没发现，车里面虽然旧却很整洁，而车外除了我们杂乱的脚印，几乎没有其他脚印和车辙印。袁教授见此情景，不禁喃喃自语，"一切都像是凭空消失一般！"

"老伯，您以前遇到过这种事吗？"夏冰问那日松。

那日松明显消沉了许多，摇着头说："从来没有，以前在戈壁滩上捡石头，碰到过一些废弃的车辆，那些车要么是出了故障无法修复，被抛弃在戈壁里，要么是出了事故，车毁人亡。从没见过这么……这么奇怪的车……"

那日松话音刚落，我忽然听到了一种奇怪的声音，尖锐而凄厉，像是从不远的山里传来，"别说话，你们听！"

众人侧耳倾听，那个声音却很快远去了。"这是什么声音？"

"这是大风吹过戈壁滩某些地方发出的声音！"那日松解释道。

"车里面的人不会被风吹走了吧？龙卷……"话说一半，我就知道这不可能，如果被龙卷风吹走，车队不该如此整齐。

"也没血迹，没有搏斗的痕迹，也没有遭遇袭击的痕迹！"秦悦判断着。

"幽灵车队……"宇文突然幽幽地说道。

"别吓我们！"宇文的话让我想到了海上的幽灵船，可是从没听说过沙漠戈壁里有幽灵车队。

"我没吓你们，你们不觉得奇怪吗？从昨天出境，到小镇旅馆，我们只见到车，却从没见过车队的人！"宇文认真地说道。

"肯定是有人的，否则出不了关，没人也不用住什么旅馆了，只是那些是什么人……车上的货物挺重，他们仅凭人力能全都运走？"我努力回忆着车队的人，确实没有任何印象。

秦悦忽然指了指右侧的山峦，"那山里面似乎还有条山谷！"

我将望远镜对准秦悦手指的地方，果然，云层很低，压在山峦上，大片的阴影中，山峦呈现出一道巨大的褶皱，"或许我们应该到那边看看……"

"好了，我们得赶紧上路，否则天黑前就赶不到宿营地咧！"那日松打断我的话，催促大家，随即又嘟囔了一句，"早就跟你们说过，这地方诡异得很！"

我不死心地又望了一眼右侧的山峦，犹豫不决地看看秦悦，秦悦怔了片刻，然后冲我努了努嘴，我只得无奈地再次上车，继续赶路。下午这一路，大家都默默无语，只有对讲机里时不时传来那日松的声音，我也开始适应了这种颠簸。终于，在夕阳的余晖中，我们又看到了一座城镇，与W市不同，这是一座废弃的城镇。没有人，没有动物，更没有热闹的集市，一切都像是静止了，它就那样静静地伫立在戈壁滩上，沉静而诡异。"这就是今晚我们的宿营地。"对讲机里忽然传来了那日松的声音，不禁让我心里一沉。

3

三辆车缓缓驶进了这座废弃的镇子，街道两边都是断垣残壁，一片肃杀之气。我驾驶着牧马人小心翼翼，秦悦警觉地盯着两边的建筑，生怕其中有什么可怕的东西冲出来！

嘎斯吉普车最后停在街道的尽头，镇子很小，只有一条主干道，街道的尽头有一栋还算完好的建筑，我们将车停在这栋建筑旁。那日松并没有马上下车，约过了半分钟，他才从车上下来，我们也跟着下了车，仔细打量着这栋建筑，那日松开口说道："我已经好多年没来过这了，房子全塌了，也就这栋还算完整，这就是我们今晚住的地方咧。"

屋门没有锁，秦悦率先推开了门，扬起厚厚的尘土，待到尘土落尽，我发现这栋房子总体完好，只是窗户上的玻璃都没了，倒没有什么霉烂的气味，毕竟这是干燥的戈壁深处。我们小心翼翼，鱼贯而入，那日松从车上卸下他的行李，见我们这般谨慎，笑了一下。

"你们放心咧！这地方就是我的家。"

"这是您的家？"我狐疑地盯着他。

那日松一脸憨笑，"我就是在这里出生的。这栋房子当年是全镇最好的房子，所以历经这么多年，还没塌掉！"

"那您家一定是大户人家呐！"秦悦见没有危险，放下心来。

"当年这是镇长的房子，既是办公的地方，也是镇长的家，我叔叔当年是这个镇子的镇长。"

"怪不得！那您后来为何离开了这里？"我又想了一下，"我是说镇上的人后来都去了哪里？"

说话间，那日松很熟练地在四面透风的房间里搭起了自己的帐篷，然后冲我笑笑，"娃子！咱们那二十万里面，不包括给你讲故事啊！"

我被那老头怼了回来，颇为不忿，却又无法发作，只得出去卸行李，"这老头老奸巨猾啊，表面憨厚，处处要钱！"我对宇文嘟囔道。

"不如你再把你那十万掏出来！"宇文嘿嘿一笑。

"可恶，你小子是表面憨厚……"

我和宇文很快搭好了一顶帐篷，秦悦也搭好一顶帐篷，夏冰在帮袁教授搭帐篷，我凑过去帮他们，小声说："我总觉得这个那老头有事瞒着我们！"

袁教授扶着眼镜，"这是人家的家事，我们就不要多问了！"

"这怎么是家事呢？他说到那个水泡子只有两天车程，我们已经走了一天，说明这里离他所谓的禁区很近了……"

夏冰打断我的话，"你的意思是这镇子荒废与荒原大字有某种联系？"

"我觉得肯定有！"

秦悦这时候凑过来，"你们发现没有，屋里的家具物品虽然落满灰土，但都还在。这说明镇上的人走的时候很匆忙，根本来不及带走家具物品！"

"这更证明了我的推断，这个镇子的荒废一定与荒原大字有关！"我也注意到了。

袁教授和夏冰也若有所思，不约而同地点了点头。大家简单吃完晚饭后，天黑了下来，我开始安排值夜。环视众人，"两位老人家就不用值夜了。"然后我又一指秦悦和夏冰，"你们两个女的也别值了，我和宇文，一个前半夜，一个后半夜！"

谁想两个女的都不同意，非要一起，一个强调女权，男女平等！一个强调她是警察，没她怎么防卫？好吧！老子惹不起她们，不是男女平等吗？怎么有一种被压迫的感觉……接下来，谁跟谁一组，又争论半天，我人缘好，跟谁都无所谓！结果宇文想跟秦悦，秦悦要跟夏冰，夏冰说还是按车上组合分，她跟宇文一组。唉，我人缘可真好，没一个愿意跟我！我恼羞成怒，"甭跟我瞎掰什么女权，男女搭配。秦悦，你跟宇文一组；我和夏冰一组！"

忽然觉得我自己好有气势，秦悦撇撇嘴没说什么！夏冰看看我，她端庄美丽的脸上露出一丝羞涩的笑容。"那……那好吧！"

这……这是啥意思？害羞吗？夏冰，不是……这……朋友妻不可欺！不可有杂念！我赶忙回避了夏冰的目光，却没逃过秦悦的目光，这小妮子又瞪着我呢！"就这么定了！别瞪我，瞪我也这么定了！照顾你们，你和宇文前半夜，我和夏冰后半夜！"我也瞪了秦悦一眼。

前半夜，我在帐篷里迷迷糊糊，心里根本静不下来，掏出旧手机看看，一直黑屏，而且这里的信号时有时无。不知道夏冰睡着没有，再次侧耳倾听，宇文和秦悦两人默默无语，两人完全没有交流。

就这样辗转反侧到半夜，我干脆起来出去透透气，宇文不知何时，竟在车里睡了过去。关键是他还摆了一个耍帅的姿势，这货！我气不打一处来，一脚把他踢醒，"秦悦呢？"

"悦……悦，刚才还在这儿！"宇文一脸懵。

"刚才是几点？现在已经半夜了！"我压低声音，"知道为啥让你跟秦悦值夜吗？"

"为啥？"

"因为我对夏冰不放心，我要和她一组，才让你和秦悦一组……"我正说着呢，秦悦却突然出现在我们面前，"我去附近溜达了一圈！"

"就你？大半夜……一个人？"我吃惊地盯着秦悦。

"别忘了我是干什么的。这地方真是静得可怕，连风声都没有！"

"有发现吗？比如……干尸什么的。"

"你电影看多了吧！我去看了附近的几处民居，物品、家具都没有搬动痕迹，甚至有两户人家的餐桌上，还有没吃完被风干的食物。"

"说明小镇上的居民是短时间内匆忙离开的！没有干尸，说明小镇居民离开的时候并没有遭受外来的攻击！"

"嗯！但是我发现了一些其他的东西。"说着，秦悦手里托出两件东西，一件是空啤酒瓶，一件是个罐头。

我拿起空啤酒瓶看看，一个很普通的啤酒瓶，上面残存的商标是西里尔字母，我猜应该就是M国当地产的啤酒，递给宇文，宇文很快做出了判断，"这种牌子的啤酒只生产于二十世纪八十年代末到九十年代中期，后来就不生产了！"

"八十年代末到九十年代中期，你确定吗？"秦悦问。

"基本确定吧！"

"也就是说小镇居民是在那个时期搬走的！"

"但我觉得小镇残留的家具和电器等物品的年代似乎早于这个年代！"我摆弄着那个罐头，罐头已经开盖，里面是空的，拂去尘土，看残留的商标，上面却是拉丁字母，但又不是英语，也不是法语等常见的用拉丁字母的语言，我又嗅了嗅罐头里，虽然已经有年头，里面依然散发出一种奇怪难闻的气味。

宇文拿过我手里的罐头，有些诧异地说："这是瑞典语。"

"瑞典语？"

"居然是瑞典鲱鱼罐头！"宇文一副吃惊的样子。

"一个罐头值得这么大惊小怪吗？"我不解。

"你们听说过世界上最臭的食物吗？"宇文反问我。

对于宇文这种吃遍世界美食和黑暗料理的骨灰级吃货，我和秦悦在这方面甘拜下风。我在记忆深处似乎搜寻到一些关于这种奇葩罐头的信息，这是一种瑞典特产，据说奇臭无比，打开之后能臭几公里，人吃之后会臭几周时间，反正我是不会尝试这种奇葩罐头的。

宇文有些得意地也嗅嗅这个罐头，然后翻到罐头底部，看见底下有行已经磨损的字迹，"生产日期是一九九〇年四月十九日。"

"这个时间更加准确，难道小镇居民是在一九九〇年之后撤离的？"秦悦反问道。

"不像！首先刚才我说了这儿的家具和物品时代都更早，其次，啤酒还好解释，但这种原产于瑞典的罐头，又那么臭的罐头，怎么会出现在这里，你们想想有可能是小镇居民的吗？"我看看秦悦，又看看宇文。

"那就是深入戈壁旅行或是捡石头的人丢下的……"

我打断宇文的话说："也或许是对荒原大字感兴趣的人！"

秦悦对罐头和啤酒瓶拍照后，我就把这两个东西扔在一边，拍拍手。

"你们俩去休息吧。"

"话说你接受过格斗技训练吗？"

"我是格斗俱乐部的资深会员。"

秦悦怔怔地注视着我，看得我都不好意思了。

"别贫，多加……"秦悦话没说完，夏冰准时走了出来，秦悦只好改口说道："注意安全！"便跟宇文回去了。

4

我尴尬地冲夏冰笑笑。和夏冰并排坐在宇文的车里，气氛有些尴尬，这是我第一次和她单独相处，长久的沉默后，我首先开口问道："你是怎么认识袁帅的？"

"四年前在学校的社团活动上。"

气氛有些僵，我又问："是什么社团？"

"怎么说呢？那个社团有点特殊。"

"特殊？"

"嗯，它不是按照某个兴趣爱好而成立的社团，而是……而是根据人来选拔成立的社团。"夏冰说到这里，扭脸看着我。我感到脸上有些发烧，刚要开口，夏冰又说道："你不是问了我两次那个神秘徽记吗？"

夏冰的话让我心里暗暗吃惊，回想起之前夏冰看到徽记时的一幕，她似乎认识那个徽记，而又有意回避！我也转过头，看着夏冰，声音微微有些颤抖，"你……你认识那个徽记？"

夏冰毫不回避我的目光，点点头。

"是的，这个徽记正如你和宇文推断的，是一个古老而神秘的组织，据说它最早起源于古希腊，那个神秘徽记来自古老的不死鸟传说。"

"不死鸟传说？"我回忆着那个徽记，慢慢地，一个鸟的形象浮现在我眼前。

"对！以你的知识应该知道，最早的古埃及文明就有太阳鸟的传说，随后很多文明都有关于不死鸟的传说，欧洲的菲尼克斯，阿拉伯的安卡，美洲的叶尔，也包括中国神话传说中的凤凰。"

"凤凰涅槃！"我喃喃说道。

"最早关于不死鸟的论述和记载就来自于古希腊，早在公元前八世纪，古希腊诗人赫西奥德就在作品中写到不死鸟，而古希腊史学家希罗多德则有更详细的论述。你和宇文也看出来徽记上面那个字母是希腊字母，就是希腊语Φοίνικας的第一个字母。"

夏冰说到这里，我才恍然大悟，可是夏冰怎么会知道这些。

"你……你和帅在U国加入的社团不会就是……"

夏冰依然看着我，很认真地点了点头。

"不错，我和帅都加入了这个社团，并且在这个社团相识、相爱，这个社团的名字叫——蓝血团。"

"蓝血团？"我心里猛地一紧，大脑充满了各种猜想，"好奇怪的名字，这让我想起了卫斯理的小说，不过那本小说叫《蓝血人》，说的是外星人。"

夏冰微微一笑，"我们跟外星人无关。你一定听说过蓝血贵族吧？"

"当然，据说蓝血贵族最早源于西班牙卡斯蒂利亚王室，后来泛指欧洲的贵族，再后来在西方也泛指各行业的精英人才。"

"对！蓝血团就是这样一个精英组织，它汇聚了各方面的精英，特别是在科学技术领域。"夏冰的话让我马上想到了那些失踪的精英，两者有什么联系？夏冰仿佛看透了我的内心，"你在想那些失踪的精英吗？除了帅，我并不认识他们，也不知道他们是否是蓝血团的成员。"

"那么蓝血团究竟是个什么样的组织？有多少人？宗旨和目的是什么？荒原大字的照片又是怎么回事？"我提出了一连串的问题。

夏冰不慌不忙等我问完，淡淡一笑，"非鱼，你的这些问题，我都无法回答你，因为我所接触的蓝血团，与你的这些问题都没有关系，跟你想的估计完全不同。"

"完全不同，那你接触的……"

"首先，我可以告诉你的是蓝血团很难进，据说每年都有严格的名额限制，并且很多年从未增加过。你可能也听说过西方有些精英社团组织很难进，比如耶鲁大学的骷髅会，要看家庭出身，蓝血团也看家庭出身，但更看重个人的能力，特别是在科学领域的天赋！其次，蓝血团比其他类似组织更严密，外界很少知道有哪些牛人是蓝血团的成员！"

"这么强大又神秘的社团，要怎么加入呢？"我越来越感兴趣。

"蓝血团不接受报名，也不会像其他社团那样广泛招人。想加入首先要有蓝血团成员的推荐，然后会通知你去某个地方参加考试，考试很有意思，并不是书本上的知识，也不一定考卷上的题目谁答出来多就录取谁。"

"好有个性的考试！"

"对！很有个性，据说每个人的试卷都不一样，你也可以提交你的论文或是科研成果。接下来是为期一年的考察，这种考察又分为两类，一种是日常考察，你该干什么干什么，但会有人默默给你打分；还有一种考察是随机性的、突发的，很多人就在这步功亏一篑！"

"你和袁帅都是其中的佼佼者喽？"

"与其说是佼佼者，不如说是幸运儿，因为我对蓝血团也是懵懂无知，根本不明白他们为何会选上我！"夏冰说到这时，脸色变得有些阴沉。

"竟然是这样……"我狐疑着，"也就是说在他们选中你之前，你完全不知道蓝血团的存在？"

"你是不是也觉得很神奇？他们通知我去考试的时候，我才第一次听说蓝血团，我完全是被好奇心驱使才去……"

"你刚才不是说得有蓝血团成员推荐吗？"

"对！但我根本不知道谁推荐的我。"

"这么神秘！"我越发觉得神奇，"那么其他人呢？比如袁帅，他也是这样加入的？"

"我后来问过帅，他的情况几乎一模一样！至于其他人，我曾经在蓝血团的活动上，试着问过几位，但他们都没明确回答我。"

"蓝血团一般有什么活动呢？"

"看上去跟其他社团也没什么不同，定期会有聚会，聚会上会邀请已经功成名就的前辈来，大家一起交流，就是这样！"

"都交流些什么呢？"

"话题不限，文学、艺术、科学、宗教、哲学、历史等。"

"听起来好像还不错哦，那要是有人违反了蓝血团的规定呢？"

"几乎没有人违反，因为所有加入的人都有一种自豪感和使命感，自动就会……反正我没见过有人违反！"

"听你这么说吧，跟我想象的神秘组织完全不同啊，你是不是搞错……"

"搞错是不会的！不过……"夏冰欲言又止，过了好一会儿，才又说道，"不过可能我和帅加入的时间不长，所以对蓝血团还知之甚少。这些天我也一直在回想这段时间以来发生的事，特别是你给我看了徽记后，我觉得……这一系列事件或许真的跟蓝血团有莫大关系，帅在近两个月所做的一切，还有那个神秘女人，可能都与蓝血团有关。"

"你在蓝血团见过那个女人吗？也许……也许那个女人就是帅的推荐人！"我大胆推测。

夏冰想了很久，才摇摇头，"帅出事后，我已经反复想过，在之前的活动中，从未见过那个女人，所以我无法判断那个女人的身份。至于她和帅的关系，我从未听帅提起，也没见过这个女人，所以我认为他们之前应该不认识。"

我沉思片刻后，又问道："呃……最后一个问题，你后来就……就和袁帅好上了？一直都很好？"

夏冰侧身看看我，"你这算是几个问题？对！后来我就跟帅好上了，我……我一直很爱他。"

夏冰说到这里，突然有些激动，我只好停止了这场尬聊。车里车外都陷入死一般沉寂，待了一会儿，我实在憋闷，便对夏冰说："我下去走走，一会儿就回来！"

"你……你不要走远！"夏冰叮嘱道。

我点点头，下了车，镇子不大，不需要开车，我就顺着我们进镇时走的这条笔直大道往前溜达，戈壁深处的空气干燥清新，抬头望去，满天星斗，天空如此纯净，我不禁掏出手机拍起了照片，想起小时候和袁帅爬到山上，那时的城市不大，没有污染，也是这样的璀璨星空。帅……想起袁帅不禁有些惆怅，会在荒原大字见到他吗？夏冰的话可信吗？蓝血团跟这一切究竟有什么联系？

5

街道两边都是断垣残壁，几乎没有一处完好的房屋，也难怪大部分都是土坯房屋，当然很难坚持到今天。我就这样一直溜达到镇口，来的时候就注意到镇口有一栋二层小楼还算保存完好，二楼坍塌了，一楼的门窗也都荡然无存，与我们宿营的那栋楼差不多，略微不同的是这栋楼呈圆形，而不是常见的正方形。

我走进一楼，打开手电，环视四周，墙壁上挂着画像，落满了厚厚的灰土，我摘下来，抖落灰土，画像上的人是二十世纪五十年代末到八十年代初的M国最高领导人，再仔细端详画像，不是老年时的模样，而是中年时期的相貌，我把画像挂回原处，已经大致推断出这座小镇废弃的年代，应该在五十年代末或者六十年代初，那么秦悦捡到的啤酒瓶和罐头肯定是后来的人丢弃的。

我正想着，突然听到有声响从窗外传来，沉寂的戈壁深处突然传来……是机器轰鸣声，这本身就是一件让人警觉的事，又在深夜，又是身处这样的废屋！我赶忙隐蔽在墙壁后面，朝窗外望去，机器轰鸣声越来越大，由远及近，像是汽车……不，是卡车发出的声音，而且不止一辆，有很多辆车！

我贴紧墙壁，将自己整个身体隐藏在阴影中。果然，几分钟后，一支黑色的车队摇摇晃晃地从镇口通过，我的眼睛猛地睁大了，这不就是中午我们遇见的那支车队吗？那支车队既没有人也没有货物，怎么这会又开到了这里？大半夜的……想到这里，心里一紧，我屏住呼吸，再次探出脑袋……

车队没有进镇子，而是沿着镇子旁的公路往戈壁深处驶去，呃……如果那可以算公路的话！我吃惊地看着眼前这诡异的一幕，手心已经渗出了细汗，更加诡异的是，我忽然发现其中一辆卡车的驾驶室内……竟然没有人！

我的大脑一片空白，心里一阵狂跳，赶忙又缩回脑袋，我该怎么办？没有人的幽灵车队。不！这不可能！我拼命让自己镇定下来，鼓足勇气，决定出去看个究竟，我猛地跳出已经没有玻璃的窗户，压低腰身，利用低矮的山坡做掩护，快步赶上去，车队行进的速度不快，我趴在一处山坡上观察，一、二、三、四……所有的车都没有人驾驶，但车里面却又像是装了沉重的东西！

我想进一步追上去一探究竟，越过小山坡，直接冲上了公路，车队依然晃晃悠悠，不紧不慢，但我却怎么也追不上。我气喘吁吁，浑身是汗，紧张、恐惧、燥热包围着我。

幽灵车队继续晃晃悠悠向前驶去，我沮丧地开始后悔应该开车出来，回去！回去拿车！我倒要看看这都是什么货色！

我开始往回跑，当我跑过镇口那栋建筑时，我才注意到二楼残留的一部分窗户很小，忽然觉得它有些像炮楼，或是碉堡！

我继续往回跑，在宽阔的小镇街道上，无人、静谧、荒凉、诡异！前面就是我们的车了，牧马人停在后面，前面是大切和那日松的嘎斯，夏冰就应该坐在大切里面，我使劲冲大切挥了挥手，没有反应，我又挥了挥手，突然就觉得夜空中闪过一道奇怪的光，蓝色！不，紫色！也不是，橘红色！我无法形容那道光的颜色。总之，一种奇怪的颜色，像是从极远的地方过来，一闪而过，又消失在夜空里，我高举着手臂，怔怔地盯着夜空，那是什么？可我还没时间多想，就见原本璀璨的夜空忽然变得黯淡无光，漆黑，死一般漆黑！机器的轰鸣声不见了，荒凉的戈壁滩，死寂的小镇，我的胳膊僵硬地举在半空中，浑身被汗水湿透，一切都像是静止了，没有一丝生命的迹象！

过了一会儿，我开始感觉到凉意。风，戈壁滩上起了风，我有些痴迷地放下手臂，面朝风吹过来的方向，但这种惬意感觉没有持续多久，就让我满脸满嘴浑身上下吃满了沙土，风瞬间变得很大！越来越猛烈，卷起成吨的灰土、沙砾、裹挟着地上的其他杂物，一股脑包围了我，我本能地继续往回跑，但却艰难地挪不动步，奋力迈开两步，就被风给吹倒了，看着小镇残留下来的铁皮屋被整个掀起，我只好死死趴在地上，一种虚脱的感觉让我无能为力，隐隐约约中，我看见前方闪过两束光……

"醒醒！醒醒！"耳畔传来一个急切的声音，我慢慢地睁开眼睛，发现自己在大切的副驾驶位置上。

"是……是你救了我？"我有些恍惚。

"我看你这么长时间还不回来有些着急，刚想开车来找你就起风了，这风太诡异了！"

"还……还有更诡异的事……"我有气无力地看着夏冰，夏冰迅速地把车开回到宿营地，在牧马人和嘎斯后面，才将车停住。

我瘫坐在座位上，看见夏冰剧烈起伏的胸，想象她刚才救我的时候一定很费劲，耗费了很多体力，夏冰注意到我的目光，也注视着我，我尴尬地笑笑，直起身子，"我原……原以为秦悦车技好，你的……你的车技也很棒哦！"

"你可真够沉的！"

"嘿嘿，算你救了我一命！"

"不知道其他人怎么样了？"夏冰紧张地注视车窗外的小楼。

"这栋楼既然挺过了半个多世纪，这次也肯定没问题的，我们等风停了再回去！"

夏冰扭过头看着我，"半个多世纪？"

"嗯，我找到了证据，证明小镇已经荒废至少半个世纪以上了！"

这时，车窗外的狂风丝毫没有减弱的意思，风越吹越大，突然一声巨响，就在我们车后面！夏冰明显惊吓过度，一改之前端庄、沉稳、高冷，竟一把抓住了我的手臂，我出于本能，张开双臂护住她，就这样不知过了多久，再没有巨响传来，窗外的风声似乎平息了，车窗上竟积下了厚厚的灰土。

"嘭！嘭！嘭！"突然传来几声沉闷的声响，紧接着一束光射进车来！像是有人在敲车窗，夏冰猛地挣脱我的怀抱，理了理蓬乱的头发，我紧张地朝窗外望去。我透过车窗，外面还是一片漆黑，我用电筒往外面照，看见秦悦一脸愠怒，不知怎么我又想笑，看来风是停了，我小心翼翼刚打开车门，秦悦一把就将车门给扒开，"你们不好好值夜，躲在车里干吗呢！"

"风呀！刚才那一阵大风！我们不躲在车里，你还让我迎着风冲啊！"我跳下车，忽然瞥见后面那日松的嘎斯吉普车居然倒在地上，刚才那声巨响……我和夏冰对视一眼，又冲秦悦嚷道："太……太可怕了！你看到了吧，车都吹翻了！"

"是你安排大家值夜的，结果来了危险，你俩什么也没做，也没及时喊醒通知大家！"秦悦越说越气，我这才注意到秦悦额头上磕青了一块。

"你们不都在屋里吗？"我正在脑补秦悦在帐篷呼呼大睡，然后被狂风掀翻，撞在什么东西上的画面。

"那屋有窗吗？"

"我……"我正想要辩解，就见宇文走过来，上来就推搡我，"你值夜值哪去了？"

宇文额头上也有一块淤青，我又开始脑补，"你说你们干吗呢？头还撞在一起了？"

秦悦听我这么说，愤怒地一瞪我。

于是我将遭遇幽灵车队的事对众人说了一遍。

"所以夏冰救了我，我们没来得及叫醒你们！"

秦悦这才缓和了语气。

"害得我睡在帐篷里直接给吹翻过来，出来又跟这货撞上！但你是不是发烧了，产生了幻觉？怎么可能有幽灵车队？"

"幻觉？"我努力回忆着刚才的遭遇，但一切都是那么真实。

"你想什么呢！幽灵车队……"

"袁教授和那老伯呢？"夏冰打断我和秦悦。

"袁教授倒还好，那老伯好像受到了惊吓！"秦悦说着，扭头朝镇口的小楼望了一眼。

6

屋里一片凌乱，几顶帐篷东倒西歪，袁教授在屋里点起了几根蜡烛，那日松却窝在一个角落里，瑟瑟发抖。我仔细观察一番，这个角落和外屋被一堵墙隔断，那堵墙可以挡风，看来那日松还是很了解这栋房子的结构，但他也是见过世面的人，怎么会因为大风就瑟瑟发抖。我走到他身旁问他："那老伯，您还好吗？"

"好！好！好！"那日松明显有些语无伦次，一个劲地点头。

我拿了一瓶水，递给那日松，等他慢慢平复，再次观察，这个隔断的空间像是个厨房，而外屋当年应该是客厅，回过头看那日松藏身的角落，像是厨房灶台底下。

那日松喝了水，又过了许久，终于平复下来，嘴里喃喃自语，我仔细倾听，并不是喃喃自语，却又像是在对我说："我就不……不该带你们来！长……长生天护佑，我不是要冒……冒犯您！"

"那老伯，您这是什么意思？"

"这是长生天的示警，我劝你们不要再往前走咧！"那日松像是恢复了体力。

"示警？"众人都围了过来。

等了好久，那日松才缓缓说道："你们不是想知道这镇子是怎么荒废的吗？我来告诉你们，那是五十多年前，一个初春时节，当时我还是个孩子……"

镇子上来了许多车辆，有卡车、吉普车，还有几辆轿车。小那日松趴在窗台上向外望去，他从未见过这么多车，车上下来的人与他们长得不大一样。就在这时，一辆黑色轿车停在了他家门口，婶婶赶忙把他带进了厨房里。

婶婶在厨房准备好奶茶，端了出去。小那日松透过门缝向外张望，以前家里也有不少客人拜访叔叔，可是这次……他觉得气氛有点不一样。一个穿着黑色皮风衣的高大男人走进客厅，一屁股坐在沙发上，这个男人背对着厨房，小那日松看不清男人的脸，只觉得他的穿着打扮和长相都与自己不一样。

"你接到命令了吗？"男人的话语简短而坚定。

叔叔明显对这个男人有些畏惧，"昨天晚上……晚上刚刚接到命令。"

"那你们还磨蹭什么？"男人有些不耐烦。

"时间太紧迫了，我们来不及准备呀，毕竟这里是我们世世代代生活的地方！你让我们搬，总要给我们点时间吧！"叔叔像是在哀求那个男人。

一阵可怕的沉默后，那个男人又开口了。

"时间？"

"嗯，我们答应搬，但请您宽限我们两个月，这些人，还有牲畜和家当……"

"两个月？"男人打断了叔叔的话。

"要么……一个月？"叔叔的声音有些颤抖。

"一个月？"男人的声音透着一种轻蔑。

"那至少半个月，不能再少了！"叔叔变成了苦苦哀求。

屋子里又陷入了沉默，气氛越发诡异，过了好一阵，有个同样穿黑色皮风衣的人走进来，向那个男人嘀咕了几句，那个男人站起身，缓缓走到叔叔近前，拿起桌上摆放的一尊佛像，看了一眼，然后突然重重地将佛像摔在地板上，佛像碎了，男人冷笑着逼近叔叔，低吼道："没有时间了，命令上说得还不够明确吗？限你们在今天晚上全部，对！全部搬离此地！就你们这些家当在我眼里一文不值！"

说罢，那男人搬起桌上的收音机，直接朝客厅的窗户砸去，紧接着，门外跑进来四名壮汉，不由分说，将叔叔和婶婶给拖了出去！叔叔最后朝厨房方向看了一眼，那绝望的眼神让小那日松一辈子没有忘记！

…………

"那是些什么人？"秦悦急切地问那日松。

那日松摇摇头。

"我那时候太小，已经记不太清了。"

"后来呢？跟您叔叔婶婶一起被带走了？"秦悦追问。

"不，他们没有发现我，我一直躲在这里，在厨房里等到天黑，听外面嘈杂了大半天，等外面声音小了，我才壮着胆子走了出去，曾经繁华一时的镇子已经空空如也，幸亏有一户牧民，是我叔叔的朋友，他们看到了我，把我抱上了骆驼，我才得救！"

"那您叔叔和婶婶呢？"

"他们……我后来再也没有见到他们！"

"不是所有人都被迁到新镇子了吗？"

"是的，大部分人都被迁到了新的镇子，我也跟着那户牧民到了新镇子，但是镇上有一些人再也没有回来，其中就包括我的叔叔和婶婶。"那日松说着神情黯淡下来。

"这……有点古怪，难道他们因为反抗搬迁被枪毙或是关起来了？"我推测道。

"我……我一直也是这么认为的！"那日松的语气透着无奈，"但是，我并没有放弃寻找叔叔和婶婶，我后来干上这行，也是因为有机会再回到这里，可是我搜遍了这儿，也没有发现他们，活不见人，死不见尸，就这样无声无息消失了！"

"消失？"我喃喃自语，又想起了袁帅。

那日松又接着说道："后来我慢慢接受了这个现实，特别是二十年前那次差点在戈壁深处遇难，就不再到这里来了！"

我们把那日松搀扶起来，折腾大半夜，眼见天就要亮了，也没法再睡了，开始收拾东西，我忽然又想起了什么，回头问那日松，"那您刚才为啥会如此惧怕？仅仅是因为狂风吗？"

那日松无奈地笑笑，"狂风，沙尘暴，我在这儿生活了一辈子，这些都见过，可是……可是刚才我看到了一束光！"

"一束光？！"众人闻听都放下了手中的活，惊奇地看着那日松。

"对！刚才我也看见了！"我回忆着那束诡异的光，"那束光的颜色很奇怪，像是蓝色，又想是紫色，一会又觉得是橘红色，我从未见过那样的光！"

"是的！就是那束光！"那日松点着头，脸上露出一种奇怪的表情。

"这束光我也看到了，可……可我还是不明白这束光怎么了？"夏冰问那老伯。

那日松盯着夏冰许久，又环视众人，小声说道："因为……因为那晚也出现了这束光！"

"您是说小镇出事的那天晚上？"

那日松沉重地点点头，"我坐在骆驼上，回头望去，小镇上空，不，应该说是戈壁深处出现了一束奇异的光！还不仅仅如此，二十多年前，我险些在戈壁深处出事，那天晚上也出现了这道光！所以……"

大家这才明白那日松为何会如此失态，我回忆着夜里那道光出现时，诡异而恐怖的感觉，不禁浑身一颤，但摆在我们面前的现实问题是天亮后是否继续出发？特别是那日松作为向导，他还敢不敢继续走下去？！

第四章　第三日

1

让我意外的是直到天明，那日松都没再说什么，他没有要掉头回去，也没提出涨价，我把心中的好奇说给秦悦，秦悦摇摇头，小声嘀咕道："谁知道呢，或许这就是人家的职业操守吧。"

我们一起将那日松的嘎斯老爷车推了过来。天已大亮，吃完早饭，继续启程，走到镇口，回到镇外的那条公路，回头望去，在戈壁深处的这个小镇，显得那么突兀，或许这就决定了它被废弃的命运。

依然按昨天的队形，一路颠簸，我紧张地注意着前方的道路，生怕再遇到那支幽灵车队，但我却发现路上除了我们的车辙印，并没有看见其他车辆的痕迹，难道昨夜真的是我产生了幻觉？

车窗外的景致比前两天更加单调，这是进入戈壁的第三天，按照那日松的估算，再往前走就是生命禁区了，几乎不会有人类涉足，也就离我们要去的荒原大字很近了。

荒芜的戈壁单调得可怕！戈壁滩上已经完全没有道路的痕迹，所有手机都没有信号了，GPS的信号几乎接收不到，北斗的信号倒是时断时续，只有通过手表和太阳才能判断我们走了多久。一段上坡之后，走在最前面的嘎斯停了下来，我看看时间正是正午。大家下车，一望无垠的戈壁滩上，一道铁丝网出现在大家面前，阻挡了我们的去路。

我诧异地询问那日松："我们是不是走错了？怎么会有铁丝网？"

"我们是不是来到了国境线？"夏冰也问。

那日松并不回答，一会沿着铁丝网向前走，一会又停下来观察周围，最后他回过头来，肯定地对大家说："不，我们没走错！这儿虽然离国境线很近，但并不是国境线，前面就是我说的禁区！"

"您跟我说禁区的时候，我从未想过还会有铁丝网。"我拨弄着铁丝网，"看样子，这铁丝网也有年头了！"

"对！我估计这个铁丝网就是在小镇被废弃后出现的。"那日松皱着眉说，"应该就是那伙把我们赶走的人弄来呐。"

"那我们现在怎么办？弄断铁丝网？"宇文已经跃跃欲试。

那日松摆摆手，"不！不用！我记得沿着铁丝网往前走，有一个门！"

"门？"我们都很吃惊，不知会是怎样的一道门。

我们狐疑着重新上车，沿着铁丝网走了一段，果然出现一道门。不过与我们想象中的门完全不同，所谓的门只是漫长铁丝网上开的一个口子。我们下车查看，只见这道口子旁边的铁丝网上，挂着一个铁质的牌子，上面有三种文字，其中有一种是中文——禁止入内，后果自负。

"你们注意到没有，中文是繁体字！"我指着铁牌子上的中文，

"这符合我推断的年代，也就是说在半个多世纪前，小镇被废弃后，这里成了禁区！"

"我更感兴趣的是，禁区的铁丝网上开了门！"秦悦推了推铁丝网，推断道："这道门并不是后来的好奇者或是捡石头的人划开的，而是修建铁丝网时就有的，并且质量还很好！"

"也就是说划出这片禁区的目的……"我话说了一半。

"禁区的目的就是为了方便另一些人不受干扰地进出！"秦悦很肯定地说道。

那日松等我们讨论完，说："我本来只想把你们送到这里，但那天看你们豪爽，出手大方，就答应把你们送到海子那里，哎！都怪我贪财！"

"那老伯，从这里到你说的海子还有多远？"我查看着地图。

"不远了，如果没走错路，不会超过半天车程！"

"海子那里就是我们要找的荒原大字吗？"夏冰追问。

那日松看看夏冰，"姑娘，什么荒原……荒原大字我不懂，但我告诉你那地方鬼得很！"

那日松的话看似答非所问，却让我不禁心悸，因为昨晚的遭遇已经让我不寒而栗，荒原大字还要更神秘，呃……我开始有些怀念宇文的工作室了。

我们缓缓驶进铁丝网，继续前进，戈壁滩依旧平坦而单调，大约只走了一个小时，远处突然出现了连绵的高山，在平坦的戈壁上显得十分突兀。这时，对讲机里传来了那日松的声音，"长生天保佑，昨夜的邪风过后，今天天气很好，我们一路顺利，那个海子就在前面了！"

我看看开车的秦悦问："是不是既紧张又兴奋？"

"那是你！我是带着任务来的，不兴奋，紧张有点。"

"嘿嘿，别逞能哦，那老伯说了这地方鬼得很。"

我俩正说着，一片湛蓝透彻的水面出现在我们前方，对讲机里传来宇文的惊叹，"哇，这戈壁深处居然有这么大一个海子！"

我们都吃惊地望着车窗外，对讲机里传来夏冰的声音，"那老伯，这个海子是淡水，还是咸水？"

夏冰依然保持着冷静，问出这么专业的问题，等了一会儿，那日松才在对讲机里回答："说不好！"

"什么叫说不好？"我疑惑地冲对讲机问。

又过了一会儿，那日松在对讲机里说："那次我遇险，多亏这个海子才得救，当时我喝的是淡水，但一般戈壁滩里的海子都是咸水，所以我现在还说不好。你们想啊，如果这么大一个海子都是淡水，这附近为何会如此荒凉？"

对讲机里又沉默下来，我还在琢磨那日松刚才的话……这时，我们的车已经来到了海子边缘一片还算宽阔的草场上，对！不是戈壁，而是一小片草场。

2

当我们下车的时候，恍若置身于另一个世界，青青草场，水草丰美，但却太过安静，与戈壁一样没有人，也没有动物，甚至我趴到海子边上观察了半天，也没看到水里有鱼，只有一些不知名的昆虫在此顽强生存。

我尝了尝海子中的水，兴奋地招呼大家："是淡水！还有点甜！"

"长生天保佑！这么多年过去了，这个海子没有干涸，没有变成咸水！"那日松跪下来虔诚地跪谢长生天。

大家纷纷围绕在海子周围，品尝海子的水，只有秦悦喝止大家："不要喝这里的水！"

那日松不满地看看秦悦，"姑娘，你是什么意思？"

"我是为了大家的安全，先检验一下这里的水！"

"我已经喝了！" 我对秦悦的马后炮很不满，秦悦瞪了我一眼，"谁叫你贪嘴！"

说着，秦悦从车上拿出一个小杯，先观察了半天，然后用我们已经喝完的一个桶装了水，往里面投放了两粒药，给大家解释道："虽然这水看上去很纯净，但不是流动的水源，所以要特别小心，用药物净化后，再煮沸喝应该没什么问题。"

"你这算是给水源投药吗？"我戏谑道。

秦悦一瞪我，轻轻哼了一声，"那位朝你招手呢！"

我这才注意到夏冰沿着海子走了挺远，几乎到了海子另一端，招呼我们。我赶忙跑过去，夏冰用一个空矿泉水瓶子舀了一瓶水，在我面前轻轻晃动，"我刚刚打了一瓶水，发现竟然是咸水！"

"这怎么可能？我尝的是……"当我把瓶子举到鼻子前，就嗅到一股又苦又咸还有点腥的味道，轻轻抿一口在嘴里感受下，苦涩难以下咽，我赶忙吐掉，"这太奇怪了，我刚刚尝的还是淡水，味道、口感都不错！"

我又走回原来的位置，用手舀起水，放嘴里尝尝，"是淡水啊！这海子还分两种水，一边是淡水，一边是淡水！太奇怪了！"

秦悦也试了试。

"是很奇怪！"

"以前去西藏班公湖，那儿是一半淡水，一半咸水，可那是个很大的湖泊，这个海子难道水源还不一样？"我狐疑地望着这平静的海子，忽然觉得这一汪清泉似乎深不见底！

"更奇怪的是这儿的咸水，跟一般咸水湖里的味道口感还不一样！"夏冰仔细嗅着那瓶咸水，"里面一定有一些特殊的成分。至于一边是淡水一边是咸水，可能源于下面的水源补给不一样！"

"也只有这么解释了！"我略作盘算，虽然天气炎热，但我们携带的食物和水还够用，所以水源还不是大问题，别忘了我们此行目的。于是，我询问那日松："这儿离照片上的地方还有多远啊？"

那日松手一指我们面前的高山，"就在这座山后面，走一段上坡的山路，翻过半山腰就能看见了。"

我仔细对比手中的照片，照片中有一些阴影，估计就是这座山吧。我盘算了一下，"那今天我们就在这儿安营休息，明天一早翻过山去找荒原大字！"

"不！不！"那日松忽然摆了摆手，"不要在这里扎营，往那边去，在山脚下有一座寺庙。"

"寺庙？"我们都是一惊，顺着那日松手指的方向望去，没有任何建筑，只有高高的杂草和灌木，"哪有寺庙？您不是说这是禁区，里面没有人吗？"

"你们听我说完嘛！"那日松有些不满我打断他，"那是一座废弃的寺庙，都是断垣残壁，但总比我们在这儿什么遮挡都没有好一些嘛！"

"又是废弃的？"我心里不禁狐疑。

"嗯，是早就废弃的。我那次去过寺庙，看样子废弃有很长很长的时间，不是跟小镇一起废弃的。"那日松特地用了两个"很长"。

我一直对历史、考古有着浓厚的兴趣，那日松的话激起了我的兴趣，我们重新上车，压过杂草，只开出四五百米，就看到了一些断垣残壁。

我和宇文一人一把工兵铲在前面开路，铲去杂草，露出来的断垣残壁越来越多。我们一步步登上台阶。半个小时后，当我们回身望去时，才发现这真是一个绝佳的宝地，背依青山，前临碧水，寺庙就建在这中间的台地上，可见当年建庙之人也是精通堪舆之术，精挑细选了这么个绝佳之处。

但让我更吃惊的是这寺庙的规模，远超我的想象！原本那日松提到寺庙，我以为只是一个荒僻小庙，规模不过三五间，没想到这里依托地形，层层叠加，台地上错落有致地分布着大大小小的殿宇遗址，我不禁感叹："真可惜啊！这座庙原来规模很大，后来全毁了！"

袁教授也不敢相信，"如此荒僻之处，怎会有这么大的寺庙？"

宇文这时候一本正经地推测道："我以为这个寺庙和荒原大字有莫大关系，这地方并不是熙熙攘攘的交通要道，也非人口稠密的大城要塞，唯一的可能只能是……信仰的力量！"

"信仰的力量？"袁教授若有所思。

我接过宇文的话，"对！宇文说得没错，宏大的寺庙除了在繁华的城市和交通要道，就是在具有信仰力量的地方，比如像泰山啦，五台山啦，等等！"

"你说这里，或者说荒原大字具有信仰的力量？"秦悦反问我。

"这个现在还不好说，我们还是先看看这座寺庙能发现什么吧！"我看看日头，太阳已经朝西去了，得抓紧时间，"我和宇文继续清理一下这边，看能不能发现什么，你们几位就在这儿安营扎寨。"

于是，大家分工，在一处最大的平台上，平整出一块地方搭帐篷。我和宇文继续在四下寻觅，很快，我的脚撞上了一个坚硬的物体。

3

我的右脚尖一阵钻心疼痛，低头寻觅，发现在大平台下面有块巨大的青石，我的脚正撞上这块青石。青石的形状引起了我的注意，有棱有角，我赶忙蹲下来，拂去青石上的灰土，上面慢慢露出了一些奇怪的符号，我眼前一亮，"是……是块碑！"

我和宇文小心翼翼将石碑周围的灰土铲去，一块完整的石碑很快就显露出来，众人也都围拢上来，七嘴八舌地议论起来："这是什么时代的碑？上面写的是什么？"

"这是辽代的契丹大字碑！"我和宇文几乎同时认了出来。

"契丹大字？"秦悦反问道。

"是契丹民族的文字，也是辽代的官方文字，但早已失传了，是一种死文字，契丹文又分为大字和小字。小字是拼音文字，大字和汉字类似，是表意的……"

"甭说那么多了，就说上面写的是什么？"秦悦打断我催促道。

我看看宇文一努嘴："你来！"

"你不是都懂吗？"宇文嘴角微微上翘，像是在笑我。

"废话！全世界也没几个人能读懂契丹文了。"我嘟囔道。

"你面前就有一个！"宇文开始膨胀起来，眼看着他整个人都大了一圈。

"你什么时候学的契丹文？我怎么不知道？"虽然知道宇文在语言和符号学上富有天赋，但我还是有些吃惊。

"我掌握一门语言只需要七十二小时！"宇文进一步在膨胀，跟我没大没小的。

"你三天就能学会一门语言？"秦悦又惊又喜。

宇文一见秦悦夸他，更加傲娇。

"是啊，有时四十八小时，二十四小时也是有的！"

我实在看不下去了，一拍宇文，"那你倒是翻译啊。"

宇文被我一拍，小了两圈，憋着劲看了半天，终于缓缓念道："我……我大……大契丹崛起于松漠，有奈于长生天护佑，有奈于此神山圣水护佑，我大圣……大圣大明神烈天皇帝荡平宇内，灭渤海，建国号，定典章，革风俗，我孝武皇帝入主中原，分官制，得幽云，文成武功……"

宇文嘚不嘚说了一通，也不知他翻译得准不准，估计八九不离十吧！以我的历史功底我是听懂了，不过其他人就一头雾水了，我只好再解释一遍，"这是一通很珍贵的辽碑，前面主要说的是辽朝建立的历史，歌颂了辽朝两位开国皇帝的事迹，基本上与我们已经知道的历史吻合！不过让我奇怪的是，这里当时虽然属于辽国的版图，但并不是契丹统治的核心区域，契丹的核心区域在今天辽宁西部、内蒙古赤峰一带，另外就是契丹后来夺得的幽云一带，也就是今天B市、山西大同一带，这些地区出土过很多辽代墓葬和碑刻、文物，但阴山以北地区从未出土过辽代的文物，所以这块碑非常珍贵！"

宇文翻译到后来慢慢没了声音，像是陷入思考，许久，宇文慢条斯理地说道："神奇的碑！记录了一段隐秘的历史啊！"

"啊，你倒是继续翻译啊！"我也催促道。

"你们听最后一段啊——大圣大明神烈天皇帝诞时，系祖宗危难之际，简献皇帝为世仇所害，族人逃散，简献皇后以大圣大明神烈天皇帝骨相异常，惧有阴图害者，鞠之别帐，远遁他乡。至此，大圣大明神烈天皇帝三月即行，百日便言，凡事未卜先知，族人皆异之。

简献皇后又见神山圣水间有古庙，以为此地有神祇佑我契丹。后我大契丹果振奋出东方，践祚帝位，国势昌盛，如日中天，大圣大明神烈天皇帝、孝武惠文皇帝、孝和庄宪皇帝、孝安正敬皇帝、孝成康靖皇帝、文武大孝宣皇帝登基之后，皆遣使以祭之，并着有司扩建庙宇，佑我契丹万年。当今皇帝新登大宝，敬天法祖，遵循旧制，舍万金扩建庙宇，再塑金身，并发宏愿，愿我大辽千秋万代，皇太后万年万年万万年！"

"这什么意思啊？"秦悦问。

宇文解释道："这是一段秘史啊！最后这段提到'大圣大明神烈天皇帝'就是辽太祖耶律阿保机，耶律阿保机出生之时，耶律家族正处于危难之中。'简献皇帝'是耶律阿保机的祖父，当然这是以后的追封，耶律阿保机的祖父被仇人杀死，族人逃散，耶律阿保机的祖母认为耶律阿保机骨相异常，不是一般人，怕有人暗害这个孙子，就将小耶律阿保机藏在别的地方，远遁他乡，后来就来到了这里。"

"来到这里，这可是正史上从来没有的记载啊！"我不禁惊叹道。

"嗯，关键是后面，耶律阿保机来到此地后，三个月就可以下地行走，百天就能说话，而且更神奇的是他还会未卜先知！族人都很惊异。他的祖母见此地有古庙，就认为这个地方有神灵保佑耶律阿保机，保佑契丹。后来契丹果然在耶律阿保机的统领下强大起来，建立辽朝。辽朝建立后，历代皇帝都曾派人来这里祭祀，并扩建了庙宇，后面提到的六位皇帝就是辽朝前六位皇帝。命令立这块碑的人是辽朝第七位皇帝辽兴宗耶律宗真。"

"神棍啊！三月即行，百日便言！以前看史书上有过这样的记载，只当是神化皇帝，没想到这块碑的记载还真的……"我觉得有些不可思议。

"我觉得这块碑上的记载并非简单的神化……"夏冰欲言又止。

秦悦点点头，"是呀，不管记载的'三月即行，百日便言，未卜先知'这些是不是真的，但他们一定是在这里得到了某种帮助，所以才会对此地如此尊崇，历代皇帝都会来祭拜，还花重金扩建庙宇！"

"也可能是得到了什么东西。"夏冰接着说道。

"某种东西？"众人吃惊。

"所以才会有人想来这里寻找。"夏冰进一步解释道。

我马上联想到了荒原大字，还有一系列的失踪事件，"这就解释了为什么多年之后，还有人对荒原大字感兴趣！"

袁教授却摇摇头，"对荒原大字感兴趣的人，为什么都消失了呢？这不符合常理，他们应该来这里才对啊，现在我们反而来到了这里，他们却消失了！"

"或许……或许是有人不愿意他们来到这里吧！"秦悦忽然幽幽地说道。

秦悦的话，让大家都安静下来，这死寂的戈壁深处究竟还埋藏着什么秘密？

4

我和宇文继续沿着大平台搜寻，当我们绕到大平台另一侧时，地面上又有一块凸起的东西，简单挖了几下，一块石碑又露了出来。让我们吃惊的是这块碑的规模，我和宇文用工兵铲清理了半个多小时，才终于把这块碑给清理出来，碑面呈黑色，上面的文字还很清晰，这次不用宇文翻译了，因为碑上面的文字全是汉字，密密麻麻，楷书宋体，工整秀丽，一看就是出自大家手笔，只是……只是在这荒凉的戈壁深处，出现这么大一块巨碑实在是让我们都吃惊不已。

"看形制像是明朝的碑，两侧螭龙纹饰与内地明代的碑没什么两样！而且看规模和式样完全是皇家气派！"我首先做出了判断。

"明朝的碑？皇家气派？明朝皇帝也来过这里？"秦悦好奇地盯着碑。

这块碑不需要宇文翻译，我自己就能看得懂。

"《皇明敕建真武大帝金庙碑》，果然是明代皇家的碑，而且这个庙在明代被称为'真武大帝庙'。"

"真武大帝？就是古代传说中的玄武大帝吧？"夏冰说道。

我点点头说道。

"是的，玄武是中国古代传说中代表方位的神兽，左青龙，右白虎，南朱雀，北玄武，玄武代表北方，因为避宋代皇帝的讳，从宋代开始，玄武也被称作'真武'！"

"我记得武当山金殿里好像就是供奉的真武大帝。"袁教授说。

"嗯，是的。"我仔细查看了这通巨碑最后落款，"皇明宣德元年三月初三。果然是明代立的，'宣德'是明宣宗朱瞻基的年号。整个明代都非常推崇真武大帝，特别是从明成祖朱棣之后，朱棣的历史就不用我多说了吧。他本来被父皇朱元璋封到北平，也就是今天的B市当藩王，后来在靖难之变中带兵打到南京，取代了侄子建文帝登上皇位。据说朱棣非常崇拜真武大帝，因为玄武是代表北方的神兽，而他就从北方而来，应了王气在北的说法，民间更是传说朱棣就是真武大帝的化身，所以他在位期间大修武当山，崇拜真武大帝，只是……只是我们从来不知道这儿，塞北居然还有一座皇家敕建的真武庙！"

"注意碑名，是金庙！"宇文提醒我。

"呃……对，这更让人意外，居然是金庙，朱棣大修武当山，也只是在金顶上铸造了一座金殿，这儿居然有座金庙，级别至少不低于武当山！"我不禁暗暗称奇。

"快来说说这碑上面刻的是什么？"秦悦催促我。

"惟洪武二十三年，太宗文皇帝在藩邸，受太祖高皇帝之命，与晋王分路率师北征。晋王恐惧，失期未至，故太宗文皇帝孤军深入，与北元大战五，小战无算。后太宗文皇帝被围于此地数月，敌酋知太宗文皇帝在此，聚大军于此，数倍于我。绝境之时，太宗文皇帝走此庙暂避，此庙年久破败，然碑刻颇多，太宗文皇帝于此读碑，忽一日，单骑翻山至山阴，遇狂风，郑和、朱能、张玉、丘福等遍寻不见太宗文皇帝，又遇北元大军围攻，诸军各自混战，郑和、朱能、张玉、丘福皆失散。当此败军之际，狂沙大起，太宗文皇帝有如神助，山巅直下，披坚执锐，身后若有甲兵十万，敌酋闻风丧胆，诸军各自掩杀，反败为胜，遂脱绝境，收服北元伪太尉乃儿不花，生擒北元大将索林铁木尔……"

"又一个神棍啊！"宇文嘟囔道。

"吹牛的部分我们就不说了，这里记载了一段鲜为人知的历史，太宗文皇帝就是朱棣，洪武二十三年，朱棣还在北平当燕王的时候，奉父皇的命令，与晋王一同出塞攻打北元。晋王就是分封在太原的朱棣三哥朱棡。结果朱棡恐惧，没有按照约定时间到达指定位置，造成朱棣孤军深入，处于危险的境地，一直到这里，都与历史的记载相符，后面就是我们不知道的事了！"

宇文打断了我，"大家注意，碑文提到，朱棣在绝境之中，走避此庙，当时这个庙已经很破败，但留有很多碑刻，说明那个时候这里就有很多碑刻；另外也进一步证明这里历史很悠久！更绝的是碑文提到朱棣是在某日读了这里的碑之后，具体没说是哪块碑，突然没跟任何人打招呼，直接单骑翻山至山阴，也就是山后面……"

"就是我们要去的地方！"秦悦惊道。

"是的，山后面就是荒原大字所在，朱棣为何不跟任何人打招呼，也不带任何人，一个人冒险，要知道当时这里是战场，他单骑离开部队，随时可能遭遇敌人！"宇文提醒大家。

"对！碑文紧接着就说起风了，狂风中，敌人来袭，朱棣手下的郑和、朱能、张玉、丘福皆各自为战，这里也很奇怪，朱棣单骑翻山走了，就起了狂风？还有，文中提到的四个人中的郑和大家都很熟悉，另外三位都是朱棣帐下大将，他们四人都是朱棣的心腹亲信，这点历史上有记载，后来这四个人都为朱棣夺取皇位，建功立业，立下汗马功劳！为何朱棣读碑之后，单骑冒险走了，不带这几个人？"我困惑不已。

"唯一合理的解释是……朱棣读碑时一定发现了什么秘密！"夏冰推测说。

"这个秘密一定是惊天的秘密，所以他连亲信都不带，一个人冒险走了！"宇文进一步推断。

我点点头，"后来的记载已经证实了，果然在诸军血战就要玩完的时候，朱棣从山顶，注意啊，是从山顶犹如天降，而且是带着十万大军从山顶冲下来……"

我说的时候，众人都抬头望向我们身后的山顶。这座山平淡无奇，山顶也并不是那么巍峨高大，袁教授仰着头，喃喃地说道："古人常常会用夸张的手法描述一些事情，或许当时只是遭遇了沙尘暴……"大家听完袁教授的话，面面相觑，此时，日头已经沉沉西下。

5

碑文很长，还没有读完，巨碑中间记载了后来朱棣如何英明神武，夺取皇位，又如何五征漠北，派郑和七下西洋，修《永乐大典》，等等，文治武功，这些都是历史上大家知道的。直到最后一段，又吸引了我的注意，"永乐二十二年，太宗文皇帝发大军五十万，再次北征，弥望荒尘野草，虏只影不见，车辙马迹皆漫灭，疑其遁已久，B国公张辅等分索山谷，周回三百余里，无一人一骑之迹，敌酋已灭，太宗文皇帝班师回朝，回师途中，太宗文皇帝病笃，特令经此地，驻跸十数日方还，至榆木川，太宗文皇帝崩于军中……"

宇文听出了我的意思，"这段记载也很有意思，朱棣在位时，曾五次远征漠北，这段记载说的是他最后一次远征，结果无功而返，连一个敌人的影子都没见到，朱棣很是失望，下令班师。当时朱棣年事已高，身体也有病，但他病重的时候曾命令大军来到这个地方驻扎，而且待了十多天才继续回师，最后病死在榆木川那里。"

"这个地方一定有什么东西强烈吸引着朱棣，所以他病重的时候还不忘来此地！"秦悦推断说。

"或许朱棣只是想来这里养病，或是回忆一下年轻时的那场大战？毕竟上了年纪的人都喜欢回忆过去的事。"夏冰反问道。

众人都沉默下来，夏冰这种推测也有道理，但是这个塞北戈壁深处的庙宇如何吸引了一代雄主，这本身就已经让我们可以想象了。

这时，袁教授忽然提醒大家："你们注意到没有，这块碑的材质。"

"材质？"我这才注意到这块巨碑通体黑色，是一种很深的黑色，"陨……石……"

"嗯！是陨石。"袁教授点点头，"巨碑不易运输，我想这些碑应该是就地取材，在这戈壁深处看来有很多陨石。"

那日松老伯也说道："碑我倒没注意，但我那块陨铁确实是在这附近找到的。"

"这么大的陨石碑，那原来这块石头得有多大！"我摇着头不敢相信，"真武大帝庙，金庙，陨石巨碑，这里在明代的崇拜祭祀活动达到了顶峰啊！"

"你们过来看，这儿还有一块碑！"宇文在不远处冲我们招手。

也不知道他什么时候又找到了一块碑，这块碑在大平台的下面左侧，也呈黑色，此碑比《皇明敕建真武大帝金庙碑》小一些，但大于《契丹大字碑》，正好介于两者中间。我还在观察周遭环境，宇文已经拂去尘土，又是碑面朝上，躺倒在荒草丛中，上面密密麻麻刻满了奇形怪状的符号，不是汉字，但以我的知识储备很快联想到某种古代文字，"好像……好像是八思巴文？"

宇文点点头，"对，这是很少见的八思巴文！"

"八思巴文？怎么很像藏文？"夏冰反问道。

宇文解释说："八思巴文也是一种死文字，现在已经没人用了，它是元代的官方文字，确实很像藏文，八思巴文的创立者八思巴就是藏人，是萨迦派的法王，被笃信藏传佛教的忽必烈尊为国师。忽必烈继位之前，M国帝国一直缺少一种多民族通用的语言，很不利于各民族交流，于是，忽必烈就命国师八思巴创立一种方便学习使用的新文字，就是我们看到的八思巴文。"

"八思巴直接用古藏文的字母来拼写，创立了八思巴文，所以看起来是有点像藏文，元世祖忽必烈将八思巴文颁行天下，命令用八思巴文拼写一切文字，但因为民间认为八思巴文难以辨识，不愿使用，所以八思巴文在元代基本上只在官方文书上使用。"我进一步解释道。

"那也就是说这块碑很有可能又是一块皇家御制碑喽？"秦悦反

问道。

我一怔，又是一块皇家御制碑。我愣神的时候，宇文已经像是喃喃自语地翻出了碑文，"长生天气力里，大福荫护助里……"

"这是啥意思啊？"

"开头两句就证明了这块碑是皇家御制碑，'长生天气力里，大福荫护助里'常见于元朝圣旨的头两句，就相当于'奉天承运，皇帝诏曰'的意思。"宇文解释道。

"这地方越来越不可思议了，在古代地位老高了，三块不同朝代的御制碑！"我不禁感叹起来。

宇文倒很淡定，一如既往很认真地在翻译，"薛禅可汗在潜邸，任用赵公、魏公、鲁公诸人，励精图治，实力大增，蒙哥汗疑忌，命阿蓝答儿等构陷之，薛禅可汗忧惧。赵公于是请薛禅可汗出游，薛禅可汗问赵公何处去？赵公言：北方有王气，当北去。薛禅可汗遂与赵公、魏公、鲁公同游至此地，赵公指山曰：此山背负王气，王可自去。薛禅可汗疑之，魏公、鲁公皆不明深意，赵公于是又曰：草原历代诸王皆于此得神力，王志向高远，若以天下计，王亦当于此得神力，若不得，则天命不在王；若得，则天命所归，王必得天下，眼下小难皆不足为惧。薛禅可汗半信半疑，魏公、鲁公听罢，下马伏地皆言：王必得神力，必得天下。于是薛禅可汗独骑越山，至晚方归。薛禅可汗身披金光，不可直视，赵公、魏公、鲁公皆伏地再拜曰：得天下者非王莫属。后薛禅可汗至和林，与蒙哥汗对泣而诉，兄弟和睦如初……"

宇文断断续续翻译到这里，我已经听明白了，不觉惊呼："这是一个更猛的神棍！"

夏冰貌似也听出了大概，喃喃道："又是山背后，又是荒原大字……"

6

秦悦没听明白宇文翻译的碑文，猛地一拍我："这到底说的啥意思啊？"

她正拍到我后背的针眼上，我疼得一龇牙，"没听懂就虚心请教，还这么凶！"

"你……"秦悦刚想发作，马上意识到我后背的针眼，又换了一副表情，笑盈盈柔声细语地问道："非鱼老师，小女子向您请教，这块碑上究竟说的是什么呢？"说完，还对我忽闪着大眼睛直放电。

我见秦悦这副模样，拿她一点脾气都没有，"简单地说，薛禅可汗就是元朝开国皇帝忽必烈，赵公是刘秉忠，魏公是许衡，鲁公是姚枢，这三人是忽必烈在潜邸当藩王时的主要文臣谋士，忽必烈后来在成吉思汗众多孙子中脱颖而出，继承大统，建立元朝，很大程度上得益于他被封在华北地区，任用了许多汉人辅佐他，这些汉人大臣中，以刘秉忠、许衡、姚枢最为重要，而三人当中尤以刘秉忠为神！"

"为神？"

"是的，刘秉忠这人很神，他是张良、诸葛亮一般的人物。刘秉忠本来是个和尚，机缘巧合，得遇忽必烈，两人一见如故，相见恨晚，刘秉忠便还俗为忽必烈出谋划策。忽必烈继承汗位，建立元朝，许多谋划，许多政策都出自刘秉忠，甚至包括修建元大都，也就是今天的B市城都是出自刘秉忠的设计，还有连元朝的国号，这个'元'字，也是刘秉忠从《易经》'大哉乾元，万物资始，乃统天'一句中取的，所以他是忽必烈的绝对心腹！"

"那么这篇碑文说的是什么呢？"秦悦催促道。

"碑文讲忽必烈在藩邸当王的时候励精图治，实力越来越强，遭到了他的大哥，也就是当时的M国大汗蒙哥的猜忌，蒙哥汗于是派人调查忽必烈，而来调查忽必烈的阿蓝答儿是他的政敌，一向欲置忽必烈于死地。忽必烈为此很忧虑。就在这个时候，刘秉忠建议忽必烈出游散心，忽必烈问去哪玩？刘秉忠说北方有王气，往北面走，于是忽必烈便带上刘秉忠、许衡、姚枢三个心腹大臣往北走，来到这里。刘秉忠指着山说这座山有王气，王可以自己一个人去……"

夏冰打断我说："这里的'此山背负王气'是指山有王气？还是山背后有王气？"

"这……"我略一沉吟，宇文说，"我觉得碑文中的山就是我们面前这座山，应该是指山背后有王气！"

"我觉得也是，忽必烈听了刘秉忠的话，疑惑不解，不明白刘秉忠什么意思，许衡、姚枢也不明白。于是刘秉忠解释说'草原历代诸王皆于此得神力'。这句话很有意思，与在忽必烈之前的辽朝建立者耶律阿保机对上了，也与在他之后的明成祖朱棣对上了，但我觉得这句话所透露出的还远不止这些……"

"历代？也就是说所有起自草原的英雄都在此得到了某种神力！"夏冰揣测道。

"从字面上看是这个意思，当然这也可能只是泛指，是刘秉忠为了鼓励忽必烈在吹牛！毕竟人在逆境中，需要有某种心理暗示，刘秉忠就在暗示忽必烈也会得到神力，得到上天的护佑成为天下之主！"

"刘秉忠看来是一位心理学大师喽！他确实是在给忽必烈一种心理暗示，但为什么是这里，而不是别的什么地方，说明这里还是有神奇之处！"夏冰进一步推断。

我思虑片刻，"这里的神奇，已经通过前面两块碑证明了，所以刘秉忠确实不完全是在凭空心理暗示，他一定是之前来过这里，发现了这里的神奇之处，所以才在这样一个时机，也就是忽必烈忧惧的时候带他来这里，给了忽必烈强大的心理暗示。后来果然……"

我还没说完，秦悦便打断我，"后面我听懂了，后来又跟前面两块碑一样，逢凶化吉，遇难成祥了。"

"对！后面我就不翻译了，碑文再后面都是称颂忽必烈的文治武功，然后回来还愿修庙立碑，跟前两块碑一样！"宇文拍拍手，从地上站了起来。

我冲他俩笑了笑，"后面虽然是俗套，但也有一些值得推敲的地方，比如这句'薛禅可汗独骑越山，至晚方归，薛禅可汗身披金光，不可直视'。这句就是最神棍的地方，说忽必烈将信将疑，一个人骑马越过山，到晚上终于回来，回来的时候身披金光，以至于众人不能直视！"

"为什么刘秉忠他们几个不一起跟过去呢？"秦悦好奇地问。

"这正是最神秘的地方，前一块碑也提到朱棣在危难之时读碑，然后这老哥跟谁都没打招呼，也是一个人偷偷骑马翻过了山，等再回来时，犹如带了十万兵马从天而降，都是神棍！"

"这两点还是有不同之处。"袁教授打断我，说，"朱棣是自己读碑发现了什么，然后一个人偷偷翻过山，而忽必烈是在刘秉忠建议下一个人去的，也就是说刘秉忠他们本是可以跟忽必烈一起去，而有意不去，朱棣是有意不带其他人去。"

"这……朱棣在近百年之后读的碑会不会就是这块碑？"宇文忽然幽幽地说道。

大家都被宇文的话震住了，憋了半天，我才惊道："宇文，你果然聪明啊，很有可能，这很有可能，这么说来，朱棣还懂八思巴文。牛，所以说要加强学习，朱棣能脱颖而出，夺得皇位不是偶然的！"

"非鱼啊，这么说来，我倒想到了一个问题……"袁教授若有所思，"这两块碑确实对得上，上面一块碑说朱棣在此遭到北元大军围困攻击，双方打得很激烈，你们想过没有，为什么是在这里？在戈壁深处打得很激烈？"

我眼前一亮，"是啊！按理双方交战会争夺水草丰美的地方，或是要塞城池，这地方既不是水草丰美的草原，也非要塞城池，为何双方会大打出手？从明朝这边的记载看，朱棣来之前并不知道此地的奥秘，他属于误打误撞，但不会双方都是误打误撞。"

"也就是说北元的铁骑是有意识要保卫这里。保卫山背后的秘密！"夏冰也明白了，"从后来结果看，北元没能保卫住这里，被朱棣反败为胜！"

"一定是这样的，看似是朱棣大军被围困处于守势，其实是北元铁骑在守卫这里……守卫这里的秘密！"我陷入了沉思。许久，我想起了那块陨石巨碑上记载的碑林，忙提醒大家，"大家散开，再看看这附近有没有其他的碑。"

大家散开寻找，让我们惊异的一幕出现了，在大平台和下面的小平台四周，除去杂草，一块块大小不一、各式各样的石碑出现在我们面前，所有的石碑都躺倒在草丛中，再扩大搜寻，从山下的海子边到大平台后面的山下，竟铺满了石碑……

7

当落日最后沉入山梁，荒凉的戈壁深处陷入死一般的沉寂。我们回到大平台上的宿营地，这里还有一些原来殿宇的断垣残壁，那日松将帐篷就搭在这些断垣残壁间，我和秦悦升起了一堆篝火，大家围坐在篝火周围，默默地吃着东西，所有人似乎都被刚才的发现震惊了，还在回味碑文上的记载，"看来碑上的记载都不虚啊！"袁教授首先打破了沉默。

"可还是太过神奇！"我接着说道。

"你们注意到没有……"夏冰话说了一半，停下来环视众人，才又缓缓说道，"你们发现没有所有的碑都是朝着山下的方向扑倒的，而且更奇怪的是所有的碑都是正面朝上！"

"我也注意到了，我刚才就在想这是为什么？"我抬头又看了看我们身后这座有些突兀的石头山，"这只有一种解释，就是所有的碑正面都是朝着山的方向，而它们都是被来自山，或者是山后的巨大力量推倒的！"

宇文接着我的话说道："确实是这样，但这样很不合常理！首先，所有碑的正面都是朝着山的方向，这很奇怪，一般立碑都会坐北朝南，面对建筑的下方，而不会反方向，但是这里都是朝着寺庙后面的大山，似乎是有意为之；其次，所有的碑都被来自大山方向的一股巨大力量，从后面推倒，所以碑面朝上，按理说山应该能阻挡后面的巨大力量，而现在我们看到的结果并不是这样，我觉得这股力量可能就来自这座山！"

夏冰摇摇头，"不！还有一种可能，这股力量来自大山后面，这股力量非常强大，以至于虽然有大山阻挡，碑林依然被推倒！"

我惊呼道："天哪，那这股力量得有多大，才能穿透这座石头山？如果不是有山挡着，这些碑是不是就要碎成粉末了？"

"会不会是地震呢？"秦悦推测。

我马上摆手道："不，不可能是地震！如果是地震碑就该都碎裂了，而不会这么整齐地朝一个方向躺倒！你们看这些碑碎裂的很少，全是整面扑倒！"

"所以一定是大山背后的神秘力量把碑林全都推倒了！"秦悦也同意夏冰的推断。

我已经几乎可以想象这一切是如何发生的了，但依然觉得不可思议，"再联系荒原大字，我想已经可以说明问题了。从照片上看，荒原大字是呈放射状分布的，为什么是放射状？"

"难道荒原大字也遭受了中间某种力量的冲击？！"秦悦惊道。

我点点头，"嗯，他们遭受的冲击应该更大，这些石碑被大山挡着竟然都能被推倒，那么可想而知，山后面的东西将会遭受怎样的冲击？"

"那张热成像照片上的热源……"夏冰喃喃说着，若有所思。

"对，我估计这个强大的力量就来自那个热源，至少与那个热源有关！"我推断道。

"好可怕的力量！这……这让我想到了核爆！"秦悦喃喃道。

"是……是有点像核爆！可这里从来没有人类核试验的记载！"夏冰回忆道。

"绝对不可能！不可能！"袁教授使劲摇着头，"我们还是不要瞎猜了，等明天翻过山就清楚了！"

袁教授的话让大家又陷入了沉默，待大家吃得差不多时，那日松忽然反问我们："你们听说过'世界能量中心'吗？"

我们五个人都互相看看，一脸茫然，最后还是我在大脑深处搜寻到一点蛛丝马迹，"我好像……好像听说过这个地方……就在 M 国。"

"嗯，'世界能量中心'现在是一处挺有名的旅游景点。"那日松看看我们，一脸神秘地继续说道，"下午听你们讲了那么多，让我想起了这个'世界能量中心'，据说人在那个地方可以感受到超自然的巨大能量。于是，有位活佛就修建了那个世界能量中心，很多人都会去那里冥想静修，可以感受并接收到能量！"

"这么神奇？"我们都有些吃惊。

那日松一脸神秘的微笑，"我也曾经好奇地去过那个世界能量中心，确实有些感觉，但我要告诉你们的是二十年前那次我在这里遇险，身体所感受到的变化，远比那个世界能量中心来得猛！猛得很咧！"

那日松故意加重了最后的语气，袁教授忙问道："老哥，那你说说当时是一种什么感觉？"

那日松像是陷入了回忆，可是等了许久，他却摇摇头，"那种奇妙的感觉不是语言所能形容咧，也不是我现在所能回忆的，只有那时那刻，我确确实实感受到了，我现在只能告诉你们那种感觉开始是很……很不舒服的，但后来就会感觉很好，并不是一下子很明显，而是缓缓地感觉温暖，总之那种感觉很怪很怪……"

那日松的描述等于没说，但至少说明荒原大字那地方确实蕴藏着某种神秘力量，能让人感受到，以至于古代只有那些草原英雄可以享有……说的我都想入非非了！这时，那日松又提醒我们，"按照我们之前的约定，明天我就不陪你们继续往前了，我会在这里等你们，祈求长生天护佑你们。但是，请记住！我只会等你们五天！"

五天，接下来这五天会发生什么？我有些茫然地望着眼前即将燃尽的篝火，又抬头看了看头顶寂静的大山。

第五章　第四日

1

今晚在秦悦强烈的要求下，改成宇文和夏冰前半夜值守，我和秦悦后半夜值守。夜宿这神山圣水边，如果忘却我们所处的环境，倒也宁静惬意，但我又如何能置身事外？我掏出两个手机来，都没有信号，那个旧手机再没有响起，袁帅是死是活？他究竟身在何处？

前半夜一切正常，凌晨时分，我在睡梦中被秦悦拖出了帐篷，这小妮子的力气我也算是领教了。我揉揉惺忪的睡眼，抬头看看夜空，月明星稀，再望向四周，一切都很正常。我思虑了一天，还是决定要把蓝血团的事告诉秦悦，一来是听听秦悦的意见，二来是想看看秦悦会和夏冰发生什么样的反应。

待我对秦悦说完，秦悦却沉默下来，许久才喃喃说道："事情越来越复杂了！"

"越来越复杂……什么意思？"

"袁帅是蓝血团的人，如果所有事情都是蓝血团策划的，那么我们面对的对手就不仅仅是袁帅，将会十分强大。当然还有一种可能，照片是属于蓝血团的，袁帅可能出于某种目的或是被人控制，得到了照片，从事某个危险的计划。"

秦悦说的我也想到了，但我始终不愿相信袁帅是幕后黑手，"反正在你看来，帅就不是好人了？"

"你到现在还……"秦悦有些激动，随即又压低声音，说道："夏冰你也要小心，说不定她和袁帅就是一伙的！"

"我看她不像！我看不出她的动机，只看出她为帅担心，想早点找到帅。"

秦悦听我说完，冷笑了两声，看看我没说什么。一阵沉默后，秦悦站起身在平台上溜达了一圈，我叮嘱她不要乱跑，秦悦反倒笑我："昨夜乱跑的人是谁？"

"我那不是乱跑，是为了……"我话说一半，警觉地再次往远处望去，生怕那支幽灵车队再次出现。

秦悦像是猜到了我的担心，"你昨夜肯定是产生了幻觉！"

"幻觉？"我没说话，依然在回想着昨天发生的一切，"无人驾驶的幽灵车队，世界能量中心……或许就像那日松说的，荒原大字发散出巨大的能量，吸引了那支幽灵车队！"

秦悦突然伸手摸了摸我额头，"你没发烧吧，当是写小说啊？"

"呃……我就是写小说的。"

"好吧！我在想这地方现在人迹罕至，古代的时候既然这里有庙，而且规模挺大，也应该有人吧，那么那些人是怎么在这里生活的？"

秦悦的话提醒了我，"你注意到了吗？我们破译的三块碑分别树立于辽、元、明，每块碑都提到重建庙宇，也就是说这儿的庙宇不管规模多大，都被毁过，直到一个新的雄主崛起，才重新修庙。"

"你的意思是……庙宇每次存在的时间并不长？"

"这里地处偏远，应该很少遭遇大规模的战火，自然灾害会有，风灾、火灾、地震，但不会有水灾、泥石流之类的。可能是频繁的沙尘暴或是雷火、地震摧毁了这里的庙宇。"

秦悦若有所思地点点头，"那这儿最后荒废的时间呢？"

"我昨天一直在观察，可惜天黑了，我们没有时间进一步破译那些碑刻，从这些断垣残壁看，这儿……"我回身用手电照了照身后的一块墙壁，"残留的建筑都是明代的。"

"真武大帝庙，也就说自明朝宣德年间大规模修建真武大帝庙后，这里很快就荒废了？"

"嗯……刚才看到那块《真武大帝庙碑》时，我就很惊讶明朝怎么会在这么远的地方修建这么大一座庙，要知道明朝的势力范围主要还是在长城以内，这里已经远离长城，明朝也只有在明成祖朱棣、明仁宗朱高炽、明宣宗朱瞻基、明英宗朱祁镇的正统年间势力扩张到了塞外，明英宗在土木堡之变战败后，明朝势力就收缩进长城了。整个加起来时间很短，我推测宣德年间大修后，很快就荒废了！"

"你看出来是如何荒废的吗？"

"大平台上的断垣残壁有火烧的痕迹，估计是遭遇过火灾！"

"我也看到了！但庙里面供奉的神像呢？这么大的殿宇，庙里面的神像应该很大，现在却不见踪影？"

"这……可能是被人拖走熔化了吧，一般神像都有贵金属，可能被附近部落破坏了，明朝退回到长城内，这儿就没人管了！"

"我看最后真武大帝庙被毁不是火灾那么简单，所有的碑都朝一个方向扑倒……"秦悦正说着，忽然没了声音，眼睛直直地盯着下面的海子，我循着秦悦的目光望去，月光洒在宁静的海子上，泛起了金光，但是……这样的金光只在一半的水面上泛起，另一半的水面依然漆黑一片。

"这……这是怎么回事？"

"或许和一半咸水一半淡水有关！"

就这样等月光渐渐隐去，东方泛起了红晕，这样的红晕照在海子上，依然呈现出一半红光一半漆黑的景象，我们已经来不及多想，新的一天到来，意味着我们马上就可以见到荒原大字了，既紧张又有些兴奋。

我哀求那日松继续陪我们走一段，但这老家伙不管我出多少钱，死活不敢再向前走一步。我们只好收拾行装上路，临走时，那日松突然喊住我，不知是拿了二十万良心发现，还是怕我们一去不回心有不忍，他解下自己佩带的蒙刀递给我，说是和我投缘，临别留个纪念。我接过这全套蒙刀，这是一套有年头的蒙刀，刀鞘上斑斑点点，包浆深厚，红珊瑚珠子装饰，还配有象牙筷子，这都是标准的蒙刀配制，当古董卖的话，这全套蒙刀在内地也能值个几千块钱，不过这玩意还能防身吗？想着，我猛地抽出了刀，一道寒光闪过，没想到这有年头的蒙刀还这般锋利，可见此刀是主人的心爱之物，它的主人常常打磨它！

我将刀还鞘，既是那老头的心爱之物，君子不夺人所好，我有心还给他，可忽然心里生出一种悲壮的感觉，那老头这时候赠刀，倒搞得像生死离别似的，那老头一定是觉得我们此去凶多吉少，又收了我们二十万元巨款，过意不去……算了，荒原大字我们肯定是要去的，如有不测，拿此刀防身也不错，要是平安归来，再把刀还他不迟！想到这，我把刀系在腰间皮带上，对那老头最后道谢，便上了车。不再有那日松领路，只好由我继续导航，在一轮旭日完全升起在戈壁滩上时，我们出发了，开始了第四天的行程。

2

起初，我们还是遵循那日松的指示，继续向西，在一个低矮的山腰处，翻过大山，后面便是一马平川，绿色很快就消失了，再度驶入单调的灰黄色戈壁。

行驶了大约一个小时后，坐标显示已经到达荒原大字所在的位置，但我却看不见任何荒原大字的迹象。就在这时，我忽然发现不远处的戈壁滩上有一根石柱，斜插在土里，显得有些突兀。秦悦也发现了石柱，驾车缓缓靠近石柱，我手握那日松赠送的蒙刀，跳下车，走到石柱近前，石柱差不多一米高，呈扁平状，阳光映射下，光滑的石柱身上隐约现出了一些符号。

宇文、夏冰、袁教授也围了上来，我拂去石柱上的灰土和地衣，六行文字渐渐显露出来，宇文轻叹道："又是一块石碑，这上面从左到右依次是满、汉、蒙三种文字。"

我慢慢读出了中间那两行汉字："前有无人荒漠，气候诡变，地形怪诞，时有猛兽伏没，军民人等，切勿靠近，如有死伤，一应后果自负，乾隆五十六年春。"

"一块清代的碑……"夏冰喃喃说道。

"这块碑跟真武庙的碑都不一样，更像是块禁约碑。"我推断道。

"禁约碑？"

"对！跟铁丝网上'严禁入内'牌子是一个意思，古代经常立于一些禁地，起到警示、恐吓外人进入的目的。"我解释道。

"奇怪？真武庙那些高大的御制碑都在歌功颂德，为何到了清代成了禁区？"夏冰仔细打量着这块碑。

"这并不奇怪，正好跟我之前的推测对上了。真武庙最后一次重建，也是规模最大的一次，发生在明代早期，后来真武庙很快就衰落了，我之前还奇怪为何后来没有人再重建真武庙，这块碑正好解答了我的疑问，因为清代这里成了禁地，所以后来慢慢再无人提起这里。至于清代为何将这里划为禁地？我想可能是清朝统治者惧怕这里，不想再有人像历史上那些草原英雄一样，利用这里成就霸业，所以将这里划为禁区。"

"气候诡变，地形怪诞，时有猛兽伏没……"夏冰朝前方望了望，戈壁滩一马平川，此时异常安静，一点也看不出有什么危险，"以我的专业知识看，戈壁深处地势平坦，怎么会怪诞？除了偶尔有狼以外，也不会有什么别的猛兽。"

"目前还看不出危险，不过并不代表下面不会有，还是小心点好！"袁教授告诫道。

"我觉得碑文多多少少也有恐吓、夸张之处……"

我正说着，秦悦突然在石柱后面喊道："你们快来看，人，石人！"

我们赶忙转到石柱后面，果然，石柱后面隐隐约约现出了一个持剑武士的形象，我不禁一惊，"这儿也有草原石人！"

"草原石人？"

"草原石人一直是个谜，在从大兴安岭到高加索广袤的草原上，分布着数量可观的草原石人。他们雕刻古朴粗犷，几千年来，孤零零地伫立在草原上。关于雕刻草原石人的目的一直众说纷纭，有说是帝王陵墓前的石刻，有说是偶像崇拜，还有说是古人求精神不死。关于草原石人的主人更是扑朔迷离，有人认为是尚武好战的突厥人，有人认为是先秦时代的塞人，也有人认为是传说中的秃头人。"

"那么这尊石人是什么年代的？"秦悦问。

"草原石人雕刻粗犷，年代久远，这尊……我一时很难判断出这尊石人的年代。但有一点可以肯定，草原石人的历史都很悠久，随着突厥文明的衰落，草原石人再没出现过，所以草原石人至少都在一千年以上。"

袁教授听了我的推断，反问道："那就是说这尊石人的历史不但早于清代，也早于我们之前发现的那几块碑？"

我点点头，"对，比我们发现的那块辽代碑还要早，如果是塞人的大作，那么距今可能有三千多年！"

"三千年？"大家吃惊地看着这尊石人，宇文进一步推断道："这尊石人显然也曾遭受神秘力量的摧残，只是它还顽强地斜插在土里，这附近可能还会有其他石人，都扑倒在地上了。草原石人的位置更靠近荒原大字的中心，我想古人对荒原大字的崇拜一定很久远！"

"没错！所以年代久远的草原石人更靠近荒原大字中心，后面历朝历代的崇拜就靠外面了……"

我正说着，秦悦打断我。

"你们注意到没有，这尊石人也是面朝里面，也就是荒原大字的方向！"

"我注意到了，所以我开始只顾看禁约碑，以为那面是正面，其实这一面才是正面，后来清代的官府借助石人后背，刻了'禁约碑'。"

秦悦喃喃说道："神力？古人很早就发现了里面有一种强大的力量，这种力量可以推倒、摧毁一切……"

"好了，我们抓紧时间吧，先散开围绕石人找找有没有其他线索，没有就赶紧上路吧！"袁教授提醒我们。

于是，我们以草原石人为中心，散开搜寻。五分钟后，袁教授首先挥舞着手中的东西，向我们招手，我们赶到袁教授身旁，这才发现袁教授手中是一块钢板，钢板中间是一个骇人的骷髅图案，骷髅图案周围红底白字，同样有三种文字，我不禁惊呼道："我去，这里还有雷区！"

"雷区？"夏冰惊道。

"又是铁丝网，又是禁约碑，还有雷区，这地方也太……"

我想说太难靠近了，秦悦却接着说道："有人太不想让人靠近了。"

"那我们现在该怎么办？"宇文问。

大家都沉默下来，我看看秦悦，我们几个当中也许就她有经验，谁料，秦悦扭头看着我，"看我干吗？我又不会排雷！"

"别急！我们先观察一下。"说罢，袁教授拿望远镜仔细观察着前方。许久，袁教授缓缓放下望远镜，递给我，"你们注意到没有，前方的戈壁滩上有一段坑坑洼洼，歪七扭八……"

在袁教授的提醒下，我从望远镜中看到就在我们前方有一段坑洼不平，呈S形。这段坑洼不平的区域渐渐地在我眼里成了一条路，"对！这是一条路！"

"路？"

"对！一定有路可以通往荒原大字，不管是那些把小镇居民赶走的人，还是后来的闯入者……很明显这片坑洼不平的区域，地雷全都已经被引爆了。"我指着前方说道。

"也就是说我们只需要从这走，就没事了！"夏冰也拿着望远镜观察着。

我刚想说什么，秦悦忽然说道："会不会是那支车队？"

"幽灵车队？"我略一沉吟，夏冰放下望远镜，说道："不像是幽灵车队，没有车辙印，而且从地表看，地雷被引爆应该是在很久之前了。"

"很久之前……"夏冰喃喃自语，若有所思。

"不管那么多了，我们就从这里走。"袁教授说罢，转身往车走去。我跟着袁教授往回走，路过草原石人时，天空中飘来一大块乌云，云层很低很低，此刻，我忽然觉得草原石人显得那么阴森和怪异。当我回身再往荒原大字方向望去，夏冰一个人还拿着望远镜，伫立在那儿，乌云很快就向荒原大字那边飘去。

3

我们再次出发，秦悦小心翼翼地驶入雷区，艰难地在坑洼不平的S形通道上驶过，果然这里的地雷已经全都被引爆，地面还残留着一些金属的残片。通过雷区，我让秦悦继续向西北方向前进。又行进了五百米后，我下车四下张望，依然看不出任何荒原大字的迹象。夏冰、宇文、袁教授也跟了过来，我们五个人分开瞭望，还是不见任何大字，我皱着眉头，拿出照片，"不对啊！按照坐标显示，我们应该已经到达了荒原大字所在地。"

我们又散开来搜寻，地表出现了一些黑色的石块，大小不一，但却无法将这些石块与荒原大字联系起来。忽然夏冰拿着照片停在原地，我们几人也不再搜寻，都望着夏冰，夏冰怔怔地盯着照片看了很久，又抬头看看我们，然后她上了宇文的大切，径直朝东边驶去，我们几个不明白夏冰的意思，赶忙上了秦悦的车，跟着夏冰追了出去，大切最后停在了一处微微隆起的山坡上，夏冰下车，有些趔趄地爬上了大切的车顶，我生怕她摔下来，赶忙冲到她旁边，这时，就听夏冰惊喜地喊道："我看到了，我……我看到了！太壮观了，比……比我们想象的都要大！"

我也急不可待地想冲上去看，但恐车顶经受不住两个人的重量，我给那头的秦悦使了个眼色，秦悦也爬上牧马人的车顶，"我也看到了！太……"

夏冰看看我，我伸手扶她下来，然后颤巍巍地爬上大切的车顶，宇文也想换下秦悦，急切地跳起来向小山坡下张望。我终于看清了荒原上的那些文字和符号，规模远超我们的想象，所以我们在地面不辨其形，只能看到那些黑色的石块；正是由这些黑色石块一块块垒砌成的线条构成了我们在照片上看到的荒原大字。

袁教授也在车顶看清了荒原大字，"非鱼啊，我们赶紧向里面进发吧！"

"不！我们先放无人机侦查一下！"我想起了宇文的无人机，终于可以派上用场了。我和宇文七手八脚地抬出无人机，这是一架大疆最新出产的精灵4，电量充足可以飞三十分钟，我在心里正在盘算如何使用，秦悦一脸不屑地看看我们的无人机，"这个能行吗？"

我白了秦悦一眼，"以这架无人机每秒二十米的速度，十五分钟只能飞一点八公里，当然无法飞到热源的位置，但至少可以让我们尽可能了解荒原大字的情况，难道你有更好的无人机？"

"只能试试吧！"秦悦撇撇嘴，没再说什么。

我和宇文小心翼翼地操控着精灵4升空，白色的小家伙向前方飞去。我和宇文盯着屏幕，屏幕上很快出现了荒原大字的图案，以及各种文字和符号，因为电量有限，我们没有悬停仔细观察，而是选择了一条直线，尽可能地让无人机向里面飞去。五分钟后，画面突然变得模糊起来，我盯着屏幕，然后抬头向前方望去，已经看不清无人机，我忽然发现就这么一会儿，前方的天气似乎发生了变化，刚才还阳光明媚，这会儿已经乌云密布，我吃惊地望着前方，"这……这是怎么回事？"

"好诡异的天气！"夏冰喃喃道。

宇文依然沉着地操控着无人机，我再次将目光移回屏幕，此时精灵4已经飞出去十分钟，屏幕上白茫茫一片，无人机像是闯进了一片浓雾中。紧接着画面开始抖动起来，随着时间推移，抖动越来越剧烈，我扭头看着宇文，宇文依然聚精会神地操控着无人机，但我分明可以感觉到宇文内心的惊慌，当时间显示十三分钟时，画面开始剧烈抖动，宇文的手也开始颤抖，突然，宇文叫道："不，必须返航！"

可我们却发现无人机似乎失去了控制，十四分钟，十五分钟，十六分钟……一直到二十五分钟，精灵4没有飞回来，画面一直剧烈抖动，没有看见任何东西，只是白茫茫一片，当二十六分钟时，屏幕突然黑了……

我们在原地又等了五分钟，精灵4没有回来，就这样无声无息消失在戈壁深处。我们面面相觑，吃惊地看着不远处的荒原大字，最后还是宇文嘟囔道："我新买的无人机就这么完啦！"

"完了！"我面色沉重地冲宇文点点头，然后接过遥控器看了看，"看来我之前的判断是对的，那两张照片都是军用级别无人机拍摄的，军用无人机不但航程远，飞得高，更重要的是抗干扰能力强。"

"你的意思是前方有很强的电磁干扰?"秦悦问。

"我现在还不能确定,但我想前面天气多变,电磁复杂,所以我们一定要小心!"

"赶紧上车走,或许还能找到我的小精灵!"宇文明显情绪有点波动。

旁边的秦悦微微点头。

"大家小心,如果情况不利,及时回撤出来!"

大家没再说什么,谁也不知道前方等待我们的将会是什么?我们惴惴不安地重新上车,一路从山坡上冲下来,袁教授提示我们:"顺着一条线走,既然这些荒原大字是呈放射状分布的,我们只需沿着其中一条线走,就可以一直深入!"

于是,我们一直向深处走了下去,一路上,黑色的石块越来越多,越来越密集,本来在这些文字和符号中间,还留有宽敞的通道,慢慢地,这样的通道越来越狭窄,我们的车已经碾压在黑色的石块上。

我让秦悦停下来,下了车仔细查看,云层越来越厚,我吃惊地仰望天空,"这是要来沙尘暴……还是要下暴雨了?"

"暴雨?"所有人都吃惊地仰望天空。

再看我们脚下,满是黑色的石块,夏冰捡起一块,端详后,狐疑地说道:"你们不觉得这些黑色石块有些眼熟吗?"

我也捡起一块仔细勘察,"很像陨铁!"

"不是像，就是！拼出这些文字和符号的黑色石块都是陨石或者陨铁！"夏冰肯定地说道。

"看来这个地方曾经下过陨石雨！"我推断说。

一直没说话的袁教授一个人走进黑色石块中，许久，他转过身来，"你们感受到什么吗？"

感受到什么？我想起了碑文中神乎其神的记载，还有那日松所说的"世界能量中心"。我们都没说话，各自散开，静静地伫立在荒原大字中，这里安静得可怕，空中虽然乌云密布，却没有雷电，也没有狂风袭来，一切都很静谧，让人觉得波诡云谲。

时间一分一秒过去，我忽然觉得我们几个这个样子有点可笑，又有点诡异，"我没什么感觉啊，你们呢？"

"我有，有触电的感觉！"宇文小声嘀咕道。

"我没什么特别的感觉……就是有点心慌！"秦悦也小声说道。

我看了一眼宇文，又看看秦悦，"你心慌是因为宇文碰到了你。宇文，你触电，我让秦悦电死你！"

秦悦这才发现刚才宇文的手指尖触到了自己的手指，愠怒地冲宇文低吼道："不许碰我！"

宇文这老实的家伙一脸无辜，刚要解释，夏冰突然说道："我……我好像有了些感觉！"

我一脸惊异地冲到夏冰身旁，张开双臂又感觉了下，都要和夏冰凹凸有致的身体贴上了，也没什么特别的感觉！就是……就是忽然有一阵钻心的疼痛，又是后背那针眼在隐隐作痛！

这时，秦悦一把把我推到后面，质问夏冰，"那你说说有什么特殊的感觉？"

夏冰慢慢放下张开的双臂，睁开眼睛，"你们难道没有感受到吗？一种很神奇的感觉……感觉身体有劲了，其实我昨天根本没睡好，一路上都很困倦，现在却一点都不困了，浑身充满了力量！"

"可恶，难道这真是什么世界能量中心？"我不敢相信，看看秦悦，秦悦也看看我，这时，袁教授走过来，"是有点异样的感觉，确实提神，你们没有感觉吗？"

我还就不信了，我干脆趴在沙地上，双手还抓着一块黑色的陨石，静静地又感受了一番，还是没有什么特别的感觉啊！半分钟……一分钟……三分钟……五分钟，秦悦踢我一下，"到底感觉到没有？"

"没……等等，等等！"我并没有感觉到什么，却忽然听到了一些奇怪的声响，这声响像是从地下传来，我赶忙将耳朵贴近沙子，咚咚咚……

4

呃……很难形容那个声响，时有时无，时大时小，像是从很远的地方传来，如果不是贴近地面，是不会听到的，"你们听，地下好像有声音。"

众人都像我一样，趴在地上听了一会，"会不会是有人来了？比如车队……"宇文瞪着惊恐的眼睛看着我。

"不可能，我听过牲口或是车队发出的声响，不是这样，而且我觉得……"我停下来，看着大家，"我觉得这个声响来自里面。"

我手指的方向正是荒原大字向内延伸的方向，当大家再次望向里面时，发现里面有淡淡的雾气弥漫开来，让人无法看清远处，秦悦喃喃自语道："好神秘的地方，干燥的夏日，戈壁滩上却雾气弥漫！"

"还不仅仅如此，你们感觉到温度下降了吗？"夏冰提醒大家。

我这时感觉到有些瑟瑟发抖，这是七月，正是戈壁滩上的酷暑时节，一路上我们都浑身大汗，不停地补水，而这里却恍如隔世，我掏出便携式温度计检测，这儿的温度已经从四十二度的酷暑，降到了只有二十六度，怪不得只穿单衣的我们会瑟瑟发抖。

"我们继续往里面走，温度会不会更低？"秦悦大声问道。

"真是奇怪，乌云密布像是下起了暴雨，却没有风也没有雨，但温度确实下降了不少！"我再次眺望远方半空中的乌云，忧心忡忡。

"或许里面正有暴风雨，所以这儿温度下降了。"袁教授推断道。

"里面有暴风雨的话，我们应该能感觉到风啊，可这里就像一切都停止了一样，只有我们在……在活动。"

我说最后几个字时，声音变得很小，因为我发现指南针的指针在急速地逆时针旋转，"这里的磁场有问题！"

"所以无人机才会失踪，才会出现那些可怕的传说！就像百慕大之类的地区！"夏冰推断道。

"现在我们该怎么办？"宇文询问大家。

我看了看秦悦，秦悦看了看夏冰，夏冰看了看袁教授，袁教授大声说："不要忘了我们为何而来，除了温度下降，目前我们还没有其他危险，应该趁天黑前尽可能突进到里面，最好在天黑前能撤出来宿营！"

我也没有更好的办法，只能听袁教授的。上车继续前进，我和秦悦驾驶牧马人在前，沿着地表上黑色的陨石向前，一路颠簸不平，坑坑洼洼，又开了一刻钟，白色的雾气越来越浓，我在对讲机里咒骂道："这该死的白雾，我们已经看不清前方了！"

"戈壁深处异常干燥，怎么会有雾气？"对讲机那头传来夏冰焦虑的声音。

"所以这地方才够诡异！我们要不要继续前进……"我话音刚落，突然秦悦一个急刹车，害得我一头撞在挡风玻璃上，我刚抬起头，紧接着后面又是一下撞击，可恶，我又一下撞到挡风玻璃上！这一下比刚才还猛，我脑袋一阵剧痛，刚想对秦悦发作，就见秦悦趴在方向盘上，双眼直直地望向前方。前方有什么？坚硬的挡风玻璃，浓浓的雾气，对讲机里传来宇文的抱怨声，在宇文的抱怨声中，我透过浓浓的雾气，见到我们的牧马人前方又出现了一道铁丝网，不，准确地说是一道电网！

我缓过神来，与秦悦对视一眼，跳下车，牧马人已经直接撞在了电网上，还好秦悦反应及时，也好在……"这电网好像没有电！"

"对！好在没有电，否则……"

袁教授、夏冰、宇文围拢过来，"又是一道网……"袁教授喃喃自语道。

我仔细检查了一下面前这道电网，"看材质已经锈迹斑斑，说明这里湿度比较大，这道电网应该与外围那道铁丝网是同时代修建的。"

"你们来看这儿！"夏冰在不远处招呼我们，我们走过去，发现电网上的警示牌，依然用中、俄、蒙三种文字写着"禁区，不得入内！"

"语气比之前的加重了！"我暗自思忖着，"外围是普通的铁丝网，这里是电网，说明里面更为重要！"

"这地方让我想起了侏罗纪公园……"宇文小声嘟囔着。却吸引了我们惊异的目光，宇文赶忙摆手，"我是瞎猜的啊，只是像……"

我一拍宇文，"说不定这里面真的有什么不能见人的生物，所以才搞的如此神秘！"

袁教授戴着厚厚的手套，摸了摸锈迹斑斑的电网，"非鱼啊，我看不像，你看这个电网像是荒废多年了，里面如果有什么见不得人的生物，应该早就跑出来了！但从没有有关的新闻报出来，我们这一路也没有任何有关发现，甚至连动物尸骨都没看见……"

"袁教授，你别太肯定了，或许很快就能发现尸骨了。"秦悦说着，戴上手套，冲宇文命令道："快倒车，我们继续沿着电网搜寻。"

宇文得了命令，赶忙将"亲吻"了牧马人的大切倒出来，秦悦也上车将牧马人从电网上倒出来，我们沿着电网逆时针缓慢搜寻，秦悦拿起对讲机说道："电网像是呈圆形，我们顺着逆时针方向搜寻，看有什么发现。"

我发现沿着电网的一圈很平坦，没有那些陨石，荒原大字像是到这里就截止了，车开了二十分钟后，秦悦开始减速，车慢慢停了下来……

5

雾气并没有消散，倒也没什么变化，还是那样的白雾，使能见度只有五米左右。"你发现了什么？"我不解秦悦为何减缓了车速。

秦悦并不回答，眼睛直直地盯着左前方，突然，秦悦的双眼猛地瞪大了，"看！那是什么？"

我顺着秦悦的目光望去，就在我们左前方，浓浓的白雾中，影影绰绰现出了一座塔，白色的塔，但是又不像，好像只有一半塔身，秦悦已经把车速降到了最慢，几乎没有什么声响，一点点接近那座白塔，我拿起对讲机，小声叮嘱："注意，左前方有情况！"

终于，牧马人停了下来，我和秦悦透过挡风玻璃，透过重重白雾，终于看清了那让人毛骨悚然的一幕。就在我们左前方不超过五米的地方，一座白色的塔，不！不是砖石建筑的塔，而是一座由层层白骨垒砌起来的"塔"就矗立在我们面前！更让我惊奇的是，这座白骨垒砌的塔看上去像是被劈了一半，只有一半斜倚在那里，没有坍塌，却似乎又摇摇欲坠！

我和秦悦怔怔地观察良久，才壮着胆子打开车门，秦悦做好战斗准备，我抽出了那日松送我的蒙刀匕首，回头看看，宇文抄起了工兵铲，夏冰和袁教授则跟在后面，五个人穿行在白雾中，一步步接近面前这座白骨塔。四周的白雾包围着我们，我不知道将会有什么猛兽或是未知怪物突然从白雾中冲出，视觉已经起不到什么作用，只能依靠听觉和嗅觉，四周依然很安静，也没有异常的气味，我的心稍稍放下来……再望向那座白骨塔，我这才看清楚，原来所谓被劈成一半的白骨塔是因为电网上的一道门，所有的白骨都垒砌在电网内侧，被这道紧闭的大门给挡住了，所以远看像是被劈成一半的塔！

"太……太可怕了，他们像……像是要出来，却……却被这道门给挡住了！"宇文这会儿声音都有些颤抖了。

"先弄清楚他们是什么？"秦悦戴上手套，走上前，勘验起那些白骨。

我顿时有些奇特的感觉，虽然不清楚这种感觉是否就是那日松所说的力量。

秦悦隔着电网观察起那成堆的白骨，然后蹲下，将手伸进电网的间隙，我和宇文几乎同时喊道："小心！"

秦悦根本没理睬我们，从电网内侧拾起一块骨头，看了几眼，丢下，又捡起一块长的骨头，拿了出来，"这是一根成年男性的胫骨，从附近散落的骨头看，这是一具年龄在二十来岁的男性尸骨，高加索人种！"

"高加索人种？"夏冰也走了过来，"也就是说这个青年不是本地人，也不是东方人，而来自西方。"

"嗯……"秦悦继续观察白骨塔下面散落的一些骨骸，"也有M国人种。"

"对，甚至还有……"夏冰也戴上手套，将手伸进电网，勘察起来。

"还有尼格罗人种！"秦悦突然说道。

众人都是一惊，就连一直嘴里念念有词，像是在念经的袁教授也是惊骇，众人聚拢过来，秦悦指着电网那头一个人类的颅骨，摘下手套，"对！没错，这个颅骨就是一个尼格罗人种的颅骨！"

"我去，这个尸骨塔里面竟然有世界三大人种的骨骸！"我惊得目瞪口呆。

秦悦解释说道："我纠正你一下，这不是什么尸骨塔，这是里面的人，包括各个种族的人向外奔逃，被电网和这道门阻挡，最后他们死在了这里，层层叠加，形成了看似像半截塔的样子！"

"那你能看出他们的死因吗？"我反问。

秦悦摇摇头，"现在还看不出来！"

"里面究竟有什么可怕的东西，是猛兽，还是自然灾害？而这些人又为何在这里面？"我走近电网，想透过重重迷雾，看清里面的世界。

"从尸骨堆积的情况看，这些人一定是遭遇了让他们十分惊恐的袭击，几乎所有人都是朝着大门的方向奔逃，当时的踩踏情况也一定很严重，很多人都是被踩踏窒息而死的！"秦悦进一步分析道。

这时，夏冰摘下手套走过来对秦悦说："你注意到没有，所有死者，不管是什么人种，也不管男女，年龄普遍偏小！"

"哦？"秦悦一惊，她盯着夏冰，像是在跟夏冰暗中较劲，"我注意到了，但这么多尸骨，我无法完全勘察。"

"是无法完全勘察，但从我们已经勘察的情况看，都是十几岁到二十几岁的年轻男女，甚至不排除有年龄更小的孩童！"

"这……也可能有年龄大的呢！"

"确实不排除偶有年龄偏大的，所以我才说年龄普遍偏小。"

这两个美女只要一交锋，就火药味十足，我赶忙拉架说道："两位美女，先别争了，我们首先要搞清楚这些人为什么会在里面？里面又有什么可怕的东西迫使他们往外狂奔？不搞清楚这些，我们恐怕也不敢继续……"

我的话让大家又沉默下来，这时，袁教授忽然在身后提醒道："这些尸骨让我想起了真武大帝庙那些扑倒的石碑！"

"是啊！你们想想，隔着一座大山，那些厚重的石碑都能被推倒，里面这些人就……"我的眼前浮现着可怕的一幕，几百名不知什么原因在里面的青年男女被一股巨大的力量推动，惊恐地来到电网大门前，他们想要出去，大门没有打开，他们争先恐后地踩踏着，踏同伴已经奄奄一息的身体，想要跳过这道门，但是最后没有一个幸存者，即便是爬到最顶端、最身强力壮的那个小伙子，也被里面突然而至的巨大力量瞬间化为了一堆骨骸……

"难道真的是核爆……还是侏罗纪公园……"宇文嘴里喃喃道，大家面面相觑，核爆的力量？史前巨型生物？似乎也只有这些才能解释我们面前这一切。

6

秦悦对着那扇大门，或者说是正对着骨塔向后一步步退去，我们
怔怔地站在原地，不知道秦悦想干什么？直到秦悦的身体完全隐藏进
白雾中，我们听到了秦悦的声音，"正对着大门的是一条路！"

我们走到正对着电网大门的位置向后倒退，身后又传来秦悦的
声音，"既然电网在这个位置有门，也就说明正对着大门有通往外界
的路。"

"确实，这条路还挺宽！"我观察着四周，发现这条路宽度至少
在五米以上，可以通车。我还在往后退，却没了秦悦的声音，我退得
猛了点，突然一个趔趄，回头一看，竟撞在了秦悦身上，"你怎么杵
在这不动了？"

"嘘！别出声！"秦悦小声喝止我。我不言语，五个人在白雾中
面面相觑，"你们听，好像有声响！"

我立马趴在沙地上，秦悦一踹我，"不是下面！"

我又站起来，侧耳倾听，一个声音从远处传来，尖锐刺耳，由远
及近，像是要穿透这重重白雾，这是什么声音？大家都听到了那个声
音，惊恐地瞪大眼睛，那个声音越来越近，越来越响，我本能地拉上
秦悦，开始向车的位置撤退，就在这时，一双巨大而尖利的黑灰色物
体从我们头顶掠过。"怪物呀！"宇文失魂落魄地叫道。

没等我们反应过来，伴随着一阵刺鼻的腥臭味，半空中一个巨大
的黑色物体再次袭来，我猛地睁大了眼睛，是一个巨大的带翅膀会飞

行的生物！夏冰发出一声尖叫，紧接着，夏冰就被那个巨大的生物抓了起来。那个巨大的生物抓着夏冰在白雾中盘旋，半空中传来夏冰一阵阵尖叫，秦悦也没有办法。

突然，那个巨大的生物又刺破白雾，俯冲下来，直直地向我和秦悦袭来，我已经吓得挪不动步，秦悦倒是异常镇定，然而那个巨大生物突然改变了飞行路线，没有俯冲下来，而是转而盘旋，一头又钻进雾气中。

"是雕！一只巨大的雕！"秦悦看清了那个巨大生物。

"准确地说是皂雕，一只大得不正常的皂雕！"袁教授大声喊道。

袁教授话音刚落，那只巨大的雕再次降临，夏冰惊恐的尖叫给了我们足够的预判时间，这次皂雕没有改变路线，依旧冲我们袭来，我赶忙将秦悦扑倒，皂雕不敢飞太低，扑了个空！

皂雕第四次冲我和秦悦俯冲下来，我不知道是第六感，还是因为在这鬼地方真的有了特殊能量，我敏锐预感到皂雕这次的目标是我！我猛地一侧身，与秦悦分开奔跑，皂雕果然有些抓瞎，结果抛下了夏冰。

但我们所有人都轻敌了，皂雕并没就此放弃，它猛地调转方向，扑向秦悦，秦悦根本没有时间反应，一个趔趄跌倒在地，我赶忙冲了过去，吸引皂雕，然后将皂雕引向另一个方向，迷雾中，我隐隐看见宇文扶起了秦悦，又背起夏冰向车的方向撤退。

我知道要赶紧找到摆脱皂雕的办法，最好是有能躲藏的地方，可在这荒无人烟的戈壁滩上，哪有栖身之所？车，只有我们的车或许还能抵挡一阵！我决定装死，等待秦悦、宇文开车来救我，我选择了一个凹陷处，趴下去，幸亏有这重重白雾，否则我们早已成了皂雕的口中食！

四周又恢复了宁静，皂雕不知飞到哪里？消失在浓浓白雾中。我还是不敢起来，侧耳倾听可能的危险，也希望听到车的声音，我知道秦悦的车技，应该可以无声无息地开过来，过了约有十分钟，牧马人终于缓缓钻出浓雾，出现在离我不远的道路上，我看不清车里的情形，但这是我唯一的机会了！

我猛地从沙砾中站起身，飞奔向牧马人，几乎同时，我的耳膜要被那凄厉的声响划破，那个怪物又来了！不能犹豫，不能等待，我加快速度，几乎在我打开车门的刹那，皂雕猛地抓向我的后背，我几乎是将自己的身体抛进车里，紧紧抱住了秦悦！车门没来得及关，腿还露在外面，幸亏秦悦及时发动车，保住了我的双腿。

我在车里坐好，看看秦悦，秦悦脸上泛起一丝红晕，我尴尬地笑笑，"怎么，火车上不是抱过了吗？"

秦悦一瞪我，刚想说什么，对讲机传来宇文和袁教授焦急的声音："夏冰……她受了伤，现在浑身发热，伤口还在流血……"

秦悦很镇定地问他们："有骨折吗？"

袁教授答道："目前我还没发现骨折，但全身有多处软组织挫伤！伤口需要马上处理，否则会感染！"

"车上有些药物，但不知道管不管用，你们先给她做简单的处理……"秦悦话音刚落，车顶就是重重的一击，整个车剧烈晃起来，我被晃得五脏六腑都要吐出来了！

"那个……怪物……在车顶！"我感觉整个车要被怪物震翻了。刚才还十分镇定的秦悦竟也花容失色，本能地拉住了我的胳膊，我迟疑片刻，怪物又在车顶使劲一震，我吓得也抓住了秦悦。

对讲机里传来宇文的声音，"我们给夏冰做了简单的……"那头突然没了声音，紧接着就是一阵巨响，"怪物……怪物，那个……怪物袭击了我们！"那头又没了声音。

"喂……喂……"我正在呼叫呢，突然车顶又是一震，慌乱中，对讲机掉了下去，我只好又抓紧秦悦，"好像……好像……不止一只怪物！"我和秦悦几乎同时意识到了。

皂雕还在车顶上乱动，虽然这怪物暂时不能把我们怎样，但让它这样乱搞下去，我们迟早还是怪物的口中食。就这样被震得七零八落好一会儿，秦悦重新镇定下来。"必须离开这儿！"说着，秦悦挣脱我，在剧烈晃动中，摸到对讲机，大声对那头说："宇文，开车离开这里！"

过了一会儿，那头终于传来宇文的声音，"往哪儿开？"

"跟着我！"秦悦用命令的口气说。

秦悦猛地发动车，没等皂雕反应过来，牧马人已经加速到八十公里，秦悦拿起对讲机："宇文，加速！"

大切也跟了上来，两辆车沿着那条所谓的大路一路狂奔，空中的皂雕紧追不放，车顶不时传来"啪——啪——"声，"抓紧了！"我还没反应过来，就感觉身体扭曲，上下颠簸，估计秦悦已经把车开到了一百公里，并且她把车开上了那些由陨石摆成的荒原大字上。

宇文紧跟着秦悦，两辆车在这些陨石上剧烈颠簸，直到牧马人一头撞上一面墙壁，安全气囊把我猛地弹到椅背上，一切都太快，我们还等不到惊恐的尖叫，就这么撞了上来。

7

我清醒过来，仔细观察倾听，皂雕似乎没有跟过来，看看秦悦头上被撞青了一大块，我笑了，"那怪物好像……好像被你甩丢了！"

"我们也损失惨重！"秦悦苦笑。

我们跟跟跄跄地走下车，四周的雾气依然没有散去，仔细观察，我们撞上了一堵黄色的墙壁，"像是一栋建筑……"秦悦嘴里喃喃说道。

"这鬼地方本身就是沙漠戈壁，建个建筑还涂成黄色，这不成心让我们撞上吗？"我咒骂道。

"你说得对！人家涂成黄色就是故意的！"

"你是说……"我忽然想到了什么，"修这栋建筑的人故意不想让人发现这里！"

"否则卫星照片很容易就能发现这里……当然是在没有这些雾气的情况下！"秦悦沿着灰黄色的墙壁走到了这栋建筑的大门口。

虽然我们还不能一窥这栋建筑的全貌，但直觉告诉我这栋建筑规模不小，可眼前这道门却很小，一道生锈的铁门，很像军舰上面那种可以密闭的舱门，这里面是什么？电网？密闭的铁门？直觉进一步告诉我荒原大字的秘密或许就在其中。

我和秦悦试着去打开这道铁门，像是被锁死了，也可能是锈住了，我俩使出浑身气力，铁门纹丝没动。"你先让开！"。

秦悦走上前，用不知从哪里捡到的废钢材插进锁的空隙，然后用力一扭。也许是锁风化已久，竟然被掰断了。但我上前使出全身力气，还是没有扳动铁门。

秦悦上前试了试，在我惊诧的目光注视下，秦悦竟然很轻松地扳动了铁门，"笨蛋！你扳反了！"

"怎么会？"

"这门是比较怪，它跟我们一般的旋转方向不同！"

一股潮湿腐败的气味直冲出来，我把秦悦一把拉开，"小心有毒！"

"哪来的毒？"

"长期密封的空间潮湿腐败的物质不断发酵，都会产生毒气！"我看看后面，宇文和夏冰他们不知道怎么样了，他们应该也撞上了这栋建筑，"回头去找找他们！"我拉着秦悦在白雾中摸了一会儿，就看见大切果然也一头撞在黄色墙壁上，宇文和袁教授都受了点轻伤，夏冰已经陷入昏迷，我将夏冰抱出车，检查伤口。"她应该是被那怪物抓破感染了！"

"那……我们现在该怎么办？"此时宇文方寸已乱，看着我和秦悦。

"皂雕应该还在附近，你和袁教授带上必要的东西，跟我们来！"秦悦嘱咐道，然后又看看我，脸上露出一丝奇怪的笑，"她，就交给你了！"

秦悦扭头刚想回车上取东西，刺耳的声音再次穿透白雾，浓烈的腥臭味让人窒息，"快！快走！这次来的不止一只！"秦悦来不及拿东西，架着袁教授就往铁门跑，宇文连拖带拽率先带着一些行李冲进了铁门。这下可苦了我，夏冰这个大活人就指望我背了，虽说夏冰看上去也不胖，但此刻死沉死沉的，大概是我体力消耗太大，也可能是……我一边胡思乱想，一边拼命往铁门跑，突然脚下一个趔趄，被一块黑色的陨石绊倒，夏冰和我都重重地摔在陨石上。

那些怪物正在逼近，我剧烈地发出喘息，心脏狂跳不止。不行！不能趴在这里，我支撑着站起来，想把夏冰背起来，但我试了试，唉！眼前这个一米七的大长腿美女，这会儿却成了沉重负担，我抱起夏冰，几乎连拖带拽地挪到铁门附近，我的心都快从嗓子里蹦出来了，我本能地回头望去，像是有成千上万的怪兽从浓浓迷雾中冲出来，我完全怔住了，痴痴地盯着身后的白雾，直到秦悦又跑出来，"你傻愣着干吗？"

秦悦猛一踹我，我才反应过来，赶紧跟秦悦一起将夏冰拖进了铁门。关上铁门的那一刻，一股巨大的力量重重地撞在铁门上，几乎将铁门震开，我和秦悦已经筋疲力尽，还是本能地用身体冲上去，挡住了铁门。

接着又是一下，我几乎被震得五脏俱碎！我看看秦悦，"都怪你把门锁打坏了！"

"废话！不打坏我们能进来吗？"秦悦如今也是花容失色，几要晕厥。

"或……或许我们还有别的办法！"我咬着牙再一次承受着门外的暴击！回头再看宇文已经吓得瘫坐在夏冰身旁，"你别在那儿杵着啊！"

宇文这才反应过来，也冲上来，三个人的力量总算是顶住了门外的暴击。

袁教授这时候不知从哪儿找了根铁棍，站在我们身后，"用……用这个抵住！"

"一根不够！"秦悦支撑着站起来，也在这个密闭的空间内寻找起来，袁教授打开了所有的手电和照明灯，我这才看清我们所在的这个地方是一个像客厅的空间，铁门后面还有一道更大的铁门，足有三米高，这道铁门超过了我的想象，说明里面的空间很大。

秦悦和袁教授又找来几根铁管铁棍，抵在铁门后面，这才减轻了我和宇文的压力，我长出一口气，拍拍身上的尘土，走到后面的大铁门前，大家聚拢过来，宇文颤巍巍地小声问道："这……这是什么地方？"

"像是一个地堡。"秦悦推断说。

"而且规模不小。"袁教授说。

"既然我们进来了，就只有继续走下去了。"我回头看了看仍然昏迷的夏冰，心里又是一阵慌乱。

8

里面的大铁门倒没有怎么锈蚀，我和宇文一起使劲就扳开了大铁门。地堡外面又传来一阵剧烈的撞击声，我回头看看那几根铁管估计也支撑不了多久，好在我们还有一道更强大的铁门，待我们走进大铁门，我和宇文又将大铁门从内部关紧，怦怦乱跳的心脏这才回到原位。

但接着我又开始担心大铁门后面的空间，这个诡异的地方，外面有巨型皂雕攻击，里面就安全吗？而且夏冰还昏迷不醒，必须马上得到医治！我们两人车上的装备都没带进来，只能依靠宇文和袁教授了，几支手电筒加上一盏LED马灯，刚好照亮了眼前的空间，我们像是进入了一条大走廊，这条走廊很高大，有五米宽，这让秦悦想到了什么，她蹲下来仔细查看一番，"还残留有轮胎印，这个宽度与地堡外那条路是一样的。说明这里以前是可以通车的。"

"车可以开进来？"宇文有些吃惊。

我向大走廊两头张望，点点头说："对！这条大走廊当初是可以走车的。如果我估计不错，这条大走廊两头，至少有一头是有门的，可以通往外面那条路的大门。"

"车库大门？"袁教授也很吃惊。

"嗯，应该有点像车库大门。"

"那扇大门要是开着的，怪物不是能跑进来吗？"宇文越发惊恐。

我无奈地摇摇头，"与其担心外面，不如想想这里面会跑出来什么可怕的东西吧！"

我最后这句话让大家都安静下来，几个人面面相觑。许久，宇文才又颤巍巍地问道："那我们该往哪头走？"

我掏出指南针看看，然后吃惊地发现这里的磁场又稳定下来，大走廊正好是标准的南北向。

"奇怪，这儿磁场又恢复了正常，我们先往北面走吧！"

没有人提出异议。我走在前，宇文架着夏冰，和袁教授走中间，秦悦殿后，几个人鱼贯而行，走出大约三十米，大走廊两边出现了许多铁门。我随手扳开一扇铁门，扬起了厚厚的灰尘，用手电照过去，像是一间办公室，我独自走进这间办公室，里面的积尘比我预想的要少，但看上去也有年头没人来过了，只能说密闭得很好！

我初步判定这儿是安全的，便示意大家进来。这间办公室很宽大，后面是一张办公桌，前方有一张大长桌，长桌两边是椅子，像是开会的地方，而大长桌旁边靠墙的位置是一排长沙发，现在也管不了沙发上的灰土，我帮宇文将夏冰架到长沙发上，平躺下来。我要给夏冰处理伤口，但秦悦说她学过野外护理，让我提着LED马灯，她动手解开夏冰衣服，夏冰的肩膀上被抓出了很长两道伤口，鲜血还在往外流，秦悦取出我背包里的矿泉水，慢慢给夏冰清洗伤口，我的心在滴血……我的水！当然我也为夏冰担忧，但我们把大部分的装备都丢在了车上，手上的水实在是不多了！

秦悦给夏冰清洗完伤口，又用一些药涂在伤口上，并给夏冰口服了消炎药，最后给她包扎好伤口，这时候袁教授从他的包里翻出一个盒子递给秦悦："过来之前，我怕在野外被动物咬伤，带了两针破伤风疫苗，本以为用不上，没想到……不过也不知道管不管用，毕竟很少遭遇猛禽的攻击！"

秦悦给夏冰注射了一针破伤风疫苗，做完这一切，轻轻出了一口气。

"我们能做的就这么多了，伤口比较长，也比较深，一瓶矿泉水怕是不够的，可我们现在没有干净的水源，只能看她的造化了！"

我们都沉重地注视着夏冰，过了好一会儿，秦悦才打破沉默，开始用手电详细勘察这间办公室，"这里应该很久没有人来过了！"

"希望是很久没有人来了！"袁教授忽然说了一句模棱两可的话，我们都很诧异地望着他，袁教授摇摇头，"我总觉着帅没有死，他一定也来这里了！"

袁教授的话让我又想起那个旧手机，刚才皂雕袭击我们时，那个手机刚好放在我的背包里。秦悦检查完这里，不无失望地对袁教授说："至少没有发现袁帅来过这里的痕迹，其他人来过的痕迹也没发现！"

宇文又累又饿一屁股坐在长桌边，从包里翻找东西吃。

"都一天没吃东西了……"宇文狠狠啃了一口面包，嘴里还嘟囔着，"我现在好怀念羊肉串，小笼包……"

我也累瘫在宇文旁，一拍宇文，"别想了，现在有面包吃就不错了。给哥一块面包。"

"你的呢？"

"我和秦悦的装备都丢在车上了，刚才那么危险……"

宇文一听赶忙从背包里掏出一块面包，我接过后递给了秦悦。

"刚才多亏了你，给你吧！"

秦悦就这么看看我，我盯着她手里的面包，狠狠地咽了一口口水。秦悦一边盯着我，一边打开面包的包装，咬了下去，我的眼中充满失望，手往长桌上一拍，宇文和秦悦都往后一躲，长桌上的灰土被扬了起来，我也本能地往后躲闪，突然我感觉桌上有什么东西，没等灰土散去，我就伸手摸去，果然，长桌上有什么东西藏在灰土下面。

我看看宇文，又看看秦悦，他们也意识到桌上有东西，我顾不上许多，用双手抹去了长桌上的灰土，一张图，一张地图，准确地说是一张示意图。

袁教授也被我们的发现吸引过来，我们四个人分坐在长桌两边，面前是一张长方形的示意图，"重大发现啊！这……这是一张这里的示意图，可是上面的文字……"

"从文字判断，这地方是半个世纪前S国修建的！"宇文很肯定地说。

我点点头，"那日松在废弃小镇说过以前的事，半个世纪前把他们赶走的人，很有可能是S国人，这符合当时的国际环境，也只有他们有这个能力可以一夜之间将整个小镇搬走！"

秦悦也明白了，"也就是说早在半个世纪前，这个神秘地方就引起了S国的注意，所以才在荒原大字建造了这个建筑……"

"甚至我怀疑荒原大字就是他们摆的！"我推断道。

我的推断让众人吃惊，"那他们的目的是什么？"

"这……这我还不清楚！荒原大字不可能是古代就有的，我的直觉告诉我，荒原大字很有可能是S国制造的！"我进一步推断道。

"好了！收起你的第六感吧！宇文快给我们翻译一下。"秦悦转而望着宇文。

宇文像是瞬间恢复了体力，趴在这张示意图上看了半天，突然激动地说道："这个……这个地方有名字！"

"名字？什么名字？"我有些吃惊。

"不叫荒原大字吧？"秦悦看上去也挺激动。

"当然不叫荒原大字，这张示意图的标题是《灵线实验基地示意图》。"说着，宇文还在旁边满是灰尘的桌面上一笔一画极其严肃认真地写下了两个汉字——灵线。

"灵线？实验基地？"我们终于知道了这个地方的名字。我反复咀嚼着"灵线"这个名字，在我储存丰富的大脑中搜寻，灵线？这是什么？代表着什么？隐含着什么？我一边琢磨，一边看着宇文、秦悦和袁教授，他们三人显然也在思考，我们四个人就这样大眼瞪小眼，沉默了半天，最后秦悦问宇文："你翻译的没问题吧？不会是电线那个'零线'吧？"

"当然没问题！这点你要相信我！"宇文受到了置疑，忙辩驳道，"就是这个灵线，不是电线那个'零线'。"

我在大脑中搜寻许久，毫无头绪，只得把目光重新放在面前这张图上，似乎这就是我们破解荒原大字之谜的钥匙。

9

我仔细观察着示意图，发现图上整体呈规则的圆形分布，最外围用绿色标示，范围很大，中间一圈是用红色标示，范围较小，再里面圆心的部分很小，只用了一个黑点标示。我把目光再移回外圈的绿色，发现在范围巨大的绿色区域内，密密麻麻标注着许多奇怪的符号和文字，搜索之下，我很快发现了我熟悉的那些文字——提高警惕，保卫边疆……我慢慢明白了，外面范围广大的绿色区域就是荒原大字所在的区域，看着看着，我不禁惊叹道：“果然，荒原大字是呈放射状分布，并且荒原大字不仅仅是我们在照片上见到的那些，它们被排成了一个环形！”

宇文、秦悦和袁教授也都看出了端倪，特别是宇文，他已经破译了示意图上的文字。

“对！非鱼你说的不错，在示意图上荒原大字所在的这个环状区域被称为绿区！”

“绿区？”我的手指在示意图上缓缓移动，“那这中间的红色区域就是红区喽？最里面的这个黑点就是黑区喽？”

“你只说对了一半！”宇文环视众人，一脸严肃地说，“中间的红色环状区域在示意图上确实被标注成了红区，但最里面的那个黑点，并没有被标注为黑区，而是被称为‘轴’。”

“轴？黑轴？”这和我已知的知识完全对不上号。

我还在胡思乱想着，宇文又用严肃的口吻对我们说道：“另外，你们注意到这三个标示后面都有一个括号，括号内都有一个简短的解释。'绿区'后面括号内写的是'安全区域'，'红区'后面括号内写的是'危险区域'，'轴'或者叫'黑轴'后面括号内写的是'不可接近区域'。"

"欸，荒原大字所在的这个绿区还是安全区域？"我惊呼起来，"安全个屁啊！这儿就把我们折腾得够呛！吓得半死！还安全区域？"

秦悦也眉头紧皱，"这……是安全区域，那……我明白了，"秦悦一指图上绿区和红区的分界线，"这就是那道电网！"

"对！电网隔开了绿区和红区，这样就解释了那些人为何拼命要逃出来，里面一定有让他们害怕的东西！"我也想到了这层。

宇文点点头，"这上面确实标注了电网，不过奇怪的是你们看在绿区有不少标注，但在红区和黑轴除了这两个基本标注外，其他就什么都没有了！"

"这说明里面没有什么……或者是没有什么需要标注的？"我胡乱推测。

袁教授摆摆手，"绝对不可能！红区和黑轴显然是这个基地的核心，它们显然要比绿区重要得多，从图上看绿区的设施都有标注，甚至连荒原大字都有详细标注，里面最重要的红区和黑轴怎么会没有标注呢？只能说是这张图上没有标出来！"

秦悦也点头赞同，"或许是这间办公室的主人还没有资格知晓最核心的机密。"

"看来确实如此！这里面究竟有什么可怕的东西，连基地的示意图上都不敢标示。"我无奈地摇摇头，"那我们也就不可能从这张图上了解里面的世界喽。"

"还是来看看我们现在的位置吧！"宇文的手指在图上滑动，最后停留在绿区的一个位置，"喏，我们现在就在这儿！"

果然，我们所在的地堡的大小形状都被简单地画在了示意图上，"地堡的大小和形状跟我想的差不多，中间一道大走廊，你们看下这里，大走廊的一头有门与外面的那条道路相连……"我的目光围绕在绿区转了一圈，"从图上看，绿区里还有几处建筑，但地堡是绿区里最大的一处建筑，又位于主要道路旁，所以我推断这儿就是整个基地的指挥中心。"

"从图上看地堡就是指挥中心，但最重要的是因为……"秦悦指着图上的地堡，然后她漂亮的指尖猛地滑向旁边红区的位置，"最重要的原因是这儿非常靠近红区，不要忘了电网上那座大门！"

"也就是说当年所有进出红区和黑轴的人员、车辆都要经过这里！"

"对！所以这里是整个基地的指挥中心。这里也应该是基地主要人员居住和工作的地方，因此我们该进一步搜寻这里，肯定会有更多有价值的发现……"秦悦停了下来，又回头看看一直昏迷不醒的夏冰，"也许会有医务室，可以给夏冰找点药！"

虽然秦悦不喜欢夏冰，但在这个时候她还保持着很好的职业素养。我已经顾不上饥饿，重新在这间办公室寻找起来，偌大的空间除了长桌和沙发，最有可能藏东西的就是那张宽大的办公桌了，我和宇文打开办公桌每一个抽屉，却发现所有抽屉里面都空空如也！

秦悦在一旁冷笑道："别费事了，我刚才已经看过了，这间办公室的主人走之前应该清理过这里，或者……"

"或者是别人替他清理过。"我接过秦悦的话，目光落到办公桌后面的墙上。

10

我静静地盯着后面的墙壁看了一会儿，很快注意到后面墙壁中央位置有两个并排的凸出部分，我伸手小心翼翼地抹去上面的积尘，发现那两个并排的凸出部分只是两幅画像。我微微出了口气，然后迅速抹去了画像上的灰尘，左侧的画像大家都认识，是S国第一任领导人的画像，右侧的画像则引起了众人的好奇。"这人是谁？"秦悦问道。

"是安德洛夫！二十世纪八十年代早期曾短暂担任过S国最高领导人。在此之前，他一直是该国情报机构的领导人，领导情报机构长达十五年。"我对S国的历史还是很熟悉的。

"S国情报机构？"秦悦想了一下，"我刚才就在想，这个灵线实验基地是S国搞的，又很神秘，而且不在他们本土，很可能是该国情报机构在领导这个实验基地！"

"我也想到了，只是这个画像透露出来的重要信息并不仅仅于此！"我环视他们三个人一圈，"我想到的最重要信息，也是最让我吃惊的是这个画像所代表的时间！"

"时间？"众人不解。

"对！时间，我刚看到左侧的画像时，猜测右边的画像很可能是熟悉的S国早期领导人，而安德洛夫则是在一九八二年接替前任成为最高领导人的……"

"你的意思是这个基地一直持续到一九八二年安德洛夫上台？"袁教授打断我问道。

"是的！而且因为安德洛夫担任最高领导人时年事已高，疾病缠身，所以很快就于一九八四年二月病逝了，仅仅过了一年，所以这里留下的画像告诉我们灵线实验基地很可能是在一九八三年废弃关闭的。"我进一步推断道。

"一九八三年？我记得那日松说小镇被废弃是在半个多世纪前，差不多是二十世纪六十年代初……"袁教授也难掩吃惊之情，"你吃惊的是这个基地运行了至少二十年。"

"所以我刚才说好好搜查这个地堡，应该会有很大收获，你们想S国在这里秘密经营了二十年，一定有很多发现和成果！"秦悦说着提起桌上的马灯，就想出门去搜寻其他房间。

我忙拉住秦悦说："等等，从这间房子的干净程度来看，恐怕你不会有太多收获。"

秦悦挣脱了我，刚想说点什么，突然她手中的那个LED马灯碰到了墙上安德洛夫的画像，画像一角掉了下来，斜挂在墙上。我回头望去有些异样，拿过秦悦手上的马灯，凑近画像后面的墙壁照照，墙壁上隐约现出一道缝隙，我伸手抠了一下缝隙，缝隙逐步变大，一个比画像小一圈的暗门冒了出来，撬开暗门，里面赫然是一扇金属门，竟然是个隐蔽的小保险柜！我冲秦悦努努嘴，"喏，靠你了！"

秦悦从自己背包中找出一些工具，开始破解保险柜，而我则顺手取下了左侧的画像，观察画像后面，踅摸了半天，却没发现墙壁上有什么异常！我和宇文对视一眼觉得奇怪，"安德洛夫画像后面有隐蔽的保险柜，左侧画像后面却没有，这说明了什么？"

在我狐疑的时候，秦悦已经打开了那个小保险柜，我不忘夸奖秦悦："大美女开锁撬门技术一流啊！"

秦悦一瞪我，拍拍手上的灰尘，"这保险柜有年头了，大概是修建地堡时就有了，所以这样的锁对我来说，小意思了！"

我用马灯照了照保险柜里面，不大，就跟一般超市的存包柜差不多，里面显然有东西，我伸手探进去，首先就摸到一个硬邦邦、冰冷的东西，取出来一看是枪！只是这枪比一般的手枪要小，秦悦一把从我手里夺过枪，看了看，"这是过去S国特工经常使用的PSS消声手枪！"

"消声手枪？"

"对！这种手枪很小巧轻便，不用装消声器就可以达到消声的效果，特别适合特工或者女性使用，弹匣内携带六发子弹，之所以是消声手枪，就是因为它的子弹，这是一种专用消声子弹！"说着，秦悦熟练地将弹匣卸下查看，"这里面有子弹，一共六发！喏，就是这种子弹。"

我用手电筒照了照，这种子弹果然不太一样，看秦悦对这枪爱不释手，我大度地说："这个枪我就不要了，给你防身吧。"

谁料，秦悦根本没领我情，"本来就该给我用，你枪法准还是我枪法准？"

比枪法我还真是无可奈何，唉！不跟她一般见识，我又继续在保险柜里搜寻，很快在刚才放枪的位置下面摸出一沓钞票。我认出了其中还有我们小时候使用的货币。

宇文也辨认了这些货币，"基本上都是二十世纪七十年代的钱币，加起来，起码相当于现在的好几万元！"

"那可是一笔不小的巨款啊！"袁教授回忆起自己在二十世纪八十年代第一次去U国做访问学者时，每个月的生活费才三百元。

我把手上的钱全交给宇文，拍拍手说道："是一笔不小的钱，还记得我之前说的吗？这间办公室除了积累的灰尘，基本上算是很干净的，开始我以为是这里的主人临走时收拾过这里，但后来我觉得不是这里的主人……而是有人替他收拾过这里！现在的发现正应验了我的推断，如果是这里的主人临走时收拾整理过，那么他肯定会带走领袖的画像，还有保险柜里的东西，比如我们看到的武器和现金，可能还有文件！"

说罢，我伸手又从保险柜里掏出了剩余的物品，是几个文件袋。宇文一见这几个文件袋，就认出了文件袋上的"绝密"字样，"还是绝密文件呢！"

"绝密文件都没带走，说明这儿的主人应该没有离开这里……"我说这句话时，看见宇文、秦悦和袁教授的眼中都露出了恐惧的目光，我自己也觉得后背一阵发凉，不禁哆嗦了一下。

"什么叫没离开这里？难道他还在这里？"秦悦反问道。

"他要还在这里就……就可怕了……"宇文的声音都有点变了。

"至少现在可以判定这儿的主人不是正常离开这里的，否则不会将保险柜里的武器、现金和绝密文件留下。而这里如此干净，每一个抽屉里都被清理得干干净净，恐怕也是有人替他整理过，只是那个人没有发现画像后面的这个保险柜！"我的推断让大家都陷入了沉思。

我来了兴致，于是继续分析道："现在我们基本可以搞清楚了，这个所谓的灵线实验基地大约建造于二十世纪六十年代初，由S国情报机构领导，从事某种秘密研究，这个基地一直运行了二十年，大约在二十世纪八十年代初，因为某些特殊的原因被关闭了，这儿的主人也很可能遭遇了某种不测，再结合电网大门上的那些尸骨，这个不测很可能与那些人的死有关！"

"好了，还是先看看这些文件吧！"秦悦从我手里夺过文件袋，拆开来，里面只有几页纸，上面密密麻麻的全是她看不懂的文字，我轻轻哼了声，"你拿过去也不认识。"说完我又从秦悦手中夺过文件，一把递给宇文，"你来！"

11

宇文小心翼翼地打开所有文件袋，一共是五个文件袋，每个文件袋里都只有两三页纸，宇文粗略翻看后，用很刻意的平静口吻说道："这五份文件是五封信件，我粗略看了下里面的信息量还蛮大的。我按信件的时间顺序排了下，第一封是一个叫格林诺夫的人给S国著名物理学家兼S国科学院院士朗德的信，朗德也是诺贝尔物理学奖获得者；第二封是朗德给格林诺夫的回信；第三封是格林诺夫给时任S国情报机构主席安德洛夫的信；第四封是安德洛夫给格林诺夫的回信；第五封是安德洛夫给格林诺夫的信。"

"看来这个格林诺夫就是这间办公室的主人喽！"我又看了看保险柜里面，再无其他东西。

"五封信件都与这个人有关，应该就是他了。"秦悦也同意我的判断。

"可是……我从未听说过这个人……"袁教授像是在回忆，"朗德不仅是S国的物理学家，也是有国际影响力的大师，安德洛夫刚才已经说了，S国情报机构主席直至S国最高领导人，而这个什么……什么格林诺夫，我对这个人完全没有印象！"

我也在头脑中极力搜寻这个叫格林诺夫的家伙，但毫无头绪，"好吧，我也没听说过这个人，松松，你就开始翻译吧！"

德米特米·米哈伊诺维奇·格林诺夫致S国科学院院士诺贝尔物理学奖获得者朗德的信

1962.10.15

尊敬的朗德先生：

首先请允许我祝贺您获得本年度的诺贝尔物理学奖。

然后请允许我自我介绍一下，我是莫斯科大学地质系的研究生，同时我从不讳言我是一名神秘主义者，对人文与自然界的神秘事件和现象有着浓厚的兴趣，并对地质、地球物理、考古、古人类、古生物、语言学、生物化学、密码学、微生物学等都有一定的研究。同时，我的父亲是一名外交官，所以我从小便有机会跟随父母游历世界许多地方，探究神秘事件和现象，并学会了许多国家的语言，甚至包括很多已经无人使用的古老文字。

下面我要说的事可能您会当作笑谈，或以为是一个精神病人的疯语，但我还是想说给您听，因为我相信您是我们这个国家最伟大、最智慧的大脑。这两年的暑假我都是随驻外的父母在M国度过的。去年暑假我在旅行途中得知在M国境内某个地方有着种种神秘现象，常发生不可思议之事，当地有人将那个地方称为"世界能量中心"，并加以崇拜。据说十九世纪M国一位著名的宗教领袖还为此修建了庙宇，于是，我出于巨大的好奇，独自去寻找。

但在当地人所称的"世界能量中心"我得到的感觉一般，那个地方也没有遇到传说中的种种神秘现象，倒是在我偶然误入的戈壁深处，我遭遇了种种神秘现象，九死一生，并感受到了巨大的能量，我不知道其他人是否也有感觉，但我确确实实感觉到了一种很神奇的力量。更重要的是当我艰难地离开那个地方后，我的身体每天都在起着微妙的变化。我定期去莫斯科的医院体检，后来我结识了巴甫洛夫医科大学的年轻学者阿努钦，他给我详细做了骨密度的检测，检测结果显示我的骨密度有显著提高，达到了不可思议的+3，这个值已经超过了常人的骨密度，其他身体指标也都有明显提高，简而言之，我变得更有活力，身体更年轻和健康了。

我在咨询了一些学者后，认为我身体的这种变化很可能与去年夏天的M国之行有关，于是我在今年夏天与阿努钦再次来到M国，想再次探究那里的秘密。这次我有备而来，还找了当地向导，但我们在茫茫戈壁中行进了一周，始终没有找到去年我到达的那个地方。后来我们遭遇了可怕的沙尘暴，所携带的装备全部丢失，无奈之下只好返回。

回到莫斯科，阿努钦再次给我做了详细的检查，包括他自己，结果显示我们身体的各项指标比出发之前并无明显变化。我和阿努钦将此写成了一篇论文，希望能发表，可却遭到否定和冷嘲热讽，几乎没有人相信我们的遭遇和结论，身边的人都认为我们俩是精神方面出了问题。我们俩也感到害怕和忧虑，所以在看到有关您获得诺贝尔物理学奖的新闻后，想到了您。我知道您的研究并不仅仅限于理论物理学，您是位天才，兴趣广泛，您不会用庸人的眼光看待我们，也一定对我们的遭遇会有自己独特而深入的见解。希望您不吝赐教，更希望得到您的回信。祝您健康！

德·米·格林诺夫

宇文一口气翻译完了第一封信，并特别提醒道："信的后面还附了有关的体检报告和一些照片，所以第一封信比较厚。"

我随手翻了翻信里的体检报告和照片，又拿起照片看了看，都是很小很模糊的黑白照片，照片上显示了那个小镇还没荒废的样子，还有那座山和海子旁的破庙。"这几张照片看上去和我们见到的没有什么不同，只是那个小镇后来荒废了。最后这一张……"我盯着看了半天，照片上满是雾气，看不清什么，当我的目光移到照片下方时，看见戈壁滩上有许多黑色的石头，"这难道就是最初的荒原大字吗？"

秦悦接过照片仔细端详，"不对啊！根据我们之前的推断，荒原大字是这帮S国到来后摆出来的，那么在这个格林诺夫来这里时，这里应该还没荒原大字。"

袁教授也接过照片看了半天，"照片很小，又是黑白的，不是很清晰，地面上是有很多黑色的东西，像是陨石，但实在看不出是荒原大字……"

宇文这时候已经翻看完了体检报告，"都是体检报告，和信中所说差不多，格林诺夫在来过这里后，骨密度和许多身体指标都有显著变化。"

宇文的话，让我们面面相觑，难道我们的身体也正在发生某种变化？我忽然又想到了后背的针眼，此刻我的身体又会经历怎样的变化？已经快一周过去了，袁帅真的给我注射的是某种病菌？沉默了好一会儿，我才打破这种可怕的沉默，"好了，先别担心我们的身体变化了，至少按照格林诺夫所说这些变化都是好的变化，并不是坏的变化。我们还是仔细分析一下这封信，或许能得到一些有用的信息，首先这个格林诺夫自报家门，几乎把自己描述成一个兴趣广泛的天才，我觉得这点和……"

"和帅有些像！"我迟疑了一下，没有说出袁帅，袁教授却脱口而出。

我只好点点头，"是的，刚才宇文翻译时，我就想到了帅。接下来他提到了传说，并去了那个'世界能量中心'，这点那日松跟我们也提过的，格林诺夫的说法和那日松一模一样，他说在这里遭遇了种种神秘现象，但信中并没说具体遭遇了什么，接着又说他感受到了巨大的能量……呃，松松，你没翻译错吧？"

"绝对没有，是巨大的能量。"

"这个巨大的能量到底是什么？碑林上的碑吹得神乎其神，那日松也说过，今天在荒原大字里时我也问过大家，夏冰说她感受到了！"说着我回头看了看还昏迷的夏冰。

"我也感觉有些不同……"袁教授的声音很小，然后反问我们："你们现在感受到什么？"

"饿！"宇文说。

"累！"秦悦说。

"恐惧！"我说。

"我说的不是这个……不是这个感觉……"

我知道袁教授的意思，但我除了又饿又累还害怕外，真的没有什么其他的感觉，我只好反问袁教授："您现在有什么感觉吗？"

"很奇怪！刚才在外面我是有些特殊感觉的，但现在完全没有了。"袁教授边说边像是在感受。

"好吧！回到信上，就当这个格林诺夫感受到了巨大的能量，再后面他说他回去后发现身体发生的变化，喏，他还在信中附上了体检报告。到底是怎么回事？"

"我想他身体的这种变化正与他前面提到的巨大能量有关。"秦悦推断道，"你们注意到没有，他第二年又来寻找这里，但遭遇了沙尘暴，没能找到，回去后的体检显示他的身体指标没有明显变化，说明第一次他身体的变化肯定跟所谓的巨大能量有关。"

袁教授点点头说："对！但在当时没人相信他，他只好求助于朗德，我纳闷的是朗德是著名的物理学家，跟这事又有什么关联？"

"因为格林诺夫相信朗德是天才，对此会感兴趣！他在信中极尽谦恭，希望能引起朗德的兴趣，从第二封信看，朗德确实给他回信了。"宇文说着拿起了第二封信。

"天才？"我嘴里喃喃自语，在咀嚼着信中出现的这个词，心里产生了一种异样的感觉。

12

朗德致德米特米·米哈伊诺维奇·格林诺夫的信

1963.2.20

亲爱的德米特米·米哈伊诺维奇：

首先感谢你对我的信任，其次，对你所说的话题我确实很感兴趣。你应该已经听说我在今年早些时候出了严重的车祸，导致我精神系统受损，使我很难再继续理论物理学的研究。在休养的这段时间里，我阅读了一些书籍，对天体物理学、地球物理学与一些神秘主义之间的联系，产生了浓厚的兴趣。很巧的是，恰在此时，收到了你的信。

你信中所提的情况远不够详细，我的身体情况也不允许我亲临现场，但我在翻阅大量书籍，并做了长久思考后，可能能给你一些不成熟的建议。当然请你牢记，我的建议只是不成熟的一些个人思考，如果出现偏差，希望不会误导你的研究。

四十年前，B国有个业余学者阿尔弗雷德·沃特金斯发现地球上许多伟大的文明遗迹是呈直线排列的，他认为这些排列不是没来由的，而是极为有规律的，他同时认为这些直线蕴藏着某种能量，影响着世界文明的进程，阿尔弗雷德·沃特金斯将这些直线称为"灵线"或者叫"能量灵线"。

不过，这位学者的研究极为粗陋，也缺乏更可靠的论证与考察，所以没有引起主流学界的兴趣和认同，如今已经几乎没有什么人提起这个理论。我个人以为你可以从阿尔弗雷德·沃特金斯的理论去思考一下，看是否能有所发现。当然这更需要你进一步的研究和探索，很可能会耗费你的一生，也不一定会有实质性的突破，所以我也希望你能考虑清楚是否要进一步研究下去，这将是一条艰难的道路。

　　下周一的下午二点至五点，我专门为你预留了三个小时的时间，我将在科学院我的办公室等待你的到来，与你当面详细交流，我的秘书娜塔莉亚·弗拉基米诺夫娜·柳金将会接待你。祝你们成功！

朗德

宇文翻译完，我还沉浸在思考中。

"怎么就完了？"

"完了！"

宇文把手一摊。

"这话说了一半就……"我一把拿过宇文手中的信，信确实就这么多，我不无失望，"朗德的话像是只说了一半！"

"不过这一半已经信息量很大了。"秦悦环视我们，缓缓说道，"灵线……灵线，灵线实验基地！看来这个基地的命名就来于此，来于这封信！"

　　袁教授点点头，"嗯！这封信确实让我们搞清楚了很多问题，不过这封信又让很费解。首先就是朗德这个人，我上大学的时候就看过朗德的书，虽然我并不是学物理的，可见他的影响力之大！朗德可以算是S国最著名的物理学家，也是诺贝尔奖获得者，而且据说这个人恃才傲物，很是狂傲，他怎么会对这个无名小辈如此感兴趣？"

"那显然是对这个无名小辈所说的东西感兴趣。"我回答道。

"你们注意到没有，两封信之间相隔的时间。"袁教授提醒大家。

我又一次翻看了两封信的信封，"相隔了四个多月！"

"对，怎么会相隔小半年？我想这不是邮局的问题吧？"

"信里面说朗德他收到格林诺夫的信后翻阅了大量资料，又经过长时间的思考才给他回信。"

袁教授摇摇头，"我想事情并不是这样，首先这封回信的开头朗德说了自己的情况，他确实在一九六二年年初的时候遭遇车祸，当时那个车祸很奇怪，同车的人都没有受重伤，偏偏这位最重要的国宝级人物受了重伤，导致朗德的神经系统受损，无法继续从事理论物理的研究。那年他才五十四岁，就已经做出了很多很伟大的贡献，因此诺贝尔奖急匆匆把那年的物理学奖颁给他，生怕他挺不过去。但是这老爷子也命硬，后来他又活了六年，在六十岁时去世……"

"您是想说朗德出车祸到去世的六年里在做什么？"秦悦打断了袁教授的话。

袁教授非但没生气，还用赞许的口吻说道："对！就是这个问题。朗德在回信中介绍了他对神秘主义与天体物理、地球物理之间的联系产生了浓厚的兴趣，我想这就是他后面这几年所感兴趣的东西，但是学术界并没有看到他任何研究成果的公开。"

"也许是因为他大脑受损，并没有什么研究成果……"

袁教授打断我的话，"不！他是天才，以朗德之前的研究速度，六年足够他研究出改变世界的东西，你为什么不换个思路，是他不愿意公开关于这方面的研究成果。"

"不愿意公开，为什么？"我们都很不解。

"因为这方面的研究本身就是禁忌，一个大物理学家研究神秘主义……当然天才也许并不在乎这些，就像牛顿曾经痴迷研究炼金术！更有可能的是，他的研究成果非常让他感到恐惧忧虑，所以……"袁教授的分析首先让我感到了恐惧，我刚想说什么，袁教授接着又说道："所以他不愿意公开研究成果，再回到刚才的问题，朗德为何在百忙之中看了并仔细回复了一个无名小辈的信，还邀请他来面谈？两封信之间差了小半年，我觉得一开始朗德可能根本没有看到格林诺夫的来信，毕竟他的信太多了，一般这些大人物的来信都会由秘书处理，觉得重要的和有价值的，大人物们才会看！"

"那朗德又是如何看到了格林诺夫的信呢？"秦悦问道。

袁教授微微摇头，"这就不得而知了，可能是机缘巧合，但我可以确定朗德当时已经对神秘主义与天体物理、地球物理之间的关联产生了浓厚兴趣，并开始了研究，所以当他在几个月后无意中看到格林诺夫的信，便对这个年轻人和他的发现产生了浓厚的兴趣！"

"他们俩之间的相遇难道纯粹是巧合？格林诺夫想到给朗德写信会不会是受到了高人的指点？"秦悦反问。

"有这种可能，但我个人觉得可能性不大，朗德并不希望公开研究，所以也就不会有多少人知道他的研究已经转向，又有谁会去指点格林诺夫呢？"袁教授对他的推断很有自信。

"那……"我还在思考袁教授的分析，"那按您的分析，荒原大字很可能和所谓的'神秘主义与天体物理、地球物理之间的关联'相关喽？"

我说得很拗口，袁教授却不置可否。

"这不是我说的，是朗德说的，至少当时他是这么认为的！"

"朗德思考的结果就是灵线喽？"秦悦又问。

我这个时候终于在大脑深处翻出了一点细碎的信息，"我想起来之前在示意图上看到'灵线实验基地'时，我就觉得这名字有点模糊印象，刚听了这封信我想起来是有这么个理论，阿尔弗雷德·沃特金斯认为地球上古代文明遗迹大都分布在直线上，而这些线蕴藏着一些特殊的能量，这些线就是灵线，但我也从未把这个理论当回事！"

袁教授看着我，缓缓说道："是啊！谁能想到朗德居然会把这个不入流的理论一本正经地推荐给了格林诺夫。不过朗德也在后面反复叮嘱格林诺夫，这个灵线的推论不一定正确，只是一个思路。"

"从后来S国大动干戈建造了这个实验基地，并且将这个实验基地命名为'灵线'来看，应该是认同朗德这个推论的。"秦悦说道。

袁教授点点头，"我也是这么认为的，看来我们也得按照这个灵线理论去思考这儿的一切了。"

13

我将信件又塞给宇文，"松啊，你再把最后那几句话翻一遍。"

"最后那几句话……"宇文嘟囔着，翻看信纸，"最后不就是他俩要约时间面谈吗？"

"不！不是这个，前面那几句！"

"前面那几句……当然这更需要你进一步的研究和探索，很可能会耗费你的一生，也不一定会有实质性的突破，所以我也希望你能考虑清楚是否要进一步研究下去，这将是一条艰难的道路。"

宇文翻译完，我接着说道："帅给我看荒原大字照片时，也很激动地说过几乎相同的话，他说找到了值得他毕生探索的事业！"

袁教授微微一怔，喃喃自语道："真是惊人的相似！"

"确实是条艰难的道路。所以朗德提醒格林诺夫是否要继续研究下去，看样子这家伙是一直干下去了，而且动静还挺大。"秦悦推断道。

"他还有的选择，我们好像没什么选择，就被帅给拖到这地方来了！"我颇为不忿。

"现在说什么都晚了，只能继续走下去了。"宇文居然还劝起我来。我拿起桌上的文件袋扔给宇文，"废话！我当然知道现在说什么都……"

"等等！"秦悦突然喝止我俩。我们没明白秦悦什么意思，茫然地转而望着秦悦，她站起身拿过文件袋，仔细地看了看，然后指着文件袋问宇文，"文件袋后面好像用铅笔写了什么，你看一下！"

宇文也很惊诧。

"我看了文件袋呀，怎么会没看到……"宇文突然沉默下来，过了一会儿，宇文才又说道："文件袋后面写了一句话，翻译过来是

'注意：信件后附朗德院士与格林诺夫面谈纪要，共三十一页'。"

我们都惊呆了，"什么？这文件袋里面原来应该还有他们面谈的内容，竟然有三十一页！"

袁教授也异常吃惊，"三十一页？说明他们谈了很长时间，可能不止三个小时，甚至可能不止一次！如果能看到他俩的面谈纪要，也许就能解开许多问题！"

我夺过文件袋，没有！又看看墙壁上的保险柜，没有！其他地方，也没有！为什么信还在，而会谈纪要没了？我们面面相觑，最后我只得让宇文继续翻译第三封信，或许这里面会留给我们线索。

德米特米·米哈伊诺维奇·格林诺夫致国家安全委员会主席尤里·弗拉基米罗维奇·安德洛夫的信

1967.8.19

尊敬的尤里·弗拉基米罗维奇

首先请允许我祝贺您担任国家安全委员会主席，这是一项艰巨而重要的工作，我坚信您的卓越能力和坚定信仰足以带领国家安全委员会取得更大的成功。

然后请您百忙之中抽出宝贵的时间，听我说说我们的项目。自我在六年前去M国人民共和国旅行发现了那处神秘的地方（详细资料附于信后），后得到了我国著名物理学家朗德院士的支持（详细资料详见我与朗德院士会谈纪要），但依然非常艰难，朗德院士向科学院的项目申请被驳回，于是，朗德院士将我推荐给了您的前任，我才得以在M国人民共和国境内开展工作，并初步建立了一个成型的实验基地。

因为我们的研究将是长期的，短期内可能不会有突出的成果，几年下来，您的前任对我们的项目已经失去了热情，所以实验基地现在的状况是极其窘迫的。目前实验基地只有两栋小楼，一栋用于工作，一栋用于居住，因当初估计不足，小楼只是按普通标准建造的钢筋混凝土建筑，不足以抵挡这里的沙尘暴和特殊力量的侵袭，已出现裂痕，随时有坍塌的危险。同时我们的研究设备极端匮乏，因此我们急需建立持久坚固、设备先进的大型实验室和研究场所。

更为重要的是我们的人手和经费严重不足，您的前任开始时曾给予我们很大支持，但他的热情太过短暂，之后每年的经费都在递减，以至于今年的经费直到现在都没看到。今年实验基地的状况尤为艰难，之前随我们而来的S国情报机构人员都已被撤回，招募来的科研人员和工人因待遇低，无法忍受这儿的恶劣环境也都离开了，基地现在只有我和阿努钦、柳金三人在坚守，另有当地人若干，所以我们恳求能得到您的帮助。

请您相信我们的研究将是一项重大的研究，它所蕴藏的潜力足以改写我们这个星球的历史和文明。如果我们国家放弃在这方面的研究，很有可能被其他国家，比如U国所超越，所以请您一定在百忙之中关注我们的项目。如您对我们的项目感兴趣，柳金将在莫斯科等候您的召见，您可以当面与她交流，相信您与她交流后，将会对我们的项目给予巨大的支持，万分期待您的回复，祝您健康！

　　　　　　　　　　　　　　　　　　德·米·格林诺夫

　　宇文翻译完后，我就急切地在翻找有没有其他资料，果然这里面附了几页对项目的介绍，我让宇文继续翻译，宇文仔细看完，摇摇头，"没有什么特别的，和我们已知的情况差不多，毕竟他们刚开始对这里的认知可能还没我们多。"

　　袁教授接过信和资料看了看："我觉得那份消失的格林诺夫和朗德的会谈纪要还是很关键，因为朗德是天才，天才有天才的想法和认知，虽然朗德并没有实地来考察，但他一定在那次与格林诺夫的会谈中，给出了一些天才的认知和看法。"

　　"可惜那份会谈纪要不见了。"宇文又检查了一遍。

　　"难道是被人拿走了？"我不得要领，"不过这封信还是透露出不少信息，第一说明格林诺夫在和朗德的会谈后，在无人理解的情况下，得到了朗德的支持，朗德还帮他向科学院申请经费，但没有成功，以朗德的名望都没有成功，说明这个项目看上去是多么不靠谱，科学院的人估计都认为朗德疯了。"

　　"但大名鼎鼎的朗德却支持他，这恰恰说明了问题。"袁教授将信和资料重重地放在桌上，笃定地说道。

　　我点点头，"在当时S国保守的学术环境中，这样的研究不被理

223

解也是可以理解的，所以格林诺夫找到了S国情报机构！"

"不！不是格林诺夫，信里面说得很明白是朗德推荐的，而且他直接把这个项目推荐给了当时S国情报机构的主席。"宇文纠正我说道。

"对！是朗德推荐的，说明朗德是个极其聪明的人，他曾经被诬陷坐过牢，应该说他是极其厌恶S国情报机构的，但他知道在当时对这个项目最感兴趣的可能就是S国情报机构了。据说S国情报机构专门有部门研究各种不可解释的神秘现象。"我环视众人，压低声音，"所以朗德帮格林诺夫找对了人。接下来信里透露的信息很重要，当时S国情报机构的领导人急于求成，但格林诺夫他们深知这个研究将是长期的，短期内可能不会有任何成果。"

"这究竟是一项什么样的研究？需要……需要二十年，最后看上去仍然没有……"袁教授皱紧了眉头。

秦悦接过信看了看，"S国情报机构很快对他们的项目失去了兴趣，于是格林诺夫的处境十分不妙，不过让我感兴趣的是最后他在信里提到了一个人……"

"你是说柳金？"我和秦悦对视了一眼，就知道她指的是这个人。

"对，上一封朗德给格林诺夫的回信中提到了他的秘书，如果宇文没翻错的话正是这个人。"秦悦的话让宇文立马又拿过两封信对照了一下，然后坚定地冲秦悦点了点头。

"也就是说朗德没有直接参与，但是他的这个秘书却参与了，从姓名上看这人是个女的。"我推断道。

秦悦对我一瞪眼，"你推断能不能更大胆点，就关注人家是个女的，你是不是要再研究一下这个柳金是不是美女？"

"肯定没你美！"我没好气地回了一句。

"那是！"秦悦这也能接得住，"我在想这个柳金甚至是代表朗德的。"

"代表朗德？"秦悦的推断让我们都吃了一惊，仔细想想，确实有这个可能，当一九六七年经费枯竭时，基地只剩下格林诺夫和他的朋友阿努钦，还有这个女秘书柳金在坚守，他们究竟在坚守什么呢？

14

国家安全委员会主席安德洛夫致德米特米·米哈伊诺维奇·格林诺夫的信

1967.9.17

亲爱的德米特米·米哈伊诺维奇：

您的来信我已收悉，也与昨日会见了柳金，详细了解了你们的处境和计划，坦率地说，你们的计划非常大胆，所以也请你理解众人的谨慎与不解。

但请你相信，我与你，还有朗德院士的想法一致。我个人认为你们所进行的研究是十分必要的，之前的工作是卓有成效的，并坚信你们会有新的突破。正如你所说关于"灵线"的探索可能会改写我们这个星球的历史和文明，因此意义十分重大，如果让U国人抢先，对我国将会十分不利。

但关于"灵线"的研究必须在极其保密的范围内进行，所以这个项目就不要惊动科学院或是其他单位，完全由我们来负责。而且要限制在极小的范围内，所以我将根据我个人所能调动的力量来支持你们，你也直接向我负责，我会保障你们的需求和经费，不用再让更多人知晓。

我将派遣三百名精锐的S国情报机构直属军事人员负责基地安全，他们将由谢尔盖·彼得诺维奇·科莫夫上校负责，科莫夫同志是完全可以信任的人。研究领域仍由你负责，阿努钦作为你的副手配合你，柳金负责基地的日常运营管理工作，切记，你、阿努钦、柳金、科莫夫与我五人对整个项目负责，只有我们五人有权接触关于此项目的核心机密。

信后同时附有你们提交的清单，柳金已向我当面阐述了所需设备、物品、经费的原因，我直接在你们的清单上打√或×，并做了标注。我可以很有信心地告诉你，对于你们庞大繁杂的要求，我大多数给予了肯定，只有一小部分没有满足你们，希望你们理解。

祝你们取得成功，并盼望在莫斯科与你相见。

安德洛夫

宇文翻译完了安德洛夫的回信，"看来格林诺夫是找对了人。安德洛夫完全支持他们的计划，并满足了他们大多数要求。喏，这是文件袋里的清单。"

袁教授先拿过清单看了看，"这么多……"然后就没了声音，专心致志看起来。

"这个格林诺夫很聪明，他在给安德洛夫的信里不经意提到了U国人，当时正是美苏冷战的高峰期，所以这样很刺激S国情报机构主席的敏感神经。"

秦悦听了我的话说："你是怀疑他有高人指点？"

"可能，但格林诺夫本人应该就是一个智商超高的人，这点从他的信中能看出来。"

"我感兴趣的是S国情报机构主席在信中反复讲到保密，他没有经过S国情报机构的讨论开会，而是由他个人拍板就决定给他们派人拨款，并详细到给他们几个人做了分工，规定只有他们五个人才有权利了解机密！这个实验基地竟然如此重要？"秦悦不解。

"当然重要，S国情报机构主席都说关于灵线的研究可能会改写我们这个星球的历史和文明，那还不重要啊？"宇文说道。

我倒吸一口气，"我去，前面格林诺夫在信里说这句话时我还以为他是吹牛，为了骗科研经费夸大其词，现在看来他能让S国情报机构主席和朗德院士相信，这就不是吹牛、骗经费么简单了。"

"你们来看看这份清单就知道，确实不简单！"袁教授粗略看完了厚厚的清单，"这份清单非常详细，我也不是很懂这种文字，一时半会儿也无法都看清楚，大致看下来这个灵线项目很不简单啊！"

我接过清单看看，清单后面安德洛夫都用红笔打了勾，也有少数几项打了叉，有的项目后面他还做了备注。宇文接着袁教授的话说道："确实很不简单，格林诺夫和柳金他们在清单上只是申请了一千万经费，安德洛夫大笔一挥，就给他们批了五千万的经费。二十世纪六十年代，五千万能买很多东西，并且安德洛夫在经费后面做了批注，保证他们每年会得到五千万经费，如果研究有突破进展，还会增加经费。"

"那他们真是一下子阔起来了。这个地堡应该就是那之后建起来的。"我望着四周坚固的墙壁说。

"对！清单上有大批建筑材料和大型机械，另外更牛的并不是钱，而是人，清单上格林诺夫还要人，他们特别提到要军方派人保护他们……"

"说明这个地方确实很不安全……或者说是他们的研究有很大危险性。"秦悦推测道。

宇文点点头说："是的，安德洛夫也深知这点，所以在清单上他们要求派差不多一百名军事人员，安德洛夫给他们派了三百名精锐的S国情报机构武装部队。另外他们在清单上还列出了他们所需要的科研人员，几乎囊括了各方面的专业人员，包括物理学、生物学、生物化学、地质学、地球科学、大气科学、天文学、考古学、古文字学、语言学、符号学、密码学、历史学、民族学、人类学、气象学、工程学、建筑学、电子通信、计算机等。"

"我去，他们这是要干吗，又要钱，又要军队，又要这么多专家，这是准备独立建国啊！"我故意调侃道，以此缓解一下地堡内压抑的气氛。

"注意！在他们的清单上关于所需人员全都有一项要求，就是年轻！全部要求年龄在三十五岁以下，身体健壮，无遗传疾病。"宇文特别提醒我们注意。

"对这些专家也有这条要求？"秦悦反问。

宇文点头，"是的！所以可想而知，这些专家都是青年才俊。另外，清单上连后勤保障人员包括厨师、清洁工等也都要求年轻。"

"这也好理解，这地方条件艰苦，恐怕年纪大的人不能坚持下来吧，像我这把老骨头……"袁教授说着尴尬地笑笑。

"三十五岁以下年龄也要求太严了吧，您看您都六十了，不是还挺好的吗？"我感叹道。

宇文继续往清单后面看，眉头拧成了一团。

"袁老，您刚才看到清单上人员一栏最后了吗？"

面对宇文的问题，袁教授一愣。

"我都看了，不过我对这种文字只是一知半解，又只是粗略看了下，所以……"

宇文打断袁教授的话，"你们看，在所需人员最后，清单上特别列出了一栏，叫'志愿者'，需志愿者二三十人，要求年龄在二十五岁以下，身体健康，无遗传疾病，需多人种，不同种族，儿童、少年优先。"

宇文的话让所有人都浑身一颤，我忽然想起了电网大门上那些尸骨，我看了一眼秦悦，秦悦也想到了。

"夏冰刚才看出来那些尸骨来自不同人种……"

"难道那些人就是志愿者？"袁教授也很吃惊，"可……可电网大门上的那些尸骨应该远不止二三十人吧？"

"这说明后来他们的研究有了突破性进展，又追加了投入。"我推测说。

"安德洛夫在这条后面用红笔做了批注。"宇文提醒道。

"什么批注？"

"绝密！"

"绝密？"我咀嚼着这句话，"绝……密……是啊，如果电网大门上那些尸骨就是这些志愿者，还有儿童，那么真的得保密！"

"既然是绝密，那么志愿者出事了，应该妥善处理，不让外人所知，怎么会让尸骨就堆在电网旁？"秦悦眼中透着少有的恐惧。

"这……说明基地后来也出事了，甚至……甚至基地的人也都遭遇了不测，所以没有人来善后，收拾那些志愿者的尸骨……"

我的推测让这间密室的气氛几乎凝固了，大家心里都在盘算着这里究竟隐藏着多少秘密？基地究竟在进行着什么研究，竟需要这么多志愿者？而最后他们又遭遇了什么不测？

"如果基地的人都遭遇了不测，那么他们人呢？为何只见到志愿者的尸骨？"秦悦又说出了我们心中最大的疑问。

15

密室内的空气几乎窒息，一阵可怕的沉默后，我又拿起了第五个文件袋，上面放着第五封信，这又是一封安德洛夫给格林诺夫的信，只不过时间已是十六年后。

安德洛夫致德米特米·米哈伊诺维奇·格林诺夫的信

1983.10.12

格林诺夫同志：

这恐怕是我最后一次给你写信，我的健康状况已经不允许我继续工作，所以我接下来要说的每一句话　每一个词你都要认真执行，决不能出任何问题。

我对你们这些年来的工作是给予过极大信任和支持的，这点你们都很清楚，你们也付出了巨大的努力，取得了重大的突破。但是你们这几年的研究已经让我感到无法容忍，已经偏离了我们最初既定的轨道，所以我命令你，立即停止所有研究，立即关闭基地，然后回首都来见我，立即将基地所有的一切交由科莫夫同志善后，不得有误。

具体的善后工作我已指示了科莫夫同志，你和阿努钦立即返回莫斯科！你和阿努钦都不要抱有侥幸心理，只有我可以庇护你们，如果我死了，新上来的同志是不会庇护你们的，你们很可能会受到严厉的处罚，所以一定按我信中指示行动，有任何问题向科莫夫同志请示。

另外我已擢升科莫夫同志中将军衔，具体任命将在他完成善后下达，盼与你和阿努钦在首都相见。

安德洛夫

"最后一封信措辞好激烈！"秦悦首先说道。

宇文接着说道："最后一封信最短，透露出的信息量却最大！首先，最后一封信字迹很潦草，如信中安德洛夫所说他已经病入膏肓，我们知道几个月后他就病逝了，但他仍在病重时亲笔给格林诺夫写了这封信，安德洛夫这时已是S国最高领导人，又有重病，一般都是口述由秘书打字，为何还要坚持亲笔写这封信？"

"只能是出于保密需要。"我脱口而出。

宇文点点头说："非鱼说得很对！其次，秦悦刚才提到最后一封信措辞很激烈，开头不再用尊称，而直接称呼格林诺夫同志，信中也完全是以命令的口吻命令格林诺夫立即关闭基地，停止研究，返回莫斯科。并用近乎威胁的口气对格林诺夫说他死后，不会有人庇护他们，后面的领导会清算他们！"

"但安德洛夫这时候应该还是信任格林诺夫的，所以才会说得很直接，甚至有些推心置腹的味道，而且让他们在安德洛夫还在的时候，关闭基地马上回来，明显有保护他们的意思。"我咀嚼出一些不一样的味道。

"我也觉察到了，即便出于善后的需要，安德洛夫也会保护他们，毕竟当初是他支持格林诺夫扩建基地的。"宇文想了想，又接着往下说，"第三，也是最重要的是这句'但是你们这几年的研究已经让我感到无法容忍，已经偏离了我们最初既定的轨道'正是这个原因，导致安德洛夫在重病弥留之际仍然着手处理这件事。"

"偏离既定轨道，感到无法容忍。"我反复咀嚼着这两句话，

"我们还是不清楚他们当初的既定轨道是什么？他们建立这个基地到底在研究什么？同时他们的研究目的是什么？我们都不清楚！"

"但可以肯定是格林诺夫他们的研究已经超出了安德洛夫最初的设想，让安德洛夫感到不安，甚至害怕！我们最后看到的结果确实是令人恐惧的……"秦悦指的显然是电网上那些可怖的尸骨。

"我觉得虽然我们不知道他们究竟在基地研究什么，但这句话可以反推出他们研究是会带来很严重后果的，所以安德洛夫才下令……可惜……"袁教授没有继续说下去。

"可惜还是晚了，悲剧还是发生了。这就带来新的问题，第四，既然最高领导人已经下令了，并派他的心腹科莫夫来做善后，为何最后还是出事了？"

"我想这里面有两种可能……"秦悦又想了想才说，"一种可能是格林诺夫、阿努钦、科莫夫都是按照安德洛夫指示行动的，但科莫夫在善后时出了意外；另一种可能是之前就出了意外，他们还来不及行动。"

我冷笑了两声，"秦大神探，你这次的推断不够劲爆啊！"

秦悦瞪我一眼反驳道："那你说。"

"你说的那是两种可能性，但你想过你所说的两种意外是怎么造成的吗？"

"什么意思？"看秦悦一脸疑惑的样子，我忽然觉得她笨起来还挺可爱。

"好吧，我再说两种可能性。有没有这样一种可能，这个格林诺夫没有按照安德洛夫的指示行动，而是自作主张，甚至他谋害了来执行善后任务的科莫夫，而阿努钦既可能是他的同谋，也可能是被害者；还有另一种可能，我们所看到的一切，都是科莫夫善后的结果！那些志愿者可能就死于科莫夫的枪下，也可能他们不愿意接受科莫夫的善后，发生暴动，反正最后的结果都是死！"

我的这两个推断让大家全都沉默下来，这个密闭的空间显得更加压抑，许久，秦悦摇摇头："你……你说得太可怕了！"

我看到秦悦现在这幅恐惧的样子，心里忽然生起一种奇怪的感觉，呃……我一本正经地继续说道："你想，我们现在都被困在这儿，还指不定马上有什么怪物出来攻击我们，你还觉得我的推断可怕吗？"

宇文一拍我，"别吓我们，又不是在写小说！"

"你们仔细想想，不要智商掉线！"

袁教授终于开口了："我觉得非鱼说的对！这两种可能性都是存在的，特别是非鱼说的第一种可能性最大！"

"对吧！你们想想，安德洛夫信里已经说得很清楚了，格林诺夫的研究已经与他的想法发生了冲突，他们已经分道扬镳了，后面会发生什么？安德洛夫让他们停止研究，如果格林诺夫不听，会发生什么？一定会有激烈的对抗！"我来回看看秦悦和袁教授说，"袁叔，我说句话您别不爱听，我从小和帅一起长大，很了解他的性格，我觉得这个格林诺夫的性格很像袁帅，爱钻牛角尖，爱走极端，撞了南墙也不回头，刚才您自己也说了格林诺夫让你想起了帅！"

袁教授表情痛苦地点了点头，我继续说："还有帅是个并不在乎名利，只对感兴趣的事执着的人，这样的人往往没有弱点，很难控制他们，我觉得格林诺夫也是这样的人，一个执着、坚定、走极端，又没有什么弱点可以控制的科学怪咖，要么是天才，要么是魔鬼！"

魔鬼！我也不知道我怎么会脱口而出这个词，我的心口也是重重的一震，我的手不经意间又抓紧了裤兜里的旧手机，帅啊！你到底是天才，还是魔鬼？

16

我愣了好一会儿，才反应过来，忙给袁教授解释道："袁叔，帅肯定是天才，这点我从不怀疑。"

袁教授摆了摆手："你就别宽慰我了，我忽然觉得我也不是那么了解帅……你对格林诺夫的推断我是赞同的，我搞科研这么多年，认识许多人，确实有些剑走偏锋的科学怪咖，格林诺夫就是标准的一个！至于你说的第二种可能性我觉得要小很多，如果我们所看到的一切是科莫夫善后的结果，我想不应该是这样，就算那些志愿者死于他的枪下，也不应该保留那样一种奇怪的方式，还有我们看到的这些示意图，保险柜中的手枪、现金和文件，科莫夫不该不知道，他负责这儿的安保，S国情报机构应该对这儿了如指掌。"

我刚想说什么，宇文插话道："这正是我要说的第五点，科莫夫这个人究竟在整个事件中起到什么作用？从这封信中可以看出安德洛夫始终信任科莫夫，并要在这次善后任务完成后擢升他为中将。上一封信科莫夫出场的时候是上校，也就是说这十六年中间他从上校晋升到了少将，并很有希望进一步升中将。为何派一个将军来这里，就指挥三百来人？毋庸置疑，说明基地非常重要！那么他中间荣升少将时为何没调走，再派一个同级别的上校来？我想这一是保密需要，还有就是基地在这中间很可能又扩充过，科莫夫将军最鼎盛时所领导的应该远不止三百人，只要看看那些志愿者的尸骨，还有规模庞大的荒原大字就知道，基地鼎盛时，科研人员、安保人员、管理人员、后勤保障人员，再加上志愿者，至少有上千人，可能有两千人左右。"

"两千人？"我有些吃惊，但转念一想，确实差不多，"我有一种感觉，一九八三年，也就是安德洛夫要求基地关闭的时候，正是基地最鼎盛的时候。"

宇文也点了点头，"嗯，我也觉得是这样，说明基地是突然关闭，戛然而止的！也说明基地的研究越来越深入，越来越庞大。我再说一下这个科莫夫，一九六七年派科莫夫来的时候，安德洛夫对他们做了分工，只是让科莫夫负责安保工作，基地还是由格林诺夫负责的，但是我总觉得没那么简单。"

我明白了宇文的意思："你的意思科莫夫是来监视格林诺夫他们的？"

"既是保护，也是监视！正因为科莫夫代表安德洛夫，肩负监视的任务，所以科莫夫不大会和格林诺夫步调一致，很可能在这十六年中，科莫夫与格林诺夫发生过许多分歧，他们都会去安德洛夫那儿告对方黑状，最后安德洛夫还是选择相信了科莫夫！"宇文推断道。

"那个柳金呢？你们注意到没有，安德洛夫只叫格林诺夫、阿努钦立即回莫斯科，整个信里没有提到柳金，她可是四人小组的成员哦！"我敏锐地看出了问题。

"嗯，这就是第六个问题，柳金去哪了？"宇文环视众人，然后自问自答道，"要么中间被调离了，要么她在这中间病死了或是遭遇了不测！"

遭遇不测？宇文最后加重了语气，我想了想说道："为了项目的保密和连贯性，我想柳金被调离的可能性不大。"

"关键是这中间基地到底发生了什么？我们一无所知，这五封信很奇怪啊，第一封信少了朗德院士和格林诺夫的谈话纪要，然后第四与第五信中间相隔了十六年，中间难道他们没有通信？"秦悦的智商又上线了。

"是啊！这就是我要说的第七个问题，这中间他们没有通信吗？"宇文反问道。

"这也好解释，为了保密需要，他们四人会轮流到莫斯科向安德洛夫当面汇报，就不需要通信了……或者其他文件和信件都被科莫夫最后销毁了！"

秦悦听了我的话摇头道："如果被科莫夫销毁了，为何又会留下这五封，不一起销毁？如果是格林诺夫所藏，为何只藏了这五封？"

"这五封信蕴藏的信息最多，或许也是对格林诺夫最重要的五封信！"我胡乱推测道。

我们全都陷入了沉思，宇文翻译完了五封信，重新把信装回到文件袋中，当他要将秘密清单装回第四个文件袋时，我猛地夺过了那份清单，"这个先别急装回去，我想这个清单对我们可能还很重要。"

"对！我刚才好像还看到这份清单上有动物、植物以及科研设备的……"袁教授提醒。

"嗯，我也看到了……"宇文又翻开这份秘密清单，"刚才主要说了经费和人员，具体他们开列的设备、动物、植物等就太多……"

宇文话说了一半又没了声音，随着时间的推移，宇文的脸上越来越扭曲，写满了恐惧！最后宇文嘴里喃喃地说出了"魔鬼"两个字……

17

我和秦悦、袁教授都注视着宇文，最后我等不及了，一拍宇文，"你怎么了？"

"这……这清单上动物和植物部分需求很大，前面都还好，只是我看到动物部分最后出现了一些奇怪的动物。"

"奇怪的动物？"

"嗯……"宇文眼里还是充满恐惧，"比如这栏里写的是袋狮！"

"袋狮是什么？"秦悦显然没听说过。

"袋狮是一种有袋类猛兽，据说曾是这个星球上最凶猛的哺乳动物……"秦悦瞪着漂亮的大眼睛看着我，"呃……简单地说吧，袋狮是澳洲大陆独有的一种动物……"秦悦还瞪着漂亮的大眼睛看着我，"呃……再简单地说吧，袋狮这种动物在三万年以前就已经灭绝了！"

"所以它怎么会出现在清单上？"秦悦总算是听懂了。

"这正是可怕的地方！"宇文看看我又继续说道，"再看这个，猛犸象……"

"这个我知道，电影、纪录片里经常出现，不过……不过好像也灭绝了！"秦悦似乎还没觉察出清单上出现这些动物的恐怖之处。

我只好加重语气，"这就太恐怖了！已经在我们星球灭绝的动物出现在清单上，这……格林诺夫真是魔鬼！"

"他们究竟在研究什么？又是荒原大字，又是史前巨兽。"袁教授特别提醒宇文，"你再看清楚，他们可能只是要化石！"

宇文摇摇头，"不！清单上写的就是'猛犸象''袋狮'，没有化石字样！"

"不可能啊！都灭绝了，除了化石不可能有活物啊……"我的声音有点大，话音刚落，突然传来咚的一声巨响，我们都惊恐地瞪大了眼睛，这巨响很明显不是在我们所在的这间办公室，而是在外面！

"这是什么？"宇文把声音压到了最低。

"像是从大走廊传来的。"袁教授说。

"我觉得离我们还挺远，也可能是大走廊另一……"

秦悦话没说完，咚——外面又是一声巨响！我们浑身一颤，赶忙隐蔽到了长桌下面，这时，我发现一直躺在沙发上的夏冰轻轻哼了一声，我忙过去抱起夏冰，"醒醒，好些了吗？

夏冰服用了我们带的消炎药，脸色似乎好些了，但还是昏迷不醒！我正在呼唤夏冰的时候，外面又传来咚的一声巨响，我侧耳倾听，巨响极为沉闷，似乎很远，又似乎离我们很近，难以判断！

宇文拿着清单浑身发抖，"这里面不会还有那些动物吧？"

"闭嘴！怎么可能有袋狮、猛犸象？"我喝止道。

"就算不是袋狮、猛犸象，就是其他什么猛兽也够我们受的……不要忘了我们是怎么跑进这该死地堡来的！"宇文的情绪有些失控，又是一声巨响，这次我感觉那声音离我们近了。

我的心脏狂跳不止，不！……我不该这么恐惧，都是给宇文带的，这货其他都好，就是胆小！我拔出那日松送给我的蒙刀，双手却在不停地颤抖，这蒙刀太短，实在不能给我安全感，我只得放弃蒙刀，拾起工兵铲，壮着胆子站起来，一步一步走到门后面，秦悦也握着那支小巧的PSS微声手枪，隐藏在门后，我们俩互相看看，这屋里面能战斗的也就我俩了！只是瞅瞅我俩手中的家伙，实在是有点寒酸。

等我俩准备好大干一场的时候，那个声响却没有再传来，我忽然想起了什么，"在外面荒原大字趴在沙地上听到的那个声响会不会就是……"

就这样我们僵硬地在这间密闭的房间内待了很久，那个声响都没有再响起。因为在地堡内待的时间太长，我已经失去了对时间的判断，看看手表上的时间，已是晚上，但我无法确定手表上的时间是否还准？

"对下时间！"我小声提醒大家。

我的表显示时间是晚上八点一刻，秦悦表上时间是八点二十七，袁教授表上时间是七点五十三，宇文没带表，我又看了看夏冰的表，显示是七点四十八，"看来现在已经是晚上，但我们的手表出现了偏差。"

我又看了看手机，我手机显示的时间是六点五十四，秦悦手机显示的是七点零八分，宇文手机显示的是六点四十四，袁教授手机上的时间好像是停了，还停留在下午三点半的样子。"可能是和皂雕搏斗时摔坏了。"袁教授说。

"手机上的时间也出现了偏差！现在我们在这儿暗无天日的地下，必须要保持清醒头脑，要知道外面的时间，我们现在统一把手表和手机的时间调为……"我略作思考，然后说："都调成八点吧！"

大家调时间时，秦悦忽然说道："这不对啊，如果是因为这儿的磁场紊乱，导致钟表时间出现偏差，那么当时基地上千号人，必须统一行动，是不能允许时间出现偏差的。"

秦悦的话让我眼前浮现出当年这儿忙碌的样子，"或许……或许这就是基地的……黑洞吧！"

"黑洞？"众人惊异，我也对自己嘴里蹦出这个词感到吃惊。黑洞，荒原大字，灵线基地，这里的一切或许就是一个无尽的黑洞……

18

又等了一会儿，侧耳倾听，外面一片死寂，我壮着胆子打开门，探出头，大走廊里依然一片黑暗，观察许久，我和秦悦决定出去看看，留下宇文和袁教授照顾夏冰。

我俩蹑手蹑脚，小心翼翼地继续沿着大走廊向里面走，路过一处电源开关，我本能地推了一下，没有反应。"别弄了，这么多年过去了，怎么可能还有电？"秦悦催促道。

我看看面前的开关，前面推上去了五个，只剩下最后一个，我失望地看看秦悦，秦悦已经继续向前走去，我随手又将最后一个开关推了上去……啪一声，我们脚旁的地灯居然亮了，而且亮了整整一排，一直向大走廊两边延伸下去。我心里一惊，这久违的光亮给了我些许慰藉，但随即我的心里猛地一紧，我又想起了刚才那可怖的巨响，要是那巨响就在大走廊里，这光亮……

秦悦也被突如其来的光明惊得浑身一颤，回头望着我，眼中闪过一丝光亮，随即又是恐惧："怎么还会有电？"

"我猜想当年基地应该是独立电源，有自己的发电厂，供整个基地用电，特别是要供应那些电网用电……可能发电厂的某台机组里面还有燃料，不过……不过这确实有些奇怪。"我回想着那张示意图上的标注。

"宇文说示意图中在绿区确实有个地方标注的是电厂。"秦悦瞪着充满恐惧的眼睛向大走廊两头望去，我们来的那头虽然有地灯照明，但地灯的光亮有限，依然看不到走廊的尽头，再看我们正向前走的这一边，已经可以看到大走廊的尽头。

我俩就这样背靠着背，上下前后左右仔细勘察了一遍这巨大的走廊，拱券式的屋顶可以承受最大的重量，全钢架结构设计合理，我提醒秦悦："你看这地堡建造非常科学，注意看大走廊的照明，两排地灯，两排壁灯，一排顶灯……"

"这说明什么？"秦悦打断我。

"因为人长期在地堡里工作生活，不知道外面是白天还是黑夜，所以通过这三种不同的灯来表示时间，亮顶灯代表是白天，壁灯可能是晚上或黎明时分，地灯则代表夜里。"

"就你懂得多，哼！"秦悦说着已经来到离我们最近的一扇门前，她看看我，我手拿工兵铲也跟了过来，冲她点点头。秦悦猛地打开房门，我首先冲了进去，黑暗中，我忽然感到门后有人！紧张和恐惧本能地促使我猛地抄起工兵铲，就是一阵狂拍，尘土飞扬，人影绰绰……"好了！别拍了！"直到秦悦喝止我，我才停了下来。

秦悦用LED马灯照过去，我这才发现门后面根本没有人，只是两件落满尘土的衣服，秦悦仔细查看了两件衣服后，说："都是长风衣，男士的，看式样是二十世纪八十年代的。"

秦悦继续用马灯向这间屋子里面照去，我则在墙上摸了半天电源开关，没电！两只手电，一盏马灯照亮了屋子正中。屋子正中有两张相邻的办公桌，一张桌上落满灰土，什么都没有，另一张桌子上轻轻拂去灰土，就可以看见乱七八糟堆放的文件资料，甚至还有一个翻倒在文件旁的咖啡杯，秦悦走过去，拾起咖啡杯，"杯里虽然已没有咖啡，但从旁边文件的痕迹看，咖啡杯翻倒后，咖啡洒在了文件上。"

我在墙边的橱柜中发现了一台老式的咖啡机，里面还残留有咖啡渣子。

"咖啡洒了，办公桌的主人没有清理，这说明当时发生了突发情况，他来不及清理，结果他就再也没有回来！"

"这个房间和刚才格林诺夫的办公室差别很大……"秦悦看着我说道。

我也盯着秦悦的眼睛，"基地的最后时刻肯定遇到了突发情况，而格林诺夫的办公室则在意外之后被人清理过，只是清理的人忘记拿走示意图和保险柜里的东西！"

秦悦沉默了一会儿，"基地发生了重大意外，最后还会有幸存者吗？"

秦悦的话让我心里一沉，"你是怀疑在基地发生意外情况之前或是同时，就有人整理了格林诺夫的办公室……"

"也可能是格林诺夫自己。"

"他自己？那保险柜里的东西？"

"对！他自己，他以为自己还会回来取这些东西，或者……"

"或者他就没打算再回来！"

"这样也就解释了为何他办公室被整理过，却没人拿走保险柜里的东西！"

"你猜这间是谁的办公室？"

"阿努钦和柳金的办公室！"秦悦的回答让我吃惊，她继续解释道，"这里面两张办公桌，这张干净像被人整理过的办公桌要比另一张矮，我试了一下，应该是女性的办公桌。"

"就凭这个？"

"还有门后的男士风衣，铺满文件的办公桌，另一张被清理干净的办公桌，这一切都与第五封信里没有出现的柳金相符！"

"你是说在基地的最后时刻来临时，柳金就已经故去或是离开，所以她的办公桌早就被清理过？"

"我想是这样的。"说着秦悦的目光转移到墙上，两侧墙壁上多了几张画，我端详半天，发现这几张只是二十世纪七八十年代S国常见的那种宣传画。而在后方的墙壁上，依然悬挂着第一任领导人和安德洛夫的画像，秦悦取下两幅画像，仔细检查后面的墙壁，却并没有什么发现。秦悦挥了挥手，"我们再看看其他房间。"

我俩就这样一间一间检查了大走廊两边的办公室，所有的办公室都很零乱，文件资料，还有许多私人物品，到处散落，这进一步证明了我们的推断，基地的最后时刻一定遭遇了重大意外，所有人都匆忙离开了办公室。

当走到大走廊尽头时，我忽然生出了新的疑问。

"所有人都匆忙离开办公室，但他们人呢？这里似乎看不出遭受危险或攻击的样子。"

"你是想说这些人的尸体吧？"秦悦看看我，"喏，走廊拐弯了，不要过早下结论。"

果然，大走廊的尽头拐弯了，出现了一条小走廊，小走廊两边也都是一扇扇门，这里的地灯也亮着，闪着幽幽的暗光，一直通向黑暗深处，我还在咀嚼秦悦的话，"也可能他们是紧急撤离了……"

　　"你见到了电网上那些尸骨，还会认为基地的人都安全离开了？"秦悦说着猛地一推，打开了一扇门，里面是卧室，一个四人间，我和秦悦拿着手电环视一周，并没什么特别的发现，这间卧室里私人物品并不是很多，床铺整齐但并不像是有人特意整理过。

　　我和秦悦退出来，又打开对面的房门，也是四人间，和刚才看到的情况类似。就这样我俩一间一间打开查看，四人间、二人间……直到我俩来到小走廊的尽头，这里的几间是单人间。我小心翼翼地打开了一间，床铺、写字台都很整齐，个人物品摆放得井井有条。秦悦又打开墙边的衣柜查看，里面的衣服落满尘土，但也摆放得十分齐整，秦悦关上衣柜门说道："这一排都是宿舍，从留下的物品看应该都是科研人员的宿舍。这一间我想应该就是阿努钦的宿舍。"

　　"那些军人呢？"

　　"他们的宿舍可能在大走廊另一头，也可能不在这儿。"

　　"这里的个人物品都在，但比较整齐，而办公室则很凌乱，说明基地突发意外的时候是大多数人上班的时间！"

　　秦悦看看我又想了想说："你的意思就是白天喽！"

　　我点点头，径直打开了阿努钦卧室对面的房门，这间屋很干净，什么都没有，没有铺盖和个人物品，打开衣柜也没有衣物。

　　"这间应该就是柳金的卧室吧？"我推测说。

　　"那要看看最后一间再说！"说着秦悦已经来到了最后一间卧室门口。

19

这最后一间卧室的位置与众不同，其他卧室都是两两相对，分布在走廊两侧，这最后一间的门则是开在走廊尽头的墙壁上，正对着走廊。我使劲拧了拧门把手，没拧动，之前也有几间卧室是上了锁的，但大部分并没有锁。我冲秦悦努努嘴，秦悦掏出她的小工具在锁眼里捅了捅，然后一拧，门还是没开！秦悦又换了一个工具，在锁眼里来回捅了一会儿，再一拧，门好像动了一下，但还是没开。

我看出了端倪，忙拉住秦悦。"一起推！"我压低声音，然后和秦悦两人使出了浑身气力，总算是把房门推开了一角，秦悦这时也意识到门后有东西。门后东西摩擦地面发出刺耳的声音，让我不寒而栗，不得不停下来！

稍作休息后，我和秦悦对视一眼，再次用力，在刺耳的摩擦声中，房门被推得更大了，足够我俩进出，我闪身先钻了进去。"后面是一张写字台抵着……"

我话说一半，就被秦悦堵住了嘴。我俩小心翼翼地用手电和马灯照了一遍房间，整个房间和之前的卧室差不多大，是一个单人间。床铺整整齐齐，只是上面落满了灰土，写字台不知为何被推到了门后，这个反常的发现让我俩高度警觉，这样的情形只能说明这间房屋的主人最后用写字台抵住了房门，要么这间屋子还有另一个出口，要么他……还在这间屋子里！

我和秦悦谁也不再说话，只用眼神和手势在交流。我俩用手电一寸寸照射四周的墙壁，还有脚下，却没有发现任何出口！这间屋子完全就是一间密室，那么最后封闭这间屋子的人呢？我和秦悦对视着，两人都从对方的眼中看到了恐惧，这间屋子的主人也凭空消失了吗？就像袁帅和那些一个接一个消失的精英们。

秦悦指了指身旁的衣柜，只剩衣柜没有检查了！我注意到和其他单人间不太一样，其他单人间都只有一个衣柜，而这个单人间却有两个衣柜！秦悦走到其中一个衣柜前，手里紧紧握着那支PSS微声手枪，我也举起了工兵铲，秦悦猛地拉开衣柜，里面空空如也，没有衣物，没有人，什么都没有，秦悦用马灯照亮了衣柜里面，也没有暗门或是什么秘密通道。

秦悦不无失望地看看我，关上了衣柜门。又来到另一个衣柜前，秦悦和我都有些泄气，我料想这个衣柜也不会有什么发现，只是提着工兵铲站在秦悦旁边，秦悦很随意地打开了这个衣柜门，紧接着她爆发出了惊恐的尖叫，手中的马灯也摔落在地，我惊得工兵铲也掉在地上，好在我反应还算快，一把堵住了秦悦的嘴，然后紧紧抱住了惊恐不安的她！

秦悦柔软的身体不停地颤抖，丰满坚挺的乳房剧烈起伏，重重地喘息着……我慢慢松开了手，和秦悦一起扭头看去，一具刺眼的骨骸出现在衣柜中，更重要的是，这具骨骸不像人类，而更像是某种大型猛兽的骨骸，我在慌乱的大脑中快速搜寻，却无法将眼前这具骨骸与已知的猛兽骨骸对比上，这究竟是什么？

我和秦悦就这样一直抱着，我几次要松开，秦悦却把我抱得更紧了，看来她这次被吓得不轻！直到她慢慢平复下来，才失魂落魄地松开了我。我只好拾起马灯，仔细勘察了一番这个衣柜，和其他衣柜几乎一模一样，没有暗门和机关，就是一个普通衣柜，没有衣服，只有这具骇人的骨骸！

我详细看了骨骸，才发现这具骨骸并不完整，似乎只有一半骨架，这一半骨架被铁丝支撑着，摇摇欲坠，我猜想原来这是一具标本，不知怎么缺了一半，被人遗弃在这！我回头看看秦悦，她怔怔地盯着这具骨架出神。"先出去吧！"我拉着秦悦走出了这间密室。然后我快速地从阿努钦卧室床上扯下满是积尘的床单，回到密室衣柜前，将这具骸骨整个抱到了床单里，然后一兜，背着走出了这间密室。

"你想把这个……"秦悦盯着我小声问道。

"拿给袁教授……最好夏冰能醒过来，她的专业就是动物学！"我说罢，轻轻将这件密室的门关上，然后将这个沉重的大包裹扛在肩上。

我和秦悦沿着走廊往回走，肩上的包袱过于沉重，没走出几步，我不得不放下包袱，改为两人一起拖行。等拐回到大走廊上，秦悦才缓缓说道："刚才那间密室应该就是格林诺夫的卧室，和他的办公室一样，被清理过，文件资料、个人物品都没有了……"

"但却留下了这个可怕的东西！"我吃力地说道。

"这东西可能太大太重，不好携带，但……但我在想密室里的人是怎么离开的？"

"凭空消失?"我吃力地冲秦悦挤出一点笑容,"就像帅在我面前凭空消失一样,呵呵!"

"胡说八道!"

我沉思了片刻,又抬头看看走廊顶上的通风管道,"如果要从那间密室中逃脱只能是……"

秦悦顺着我的目光看到了头顶的通风管道,"他是从通风管道出去的?那么他为何要以这样一种方式逃出去呢?"

"我想这应该和第五封信中安德洛夫的命令有关吧,也可以说和基地最后的重大事件有关!"说话间,我俩已经回到了那间大办公室。

夏冰面色好了许多,伤口也已止血结痂,但她还是昏迷不醒。宇文和袁教授看我俩回来,忙迎了上来,袁教授急切地问:"怎么你们一出去,外面就有了亮光!"

"还有电!"我气喘吁吁地说着,然后重重地将大包袱抛在地上,哗啦——那堆尸骨顿时散落一地。

"这是……"袁教授话说了一半,就没了声音。

"从……从格……格林诺夫的卧室衣柜里发现的,我……我从没见过这种骨骸,所以背回来给……给袁叔看看,您……您不就是搞生物的吗?"

我精疲力竭地瘫坐在椅子上,袁教授蹲下来拿着马灯仔细观察这散落的骨骸,时不时还拿出几块比画着,突然,袁教授的手停在半空中,愣了半天,袁教授才颤巍巍地说道:"这……这不可能!"

"怎么？"我们都聚拢过来。

"虽然我并不是搞动物研究的，更不是搞古生物的，但还是能看出来，这是一具猛兽的骸骨，问题在于它不属于地球上现存的任何一种猛兽，而是来自远古已经灭绝的猛兽……"

袁教授话没说完，我就想起了那份清单上的袋狮。

袁教授沉重地点点头，"就是袋狮！"

"这……这难道不是化石？"宇文反问道。

袁教授摇摇头，"不！这骨头的质地明显不是化石，而是来自一头真正的袋狮！"

"难道这世上还有存活的袋狮……被他们找到了？"我惊得有些恍惚。

"不可能！袋狮早在三万年前就在我们这个星球灭绝了，只有一种可能……"袁教授环视众人，我们面面相觑，心里都明白格林诺夫这个科学魔鬼真的复活了某些史前巨兽！

第六章　第五日

1

表上的时间已经指向零点，一整天精神紧绷，又累又饿又困，我随便啃了几口面包，喝了两口矿泉水，再看其他人也都困倦不堪，我又看看夏冰，秦悦正在给夏冰继续用药。"她怎么样？"我问道。

"还在发烧，我们现在带的药物只能控制她的症状，必须有新的药品。"秦悦无奈地说。

"我们在这里可能找到药品吗？"

"找到也是过期的了……"

"有些药品其实受保质期影响不大。"袁教授打断秦悦的话，"基地有上千号人，这里也应该有大量药品才对。"

"可我们还没有发现。"我想了想，"我们已经检查了大走廊一侧的房间，大走廊另一侧也就是通向外面的一侧还没去过，说不定那里会有药品。"

"还可能有武器。"秦悦将那支PSS微声手枪收好，"你们想想科莫夫和他手下都是全副武装的，至少几百号人的武器装备，所以我猜这里应该有个军械库。"

袁教授接着秦悦的话说道："还应该有实验室。你们检查的这边都是办公室和宿舍，并没有发现实验室，别忘了这个基地叫灵线实验基地！"

"实验室，军械库。"想到这些，我心里顿时又紧张又期待起来，但现在肯定是不能继续了，"今天大家都累了，快休息吧！"

"那谁值夜呢？"宇文问。

我环视这间密闭的房间，四周都是钢板，也没窗户，只有那扇铁门，"我们今夜在这里休息应该是安全的，只是要把那门堵住。所以今夜就不用值夜了，大家都怪累的……"我最后将目光落在长条桌上，"就用这个堵门吧！"

我和宇文费力抬动长条桌，堵上了门。袁教授和秦悦已经瘫倒在地上，和衣而眠，我们的帐篷和防潮垫都丢在了车上，好在这里并不潮湿，地上就可以将就，宇文很快也进入了梦乡。我走到堵在门后的长桌边靠着墙坐下来，侧耳听屋外，那个怪响再也没有传来，我的心稍稍安定下来，眼皮开始打架，刚要闭眼睡，突然裤兜里的手机响了一下，我惊得立马跳起来，忙不迭地掏出手机，就是那台旧手机，可定睛一看却是黑屏，我按了几下手机开关，竟然是电量耗尽发出的关机音乐。我四下望去，房间内有几处电源插座，但不知道有没有电，算了，充电也没有用，这鬼地方反正没有信号。想到这里，我沉重地又瘫坐了下去，慢慢地躺倒在地上，合上双眼。

等到重新睁眼，四周依然是一片黑暗，但一看表，已经是第二天上午九点半，睡得够沉的！没想到这一觉竟然是这十来天睡得最香的一觉，我赶忙推开手电筒，打开马灯，呼唤众人起来。袁教授和秦悦其实已经醒了，只有宇文被我一脚踢醒。夏冰似乎有知觉了，我喂她一些水，她也喝了下去，嘴里喃喃地说着什么。我赶忙凑过去，侧耳倾听，"爸……爸……爸爸……"

爸爸？夏冰在昏迷中想起了她父亲，夏冰的眼皮微微颤动，双拳紧紧握在一起，然后剧烈抽搐了一下。"夏冰，你怎么了？"我轻轻呼唤，夏冰嘴里又喃喃自语地说道，"爸爸……爸……"众人聚拢过来，注视着夏冰，她抽搐了一会儿，又慢慢平静下来。

秦悦检查了一下，"没事儿，她可能刚才做了个噩梦，准备好我们出发吧！"

"可……夏冰怎么办？"我问。

秦悦看看夏冰，又看看宇文，"我们今天往大走廊另一头走，那头就是地堡的出口，我们不会再回来了，所以就麻烦宇文背着夏冰喽。"

"我……"宇文面露难色。

"背累了也可以麻烦你兄弟一起。"秦悦说着又看看我。

"我？"

袁教授忙替我解围，"宇文要是背累了，我就帮他一起架着夏冰走吧。"

秦悦看看袁教授，又看看夏冰。

"但愿能找到一些药品，否则我们只能停止这次行动。"

"停止行动？"我们惊讶地说道。

"对！虽然你们来这里是你们的个人行为，但只要我在这里就要为你们的生命负责！我刚才已经考虑过了，这地方的凶险和诡异已经超出了我们之前的预判，往下走还不知道会遇到什么，再加上这么一个累赘，所以我只能……"

袁教授打断秦悦，"可我们不能半途而废啊！也许……也许帅就在这儿。"

"教授，您找儿子的心情我们理解，但也要考虑其他人。"秦悦的语气变得强硬起来。

袁教授刚想说什么，宇文嘟囔了一句："找到袁帅，还不定他变成什么呢？"

"你……你什么意思？"袁教授盯着宇文。

宇文被袁教授吓得退了半步，不再吱声，但我们都知道宇文指的是什么。袁帅会变成像格林诺夫那样的科学魔鬼吗？

我隐隐觉察出队伍里已经出现裂痕。宇文和我一起将堵在门后的长桌推开，轻轻打开了门，我率先探出头，来回观察，大走廊里的一排地灯仍然亮着，我不明白这电是从哪里传过来的，没有听到任何发电机发电的声音，难道昨天听到的那个怪声是发电机的声音？我狐疑着走在前面，很快我们走到了大走廊的中间点，也就是昨天我们逃进来的位置。

那扇巨大的铁门依然紧闭着，我们也可以从这里出去，找到我们的车，我看看身旁的秦悦，指了指大走廊的另一头，秦悦点点头，我明白她的意思，不从这里出去，继续往大走廊另一头前进！

几天来我和秦悦的默契度直线上升，这是为什么呢？呃……或许是因为这个恐怖压抑的环境吧！管不了那么多，我们继续前进，很快走廊两侧出现了两扇大门，这两扇门和走廊另一侧的门都不一样，很像我们进入地堡的那个门，厚重的大铁门，门上面有转动手柄。"这不会是出去的门吧？"秦悦疑惑地问道。

"不，不会！"我用手拂去左侧门上的灰土，感觉这儿的灰土有些油腻，门上露出了一个黄色的有电标志，旁边还有个红色的禁火标志，我明白了，"这里面应该是发电机房！"

"发电机房？"

"这么大的基地肯定要保障能源供应，我们进去看看正好可以解开地灯的迷。"说着，我已经开始扳动铁门上的旋转手柄，开始很难扳动，秦悦上来帮忙后，旋转手柄才动起来，"门密闭很好，说明这儿后来应该没有人进来过。"

宇文他们就留在了外面，我和秦悦走进铁门，果然里面是个发电机房，几台大型柴油发电机外面落满尘土和油污，"奇怪！这些发电机并没有工作，走廊里的地灯怎么会亮呢？"

我听了秦悦的话，冷笑两声，"你搞笑啊，都三十年了，这儿发电机早就坏了吧，就算没坏，也没油了。"说罢，我用马灯照着，检查了一遍发电机，"都没油了，我猜基地最后遭遇意外后，地堡的电源并没有马上断掉，直到这些发电机油料耗尽！"

"那你说走廊里的地灯怎么会亮？"

"我推测地灯的电力来自其他地方，你想在这么个诡异的地方，再加上格林诺夫那种怪才的性格，他设计地堡时，一定不会让整个地堡的电力都依赖于这个发电机房。"

"来自其他地方？"这回轮到秦悦冷笑了，"就算还有另一个备用发电机，可都三十年了，那儿的发电机也早就坏了吧，就算没坏，也没油了吧？"

秦悦的冷笑可难不倒我，我略作思考，"备用电源一定不是传统能源！"说完，我就大踏步走出了发电机房，留下一脸懵的秦悦。

我一瞅对面的那扇铁门，上面没有什么标记，应该是安全的，于是径直走过去，扳动门上旋转手柄，这个门不像发电机房那个油腻的大门，一扳就旋转开了。我独自走进铁门，手电一照，发觉自己身处一个很小的黑暗空间，前面……好像还有一道门！我用手电朝前面照过去，是一扇厚厚的毛玻璃门。手电射出的光柱缓缓在玻璃门上移动，当光柱移到门上面时，发现上面有一块牌子，牌子上一行文字，我赶紧呼唤宇文进来。

宇文盯着门上的牌子，缓缓念道："基础……基础实验室。"

"基础实验室？"我狐疑地走向前，刚要去推面前的毛玻璃门，突然里面发出了光亮！我的心脏猛地缩紧了，怔怔地站在毛玻璃门前，一动不动，进退两难！毛玻璃门后面幽幽闪着橘红色的光……

2

"你倒是进啊！"身后传来秦悦的声音。

我缓缓扭回头，眼里满是恐惧，看着秦悦，这才发现秦悦的手正在身旁的一个电源开关上，秦悦看我这副熊样，竟笑出了声，"哈，瞧把你吓的！"

"这是……"

"你不是说了吗？基地一定有备用电源，那么不仅是大走廊上，重要的地方也都有备用电源。"秦悦冲我笑笑，直接推开了毛玻璃门，门没有锁。

我跟着走进来，果然偌大的实验室亮着一圈地灯。我用手电粗粗扫视一遍，实验室里实验设备和物品都在，只是一片凌乱。这倒与我的推断符合，基地最后出事时是工作时间，所以宿舍整齐而办公室、实验室凌乱。

仔细勘察，这间实验室足有几百平方米，又被隔成了几个部分，隔板上用罗马数字Ⅰ、Ⅱ、Ⅲ、Ⅳ、Ⅴ、Ⅵ命名。Ⅰ部分陈列着戈壁滩上的各种石头，特别是陨石和陨铁，正是这些排列出了荒原大字。从这里的实验设备、矿石样本和一些书籍资料可以看出，这是地质方面的实验室；Ⅱ部分也有黑色的陨石和陨铁，没有多少实验设备，却多了许多模型，这是研究天体物理方面的实验室；Ⅲ部分出现了许多试管和少量矿石样本、植物标本，我估计这是搞气象、环境研究的；Ⅳ部分有密密麻麻的试管、各种各样的瓶瓶罐罐，有些瓶瓶罐罐里面是不明液体，还有些瓶子里是动物的标本，这其中也包括人类的器官标本，看得我一阵阵作呕，我想这可能是生物和医学实验室；Ⅴ部分有一个巨大的台子，台子上杂乱堆砌着各种化石，有低等级动植物的，也有哺乳动物的，这个台子周围也有许多试管和仪器，看样子这是搞古生物研究的；Ⅵ部分则要简单得多，全是一排排书架，更像是一个小型图书馆，我推测这是提供给那些古文字学、民族学、历史学、考古学研究人员的。

"看上去这儿的条件也不是太好啊，这么拥挤……"宇文嘟囔道。

"说明这里的规模扩张很快，以至于这些设施无法满足后来的研究需要。"我推断道。

"我看完后，觉得有些奇怪……"袁教授欲言又止。

"怎么，教授您看出来什么？"秦悦问道。

"就像宇文刚才说的，这儿的条件看上去很一般，并不像一个很尖端的实验室……"袁教授停了下来，像是又陷入思考。

"我想这个好解释，门口的牌子就写得很清楚——基础实验室，这儿的研究都是些比较偏重理论，比较基础的研究，所以不像您想象中的那种高级实验室！"我给出了一个很合理的解释。

袁教授微微点头，"这么看是有道理，不过更先进更重要的实验室呢？我想那里或许隐藏着更多的秘密，甚至可以说是整个灵线基地的秘密！"

"或许就在隔壁，也可能在……"

"红区！"秦悦忽然说道。

我惊得看看秦悦说："你是说电网里面？"

秦悦一摊手，"你们不都看过那张基地示意图吗？红区和黑轴部分故意没有标注，绿区的标注则很详细，连荒原大字具体的排列都有标注，我如果没有记错的话，绿区里面像样的大型建筑就是这个地堡，其他还有些零星的小建筑，估计是些观察哨或者保障设施，所以我猜在红区里还有一个更大的实验室。"

"对！秦悦说的有道理！"袁教授很笃定地说，"从我们在地堡里勘察的情况看，这里主要是基地人员居住、办公和基础研究的地方，也是储存物资装备的保障基地，而更重要的研究很可能在红区里面，不要忘了那具袋狮的骸骨！"

袁教授提到袋狮骸骨的时候，我不禁浑身一颤，"您是说格林诺夫在红区里面复活史前猛兽？"

袁教授没有直接回答我的问题，而是反问我："你想想安德洛夫为何反复告诫格林诺夫保密？再想想电网为何而建？我想那些最重要、最机密、最核心的研究一定不会轻易让外人接触到。"

我只好不情愿地点了点头，宇文明显比我们勘察得仔细，他这时候才慢悠悠走出那间小型图书馆，我问他有什么发现，宇文摊摊手，"这地方虽然看上去物品、设备、标本都在，但我总觉得……"

"什么？"

"总觉得这里还是被人清理过！"

"怎么可能？这么凌乱明显是匆忙撤离的！"我惊叹道。

"是！这里的人是匆忙撤离，然后再也没有回来。但我还是觉得哪里不对劲，这里的物品比其他任何房间都多，可……可我们检查了一遍，却几乎没有什么像样的发现！"宇文停下来想了想，"你们再回想一下，这偌大的基地除了我们在保险柜中的发现，另外就是你和秦悦在那间密室发现的骨骸，还有什么像样的发现吗？"

"可……可会是谁又清理过这里？又是为何呢？"

"这我就说不好了，也许是我第六感太敏感了。"宇文又把手一摊。

"好了！我们还是快点离开这里吧。"秦悦催促道。

我们只好无奈地撤出了这间实验室，秦悦最后又拉上了门口的电源开关，地灯熄灭了，基础实验室再次恢复到黑暗中。

3

回到大走廊上，我们继续前进，走了大约三十米，两侧又出现了两扇铁门。这两扇门要小许多，打开左侧的一扇门，里面是一个小走廊，走廊两边是一个个房间，靠门口一间像是医务室，听诊器、针管、药品……一切都摆放得很整齐！这儿的医生应该是个有洁癖的强迫症者，我可以想象即便在最后突发情况下，他还是很快整理好了这些东西才离开。

对面那间则是药房，里面果然码放着许多药品和药剂。秦悦像是看到了希望，忙用手电仔细检查这些药品，可惜大部分药品早已过期，无法使用，最后还是袁教授在一个冷藏箱里搜出了一些试剂和针管，"用这个试试吧！我毕竟是搞生物制药的，也懂一些，这是些血清和疫苗，当时基地储存这些血清和疫苗，可能是为了防止基地人员被戈壁上的动物咬伤，也可能是为了防那些怪兽，所以我想可能会比一般的狂犬疫苗有效。只是……只是这些也早就过期了，不知道能起多大效果？"

秦悦拿着袁教授配制的针剂，犹豫了好久说："我怕……怕会有反效果！"

袁教授沉思了足有五分钟，最后接过秦悦手中的针管，"我想不会有反效果，顶多时间长了不起作用，所以我们可以试试！"

秦悦看看我，但我和宇文对医学实在不懂，怔怔地看着秦悦，又看看袁教授，最后秦悦冲袁教授点了点头。

"就按您说的来吧！"

我提着马灯凑近夏冰的胳膊，袁教授找到夏冰的静脉，缓缓将针管里的褐色针剂注射了进去，剩下的就只有交给命运了！袁教授将冷藏箱中的针剂装入包中。

"这东西或许真的可以在关键时刻救我们的命！"

再往里走，两侧一共有十间病房，每间病房都是六个床位，这里就是一座小医院，我们匆匆勘察完便退了出来。我估摸着对面那扇门后面也是病房，可当我们打开那扇门后，让我们吃惊的一幕出现在面前，里面的结构和对面一模一样，一条小走廊十二个房间，只是这里不是医院病房，而是牢房！

一间间都是铁将军把门，不同的是靠头的两间是审讯室，里面的十间则是牢房。牢房和审讯室的门都是锁着的，上面有狭小的铁窗，秦悦和我分别用电筒从铁窗照进去，一间间检查过去，当我们检查到最里面两间牢房时，秦悦很快检查完了一间，而我则发现另一间牢房的铁门竟然没有锁，一推铁门，吱呀开了！

秦悦见状，也跟我走进了这间牢房，我很快发现这间牢房与其他九间牢房明显不同，前面九间牢房里面都有六张床铺，而这里只有一张！床铺边上还有床头柜，床头柜上摆放着一个精致的绣花台灯，上面的积尘并不多。床头柜上还放着两本书，其中一本书是打开的，倒扣过来的，另一本里面则夹着书签，显然这里的主人最后还在看这两本书，我和秦悦对视一眼，我伸手拾起了那本打开的书，秦悦用手电照过来。

"英文版的《无人生还》，阿婆的侦探小说……"

我喃喃自语说道，一脸懵地看看秦悦。

秦悦又将手电照向另一本书，封面上都是俄文，我急忙喊宇文过来翻译。他和袁教授架着夏冰也走进这间牢房，宇文拿起那本书，很快翻译出来。

"这本书的书名是《科学杂志资料汇编》。"

宇文翻完，我们又都是一脸懵，实在不明白这两本风马牛不相及的书怎么同时出现在床头柜上。再看床上，被子凌乱，却可以看出被罩和床上用品都很讲究，再看床另一边靠墙是一面书架，书架上摆满了书，我和秦悦走过去，粗粗翻看，很杂！有小说等文学作品，也有物理学著作，比如英文版的《非相对论量子力学》，这是朗德的大作，还有一些其他学科的专著。

宇文把夏冰轻轻放到床上，我忽然觉得夏冰的身体与这床铺很配，不禁有些想入非非，怎么会这样？面前的这个女人虽然身负重伤，却似乎仍有一种特殊的魔力，这时秦悦捅了我一下。

"说说吧，大作家，想到了什么？"

"什……什么？"我有些恍惚。

"我说这间特殊的牢房让你想到了什么？"

我还没开口，袁教授已经脱口而出："柳金！"

"柳金？"我浑身一颤，马上想到了那个在基地最后时刻消失的柳金，"对！柳金！基地内这个监狱或者说是禁闭室，我估计是用来惩罚违禁内部人员的，而有资格享受单间待遇的恐怕不多。再结合这里的用品不难看出，被关在这里的是一名女性，那么有资格关在这里的女性恐怕只有柳金，毕竟她是五个有权知晓基地秘密的人之一，出于保密需要也得如此。还有第五封信，信中没有提到这个柳金，我们当时就觉得奇怪，这个柳金去哪了呢？在基地最后出事的时刻，她是已经死了，还是调离了，还是自己走了？还是……"

"被关在这里！我们怎么也没想到她会被关在这里。"袁教授打断我说道。

"可她作为基地的最高领导之一，为何会被关在这里？"我想不明白。

"这就不得而知了。或许她与格林诺夫后来产生了分歧？"袁教授猜测道。

"即便她与格林诺夫产生了分歧，格林诺夫也没有资格把她关在这里。"我说。

"那就是科莫夫。"宇文推测道。

"不管柳金为何被关押在这里，我现在关心的是她后来人呢？"秦悦说着挥了挥手里一小长条丝织品，"喏，这是我进来的时候挂在铁门上的，虽然年代久远，已经脆化了，但还是可以看出这来自一件上好的真丝睡衣！还有这间牢房的门是开着的，另外十一间都是锁着的，这说明什么？"

"说明另外十一间在基地的最后时刻没有关押一个犯人，只有这间里面关押着柳金。而就在基地的最后时刻，有人来这里救走了柳金，慌乱中柳金来不及换衣服，睡衣被铁门扯下了一角。"我很快复原了三十年前的那一幕。

秦悦点点头说："所以才会出现我们眼前这一幕！至于这个柳金最后去了哪……"

迷雾中的女人，她的画面一点点在我面前清晰起来，又一点点被浓浓雾气吞没，消失得无影无踪。格林诺夫，阿努钦，还有这个女人，这些科学怪人究竟搞出了什么东西……

4

我们已经可以看到大走廊的尽头，但在到达尽头之前，两边出现了一个个大房间，里面的陈设预示着这片区域是兵营，只是人去楼空，空空荡荡！我们也找到了科莫夫的办公室，极其简单，除了办公用品，几乎什么都没有，没有枪，没有钱，没有地图，没有保险柜，也没有什么吓人的玩意儿，甚至连文件都很少，我也无法判断这是有人收拾过，还是这位科莫夫将军出于保密需要，什么都不需要！

就在大走廊的尽头，两侧是两扇巨大的对开拉门。推开左侧的巨大拉门，里面空空如也，只在角落里停着一辆履带式步战车！宇文惊呼起来："步战车！"

夏冰被宇文惊叫出了知觉，我和宇文把夏冰靠在墙边放下，袁教授在这儿守着，宇文直接就奔向了那辆步战车。秦悦则用马灯观察着地面，缓缓走到步战车近前，"地面上车辙印很混乱，有轮胎，也有履带。"

"看这规模原来应该停放着几十辆车，而且多是重型车辆。"我观察着地面说道。

"这些车在最后时刻都开出去了……这也符合我们之前的勘察，地堡内没有发现一具尸体，都紧急撤离了！"秦悦推断道。

"可这辆车……"

"这辆车出了点问题！"宇文已经钻进步战车里面检查一番，此刻又钻了出来，趴到地上检查起来，"是履带出了点问题，被什么东西卡住了！"

不大一会儿，宇文手里拿着小半截锋利的钢板站了起来，"就是这玩意儿，真有意思！这庞然大物就被这么个小玩意儿给卡住了！"

我接过那小半截锋利的钢板查看，"这个故障不是很好排除吗？"

"是啊！"

"在基地最后紧急撤离的时候，恐怕有人不想让这步战车动吧？"秦悦反问道。

我和宇文对视一眼，忽然觉得事情恐怕不是我们想得那么简单，"我想基地的最后时刻，科莫夫恐怕不会是撤离，也可能是去阻止什么可怕的事发生，而基地内有人在阻挠他的行动。"

"S国情报机构一般不会装备主战坦克，履带式步战车就是基地内火力最强的装备了，可以想象这里的车辆是在极其紧急的状态出动的，所以才没来得及排除这点小故障！而这个小故障很明显是人为操作的！"宇文推断道。

"那我们现在可以把这辆步战车开出去吗？"我说出了一个大胆的想法。

"我刚才看了油箱是满的，我想应该可以吧！"宇文说着又爬上了步战车。

"你把这玩意鼓捣起来，接上夏冰和袁教授，到门口等我们，我和悦去那边的仓库看看。"我也不知道为何会有这样的想法，可能这源于内心深处的恐惧！当我和秦悦推开另一扇大门，发现这里是个军械库，只是大部分枪支和弹药都已不在，"科莫夫不但开走了所有车辆，也取走了几乎所有枪支弹药，看架势基地的最后时刻，一定有一场大战！"秦悦有些失望地说道。

"不过……还是给我们留下了不少好东西！"我走到最里面的一排步枪架子前，"看，AK74，这是当时 S 国情报机构的制式装备。"

秦悦看我有模有样地摆弄起 AK74，露出一丝笑意："你练过？"

"还行吧。"

"好！希望你出去后别尿。"

"别笑我，你也来一支。"

"给宇文拿一支就行了，我用这个。"秦悦说着，从里面的柜子里掏出两支崭新的马卡洛夫手枪，这也是当时S国情报机构给军官配的制式手枪。

我怎么可能只拿一支AK74，我把那排架子上剩下来的五支全部背在肩上，压得我几乎喘不过气来。此时，宇文已经开动了那辆履带式装甲战车，接上夏冰和袁教授，看见我和秦悦背过来的枪，宇文乐了："这下咱们不怕了。"

在我鼓捣下，宇文跟着我又跑回军械库，将里面剩余的弹药全部搬上了步战车。不大一会儿，我们已经全副武装，走到大走廊尽头的门前，正如我所判断的，这是一座通往外面的大门，控制大门的手闸就在门旁，"恐怕是电动的！"

"从之前的情形看，地堡有一条备用电源，供紧急状态下使用，到什么时候，这个大门都必须能开启，所以我想……这扇大门应该能打开，只是要小心……"

我明白秦悦的担心，皂雕或许就在大门外等着我们，我决定先不上步战车，负责去拉手闸，然后秦悦和宇文他们会驾驶步战车冲出去。如果再次遭遇巨型皂雕，就吸引皂雕进入地堡，再想办法出去，拉下手闸，将皂雕关在地堡内！

我知道这又是一个大胆的想法，可……在胡思乱想中，我拉动了手闸。果然如秦悦所说，备用电源还有电，随着巨大的轰鸣声，沉重的闸门被缓缓吊起，门外露出了黄沙，也露出了那两头凶猛的巨型皂雕……

怕什么还就来什么！我不再胡思乱想，打定主意，侧身隐蔽在门旁，秦悦和宇文在步战车上也发现了皂雕，宇文开始发动，步战车发出巨大的轰鸣，脚下的大地开始颤抖，没等大门完全吊起，宇文就猛地驾驶步战车冲了出去。

皂雕显然没有预料到这手，慌乱中，两头皂雕张开双翅，那巨型翅膀足有三米长，皂雕想要起飞，步战车已经冲了出来，皂雕来不及飞到足够高度，只得微微振动翅膀，向门内飞进来，我一看，一切都在我预料之中，就在两头巨雕一前一后躲过步战车，飞进地堡大走廊的瞬间，我再次拉动手闸，然后以最快的速度跑了出来。

巨大的闸门又开始缓缓下降，两头皂雕很快反应过来，在大走廊里收起翅膀，艰难转身后，又再次张开双翅，猛地向大门飞来，但一切都为时已晚！就在大铁门落下的那一刻，我听到里面传来两声沉闷的巨响，不禁浑身一颤，因为我清晰地听到了骨头碎裂的声音。

5

外面的白雾仍未散去，但正午的阳光还是有些刺眼，适应了一会儿，我才看清楚大门外的情形。缓缓的坡道果然连接着那条在荒原大字中的主路。荒原大字依然像昨天这个时候见到时一样，苍凉静谧，死一般寂静，我大口呼吸着外面的空气，感受着自己身体的变化。特殊的能量？我什么都没感受到，除了后背的伤口又开始隐隐作痛。

宇文和袁教授将夏冰从步战车上抬下来，不知道是刚才步战车的震动，还是袁教授给夏冰打的针剂起了作用，夏冰慢慢睁开了眼睛，袁教授替她检查一番，不禁唏嘘："没想到我配制的针剂竟然管用！"

　　夏冰一脸迷茫，我就简要跟她说了这一天的发现和袁教授配制的针剂，夏冰慢慢站起来，向四周望去，白茫茫一片，"我觉得……觉得是这儿的力量救了我。"

　　夏冰突然没头没脑来了这么一句，让我们都很吃惊，袁教授想说什么，张了张嘴，什么也没说出来。我和宇文互相看看，宇文径直走到夏冰面前。

　　"你没事吧？明明是袁教授配制的针剂救了你，当然还有秦悦对你的及时救治。"

　　"你们难道……难道没有感觉吗？"

　　"什么感觉？"我越来越觉得不对劲。

　　"一种神秘的力量！"夏冰又闭上了眼睛，缓缓张开双臂，"从昨天进入荒原大字……我时时都能感觉到这种能量……越往里面去这种感觉就越强烈。"

　　"你们有吗？"我反问其他人。

　　"特殊的感觉我是有，但并没那么强烈！"袁教授皱着眉头看着夏冰。

　　我转向宇文，宇文在全身乱摸一通。

　　"我……我好像有点……有点饿！"

　　"我问你特殊的感觉。能量！能量！"我冲宇文低吼道。

　　"能量？哥，我现在真的说不清楚，这鬼地方当然会让人有些不一样的感觉，但我不知道……不知道这样的感觉是不是那种能量？"宇文被我逼得语无伦次。

秦悦一直不作声，盯着夏冰，我转而望着她，秦悦仿佛没注意到我的目光，围着夏冰来回踱着步。

"那你说说这个能量吧，昨天遭遇皂雕攻击时，你说的能量怎么没保护你？"

"是啊！背着你死沉死沉的！"宇文帮腔道。

"你不觉得那两头皂雕比一般的猛禽更大更凶猛也更灵活吗？"夏冰还是没有睁开眼。

"是比较大！"秦悦想了想，"你的意思……这里的生物也能感受到能量？"

"而且是长期的感受！"夏冰睁开了眼睛，盯着秦悦。

我忽然又感受到了两个美女之间的火药味！忙打圆场说道："好了，好了，夏冰醒过来就好，先别说什么能量了。"

"不！就说说这个能量！"夏冰和秦悦几乎异口同声把我怼了回来。

秦悦盯着夏冰，夏冰先开口了。

"刚才非鱼跟我大致介绍了你们在地堡内的发现，你们的发现不正说明了这种能量的存在吗？格林诺夫何以能说服朗德，又说服安德洛夫？S国在这儿的庞大基地，还有他们摆出来的荒原大字不都处处验证这里有神秘的能量？"

"那你说他们摆出这些荒原大字是为什么？"秦悦反问。

"很明显，在戈壁深处摆出这些荒原大字是为了吸引外星文明，所以S国才用了各种不同的语言和各种神秘符号，这就像将地球上各种声音录在唱片上，再发射到太空，希望得到外星文明回应是一个道理！"

"外星文明？"夏冰的话让我们都陷入了沉思。

秦悦很快又问道："那为啥是这里？"

"因为这里有特殊的能量！"夏冰也盯着秦悦继续说道："你们破译的信件说得很明白，格林诺夫正是发现这里有特殊的能量，才说动了朗德和安德洛夫。"

"但信里并没有细说！"

"或许丢失的那份格林诺夫与朗德会谈纪要上有你要的细节。虽然我们没看到这份纪要，但可以大胆推测一下，格林诺夫在旅行时，误入这里，偶然发现这里种种诡异不合常理之处，比如磁场异常，比如扑倒的碑林，比如这儿不正常的天气，等等，然后他在这里也感受了这种能量，再然后他或许在这里发现了外星文明的遗迹，证明外星人曾经来过这里！否则就凭格林诺夫一个无名小辈如何能说服朗德和S国情报机构主席？"夏冰的解释越来越大胆，我不得不佩服她，秦悦的学识和智商已经不输一般人，但在夏冰面前，实在是太……

"这……这个基地是S国用来研究外星文明的？"秦悦被夏冰的解释说得愣住了，根本没有还嘴之力，如果真如夏冰所说，这儿的发现已经远远超过正常科学所能解释的范围。

"我想应该不仅仅如此，你们不是发现了已经灭绝的远古猛兽骸骨吗？"

"对啊！我就是问这和外星文明有什么关系？"我看着秦悦一脸

懂的样子就想笑，因为和她平时反差巨大。

"我是这样想的，寻找外星文明也好，企图复活远古巨兽也好，前提恰恰都是这儿的能量……"夏冰顿了顿，像是在思考，突然她招呼宇文。

"宇文，把那张基地示意图给我！"

宇文将基地示意图铺在我们面前，指着地堡的位置说："我们现在应该在这儿！"

"能量……荒原大字……草原石人……陨石……远古巨兽……格林诺夫……朗德……安德洛夫……帅……"夏冰一边看着基地示意图，一边嘴里喃喃自语，直到最后她轻轻唤出袁帅的名字，我的心里猛地一颤，正在胡思乱想，夏冰突然说道："我们因为时间关系只破译了三块碑，三块不同朝代的碑，三位影响历史的草原英雄，碑的内容惊人的一致，就是他们都在这儿感受到能量，我相信如果我们有时间把那些扑倒的碑全都破译了，内容恐怕都是这些。而后出现的清代禁约碑，说明当时统治者对这里的忌惮，这些证据都证明这里有一种特殊的能量，吸引着这些古代英雄，只是他们无法解释，我们可以将这理解为人类探索这里的第一阶段。"

"第一阶段？那第二阶段就是格林诺夫？"秦悦反问道。

夏冰点点头，"对！朱棣之后几百年，因为种种原因，特别是统治者的毁禁，造成这里无人知晓，直到这个叫格林诺夫的S国好学好青年出现……"

"好学好青年？"秦悦一脸不屑，"不如说格林诺夫是科学魔鬼比较准确！"

"可能如你所说，格林诺夫是个科学魔鬼，但我们并不清楚他的最终目的，我想至少在一开始他想研究这里时，并没有想那么多！"

"就像袁帅一样！"秦悦接过夏冰的话，猛怼了一句。

夏冰顿时脸色大变，"不！不许你这样说帅！他不是科学魔鬼，虽然他的行事有些怪！"

"好！好！先不说袁帅。"秦悦一看夏冰变色，也有几分怵她。

"我也不相信那些事是袁帅做的。"我赶忙替袁帅辩护，秦悦白了我一眼，小声嘀咕道："你先管好你的伤再说吧。"

"我……"我竟无言以对。帅啊，你究竟是死是活？究竟躲到哪儿去了？我轻叹一口气，觉得后背的伤口越来越痛。

6

待夏冰重新平静下来，她坐下来用手在示意图上比了比，又继续说道："直到格林诺夫出现，在他和阿努钦、柳金等人的努力下，建立起这样一个庞大的基地，囊括了各方面的青年才俊，开始研究这里，我们可以称之为人类认知的第二个阶段，即对这里开始了科学的研究，而不再是像古人那样的膜拜。可能因为他们开始对这里种种现象和能量无法解释，所以他们怀疑这一切与外星文明有关，于是在荒原上有规划地摆出了各种文字和符号，尝试与外星文明接触，至于效果怎么样，我们不得而知……"

"等等，冰冰，你刚才说格林诺夫他们是有规划地摆出荒原大字？"袁教授打断夏冰问道。

夏冰点点头："是的！你们看整个基地是一个圆形，在示意图上分别用黑色、红色和绿色分成了三个部分，最中间就是黑轴，而红区和绿区都呈三百六十度环状围绕着黑轴，我们现在看到的荒原大字铺满了整个绿区，而这个绿区我刚才仔细对比了，是按照西方古天文学中的黄道十二宫排列的。"

随着夏冰纤细的手指在图上缓缓移动，我的眼前猛地一亮，赞道："我们怎么没看出来？夏冰，你真是……真是太聪明了！"秦悦又白了我一眼。

夏冰继续介绍道："黄道十二宫是古希腊人对太阳系的认识，他们以太阳为中心，地球环绕太阳所经过的轨迹称为'黄道'，黄道宽十八度，环绕太阳一周为三十六度，黄道面包括了所有行星运转的轨道，也包含了星座，恰好约每三十度范围内各有一个星座，总计为十二个星座，称为'黄道十二宫'。"

"这些我们都知道。"秦悦有些不耐烦。

夏冰白了秦悦一眼，说："那你们听说过这样一种说法吗？地球上的古老文明，比如古埃及、古巴比伦、古印度、古希腊、古罗马，也包括中国，还有美洲的玛雅、印加等，通过考古发现这些文明总有一些超越我们认识的发现，比如曾在古埃及金字塔内发现飞机模型，比如曾在很多古老的岩画中发现飞船和外星人的图像，比如在印度河流域的古老遗址中发现过核战争的遗迹，比如在两河流域的遗址中发现过古老的电池，还有在古希腊的沉船中发现过青铜机械装置，上面有紧密的齿轮和刻度盘，据研究这个仪器可以观测天体运行，预测太阳和月亮任何一天在十二宫中的具体位置……"

"你究竟要说什么？"秦悦越来越不耐烦。

"我要说的是在人类早期的各个文明考古中，都发现了不可解释的文物和现象，也包括大家都很熟悉的金字塔，几千年前古埃及人如何做到的？还有很多人类早期文明中的建筑，以当时的科技和能力几乎是不可能完成的……"夏冰说到这，看看我们，我们包括袁教授在内，全都集体沉默！夏冰一脸严肃地继续说道，"所以就有一些科学家提出来，认为人类早期文明是得到了外星文明的帮助，或是影响。比如希腊人发明的黄道十二宫……"

"所以格林诺夫按照黄道十二宫排列荒原大字，以此吸引外星文明的注意？"我有点开窍了。

"对！所以我们可以按这个思路来理解格林诺夫的研究，包括他搞的这个灵线基地！"夏冰指着示意图上的绿区，"喏，你们看他根据不同的宫位，排列了不同的文字……"

"而且是按照不同语系归类的！"精通文字和符号的宇文进一步发现了格林诺夫的排列方式，"现代语言中印欧语系的语言最多，格林诺夫把其中的斯拉夫语族排在第一宫白羊座，也就是俄语、乌克兰语、波兰语等，毕竟他是S国嘛！罗曼语族排在了第二宫金牛座，也就是法语、意大利语、西班牙语等；日耳曼语族排在了第三宫双子座，也就是英语、德语等；他将印度语族、伊朗语族，还有其他印欧语系中的语言排在了第四宫巨蟹座；将阿尔泰语系排在了第五宫狮子座，这个语系包含许多草原民族的语言；包括希伯来语、阿拉伯语等中东语言的闪含语系排在了第六宫处女座；包括汉语在内的汉藏语系排在了第七宫天秤座；他又将其余几个小语系的语言排在第八宫天蝎座；其他独立的语言，无法归纳进语系的语言排在了第九宫射手座；古老、已经消失的死文字排在了第十宫摩羯座；最后格林诺夫将一些数字、符号、甚至包括化学元素、物理公式、数学公式等都排在了第十一宫水瓶座；而最后一宫双鱼座则是各种密码。"

夏冰点头肯定了宇文的发现。

"是这样的，荒原大字的形成和排列我想已经弄清楚了，只是它背后所隐藏的秘密现在还只是冰山一角。再说格林诺夫的研究，包罗万象，与外星文明接触只是一方面，至于复活远古巨兽，我就是研究动物的，以现在人类的DNA技术还很难复活已经灭绝的生物，而你们发现袋狮的骨头……"

我从步战车上捧出了那个袋狮的头骨："这个骨架很奇怪，我和秦悦发现时就只剩一半，像是被砍去了一半，包括这个头骨，也是只剩半个。"

夏冰接过半个头骨，仔细端详，越看夏冰的脸色越凝重，最后，夏冰将半截头骨递给了袁教授，袁教授并没有接，他痛苦地摇摇头。

"这……这不可能……"

夏冰将半截头骨又还给我，沉重地说道："我在见到这个头骨前也不敢相信，这不可能！可……简单说吧，想要复活灭绝的动物，需要具备三个条件，第一，需要得到经过冷冻保存的动物遗体，而这很难，我们目前发现远古生物大多只是化石……"

"我听说在北极地区，有科学家从冰封的猛犸象身体上提取到完好的肌肉组织和血液。"我提醒夏冰说道。

夏冰点点头回应："不错，因为机缘巧合，我们这个星球上确实还保存着一些被冰封的远古生物，但这对提取的DNA要求很高！好，即便提取到了完好合适的DNA，还要复苏细胞，这些技术方面的东西我就不跟你们细讲了，总之难度很大。我们就算格林诺夫、阿努钦等人在技术方面已经没有问题，那么接下来就是第二个问题，如何找到代孕的母体？这也很难，最好是找灭绝动物的同种现代动物代孕，但这很难保证不会在孕育过程中出现死胎，或是生下来后是死胎！我就算他们也把这个问题克服了，找到了合适的动物母体，生下来成活的远古动物。那么紧接着就是第三个问题，也是最难实现最难克服的问题，我们现在所处的环境与远古时代完全不同，不说工业污染这些，即便是这里，没有工业污染，但环境与远古时代完全不同，比如空气中的氧含量就与远古时代不同，也就是说即便格林诺夫他们将远古巨兽复活了，也没有办法生存！"

夏冰的解释我听了个大概，袁教授肯定是听懂了，也摇着头说："我还是认为这不可能，技术上实现了，环境也做不到！"

"可事实是格林诺夫这帮疯子真的做到了！"秦悦提醒众人。

"或许……或许这也和能量有关……"夏冰忽然模棱两可地说了一句，我们全都愣住了。

7

夏冰又将那张基地示意图拿起来凑近仔细观察，还时不时让宇文翻译，最后夏冰将示意图重重地压在沙地上，指着我们所在的位置说道："你们注意，如果外围的绿区是黄道十二宫，那么中心位置就是太阳，太阳意味着无穷无尽的能量……"

"你是说黑轴？"我被夏冰这个更大胆的推测给震惊了。

"对！也可能还包含红区，我刚才反复询问宇文这上面'黑轴'和'红区'的文字翻译，特别是这个'黑轴'，它为什么叫黑轴？是格林诺夫听来的原来就叫这个名字？还是他们给起的名字？如果是他们起的名字，那么为什么叫'黑轴'而不叫别的什么？关键是这个'轴'代表了什么？"

夏冰一连串的问题似乎把一切谜题都带到了最中心的这个黑轴！我昨天也思考过这个词的含义："我想这里应该指的是轴心的意思，整个灵线基地的轴心，结合我们之前的发现，这或许就是整个基地最核心的地方。"

"这当然没错！但再大胆一点推测，如果按照黄道十二宫看，黑轴就是太阳，意味着能量，扑倒的碑林，环绕的大字，神秘的能量，格林诺夫的实验，复活的远古巨兽，应该都和这个黑轴有关！"夏冰的指尖敲击着示意图上黑轴的位置。

"复活的远古巨兽也与黑轴有关？这太夸张了吧！"秦悦不解。

"虽然我现在还不能给出两者之间更明确的联系，但他们之间一定有关联，否则格林诺夫为何不在其他地方实验，比如条件更好的莫斯科，而要跑到这条件艰苦的荒漠深处？对！一定有关联！"夏冰说到最后像是在自言自语，"对！所以我们得去那里！去黑轴，所有的一切就都真相大白，帅如果没死，一定会在那儿！"

"去黑轴？"我心里猛地一颤，虽然从看到示意图的那刻起，我就知道我们得去那里，但眼前的困难让我无暇多想，那里会有什么吸引着草原英雄和科学魔鬼？

就在我胡思乱想的时候，秦悦像是终于理解了夏冰的大胆推断，来了精神。

"去黑轴？我先接着夏冰的思路给大家说一下，夏冰刚才说格林诺夫他们对这里开始了科学的研究是第二个阶段，我们现在已经知道这一切研究在一九八三年因为安德洛夫的命令和一次突发的危机戛然而止！那么，我们，还有袁帅和那些在研究荒原大字的失踪者算什么？袁帅开始了对这里的第三阶段研究？"

"第三阶段？袁帅！或许这三十年来关于这里的研究从来就没断过！"我突然意识到了什么。

"嗯，你们再回想一下那日松二十年前那次遭遇，三十年来一直有人对这里有兴趣，基地当年是在S国情报机构绝密监控下的，那么有谁会对这里感兴趣？我想只有一种可能，就是基地当年出事时有人逃了出去……"秦悦进一步分析道。

"柳金？格林诺夫？"我喃喃自语道。

"很有可能，应该是掌握核心机密的人。但还有一种可能……"

秦悦停下来，环视众人，我忽然觉得她的目光又像警察了，警觉而严厉，"还有一种可能，基地的研究从没有停止，只是表面上……"

"不！这……这怎么可能？"袁教授摇着头，不敢相信。

"黑轴和红区有什么？我想不是就凭我们几个能搞清楚的，我们对这里的困难估计太不足了，所以我现在建议，不！是命令你们撤出这里！"秦悦依旧看着我们，斩钉截铁地说。

"什么？现在就撤？！"我们都很吃惊。

"对！现在！立刻！马上！我们现在的力量远不够深入红区和黑轴，我是警察，要对你们的生命负责！"秦悦以命令的口吻说。

"可……可帅和那些失踪者很可能就在里面啊！"袁教授几乎是在哀求。

"正因为他们可能在里面，所以我们才要回去搬救兵，否则我们所遭遇的就不是昨天夏冰受伤这样的事了。"

"说到底你还是怀疑袁帅！"夏冰又开始怼起秦悦来，"这里可不管什么警察，你在这里管不到我们。"

"虽然我不喜欢你，但我再说一遍，我是警察，我必须对你和其他人的安全负责。"秦悦毫不退让。

我一看只好赶紧打圆场："两位美女，自己人先别乱了！"

"滚开！"两人一起怼我。

我这是招谁惹谁了！我只好给宇文使眼色，宇文忙上去圆场。

"美女，两位美女，要不咱们投票吧！少数服从多数！"

秦悦和夏冰沉默下来，秦悦知道自己在这种环境下也不能硬来，她来回看看宇文和我，我知道她的意思，但我不是重色轻友之人呀！如果袁帅真的在里面，不管他是被诬陷的受害者，还是变成了科学魔鬼，我都要把他带出来！想到这，我已经心中有底，故意不去看秦悦，我知道袁教授肯定不会放弃的，他肯定站在夏冰一边，而宇文肯定会站在我这边，所以我这票就十分关键！

投票开始，宇文说了一句让我感动到要哭的话："哥去哪，我就去哪！"我抱着宇文，眼眶真的湿润了好一会儿，不过眼泪还是没掉下来。

四比一，秦悦气得狠狠瞪了我和宇文说："你们会后悔的！"秦悦说罢，径直走上坡道，来到那条主路上，我赶忙追上去："你一个人去哪儿？"

"去找我的车！"

"你想自己回去？"

"我不想陪你们送……"

秦悦忽然没了声音，怔怔地站在主路上，我追上她，吃惊地望着她和前方，此时白雾散去一些，能见度提高到十米左右，但依然看不清十米外的情形，不过我知道这条主路的前方就是电网上的那道门，堆满骨骸的门。

秦悦的目光从前方缓缓落在了脚下，我顺着她的目光，忽然发现我们脚下的沙地有些异样……秦悦机械地向前又走了几步，蹲下来仔细勘察，我看出了端倪，惊呼起来："怎么……怎么会有这么多车辙印？而且很新！"

"就是最近留下来的！不是我们的车，甚至可以说不是现代的车留下来的。"秦悦压低了声音，冷静地判断着。

我凑近她，小声问道："难道是那个幽灵车队？"

"幽灵车队？"秦悦扭头看着我，眼里闪出的还是恐惧，"这些车辙印很像那种老式嘎斯吉普车留下来的。"

"哎呀，我开始相信你刚才的推测了，也许真的一直有人在黑轴和红区内搞着不可见人的研究。那种老式嘎斯吉普车，在二十世纪七八十年代曾广泛装备于S国军队与情报机构，民用版的使用范围就更大了。"

"哼！你现在相信我说的了，晚了！"秦悦拍拍手，站了起来。

"什么叫晚了？"

"现在恐怕我们想走也走不掉了。"秦悦像是喃喃自语地说了这么一句话，然后扭头又向步战车走去。我失神地望着前方，前方仿佛无休止的未知世界，什么时候我们才能穿透这白雾，看清红区与黑轴的秘密。

8

秦悦回到步战车旁，改变了态度："既然已经有人来了，我们想走也不容易了。咱们开着步战车沿着车辙印走，顺便找回我们的车。"

"是啊！我们现在有步战车，又有这么多武器弹药，什么都不怕！"宇文有些激动地发动步战车，我们也钻进这辆BMP-1步兵战车。巨大的轰鸣声刺破了荒原的宁静，动力强劲的步战车，瞬间冲上了主路。

宇文驾驶步战车向前，秦悦通过前方的观察口死死盯着前面的车辙印，我则通过侧面的观察口巡视路旁，几分钟后，地堡的门出现在不远处，我示意宇文停车。就在宇文把车停下来时，我已经觉察出了问题。

"我们的车不在了！"

"这证明了我的推断，有人拖走了我们的车。"秦悦判断道。

"坏了，我俩大部分装备都丢车里了！"我抱怨道。

"不！我们的车没丢，你们看上面。"袁教授也在观察口往外看。

"上面？"我疑惑地向地堡上面望去，白雾中影影绰绰现出车的形状，"我去，车怎么跑地堡上面去了？"

宇文、夏冰和袁教授留在步战车旁，我和秦悦决定上去看个究竟，地堡露出地面的只是半截，但也相当于普通楼房一层楼高，谁有这个神力把两辆SUV弄上去？我和秦悦一合计，肯定有路通到地堡上面，但我们在地堡下面蹚摸了半天，也没找到什么路，却发现了一座垂直向上的铁梯。"看来上面真的有点东西！"我嘟囔道。

秦悦看看我，掏出PSS微声手枪，先爬上了铁梯，我把AK74背在身后，正要往上爬，走在上面的秦悦突然惊叫一声，仰身向后坠落下来，妈呀，这……我想伸手去接，又本能地向后退了半步，犹豫之间，秦悦已经重重摔在了我身上！这回轮到我撕心裂肺惨叫了。

过了好一会儿，秦悦才从我身上爬起来，我感觉自己奄奄一息，只剩喘气了！最关键的是身下硬邦邦的AK74，杠得我的腰快废了！

"你……你就这么喜欢往我怀里……"

秦悦满脸通红，反身骑在我身上，挥手就想给我一拳。

"胡说什么！上面的梯子朽坏了！"

"我可又救了你一次。"秦悦的拳头落在我胸口，却并不怎么痛。

我俩爬起来，回身望去，看似漆皮完好的铁梯，里面竟然都已腐朽，"从这边铁制品的腐朽程度看，这儿长时间有雾气，湿度还是比较高的。"

我们加了十二分小心，尽量踩在铁梯侧面往上爬，秦悦刚才踩塌的是最上面的一级，这次她小心翼翼地先探出头，观察地堡上面的情形，观察了好一会儿，秦悦给我做了个安全的手势，我才跟着她跃上地堡顶部，这儿除了我们的两辆车，什么也没有！

秦悦和我轻手轻脚，靠近两辆车，先是牧马人，我们几乎同时猛地打开车门，里面没有人，也没什么异常，和我们昨天离开时几乎一样。再接着打开大切，也无异常，唯一的异常就是这两辆车怎么会跑到地堡屋顶上来。

秦悦叮嘱我再仔细检查一下，看看车里少了什么，车是否被破坏过。我仔仔细细把车里检查了一遍，没有问题，东西也都还在，而且没发现有人翻动的痕迹，疑问也写在秦悦脸上。"检查一下车底！"

"不用这么夸张吧？"我嘴上说着，但还是趴到车下面检查了一番，一切正常！就当我从车底下爬出来时，忽然觉得身下的地面有些异样，我从车下钻出来，用脚拂去地面的灰土，楼顶地面上出现了一根线条，我顺着线条慢慢清理掉上面的灰土，最后一个巨大的直升机停机坪标志出现在我们面前。

"这……"秦悦有些吃惊地望着这一幕。

"地堡上面是基地的直升机停机坪，我们早该想到，这么大一个基地不可能全靠陆路运输，何况这儿的道路实在是不怎么样！"

"你看看这天，直升机停机坪有用吗？"秦悦指着周围的白雾。

"说明这里的天气并不总是这样的雾气，晴好的天气应该不少，可能……"我抬头看看天，"可能因为现在是夏天，才会出现雾气。"

"那如果没有雾，我们能看到什么呢？"秦悦喃喃地问道。

"没有雾……"我望着红区和黑轴的方向，没有雾，站在这高处或许可以看到黑轴，黑轴是什么样的呢？望着望着，我忽然觉得雾气又消散了许多，透过重重白雾，我似乎看到了一个巨大的阴影，突然那个巨大的阴影闪过一道金光，瞬间又消散在重重白雾中……我定睛再向远方望去，除了白雾，还是白雾，刚才那稍纵即逝的惊鸿一瞥是什么？

"你看到了吗？"我失望地从嘴里蹦出来这句话。

"巨大阴影，金光。"秦悦失神地望着远方。

我一惊，扭头盯着秦悦说："你也看到啦，看来那不是我的幻觉！不是幻觉！"

秦悦也看着我回应："那像是一座山，或是一座巨大的建筑。"

"建筑？"我忽然兴奋起来，马上想到了夏冰关于荒原六字的推测，"说不定那儿是外星人的基地！"

"还是先把眼前的事弄好吧！"秦悦猛地一拍我肩膀，把我的思绪拉了回来，"我刚才检查过了，车还能开，最奇怪的是平台上没有看到车辙印，车是怎么上来的？"秦悦抿着嘴，做出了一个抠手指的动作。

"那两头畜生提溜上来的？"我胡乱猜测。

"不可能！那两头畜生虽大，也不足以把两辆车抓上来。"秦悦一本正经地回答。

"肯定有路通上来，你想当年坐直升机进出的物资设备怎么下去啊……"我又想起了那厚厚的秘密清单，上面所需的重型设备，也可能包括大型动物估计都是从这里运进基地的，当年基地内外，繁忙异常，进进出出的场景顿时浮现在了我眼前。

9

我和秦悦最后推断可能是沙子遮蔽了上来的道路，而下去的路很可能通往地堡闸门附近，因为从那儿进入地堡最为方便。果然，我俩驾车很快找到了下去的路，路已经完全被沙土掩埋，等我们下去又绕到宇文他们那儿时，雾气好像又浓了起来。

我对宇文他们说起在上面的发现，当我说到阴影和金光时，宇文眼中闪过一丝不易察觉的光芒，我知道他心里有事。夏冰则更加自信："如果那个巨大的阴影就是黑轴，很可能是外星文明留在地球上的基地，太阳……黑轴……"忽然夏冰像是想起了什么，"你们还记得那张热成像照片吗？"

我马上明白了夏冰的意思，激动得有些颤抖。

"你……你是说照片上那个热源……"

"对！"夏冰看上去也很激动，"这就对上了！热源，能量，黑轴，太阳，这都是指向基地最中心的位置，我们不要再犹豫，赶紧出发吧！"

"等等！"秦悦一脸严肃地说，"既然提到了那张热成像照片，我记得你们曾经推断是某种大型远程无人机拍摄的……"

"对！对啊！"我没明白秦悦的意思。

"看来觊觎这里的人还真不少！"秦悦模棱两可地说了这么一句。我还想问她，秦悦却提高嗓音说道，"你们既然都想进入红区，那要听我的，不能开步战车进去！"

"为啥啊？里面不定会遇到什么东西，这步战车有枪有炮还有装甲，可以保护我们！"宇文不解。

"有枪有炮有装甲是可以在遇到危险的时候保护我们，但这东西声音太大，恐怕我们还没发现什么，就会被干掉了！"秦悦说的好像挺有道理。

"是啊！"袁教授表示同意秦悦的意见，"你们也看到了基地最后遭遇意外的时候，地堡内的装甲车、步战车都出动了，却有来无回！所以如果在红区内遇到危险，这步战车也起不到多大作用，而我们现在必须将自己隐藏在暗处，而不是暴露在明处。"

"对！不过步战车也不要丢弃，开到前面找个隐蔽的地方藏起来。"秦悦提议道。

　　宇文不再说什么，大家都默默地行动起来，将步战车上的东西和武器转移到两辆车上，我和秦悦还是在前，夏冰和袁教授在后，宇文则开着步战车跟在最后。

　　"先跟着路上的密集车辙印走。"我按照秦悦的吩咐，紧紧盯着前面的车辙印，我们的速度不快，很快电网出现在我们面前，电网上的大门果然是正对着主路的。

　　"车辙印是沿着电网转向东北方向，逆时针绕着电网走！"我提醒秦悦说道。

　　"我们昨天也是逆时针方向走到这座骨塔前，没有继续往前。继续逆时针走下去会遇到什么？"秦悦打方向拐到了电网外的路上，我忽然觉得电网大门上那些骨骸显得更加诡异恐怖。

　　沿着电网逆时针走了大约一公里，我和秦悦都感觉地势有些起伏，似乎是条上坡路，雾气越来越浓，能见度已经下降到不足三米，后面步战车的发动机轰鸣声让我心里七上八下，心烦意乱！这么大的声音，我们几乎所有人都感受到了危险，说不定有什么可怕的东西会从浓雾中窜出来，就像昨天那两头巨大的皂雕一样。

　　小小的上坡很快变成了下坡，而且坡度挺大，牧马人急速下降，最后竟停了下来，我发觉我们好像驶进了一个坑底里，我看看秦悦问："能上去吗？"

　　秦悦点点头重新启动，猛地加速冲了上来，道路开始颠簸起来，路面坑洼不平，不过很快我发现前方出现了一些异样——一直保存完好的电网上出现了一处缺口，而且是很大的一段，足够两辆车并行进出。

我指了指前方电网上的缺口，秦悦也注意到了，她将车停在离缺口三米的地方，夏冰驾车也紧贴着我们停了下来，看来她恢复得挺快！我们下车查看，一直密集的车辙印拐进了电网上的缺口。"幽灵车队进了红区……"我嘴里喃喃自语。

"电网怎么在这儿会有一个缺口？"秦悦退后两步，向周围望去，"并没有什么特殊之处啊！"

我也觉得奇怪，一手提着AK74，一边走进缺口，仔细查看，这里原本是没有门和任何进出通道的，可是现在……从电网的断面上看，这缺口不是最近打开的，而是……我后退两步，向电网两侧望去，原本坚固的电网在这里被硬生生撕裂开，一边向上卷曲着，另一边则裂成两段，瘫倒在地，这是什么力量造成的？远古巨兽？一个可怕的概念在我脑中闪过，我看看秦悦，又看看夏冰，还有袁教授和宇文，他们眼里都充满了恐惧，我知道他们和我一样想到了远古巨兽！但我又觉得似乎还不能这么匆忙下结论，我走到电网的断面，凑上去，探出手，"小心！"秦悦和夏冰几乎同时喊道。

我可没那么愣，我的手停在离断面一厘米的地方，然后用鼻子嗅了嗅，我嗅到了一种刺鼻的气味，是一种淡淡的味道，却仍然很刺鼻，我似乎知道这个缺口是如何造成的了！心里稍稍安定，又回身看看周围，出现了好几个大坑，难怪一直平坦的路变得颠簸不平，我径直走下路边的一个大坑，秦悦在后面喊道："你要干吗？"

我很快从坑底松散的沙土里翻出了一块铁皮，爬出大坑，将铁皮扔在众人面前："我知道这缺口是怎么回事了，不是什么远古巨兽，是大轰炸！"

"大轰炸？"

"对！我刚才闻了闻电网的断面，虽然很多年过去了，依然能嗅到火药味。再看这断面，一边的电网卷曲成这样，另一边则裂成两段，显然这是炸弹的冲击波造成的，如果是远古巨兽，应该不是这个样子。再看周围这些坑洼不平的大坑，就再明显不过了，都是弹坑，喏，看这块铁皮，是S国的KA-1500航空制导炸弹，在那个年代，威力很大的哦！"我在那块破铁皮上指着上面的数字说着。

"你的意思基地后来遭到了S国自己的轰炸？"秦悦一脸不解。

夏冰倒是反应很快，"非鱼说得很有道理，你们想如果基地最后遭遇了突发情况，科莫夫的人马也没能处理好，那么……"

"那么不久于人世的安德洛夫会怎么做？"我略一沉吟，忽然眼前一亮，"我现在明白了，荒原大字外面的雷区不是格林诺夫他们建基地时设置的，而是后来布下的！"

"后来……你是说跟大轰炸有关？"秦悦还没想明白。

我点点头，"正如我们之前所推测的，科莫夫和基地的人凶多吉少，安德洛夫知道出事了，一定会来处理，出于保密需要，他很可能一方面派出轰炸机轰炸了基地，另一方面派部队在外围布下了雷区，这也造成了三十年来无人能靠近这里。"

"可安德洛夫如何判定科莫夫和基地人员都已……"袁教授欲言又止。

"在国家利益面前，基地和基地人员的命就不那么重要了，或许我们刚才发现的直升机停机坪也转移出了部分人员。"

"不，不，非鱼，我的意思是基地最后有什么情况非要派出轰炸机来轰炸呢？"袁教授摘下眼镜，眼里闪烁着不安。

"是啊，鱼哥，据我所知，KA-1500航空制导炸弹是S国第一种航空制导炸弹，航空制导炸弹比普通航空炸弹要贵许多，特别是在二十世纪八十年代初，S国的航空制导炸弹装备不多，只有轰炸重要目标时才会使用吧？"

宇文说得很有道理，袁教授的疑问让我刚才稍稍安定的心又提了上来，虽然电网不是远古猛兽扯开的，但安德洛夫居然动用了轰炸机来轰炸这里，而且还用的是精确制导炸弹，显然他心里面很清楚他要炸的目标是什么！

10

雾气越来越浓，这诡异的戈壁深处竟有如此大雾，我望着大雾，内心变得越来越无助，我摇摇头叹道："或许正是因为这儿多变异常的气象条件，让S国最后动用了精确制导炸弹来轰炸这里。"

"还因为保密需要，我们刚才一路走来，在绿区几乎没看到轰炸的痕迹，也就是说轰炸的目标很明确，就是红区，或许还包括黑轴！从轰炸效果看，似乎投弹还比较准确，大部分都投到了红区里。"夏冰补充道。

"科莫夫和他那几百名全副武装的战士都没能解决的，恐怕真的是复活的远古巨兽了……"我喃喃自语。

"行了！别感叹了，或许我们很快就能见到科莫夫了。"秦悦这会儿倒不再劝阻我们回去了，反倒利索地指挥起来，"宇文，你把步战车开进路旁边的弹坑里，隐藏起来，如果我们需要，还可以回来用！"

于是，宇文将步战车开进了旁边的弹坑中，又掩盖上一些沙土，装作废弃的样子，待他做完这些爬上大坑时，我感觉整个世界忽然都安静下来。我们重新上车，缓缓从电网的缺口驶入了红区。

瞬间，一种异样的感觉袭遍了全身，我和秦悦对视一眼，显然她也感受到了，我不知道这是因为我的心理作用，还真的是夏冰所说的能量。我们的车速极慢，浓浓的雾气已经让我们无法看清地面的车辙印，很快，我和秦悦就惊奇地发现，前方的车辙印不见了！我们下车查看，发现我们被厚厚的白雾包围，什么都看不见了。

"怎么办？"我问秦悦。

"还能有什么办法？听天由命！"秦悦说罢上车继续向前行驶，大约半个小时后，我发现我们似乎又回到了刚才车辙印消失的地方。对讲机里的声音很嘈杂，宇文也发现我们回到了原地，秦悦觉得奇怪："我们明明是一直往前开的，怎么会又绕了回来？"

我刚想说什么，秦悦猛地一踩油门，加速继续向前，闯入白雾中，一刻钟后，我们依然回到了原地，我去，迷宫啊！只得下车，五个人面面相觑，完全没了主意。夏冰又张开双臂，闭上眼，深深地吸了一口这诡异的雾气，然后轻轻说道："红区的能量更强烈了！"

此时此刻，我也无法否认，因为我们都感受到了一种前所未有的感觉，能量？夏冰停了一会儿，突然睁开眼："这里的磁场异常，天气诡异，应该都和这能量有关，听我的，你们往这儿走！"

我们顺着夏冰手指的方向望去，能见度已经不足两米，什么都看不见，这儿能通到哪里？没有更好的办法，只能听她的了，谁叫人家能量接受感应强烈呢。于是，宇文的大切走在了前面，我和秦悦跟在后面，车速仍然很慢，过了一会儿，我们发现前方的白雾中影影绰绰，似乎有什么东西在前方。我将AK74步枪端了起来，随时准备投入一场恶战，可当我们靠近时，才发现原来我们驶进了一片稀稀落落的小树林。

我依然不敢放松警惕，举着枪，先下了车，观察四周，没有人，也没有怪兽，一切还是像刚才一样宁静，除了出现的这几棵树。戈壁深处出现树林，本来就少见，在这个鬼地方就更加诡异了！

"是胡杨林！不用那么紧张。"夏冰倒挺放松。

我依然不敢放松，小心翼翼地举着枪，夏冰看看天色，又看看自己的手表问："我的表停了，你们的表现在几点了？"

当我们再一次对表时，我们吃惊地发现所有人的手表都停了，而且都整齐划一地停在了同一个时间。

"差不多是我们进入红区的时间！"秦悦判断道。

再看手机上的时间，也都停了。

"看天色我估计现在是下午。"我判断着。

夏冰又看看天："估计还有两个小时太阳就要落山了，如果我们不能有什么发现，就只好在这片小树林扎营了！"

"在这儿？！"我忽然觉得昨晚那个恐怖的地堡还是很安全和温暖的。大家都很无奈地互相看看，只有夏冰站在一棵胡杨树下，默默地注视着远方。

我饿得已经前胸贴后背，从背包里掏出一个面包，扯开包装，刚咬下去一口，突然就在夏冰面对的方向，传来一声诡异而恐怖的嚎叫，吓得我手里的半个面包掉在了地上！而刚才吞咽过猛，吃进去的半个面包卡在喉咙里，咽不下去，也吐不出来，这是什么？我浑身战栗，双手不停地颤抖，根本不听使唤，打开一瓶矿泉水，水洒了一地，好不容易把这口救命的水喝下去，才算是没被面包给活活噎死！

顾不上那么多，我连咳带喘地抄起家伙，冲到夏冰身旁，忽然觉得这支步枪是如此沉重，我举起枪，双臂不停地颤抖，根本无法瞄准准星！秦悦也举着枪，与我并列站立，她这次也换了支AK74，倒是比我镇静许多，但我分明能感觉到她急促的呼吸和剧烈的心跳。夏冰依旧怔怔地望着远方，只是……只是她的目光变得迟滞，我大声冲宇文吼道："把夏冰拉回车里。"

"不！不用！我们正愁找不到出路，那畜生倒给我们指明了路！"夏冰像是在喃喃自语。

"你……你什么意思？"

"往前走，那里一定会有发现！"夏冰手指着前方。

"可恶！我可不想送死。"

"我们手里有枪！再说你留在这儿就没事了吗？"夏冰说着回身

从宇文手里也拿了一支马卡洛夫手枪，并要宇文教她怎么用。

我和秦悦就这样举着枪，并排在胡杨树下伫立了有十多分钟，手臂已经酸胀难支，那声嚎叫没有再想起，也没有什么猛兽从浓雾中走出来！我俩对视一眼，只好将枪放下，缓缓向后退去，上了车，夏冰驾着大切猛地加速，朝怪叫传来的那个方向冲去，我和秦悦赶忙跟上，大约五分钟后，大切停了下来，我发现前方似乎出现了一栋建筑。

11

我们再次下车，穿过迷雾，那栋建筑慢慢露出了真容。这组建筑外形奇特，全部框架结构，中央突兀，像是一个巨大的穹顶，两侧略低，正面看整个建筑像是个巨大环形，科幻感十足……走到近前，这巨大的环状建筑一片肃杀之气，静谧恐怖，毫无生气，而就在这巨大建筑前，居然停着几十辆车，吉普车，卡车，装甲车，车上空无一人，所有的车都已锈迹斑斑，更衬托出这座建筑的诡异恐怖。

"这些车就是基地原来的车辆吧？"夏冰问道。

"嗯，看上去都是二十世纪七八十年代的货，这应验了我之前的推断，当基地最后出事时，科莫夫很可能率领手下赶到这里，然后……"我没继续说下去。

秦悦接着我说道："然后他们再也没出来！"

秦悦的话让我们都不寒而栗，我走到了这座巨大奇怪建筑近前，当我的目光企图穿过框架结构中间那些玻璃时，心里不禁一阵阵发虚，看不清那里面是什么，甚至不能确定那外表像玻璃的东西究竟是什么。

"环状？这……这难道就是黑轴？"袁教授不禁喃喃自语，已经情不自禁地跨上了第一级台阶。

"不，不像是我们在地堡顶上看到的巨大阴影！"秦悦不敢相信地说道。

"如果这就是黑轴，那红区里面什么都没有吗？"我也不敢相信。

夏冰没说话，她这会儿却变得迟疑起来，一个人站在后面，没有走上台阶。我回身呼唤她，她才像如梦初醒般，跟上我们。

虽然恐惧已经充满我身体每一个细胞，但我们都无法控制脚下的步伐，一共七级台阶，巨大的黑色玻璃门出现在我们面前。走近才发现整个建筑框架结构内都是这样的黑色玻璃，诡异而恐怖的黑色玻璃似乎是透明的，又无法看清楚里面的世界！我盯着面前的黑色玻璃，忽然想起了什么。

"你还记得我在蔡老家发现的那一小块黑色玻璃吗？"

秦悦马上警觉地扭头看向我："蔡老家的什么玻璃？"我有些尴尬，不敢正视秦悦的眼睛。

"你是怀疑那小块黑色玻璃就是这种黑色玻璃？"宇文说。

我扭头环视众人，沉重地点了点头。

"以我的专业知识，当时就看出那小块黑色玻璃不是任何天然的矿物，我和宇文后来曾做过检测，却根本无法检测出那小块黑色玻璃的成分构成。"

"这……这怎么可能？"袁教授吃惊地看着我。

"是啊，世上所有物质都应该能检测出它的成分构成！"夏冰也说。

"但我们就是无法检测出它的成分构成！"宇文想了一想又说，"当时我就开玩笑说这不会是外星人带来的东西吧。"

"外星人？"宇文的话让大家更为吃惊。

秦悦盯着面前的黑色玻璃，半晌才开口道："如果蔡老那小块黑色玻璃来自这里，那么就说明一定有人来过这里了……"

大家面面相觑，我知道大家心里肯定都想到了袁帅。我还在胡思乱想时，袁教授已经伸手去推黑色玻璃门，可他的手还没触到那黑色的玻璃门，玻璃门就自动开了……包括袁教授在内，我们都被吓得不轻！

袁教授伫立在门前，进退维谷，我举起枪，先走进了黑色玻璃门。黑轴！我的心里默默念叨，背上的针眼忽然又是一阵钻心疼痛。举着枪的手微微颤抖，里面光线灰暗，但我还是看清楚了，前方出现了一面巨大的弧形墙壁，两侧有走廊通向弧形墙壁后面，这个结构让我想起了中国传统的四合院，这面弧形墙壁很像是四合院一进门的照壁，只是这面大照壁上没有雕刻的纹饰，十分光滑，这是什么材料制成的？我有些恍惚，但我忽然发现这面光滑的弧形墙壁上隐隐有些图案，用手电照射过去，是文字，宇文已经认出了那一行文字："翻译过来是——中央实验室。"

"中央实验室？不是黑轴？"我惊诧地向四周望去。

"就像我们在地堡推测的，地堡内那个实验室只是用于基础的理论研究，这儿才是真正的基地核心！"宇文推断道。

"这个什么……中央实验室，造型好诡异！"秦悦警觉地观察着四周。

"我想这里就藏着格林诺夫真正的秘密，这个实验室在红区内，就已经说明了一切！"袁教授比刚才镇定了许多。

"刚看到这诡异的环状建筑，我马上想到了黑轴，你们不觉得这建筑在半个世纪前是属于特别前卫的造型吗？"我提醒大家。

"造型绝对前卫，但我想格林诺夫把它设计成这样，一定有它实用的原因，绝不是为了造型前卫！"秦悦推断道。

"我觉得我们已经很接近……"我话说了一半，突然又传来了那个诡异而恐怖的嚎叫，我们本能地抄起武器，背靠着背，围成了一个圈。

这嚎叫似乎比刚才更近了，就这样静静地等了好久，没有动静，整座建筑又陷入死一般的寂静！夏冰分开众人，一个人径直朝右边的走廊走去，我们赶忙跟了上去。

"你听到那个嚎叫了吗？像是一种猛兽！"

"不去管它，这既然是一座环状建筑，我们就沿着走廊，一点点搜寻，基地的秘密一定就在这里！另外，大家不要散开，一定要一起行动。"夏冰这会儿仿佛成了领导，给我们下达指令。

秦悦有些不服，但在这鬼地方，她也无可奈何，只好按照夏冰所说开始搜寻。我们很快发现走廊两边的房间墙壁既不是砖墙，也非钢筋混凝土，而全是那种黑色像玻璃的东西。每一个房间也不再用文字标示用途，只有一个阿拉伯数字的编号。

当我们推开编号301的房间时，就被里面的景象惊呆了，整个房间包括四面墙壁、地板和天花板全都是那种黑色玻璃。里面十分空旷，只在中间有一个正方形的台子，也是黑色玻璃的材质。我走过去，发现在正方形台子上摆放着一台幻灯机，看上去像是二十世纪八十年代的产品，柯达的，而在正方形台子后方伫立着一台老式的十六毫米放映机，同样是柯达的。

"虽然这放映机和幻灯机现在看起来老掉牙，但在当时可是最好的。"宇文仔细看了一下说道。

"好像是坏了……"宇文嘟囔着。

秦悦走到正对着放映机和幻灯机的黑色玻璃前，疑惑地说："这儿也没有幕布啊，当年他们怎么用幻灯机和放映机？"

夏冰伸手在光滑的玻璃上来回摩挲，"这种黑色玻璃好奇怪……"

"你看出了什么？"秦悦反问。

夏冰摇摇头："我又不是学材料科学的，哪能看出来？只是觉得有一种特殊的感觉，而且……"

"而且能量增强了！"秦悦没好气地说道。

"是增强了！你们没感觉到吗？进入红区就增强了，到了这里，能量就更强了！"夏冰信誓旦旦地说。

"确实是有些变化！"袁教授也摸了摸黑色玻璃，"你是怀疑能量增强和这个黑色玻璃有关？"

夏冰微微颔首，"我只是怀疑……怀疑这种黑色玻璃不是人工制成的玻璃……"

"呃……你这话有点逻辑混乱啊……什么叫黑色玻璃不是人工制成的玻璃？"秦悦盯着夏冰苍白缺少血色的脸。

夏冰显然还没完全恢复过来，有些虚弱地说："简单地说吧，我怀疑这种黑色玻璃是某种天然矿石，当年格里诺夫可能发现这种矿石蕴藏着某种能量，同时坚固耐用，光滑但并不透明，很像玻璃，所以就把这种天然矿石加工成了建筑材料。"

"可我却从来没见过这种矿石。"我反驳道。

"很可能只有这个地方出产，所以在其他地方从未被开采和使用过。"夏冰进一步推测。

"那这种玻璃……呃，我们就暂且称之为玻璃……"我想来想去也没有更好的称谓，"那这种玻璃一定比钢筋混凝土还要坚固喽。"

"应该是的，这里的重要性远超地堡，所以建筑材料一定会比钢筋混凝土更坚固。"夏冰想了想又补充了一句，"我记得那几封信里，格林诺夫自我介绍就说他的专业是地质学，而他的副手阿努钦则是个医生。所以基地的规划建造很可能就出自格林诺夫，而复活远古巨兽则很可能是阿努钦具体操作的。"

"这……这种黑色玻璃蕴藏能量，格林诺夫如何使用其中的能量呢，难道只是建房子？"我还是不解。

"我也有个问题……"秦悦又像是要针对夏冰，"你刚才说这种黑色玻璃是天然矿石，又说这种矿石比钢筋混凝土还坚固，格林诺夫对其进行加工建了这座实验室，你也看到了这座建筑很大，很可能还有地下空间，这就需要开采很多矿石，那么问题来了，格林诺夫用什么机械开采切割加工这种矿石呢？"

"我……我不知道！"夏冰一时语塞，"我想可能是很尖端的切割技术。"

夏冰和秦悦的对话忽然让我眼前一亮，"既然这种天然矿石开采切割难度很大，格林诺夫不惜工本，特地用它建成中央实验室，那么一定是有其特殊原因，而这个特殊原因，很可能就与试验的目的有关！"

"黑色玻璃与复原远古生物有关？可惜我们现在不具备大规模检测的条件，我想这儿的环境与众不同，我们的身体很可能正在起变化，一些细微的变化。"

夏冰的话，让我们都不约而同地看向我们暴露在外的手臂，又互相观察起其他人的脸，似乎也没什么特殊的变化，只是因为惊吓加压抑，让我们的面色都有些苍白，再就是我背上的针眼，肯定有了新的变化，只是……只是这会儿却不那么痛了。

12

一直在摆弄放映机的宇文，最后终于失去了耐心，"这宝贝真的是死翘翘了！"在秦悦指挥下，宇文只好放弃放映机，开始鼓捣那台幻灯机。

秦悦也走到幻灯机旁边，用手擦拭幻灯机旁边的台面。

"你们不觉得奇怪吗？从我们进来，我就发现这里的灰尘很少，如果是三十年没进来人，应该有很多积尘！"

"我也注意到了，但我认为这应该和黑色玻璃有关！黑色玻璃很可能具备绝尘的功能，所以格林诺夫才会费劲开采切割，用它来建实验室。"夏冰大胆推测。

"夏大博士，这是在地球上，什么矿石具备绝尘功能呢？"秦悦一脸不屑。

"那你是怀疑这儿有人来过？可你刚才从进来就一直趴地上观察，有发现其他人的脚印或者痕迹吗？"夏冰质问秦悦。

"我……"秦悦被噎，但还嘴硬，"暂时还没发现，但不代表接下来不会发现！"

天然矿物，异常坚硬，绝尘，实验，我正寻思呢，宇文用我们带来的电池，将幻灯机弄亮了，果然，幻灯机正对的黑色玻璃上出现了巨大的屏幕，这黑色玻璃果然可以当作幕布。

宇文一边操作幻灯机，一边介绍："这幻灯机里一共有二十四张幻灯片，不知道可以给我们提供怎样的信息。"

第一张幻灯片就是一张高精度的卫星照片，但没有看到荒原大字。接着第二张就是一张荒漠上的热成像照片。我让宇文暂停一下，然后说道："这两张照片和我们手上的似乎不一样，第一张没有荒原大字，说明是格林诺夫刚刚建立基地时航拍的，也证明了我们之前的推断，荒原大字是格林诺夫他们弄出来的。第二张热成像照片与我们手上的那张拍摄角度不同，但都反映出荒原上有一处强烈的热源，我猜这处热源就是黑轴。"

"因为那里蕴藏着巨大的能量，所以在热成像照片上形成了强烈而巨大的热源！"夏冰进一步推断道。

宇文继续播放幻灯，第三张、第四张都是从不同角度航拍的废弃小镇，幻灯上看，那时的小镇房屋多半完好，应该是刚刚废弃不久拍摄的。第五张、第六张是那个海子，分别是从海子两端拍摄的，看来他们当年就观测到那个神奇海子一半是淡水一半是咸水。第七张、第八张、第九张、第十张，四张幻灯片都是从不同角度拍摄的庙，但没有碑文的幻灯片。第十一张是黄道十二宫图，紧接着第十二张就是基地的平面示意图。

"这些幻灯片好像都是我们已经掌握的情况。"我嘟囔道。

"你们注意到这张基地的示意图吗？"袁教授提醒我们，"和我们发现的那张一模一样。"

"一模一样有什么问题吗？"我不解。

"红区和黑轴里依然一片空白，什么都没标注，我推想这张图应该是一张早期的基地示意图。灵线基地不是短期建成的，而是伴随着他们对黑轴的探索不断扩大的，早期的示意图上，可能格林诺夫都没有想好下一步该如何推进。"袁教授解释道。

"我估计红区的图也有，只是我们还没看到！"秦悦推断道。

我们正说着呢，宇文放出了第十三张幻灯片，"你们看看这张，这就是我们不知道的了。"展现在我们面前的是一张图表，图表上密密麻麻写满了我看不懂的文字和数字，还有一些符号，宇文介绍道：

"这张图表应该是此地的气象观测记录，最早的是一九六四年三月的一周，第二行是一九六四年五月的一周，第三行是一九六四年七月的一周，第四行是一九六四年九月的一周，第五行是一九六四年十一月的一周，第六行是一九六五年一月的一周，正好是一年内此地的气象观测记录。从这份气象观测记录看，此地的天气非常不稳定，而且完全无规律可循！"

"现在是七月份，就看离现在最接近的那一周！"我提议道。

宇文解释道："最接近的一周是一九六四年七月观测到的，其次是一九六四年九月的，从两周记录的温度来看，比附近其他地区略低，不过有雾的天气明显更多！其中，九月那周有六天记录有雾，七月那周有五天记录有雾……"

我有些兴奋地打断宇文说："那就是说还有晴天喽！我还以为这鬼地方一直有雾呢！"

"其他季节呢？"秦悦问道。

"其他几周有雾天气也居多，三月那周有四天大雾，五月那周有五天大雾，十一月那周四天大雾，雾最少的是一月，但也有两天。而且底下备注特别写明此地多雾，且没有规律。"宇文如此翻译道。

"戈壁深处怎么会多雾呢？真是奇怪！"我喃喃自语道。

"不奇怪！小环境嘛！"夏冰说道，然后又问宇文，"除了大雾和晴天，还有没有其他天气？"

宇文掰着手指头，算了算，"嗯，七月、十一月、一月和三月，周边各有一次沙尘暴，九月那周有一次降雨。"

"沙尘暴？降雨？"夏冰盘算着，"一个在七月，一个在九月，也就是说我们除了这大雾，还有可能遭遇沙尘暴和降雨！"

"千万别碰到沙尘暴，最好明天能是晴天。"我小声念道。

"你们注意到没有，这张气象记录表的时间是一九六四年，也就是朗德把格林诺夫推荐给S国情报机构之后，当时的S国情报机构主席还不是安德洛夫，拨给他的经费有限，这个气象记录，还有之前的资料都是他初步探察的成果，也是他以后游说高层的资料！"宇文提醒大家，又继续放出了第十四张幻灯片，"这又是一张表，好像是此地的大气资料，我不是太懂。"

袁教授盯着那张表看了半天，"这张表很奇怪，上面记录了一九六四年观测到的此地空气中的各种微量元素，与我们一般空气中的微量元素很不一样，特别是空气中的氧含量特别高！"

"氧含量特别高？那生活在这里，岂不是可以延年益寿……"我想开个玩笑，缓和一下紧张的气氛。

谁料，夏冰却打断我，"请注意，图表上显示此地的氧含量不是一般的高，而是超高！"

"这……这又说明了什么？"秦悦和我几乎同时问道。

"含氧量高到一定程度，从其他地区过来的人，会感到不适应！甚至可能患上富氧症！"夏冰说到这里，略一沉吟，又提到了能量和小环境，"我估计这儿空气中的微量元素与氧含量很特殊，正是它们构成了这里与众不同的小环境。"

宇文继续播放幻灯，第十五、十六两张还是两张图表，似乎都是地质勘探表，我仔细盯着看了半天，仍是一知半解，"我发现这张表上显示此地的稀土含量特别高，镧、铈、镨、钕、钷、钐、铕、镝、钬、铒、铥、镱、镥和钪等元素含量超高，这都是地球上极其稀有的资源！"

"这更说明了此地的与众不同，小环境造成了这里富含稀土！"夏冰就认定这里的小环境蕴藏大能量了。

宇文又放出了第十七张、十八张幻灯片，第十七张是正在施工的电网，第十八张则是一片胡杨林，"这……这好像就是我们现在身处的这片胡杨林。"

"不是好像，就是！"我肯定道。

第十九张是一块巨大的黑色晶体，像是某种矿石，再看第二十张则是那种黑色玻璃的成品，"果然是用矿石直接切割成的！"夏冰对自己的推断越来越自信。

宇文又接连放出第二十一和第二十二张，第二十一张显得很暗，看不清楚，依稀可以看见是在一片冰天雪地，有个巨大的坑，坑里似乎是被人挖出了什么东西。第二十二张的情况也差不多，不太清楚，也是冰天雪地，像是在一个湖边，有个黑幽幽的山洞，洞口似乎被人拖出来什么东西。

看到这里，秦悦看不下去了。

"这就是远古巨兽？"

"不！你们注意两张照片虽然地点不同，拍的东西也不同，但却都是在冰天雪地的环境中，这种环境最可能采集到保存完整的

DNA……"夏冰话说了一半。

"你的意思这就是他们采集远古巨兽DNA的现场？"我反问道。

"我想是的，只是不知道是哪儿？"

"肯定是北极地区！"夏冰话音刚落，幕布上又换了一张图，我惊叹道："猛犸象、袋狮……"不过这并不是真实的照片，而是这些远古巨兽的想象图。这时，幻灯机又发出咔嗒一声，最后一张图片映在墙壁上，猝不及防，我们所有人都猝不及防！

13

巨大的黑色玻璃上出现了一张图片，当我第一眼看到它时不寒而栗！后背的伤口一阵撕心裂肺的剧痛，我眼前一晕，竟单腿跪在了地上，幸亏右手撑住了那个方形的台子，秦悦赶忙搀扶住我："你怎么了？"

额头上渗出豆大的汗珠，滴在脚下的黑色玻璃上，我静静地喘着气，感觉那阵剧痛似乎过去了，我干脆瘫坐在地上，夏冰也过来关切地问："是后背上的伤口？"

我沉重地点点头，"你……你说越往黑……黑轴走，感……感受到的能量越强，我这儿却……却是越来……越疼了……"

夏冰尴尬地笑了笑，不知所措，我只能苦笑，却惊异地发现刚才滴落在地上的汗水竟不见了，"这……这黑色玻璃还能快速蒸发水分？"

"而且不留任何痕迹！"秦悦也注意到了。

"这种材料水和灰尘都留不下痕迹，又坚固耐用，还环保，白天不用开灯……"夏冰说着忽然没了声音，她仰头望去，我们都发现原来这间屋子没有安装任何电灯，也没有看到墙壁上有电源插座和开关。

"我去，这可够科幻的啊！他们……他们不用电啊！"我惊呼起来，"难道他们有其他比电更好的能源？"

"我刚才就想说的是，这种材料让我想起了外星文明！"夏冰轻抚黑色玻璃说道。

"可这里分明是格林诺夫建的，与外星文明无关啊！"秦悦的语气很无奈。

"好了，你们还是看看这最后一张幻灯片吧！"袁教授浑厚的声音，将我们的注意力又拉了回来，

幻灯片上是一座巨大的黑色建筑，抑或是山？我又回忆起第一眼看到这张幻灯片时的情景，那种阴森、恐怖仿佛有一种直刺内心的力量，让人不寒而栗！这还仅仅是一张模糊不清的黑白照片。

"这……这难道就是黑轴？"我嘴里喃喃自语。

"黑轴？"大家似乎已经从刚才第一眼看到幻灯片的震惊中缓过神来，"这是黑轴？照片太模糊，看不出什么来。"秦悦说道。

"好像一座山，但又并不高，缓坡台地……"夏冰喃喃说着。

"我觉得很像中国北方某些地方常见的高台建筑！"袁教授情不自禁地向前走了几步。

"我怎么觉得像是一座巨大的陵墓……"秦悦的话让所有人都吃惊不小，秦悦赶忙解释道，"我只是说像……像，很像西安郊外那些巨大的帝王陵墓，只是看样子规模比那些帝陵更大！"

"我觉得像外星人的飞船……"宇文的话让我们更震惊。

"你是U国科幻电影看多了吧！"秦悦道。

"不！宇文说得很有道理，刚才你们说的很可能都对！"我死死盯着那张照片。

"什么叫都对？"秦悦反问道。

"首先，这一带没有高大的山脉，海子旁边的那座高山很突兀，在这一带已算是高山，但垂直高度也不过就几百米，所以我们假设幻灯片上的这个就是黑轴，那么它应该在一个相对较高的缓坡台地上，就是夏冰刚才说的；从幻灯片上看，你们注意看这儿……"说着，我走到幕墙前，指出那黑色物体上几处垂直的角度，"这几处几乎是九十度夹角，这个垂直度一般不是自然形成的，所以很可能是人工建筑的，很可能这个庞然大物是在缓坡台地上修筑的高台建筑，就是袁教授刚才所说的。那么这个庞然大物是什么呢？宇文说是宇宙飞船，我不敢肯定，但结合我们已经了解的关于黑轴的信息，外星文明建造的巨大飞船也是很有可能的。至于秦悦刚才说的陵墓，你们再注意看这儿……"我在那庞然大物中间用手指画出了一条弧线，"你们注意看这，有融化的痕迹。"

"融化的痕迹？"众人不解。

"这张黑白照片上确实看不太清楚，但我刚才看到这个就有了

一个大胆的想法，我怀疑这个庞然大物是建在缓坡台地上的一个人工
建筑，当然这里说的人工有可能是地球人，也可能是外星文明。其
次，这个庞然大物当初也许能飞。如果能飞，那就绝对不会是地球人
的产物，而是外星文明的飞船了。再者，就是建筑这个庞然大物的材
料……"我有意拖长了声音。

夏冰很快反应过来。

"你是说这个庞然大物就是用黑色玻璃建的？"

我重重地点了点头。

"不错，我们已经发现这种材料那么厉害，格林诺夫也用黑色玻
璃建成了我们所在的这座中央实验室，那么自然可以用黑色玻璃建造
更大的建筑。再反过来想，很可能是格林诺夫最早在黑轴发现了这种
特殊的材料，才在黑轴开采、切割了这种材料，在这儿建成了庞大的
中央实验室。"

"如果像你所推想的，那这种黑色玻璃可能就不是夏冰所说的天
然材料，而是一种外星文明遗留下来的！只有这里才有，储量有限，
否则格林诺夫就可以大规模开采，那他们可就发了！"秦悦进一步推
断道。

"我们再说这融化的痕迹，我想很可能是某个外星文明建造的庞
然大物，但却因为某种原因损坏了，以至于出现了黑色玻璃融化的痕
迹。很可能有外星人被困在里面，这也就是秦悦刚才说的，这个庞然
大物成了外星人的陵墓。"我手指来回指着那道模糊的痕迹。

"看来这么厉害的材料也有克星。"秦悦说道。

"那是肯定的！"我说完又想了想补充道，"当然，刚才我们所有的推断都建立在图上的庞然大物就是黑轴的基础上，否则我们的推断就没有任何价值！"

"黑轴？黑轴就是这个外星文明留下的建筑或是飞船？"夏冰喃喃自语道。

"恐怕并没有这么简单！"袁教授摇着头，"说实话，我是不相信外星文明的，至少现在地球上还没有被证实的外星文明，否则我们地球文明早就不是现在的模样！"

袁教授的话让我们都沉默下来，宇文关闭了幻灯机。我缓缓踱着步，走到了房间的外侧，按理这个地方应该是透明玻璃，可以看到外面，但这里却依然是黑色玻璃，外面的亮光透过黑色玻璃映过来，站在里面的人却无法看清外面的世界，外面的人也无法看清里面，我忽然觉得我们从一开始就像是游走于这样的黑色玻璃两边，模模糊糊，似乎以为可以看清那一边的世界，却无论如何，都只是模模糊糊的一点亮光。

我们走出编号301的玻璃房子，推开对面编号303的房间，里面的空间依然很大，却不空旷，密密麻麻在玻璃台子上陈设着各种矿石标本。但让我们感到意外的是，在众多的矿石标本中，并没有发现黑色玻璃，与之前在地堡发现的那个标本室不同，这里出现了几台精密机械和实验设备。

"看来他们在这里对附近的矿石进行了详细的研究！"袁教授

说道。

我对这些标本并不那么感兴趣，我走到了这个房间的外侧，这里同样没有窗户，黑色玻璃上透进淡淡的光，我不禁疑惑起来。

"从外面看，整个中央实验室是个巨大的环形建筑，那么环形中间是干什么的，不会只是个花园吧？"

"按说这面就能看到环形中间，可却什么也看不清！"秦悦想了又想，突然打开了电筒，将电筒放在面前的黑色玻璃上，电筒射出的强光透过了黑色玻璃，"看！好像有什么东西！"

我也推开电筒，像秦悦那样照射进去，黑色玻璃那头，模模糊糊，出现了一些巨大的阴影，但想再看清楚那是什么，却是不可能了！我们不无失望地退出这间巨大的矿石标本室。又推开了对面的305室，里面同样空间巨大，全是各种动物化石的标本，夏冰粗粗看了看，就皱起了眉头说道："这里大部分的动物化石都不是我们现存的东西。"

"那就是史前动物的喽？"我也看出了端倪。

"是的，比如你面前这尊巨大的骨架，就是史前猛兽短面熊的，这也是早已灭绝的一种动物。"夏冰介绍道。

"格林诺夫能收集这么多史前动物的化石本身就不简单呐，有些动物化石并不产自当时的S国，你像这个是可怕的史前巨蟒——泰坦蟒的化石，这种化石出自南美洲的哥伦比亚北部。"袁教授指着面前那巨大的泰坦蟒化石说。

"嗯，像这些珍贵的化石，最后都没有拿走，说明基地最后……"夏冰话说了一半，又传来了那声诡异而恐怖的嚎叫，夏冰吓得站立不稳，几乎要倒在她身边的剑齿虎骨架化石上，还是袁教授反应及时，一把拉住了夏冰，而我则没那么幸运，心惊肉跳，直接趴倒在旁边那尊很萌的雕齿兽化石上。

这次嚎叫声连续传来，又是一声，我趴在雕齿兽化石上仔细倾听，那个声音似乎……好像……可能是从很深的地下传来的。

14

我们在化石标本室趴了好一会儿，等这里又陷入死寂，才都爬了起来，退出305室。夏冰走在前面，径直推开了对面的307室，但是307室很奇怪，中间伫立着一台机器，房间四周摆放的都是一片片像是被平切的岩石样本，在房屋的另一角堆放着一大堆像钻头一样的金属棒。我走到中间伫立的机器旁边。

"这很像是钻井平台的一部分。"

秦悦检查了那一堆金属棒说："格林诺夫一定是在这里进行了钻探，这里陈列的就是他们钻探出来的岩石样本。"

"看不出与普通的钻探有什么不同。"宇文拿起一片岩石样本。

"我感兴趣的是这个钻头！"秦悦捧起一根金属棒掂了掂重量，"好像就是一般的钻头，但我觉得……"

我接过钻头，"你是在想当年格林诺夫用什么工具开采、切割这些黑色玻璃的吧？"

"或许就是这些钻头！"秦悦说。

"你们不觉得这里太干净了吗？"宇文提醒我们，"虽然说这些黑色玻璃有绝尘的功能，但是所有标本、器物都很干净，而且没有破坏的痕迹。"

"我也注意到了，如果基地最后遭遇了不测，这里怎会如此整齐？还有就是基地那些人呢？除了电网上那些志愿者的骸骨，至今我们没有发现基地工作人员的尸骨……"夏冰说着走出了307室。

307室的斜对面就是309室，让我们大感意外的是309室的门是敞开的，而且对开的大门有一半坍塌了！秦悦首先提高了警惕，拔出枪，慢慢靠近，我也将背后的AK74端了起来，进入309室，满地都是碎裂的瓶瓶罐罐，毁坏的实验设备，里面被隔成了一间间透明的房间，宇文指着门上的标牌说："这里是无菌实验室。"

"这里他们又是用玻璃隔成了一间间无菌室，而且安装了紫外灯……"秦悦注意到有两个小房间里安装了大型紫外灯。

"这是一个标准的无菌实验室，门厅到操作室用两道缓冲间隔开，无菌室和操作室用双层窗构成小通道，缓冲间和无菌室内都装有紫外灯！"袁教授一边往里面走，一边观察，"只是这里怎么成了这个样子……"

"很明显都是被人为破坏的！另外，这间无菌实验室的规模很大。"夏冰缓缓说道。

"这说明什么？"秦悦反问道。

"说明当时格林诺夫的实验规模很大！"夏冰白了一眼满脸问号的秦悦，继续说道，"假设格林诺夫复活了远古生物，那么他们所要做的工作量是很大的，这间无菌实验室几乎相当于前面我们见到的那几个房间的面积总和，我可以想象当年这里一定非常忙碌。"

"而现在这些设备都被打碎……"我蹲下来从地上拾起一片玻璃，"这些瓶瓶罐罐里面的东西已经都荡然无存了，破坏得很彻底！"

"我想这应该是科莫夫上校，哦不，是科莫夫将军所为！"夏冰进一步推测，"谁会把这里毁坏得如此彻底，只能是基地的最后时刻，不愿意基地秘密泄露出去的人。"

"科莫夫？他和他的手下呢？"我又想到了门口那些无人的车辆。

夏冰却突然冒出来一句，"或许我们很快就能见到他了！"

很快就能见到他？我心里一惊，跟着夏冰走出了规模庞大的无菌实验室，这时候我们已经沿着走廊绕过了这栋环形建筑的一半。接下来就是311室，走在前面的夏冰突然停住了，接着，她做出了一个让我们小心的手势，我端起AK74，蹑手蹑脚走到夏冰身后，这才发现就在我们前面的地面上，黑色玻璃地面有一道长长的裂缝，一直延伸下去，我们小心翼翼地走上这破损的地面，不知道这黑色玻璃是否还坚固。

似乎没有问题，我们来到311室的大门前，这儿的大门与众不同，是一道长长的拉门，门一半敞开着，另一半好像也遭遇过剧烈的冲击，上面有巨大的裂痕，宇文也举起了AK74，我让夏冰靠后，和宇文举着枪，首先迈进了311室。一进来我就嗅到一股难闻的气味，腥臊恶臭夹杂着霉烂的气息，但更让我们震惊的是里面的景象。311

室的面积超过前面所有房间，也比前面的房间高大，里面同样有许多实验设备，但首先吸引我们的是巨大的铁笼，里面至少有几十个大小不一的铁笼，有的铁笼罩着绿色帆布，有的没有，没有罩着帆布的铁笼几乎全都敞开着……

夏冰吃惊地望着面前的铁笼，她凑近其中一个敞开的大铁笼，一步步走进了那个铁笼，这个铁笼足有三米高，就像一个小房间。我举着枪也跟着走了过去，突然，夏冰指着我脚下的地面说道："小心！"

我低头看去，原来我脚下的地面又是一道裂痕，"看上去这地面是受到了重击！"

"应该就是笼子里原来的东西所为！"秦悦勘察了地面说道。

宇文吃惊地说："这些笼子里的东西就是格林诺夫和阿努钦复活的远古巨兽吧？"

"呃，也不都是巨兽吧！你看还有很多小笼子！"夏冰指着周围一些中等大小的笼子说。

"看来我们所有的推断都是对的！基地最后遭遇了不测，在这复活的史前巨兽逃离了这里！这么坚固的地面能被踩出深深的裂痕，一定是某种史前巨兽所为。"袁教授推断道。

我的脑中又想起了不时传来的那恐怖嚎叫。

"这……这鬼地方不会还有那些巨兽吧？"

我们面面相觑，谁也没有说话，眼里都写满了恐惧。

我和宇文转到了一个用帆布盖着的笼子前，互相看看，我给宇文使眼色，意思是让他掀开帆布，我来掩护。他却反过来对我使劲挤挤眼，让我上。这小子现在也学精了。就在我俩互相谦让的时候，秦悦走过来，一把掀开了帆布，我和宇文赶忙举枪，做好射击准备，结果里面什么都没有，只是一个铁笼子！秦悦走过去，看了看铁笼子上的大锁，忽然说道："我发现一个问题，那些被打开的笼子上面的锁都不见了！"

"也许是被里面的动物破坏了！"宇文说。

"破坏了也该有痕迹，坏掉的锁也该还在！"秦悦转而走到一个敞开的笼子前，"而这些敞开的笼子没有发现破坏锁的痕迹，锁也都不翼而飞了！"

"你的意思是有人故意放出了笼子里的史前巨兽？"我明白了秦悦的意思，"那就只能是格林诺夫本人了！"

"对！我推测基地的最后时刻，安德洛夫下令关闭基地，科莫夫负责执行，他用一种简单粗暴的方式毁坏了实验设备和器具，因为他深知其中利害，他不希望这些东西再流入其他人手中。可没想到就在这时，不甘心基地关闭的格林诺夫放出了史前巨兽，再然后……"秦悦没有继续说下去，但我们都明白了她的意思。

"我觉得如果把这些复活的动物放到地下更安全吧，不明白他们为何放在了这里？"夏冰提出了一个疑问。

袁教授想了想，说："我猜这里只是实验室，最终在地下还有一个库房是用来豢养这些史前动物的！"

听了袁教授的话，我惊道："那当年他们复活的史前动物有多少？这里就有几十种不同的动物。"

"我们听到的嚎叫声会不会就是底下传来的？"宇文瞪着惊恐的眼睛指了指地下。我们瞬间安静下来，这个时候，外面已经全黑了，我知道又一个恐怖难熬的夜晚降临了。我们缓缓退出311室，沿着走廊继续往前走，一路都是碎裂的地面，很快我们回到了一进门的大厅，碎裂的地面到这里消失了。

我很吃惊地上下左右再次观察着大厅，"我们绕了一圈又回来了，从房间的编号看，这下面还有两层楼，整个中央实验室是地上一层，地下两层的巨大环形建筑，奇怪的是我们在地上这层转了一圈，却没发现任何通往下面的楼梯和电梯，什么通道都没看见！"

"包括通往环形中心的门也没有，真是奇怪的建筑！"秦悦也在仔细勘察着。

我看了看手表，表针依旧停摆，只能估摸现在已经是晚上七八点钟的样子！

"不出意外的话，今晚我们只能在那个301房间休息了！"

说罢，我环视众人，大家面面相觑，都想说什么，可最后谁也没说话。我们再次进入301房间，也只有这间屋子适合过夜，我想了想，和宇文跑到对面的矿物标本室抱来几块巨大的矿物标本，堵在门后。301室其实有前后两个门，都是一般的小门，我们一直进出前门，后门我试了试，没能打开，从里面试了试也打不开，难道这种黑色玻璃也会生锈，锈死了？我依然对这儿不放心！于是将那台放映机堵在了后门门后。

在这完全封死的密闭空间，也不用安排值夜了，我们各自分散开来，钻进睡袋，很快就各自陷入梦乡，梦里我仿佛回到了小时候……

15

那是小学毕业的暑假，我在家正焦急地盼望着考试成绩。盛夏时节，在S市通往B市的铁路大动脉上，炽烈的太阳炙烤着铁轨，我和袁帅两个人穿着校服，一前一后静静地站在铁轨上，那时候没有火车，这条大动脉承担着沟通中国南北的作用，每隔几分钟就会有一列客车或是货车经过，也可能是油罐车！那时候铁路也没有全封闭，随时可以走到铁轨上来，我跟着袁帅玩这种惊险的游戏，他乐此不疲，而我却心惊肉跳，汗水已经渗透了后背。

一列货车出现在我们面前，大地开始颤抖起来，车轮摩擦铁轨发出尖锐刺耳的声音，火车司机应该是看到了铁轨上那两个作死的小孩，开始鸣笛……机车的轰鸣声，鸣笛声，伴随着尖锐的铁轨摩擦声，震耳欲聋，我完全被眼前这一幕给怔住了！眼见火车头离我们越来越近，前面的袁帅已经一侧身，闪出了铁轨，而我则完全吓傻了，双腿颤抖，袁帅冲我大喊，但他的喊声已经淹没在震耳欲聋的轰鸣声中……

我重重地摔在地上，铁轨旁的石子硌得我生疼，胳膊也被划了一个口子！鲜血和疼痛让我清醒过来，就在刚才千钧一发的时刻，是袁帅用他单薄的身体将我硬是顶出了铁轨，抱着我在地上滚了两圈，他的胳膊和腿上也都被划破，渗出了殷红的鲜血。

袁帅拍拍手站了起来："跟你说了不要玩这么危险的游戏，偏要学我！"

"我……"我一时语塞，从小到大，我除了块头比他大，各方面好像都不如瘦弱的袁帅。

袁帅撕下身上的校服衬衫，给我做了简单的包扎，然后又给自己做包扎，当然这需要我的帮助，可我不会，袁帅硬是手把手教会了我。

"这……你也会？"我吃惊地看着袁帅。

"废话！我从小没了妈，什么都得自己会，哪像你们这些娇生惯养的！"袁帅说话间已经做好了包扎。

"你不是有个大学教授的爸爸吗？我们都很羡慕你，上次你爸爸来开家长会，给老师提意见，侃侃而谈，所有老师都被你爸爸给镇住了！"

"他是牛啊，可跟我有什么关系，他整天忙他的工作，就是零花钱给我还挺多！"

"这个月给了你多少？"

"两百！"

"这么多！"在那个年代，我记得我父母一个月工资才两百多，袁帅一个月零花钱就有两百，我是羡慕得不行。

"晚上请你吃饭，你想吃什么？"孩童时代就是无忧无虑，这会儿我们已经忘记了刚才的伤痛。

"我想吃汤包！"我兴奋起来。

"好！晚上我带你去吃鸡鸣酒家的汤包，顺便我们买两件衣服，省着你回去被你父母骂！"袁帅就是这么够意思。

"那我们现在就去吗？"我已经有点急不可待了。

"现在还早，我带你去个地方！"

我不知道袁帅又会带我去什么可怕的地方以身犯险，他从小就藐视权威和经验，总是胆大妄为，挑战一切不可能！我心里害怕，但还是不由自主地跟着袁帅往前走，他身上似乎有一种魔力吸引着我。

我俩钻进了完全没有路的树林子，蚊虫乱飞，蛛网密布，一阵乱穿之后，我俩来到了一条水泥小路上。我气喘吁吁地问袁帅："你刚才说我玩这么危险的游戏，你又为啥玩呢？"

"因为我妈妈！"袁帅在前面走，闷声闷气地回了我一句。

"你妈妈？为什么啊？"我不解。

袁帅没有搭理我，在一处年久失修的围墙前站定，"这儿的围墙向内倾斜，上面还有人脚踏的痕迹，说明可以从这里爬进去！"

我怔怔地看着面前这堵爬满植物的灰墙问："你要干吗？"

"爬进去！"袁帅斩钉截铁地说。

"爬进去？这里面是什么地方？"

"爬进去我再告诉你！"

已经记不清从小到大多少次被袁帅连蒙带骗，干了许多让我后怕的事！这次就是标准的一次，我不知道是因为汤包的刺激，还是那天已被热晕，就这样跟袁帅爬进了这堵围墙。里面开始是一片树林子，跟外面没有什么区别，但走到树林边缘，我就发现这里面别有洞天，有道路，有房子，还有花园，袁帅这时压低声音跟我介绍道："这是伊村饭店，不对外开放的，以前是为方便领导专列停靠，专门在京沪铁路边上建了这么个饭店，饭店倒不大，很普通，但这里面有一处二十世纪六七十年代建造的永备工事，专门为停放专列用的……"

"你懂的真多！"

"一般一般，全国第三！"

"那你想怎么干？"我忽然觉得袁帅不会是想炸碉堡吧。

"进去看看！"看来是我想多了！

"好！跟你看！"那时候的我就是没大脑。

于是，我俩蹑手蹑脚，就像电影里特工那样，摸到了铁轨旁，果然这有两条铁轨一直向山里延伸，洞口是一座对开的厚厚大铁门，我吃惊地盯着这足有六米高半米厚的大铁门问："这是为核战争准备的啊！"

"那时候分分钟就有可能爆发核战争！所以才建了这处永备工事，可惜现在已经荒废了！"跟着袁帅就是长知识。

大铁门没有锁，虚掩着，我俩就钻了进去，里面黑漆漆，一眼望不到头的黑暗，死寂！对于小学才毕业的我们，这算是一次极限挑战了。

其实我一进去就后悔了，外面酷热，里面阴风阵阵。往里面走，气温急速下降，偶然传来滴水声，袁帅走在前面，脚步坚定而规律，我在后面颤巍巍地问："帅……帅，你……你说外面的人不会把我们锁在里面吧？"

"不会！"袁帅的回答同样坚定。

"为啥？"

"我说不会就不会！"

"可……"我胆怯地向前看看，又回头望去。

"你要是害怕可以出去等我！"袁帅头也不回，继续往里面走。

袁帅经常就是这样固执而不讲道理！那个时候正是想做小小男子汉的时候，我要逃出去会被他耻笑，再说外面的人或许会把我抓起来……胡思乱想着，还是迈开沉重的脚步跟着袁帅往里面走。开始还有一丁点光亮从大铁门射进来，走出几分钟，就陷入了完全的黑暗，我们没有手电筒，完全凭直觉在往前摸索，我发现袁帅的脚步也慢了下来，我追上袁帅，"这里面有多深？"

"不知道，从外面铁轨长度看，至少有一公里吧！"

"一公里？"我脚下软绵绵的。

"不用怕，这里面应该什么都没有。"

"我怎么觉得会窜出来点什么？"话音刚落，我的脚下就踢到了什么软的东西，吱呀一声，紧接着我的惊叫响彻整个黑洞。

袁帅赶忙捂住我的嘴，做了个噤声的手势。待我平静下来，袁帅继续前行。"你不是说没东西吗？"我追问他。

"几只耗子算什么！"

"那你捂我嘴干吗？"袁帅不答话，我颤巍巍地说："会不会有……鬼啊？"

"鬼你个头！记住，我们在黑暗中，对方也在黑暗中，这时候你只需要在黑暗中继续前进。"

袁帅的这句话，我算是记住了，但在当时还是把我吓得够呛。啥叫对方也在黑暗中？对方是什么人？还是鬼？袁帅不再理睬我，继续前进，我们已经进洞走了半个多小时了，还没看到尽头，越走越深，越来越冷，洞和脚下的铁轨好像拐了弯，我实在跟不上袁帅了，只得停下来，我依稀听见袁帅的嘴里在呼唤着什么，像是……妈妈，妈妈……袁帅在呼唤妈妈，在这黑洞里，会找到他妈妈吗？

很快，袁帅没了声音，他猛地栽倒在冰冷的铁轨上，我赶忙奔过去，又冷又怕，眼前忽然闪过什么东西，我吓得再次惊叫起来，这次没有袁帅堵住我的嘴……

16

我从梦境中惊醒过来，额头上渗出了细细的汗珠，看看周围，我才意识到这里不是小时候的那个黑洞，而是在更可怕的红区！为何会梦见帅？因为这一切都是拜他所赐，他为何要给我看荒原大字照片？为何消失在铁路桥上？又为何要给我注射？帅难道真的要害我，抑或是我已经不再了解他，他真的变成了一个科学狂魔，就像那个格林诺夫？

我仔细倾听，传来宇文的鼾声，秦悦也发出轻微的呼声，夏冰……我听不太清，袁教授离我最远，我起身看看他们，似乎都在睡觉。前门被我堵得稳若磐石，后门也没什么异样，我不知道刚才睡了多久，也无法判断此刻是几点。

我重新躺下来，翻过身，又想起了那个梦，后来我们都晕倒在洞中，幸亏第二天早上有人进来发现了我们，将我们送回了家，我自然是少不了父母一顿臭骂！衣服破了，汤包也没吃成，还被父母骂，哎……但我也不是没有收获，最大的收获就是我发现袁帅原来也有脆弱的时候，他在洞里强装镇定，其实也已经接近崩溃的临界点，只是我一直不明白他热衷于尝试这些危险的活动，究竟是为什么？难道仅仅是为了刺激？直到很多年后，我才真正明白了其中缘由。

从那之后，童年的一座高山崩塌了，不过我却记住了袁帅的那句话——我们在黑暗中，对方也在黑暗中，这时候你只需要在黑暗中继续前进。我忽然觉得这句话是多么适用于今日，我们只能继续在黑暗中前进！黑暗中，我忽然发现裤子口袋里闪出了一丝红光，那是什么？我掏出口袋里的东西，竟是那台旧的手机。

我记得昨晚在地堡时，这台手机没电了，我为了节约用电，没再给手机充电，这会却……我赶忙打开手机，上面的指示灯亮着红光，这是充电的标志，难道手机现在在充电？我不敢相信，打开手机，手机果然有百分之二十八的电量，这……这是怎么回事？我惊诧地不知所措，可还来不及多想，手机响了，竟然是一条短信，短信看不到发信人的号码，就只有一条短信——你后来为何不与我联系？

这是谁？听口气像是之前跟我联系的那个袁帅！但却无法确定，我手里握着手机，大脑快速运转着，手机自动充电……但电量不多……没有显示对方号码……这里怎么会有信号……是之前的袁帅吗……是真正的袁帅吗……他有什么目的……我该不该回复……我该怎么回复……对方究竟想干吗……我如果回复会有什么后果？我怔怔地盯着手机屏幕看了半天，不敢回，但本能却驱使我打了字，又删去，再打了字，忽然又想起袁帅当年的话——记住，我们在黑暗中，对方也在黑暗中，这时候你只需要在黑暗中继续前进。想到这，我回复了对方的短信："火车上遇到了警察！"

对方很快又发来短信："是那个女的？"对方的短信模棱两可，或许对方也在试探我。

回了句"对"，我也打起了太极。

这次对方陷入了长久的沉默，我想了想，又追问了一句："后来你为啥不联系我？"

"因为我无法确定你是安全的。"对方回复很快。

"你所谓的安全是指我所处的环境，还是我身边的人？"

"两者都有。"对方的回答还是很模糊。

我思虑良久，终于发了这样一条短信："我现在在红区，感觉很不安全！你现在在哪儿？"

我想以暴露我自己来换取对方的信任，对方陷入了长久的沉默。许久，对方终于回复了一条："你出来！"

还是闪烁其词，躲躲闪闪，什么叫你出来？我愤怒地回了一条："什么意思？"

对方不再回复，我也没办法再度入睡，对方究竟是谁？又想干什么？我辗转反侧，再度坐起来，看那几位是睡得更沉了。我思前想后，决定冒险出去看看，但首先面临的问题就是如何出去？搬前门后面的矿石太费劲，还会把他们都吵醒。我于是站起来，不自觉地走到了后门，移开后门的放映机，我没抱什么希望，因为我知道这个门打不开，在一种矛盾心理中，往往希望由其他外力来替我做决定。

没有任何声响，我扳动后门，门居然开了。见鬼！我的心脏提到了嗓子眼，这是怎么回事？难道有人从外面替我把门打开了？我想了想，回身将那支AK74背在身上，蹑手蹑脚，走出301室。外面的走廊一片漆黑，没有灯，也没有月光，也不知道外面这会儿雾气散了没有。我向走廊两头望去，黑森森，不禁又想起了巨大的铁笼和黑色玻璃地面上长长的裂痕，那些复活的史前巨兽或许就躲在暗处，等着我……

我慢慢地、轻轻地向门厅走去，隔着门厅的黑色玻璃，我发现外面的雾气好像消散了不少，这地方可真奇怪，一般都是晚上下雾，白天雾气慢慢散去，这里怎么反过来了……呃，也不是反过来，而是毫无规律可言。

我推开了中央实验室的门，轻轻走下门前的台阶，我看见了我们的车，看来没人来过，但我依然被恐惧充满了胸膛，一种窒息的感觉，我只得举起了背后的AK74，警觉地望着周围。周围的胡杨林死一般沉寂，从我醒来就没有再听到那可怖的嚎叫声，我将要面对的会是谁？帅吗？我胡思乱想着，不敢用手电，一步步慢慢摸黑向我们的车走去，走到近前，我小心翼翼地推开手电朝车里面看了看，没有人碰过里面的东西，又用手电仔细搜寻了车周围的地面，没有其他人或者动物的脚印。

我静静地伫立在牧马人后面，手里紧紧握着AK74，我决定不动了，等待对方进一步的反应，我一个人在车旁等了很长时间，就在我几乎将要放弃，回去睡觉时，旧手机又响了，上面写着"你沿着胡杨林往前走"。

难道不是恶作剧吗？但我也无可奈何，只得按照对方说的继续向胡杨林里走。可就在我要继续往前走的时候，身后突然传来一个浑厚的声音。

17

我怔怔地立在原地，过了半分钟，我才缓缓转过身来，发现袁教授手提着马灯，伫立在环形建筑的台阶上。他面色沉重，静静地看着我，我必须很快做出判断，还去不去见短信那头的人？要不要对袁教授和其他人说出短信的事？在犹豫三十秒后，我做出了判断，决定回去！

"袁叔，您咋出来了？我这儿睡不着，出来尿尿！"

"我发现你不在了，后门又虚掩着，怕出事，才出来看看。"袁教授说着走下了台阶。

我见状忙迎了上去，说道："袁叔也尿尿吗？"

"你尿尿干吗走这么远？"袁教授向胡杨林里张望。

"没！没走远，本来就想在里面解决的，结果听到了外面有声音，就拿枪出来看看！"我开始编故事。

"声音？那个嚎叫声？"

"不是，很奇怪的声音，像是从外面传来的，就像在这林子里，我怕车被破坏，所以就……"

袁教授看看我，又提着马灯看了看车。

"车好像没什么问题。"

"嗯，我刚检查过了。"

袁教授又朝胡杨林里望去，他像是静下来倾听……我有些无奈，又有些不舍地回到了中央实验室里面，拐过走廊，发现夏冰一个人静静地站在走廊上，背对着我，我停下脚步，夏冰已经觉察出后面有人，回头凝视着我。她明亮的眸子在黑暗中闪动，我感觉她的眼中闪着泪花。

"你……你怎么了？"我有些诧异。

"我看见了帅！"夏冰说得很坚定。

"什么？"我惊得嘴巴半张着。

"我刚才看到了袁帅！"夏冰又肯定地重复了一遍。

"这……这怎么可能？"我不敢相信，"在哪儿？"

"就在这儿！"夏冰指着301室的后门。

"这儿？"我心里暗自思忖刚才的短信和夏冰的话。

"对！就是这儿！"夏冰冲我使劲点了点头。

"你做梦了吧？"我依然不能相信。

"没……没有……"夏冰的目光变得黯淡。

我们俩的对话吵醒了秦悦和宇文，袁教授也听到了夏冰的声音，走了回来。秦悦盯着夏冰，半分钟后，秦悦以命令的口吻说道："好吧！你们先回去休息，我和非鱼去走廊里看看。"

夏冰看看袁教授，袁教授没说什么，宇文忧心忡忡地说："要不我跟你们去吧，外面危险！"

"这儿哪哪都危险！你留下来照看他俩！"秦悦话语严厉，却对宇文使了个眼色。夏冰和袁教授、宇文回到301室，走廊上就剩下我和秦悦，我们俩静静地注视着对方，我知道秦悦和我一样在琢磨着夏冰刚才的话，也在注意听着周围的声音……一分钟，两分钟，三分钟，四周死一般寂静，那个嚎叫没有再传来，也没有其他声音，更没有袁帅的身影。

我用手电指了指走廊的方向，秦悦却指了指门厅的方向，我跟着秦悦来到了门厅，门厅另一头就是那间摆满铁笼子的311室。秦悦又指了指311室，我面露惊异地问她："你想干吗？"

"跟我来！"秦悦的话语坚定，不容置疑。

今晚都抽风啊！一个"你出来"，一个"跟我来"，还有一个说是见到了袁帅！我无奈跟秦悦走进了311室。秦悦用手电不停地照射着那些铁笼子，特别是帆布盖着的铁笼子。"你这是在干吗？小心把怪兽招来！"我有些忍受不了了。

"你不觉得这里的一切都被收拾得恰到好处吗？"秦悦忽然答非所问地说了一句。

"恰到好处？"

"你看我们现在大概弄清了这个基地和荒原大字的来龙去脉，但我最关心的几个问题还都没解决！"

"你最关心什么？"

"科学方面那些自有专家去研究，我关心的是袁帅和那些失踪者的下落，还有……车辙印！"

"你的意思是我们发现了这么多，却始终没有发现袁帅和失踪者的线索……所以你觉得有一种隔靴搔痒的感觉？"

"你这个词用得好，是有点这种感觉，我们在地堡，包括在这儿，好像发现了许多，但我总有种隔靴搔痒的感觉，仿佛……仿佛是有人故意给我们看了什么，又隐去了什么。"

"这有两种可能，一种是当年就有人清理了基地，另一种就是后来者……"

"比如袁帅！"秦悦打断我的话。

"你还是认为袁帅就是那个科学狂魔？"

秦悦没了声音，她怔怔地走进那个最大的铁笼子里，转过身，看着站在铁笼子外的我，"这里有个问题说不通，如果袁帅就是科学狂魔，那么他为什么最后要找你？"我刚要说什么，秦悦又接着说道，"难道只是为了营造他消失的事实……那他完全没有必要给你看荒原大字的照片，给你看照片，说明他是希望让你知道荒原大字，让你参与进来！"

"是啊，这点不通，更奇怪的是他给我看了照片又什么都不说，还给我注射了不明液体！"

"很矛盾！我想当时袁帅心里是很矛盾的。"秦悦说道。

我心里一阵阵发紧，在寻思要不要把短信的事告诉秦悦，秦悦注意到我在发呆，便问了一句："你在想什么呢？"

我心里一惊，"我要向你表白！哦不，是坦白！"

秦悦一听扑哧笑了。

"你到底是要表白，还是坦白？"

在这么诡异的地方，我忽然觉得秦悦的笑容很美，但理智告诉我，我怎么会向秦悦表白呢？我怎么也不会喜欢这个老对我凶的女警察！要是我真的跟她在一起了，后半生不敢想……"我跟你坦白一件事，你还记得在去B市的火车上，我一直往前面车厢走，被你抓进厕所……"

"你还负隅顽抗。"

"你那次把我吓坏了，因为我当时全神贯注在找袁帅！"

"找袁帅？"秦悦一惊，"你怎么知道袁帅在那列车上？"

"我不知道，是帅给我发了短信！"说着，我把旧手机递给了秦悦。

秦悦翻看后恍然大悟："怪不得你独自坐火车，不跟其他人一起行动。那你干吗不早告诉我？"

"早告诉你？我还怀疑你呢？"

"你敢怀疑我！"

"那你为啥早不出现晚不出现，偏偏那个时候出现？"

"我……"秦悦竟无言以对。

"我当然有理由怀疑你故意阻止我和袁帅的见面。如果那次我和袁帅在火车上见到，或许现在完全不是这个局面。"

"也许局面更糟！毕竟你也无法肯定他想干吗，而且你到现在也无法肯定对方究竟是不是袁帅。"

"我刚才……"

不等我说完，秦悦掏出PSS微声手枪，径直走出了311室，又穿过门厅，走到外面，我也跟着走出来，端起AK74，我们轻手轻脚走到车附近，胡杨林里异常安静，雾气消散了许多，秦悦警觉地注视着周围，压低声音问我："你刚才就在这儿？"

"对！"

"然后袁教授就出来了？"

"嗯！"我回头又看了一眼黑夜中的这个巨大环形建筑，大门台阶上此刻没有人，我多希望袁帅能出现，可是没有，手机也没有再响起。

18

我们在胡杨林里来回搜索半天，什么也没发现，秦悦又想起了夏冰的话。

"自称袁帅的人给你发短信，夏冰又看见了袁帅……这个家伙究竟是死是活，又究竟在哪？"

东方依稀有了一些红光，透过白雾照射进来，折腾了大半夜，估计天快亮了。我和秦悦回到中央实验室的门厅，秦悦准备回去，我却怔怔地定在了门厅，秦悦回身问我在干吗？我痴痴地看着眼前这面巨大的弧形墙壁，从大门外射进来的旭日红光，刺破浓雾，穿过黑色玻璃，竟然映射在了弧形墙壁上，我死死盯着弧形墙壁，发现上面的黑色玻璃比其他的颜色都要深，表面隐隐泛出了一些金光，是线条，这些线条像是构成了某种图案，可又互不相连，秦悦这个时候也走到了我的身旁，她也发现了弧形墙壁上的淡金色线条，问道："这……这是什么？"

"不知道，看不出来，但我想一定有它的作用！"我的眼睛慢慢眯成了一条线，忽然我看出了什么，所有线条不论如何变化，都会向下延伸，最后结束在整面墙壁下端，但每根线条结束的位置却又不同，这或许就是弧形墙壁的秘密，想到这，我对秦悦说道："我们不是一直找不到通往实验室二楼和一楼的入口吗？"

"你是说在这里？"

我没回答，而是拉上秦悦站到了弧形墙壁的近前，我伸出手，慢慢摸索，平滑的黑色玻璃上果然有细微的凹陷！我从最右边的线条底端摸索，发现在最下面是一个圆形的凹陷，手指使劲摁下去，那一小块黑色玻璃居然陷了进去。于是，我和秦悦从右向左一个个摁下去，一共九根线条，也摁下去了九个小洞，我俩还在最左边摸索第十根线条呢，"好像第十根线条不通到下……"

秦悦话音刚落，突然传来一声刺耳的摩擦声，我们惊异地发现面前的巨型弧形墙壁从中间开始向两边分开……摩擦声越来越响，震得我浑身起鸡皮疙瘩，我拉着秦悦跑到弧形墙壁中间，想一睹里面的世界，可等我们刚跑过来，突然发现半个巨大的钢结构穹顶，随着弧形墙壁打开，从高处滑落下来……我又赶忙拽着秦悦向301室奔去，钢结构穹顶夹杂着大量破碎的黑色玻璃，还有许多不明物体掀起巨大的灰土，从打开的弧形墙壁倾泻而下！眼见我们都要被砸中，我猛地扑向秦悦，用身体护住了她！借助还算光滑的地面，我俩滑出了数米，待我回身望去，一块不大不小的黑色玻璃直直地朝我和秦悦砸来，我想站起来，却已经来不及，黑色玻璃重重地砸在我身上，我感觉自己几乎断气！

过了好一阵，巨大的摩擦声已经消失，耳畔传来秦悦的呼唤声，我才慢慢恢复了知觉，秦悦使劲将我沉重的身体推开，我平躺在地上，以为自己这次算是交代在这里了，没想到秦悦拾起那块砸中我的黑色玻璃，掂量一下，然后往我身上一砸。我惊呼道："你谋害……"

"别装了，这玩意轻得很！说！你刚才拉我过去是不是要害我？"秦悦问道。

"是我救了你好不，我拉你过去看，哪知道后面是这个样子？"我一脸委屈，不过我站起来活动了一下，果然没什么事。

巨大的响动也惊动了宇文、夏冰和袁教授，三个人跑了出来，见我和秦悦的狼狈相，又看到面前这杂乱的一幕，也都一脸震惊！宇文走过去看看说道："你们动静也忒大了吧！"

"是啊！怎么把墙都弄塌了？"夏冰也附和道。

袁教授走近砸出来的巨大钢结构，观察片刻，又探头朝环形圈里面望去，喃喃自语道："里面原来是这样的。"

我和秦悦也聚拢过来，探身往里面巨大的环形圈望去，里面一片狼藉，断裂的钢结构，破碎的黑色玻璃，还有巨大的设备、钢板，我隐约还看见了白骨，不禁浑身一颤，忙缩回了身子。袁教授指着坠落的巨大钢结构说："原来环形圈是有顶的，一个巨大的穹庐顶，就是由这个钢结构支撑的。"

我仔细看了看眼前这个巨型的钢架结构，确实是整个环形建筑的顶，问题是这个顶怎么塌了呢？我再次探身往下面望去，在一片狼藉中我看到了一枚巨型航空炸弹的尾翼，"看来在最后的大轰炸中，一枚航空炸弹直接命中了中央实验室中心，掀翻了这个巨大的穹庐顶。"

"我奇怪的还是这种黑色玻璃！"秦悦拾起一块在手中掂量，"昨天我们已经发现这种像玻璃的材料透光、隔音、坚固、绝尘、不沾水，今天拿起着破碎的玻璃才发现，这种材料还超轻，看似很厚很坚固，但其实很轻，刚才砸在我们身上的那块如果真的是厚玻璃，我们已经重伤了！"

"这确实是种很神奇的材料！"夏冰也拿起一块观察，"不过它还是抵不过炸弹！"

"不，不是一般的航空炸弹，我看像是精确制导的特制钻地弹！"宇文探着身子仔细观察了下面的炸弹尾翼说。

"也就是说这枚航空炸弹就是锁定了要炸这中间……"袁教授有些吃惊地看着宇文。

宇文点了点头说道："是的，而且依我看这两枚精确制导钻地弹，都准确命中了目标，同时钻地弹可以击穿很坚固的地下掩体，可以打到很深的地下，所以，我想应该是因为这下面有必须要摧毁的东西，才不惜血本，用了两枚精确制导钻地弹！"

"所以不是这黑色玻璃不坚固，而是钻地弹威力太大。而且我推测是钢结构先承受不住，坍塌下来，才造成整个穹顶垮掉的。"我补充道。

"那么下面有什么必须摧毁的东西吗？"袁教授再次探身向下望去。

"我刚才已经看到了白骨，有动物的，好像还有人的。"秦悦说着，看看外面，天色已大亮，"想知道谜底，我们就得下去看看。"

"可……怎么下去呢？"袁教授有些不知所措。

"喏！我们不是一直找能下二楼和一楼的通道吗？其实就在这弧形墙壁后面。"随着秦悦手指的方向，我们发现就在弧形墙壁后面两侧各有两个铁质的螺旋扶梯，盘旋向下，其中左侧的螺旋扶梯已经被坠落下来的穹顶砸毁掩埋；而右侧的螺旋扶梯看上去似乎还算完好，只是上面也落满了杂物、碎玻璃，依稀好像还有人的骨头……

第七章　第六日

1

我们收拾完东西，沿着右侧的螺旋扶梯向下，当最后一丝亮光消失后，我们到了二楼，首先映入我们眼帘的就是满地的骸骨。这些骸骨与电网上那些不同，他们的身旁都有枪支，在没有完全腐烂的制服上依稀可以看见勋章。"这些人就是科莫夫的手下了……"我警觉地端着枪，在尸骨中行走，二楼就跟地下一样，黑色玻璃完全没有光线投射进来。

"你们注意到了吗？他们的朝向，他们的武器都朝向走廊深处，尸骸的朝向也都是走廊深处……"秦悦的话让大家的神经都蹦到了极点，我们不约而同地拿起了各自的武器，朝走廊深处缓缓摸索。

二楼的结构看上去与三楼一样，中间是宽大的环形走廊，两侧是一个个房间，但这些房间都要比三楼的小。我们发现了越来越多的尸骨，有的没有完全白骨化，像是干尸，面目狰狞而痛苦。"他们临死前，应该都遭受了巨大的恐惧和痛苦。"夏冰喃喃地说道。

"科莫夫手下有几百名全副武装人员，竟然……竟然全都死在了这儿！"袁教授吃惊地说。

　　"说明他们至少是忠于职守的，他们没有逃走，而是战斗到了最后一刻！"宇文小声嘀咕道。

　　"那电网上的尸骨呢？"秦悦反问。

　　"电网上的那些人出去的话可能只会让更多人遭殃！"袁教授也小声说道。

　　走廊中发现的尸体越来越多，大都是军人，也有其他人员，他们似乎都很勇敢，都不是在逃跑中死去，而是在战斗中死去，但是我们并没发现他们身上的致命伤，我在想会不会是在巨大的恐惧和慌乱中，他们发生了自相残杀。直到我们眼前出现了两具碎裂的骨骸，这两具骨骸下面的地面也裂开了长长的裂痕，我们终于相信格林诺夫复活了史前巨兽！至少这些史前巨兽曾经生存在这里。

　　我们怔怔地站在这两具碎裂的尸骨前，不敢轻举妄动，我用手电往前方照射过去，黑色玻璃的地面泛着幽幽黑光，长长的裂痕清晰可见，我浑身每一块肌肉都抽搐起来，后背又开始隐隐作痛，我预感到我们似乎与那史前巨兽已经很近很近了……

　　我壮着胆子继续向前，旁边一扇门，门上的牌子是201室。我走了进去，里面一片狼藉，地面上同样有裂痕，我实在分不清这里面原来的模样，掀翻的办公桌，散落一地的文件，这儿可能是一间办公室，我慢慢退出这间办公室，不过就在门边我发现墙上贴着一张A4纸那么大的表格，我扯了下来，递给宇文叫他翻译一下。

　　"这是中央实验室各单位的位置！"宇文仔细看看，"三楼和我们看到的情况一致，二楼的房间比较多，多是各种实验室，下面还有一楼，写的多是宿舍！"

"宿舍？宿舍为什么安排在最下面？"我对这一反常的情况感到不可思议。

宇文撇撇嘴说："这就不知道了，不过更有意思的在这儿。除了三层楼以外，最后这上面还标注了一个零号实验室。"

"零号实验室？"众人惊诧。

"对！而且是单独列出来的，看样子不在这三层楼中！"宇文解释道。

"不在三层楼中？难道这里还有别的空间？"我回想起我们进入红区的遭遇，似乎并没有什么其他发现。

"或许在红区其他地方？"夏冰推测。

"也可能还在这下面！"袁教授说道。

"下面？"我们面面相觑，不知道走下去迎接我们的会是什么？我们退出201室，继续向前，走廊上的尸骨少了，但长长的裂痕依然醒目。我们推开旁边205室的门，都是一片狼藉，对面207室，依旧混乱，还在里面发现了两具残缺的尸骨，显然这里也经过了怪兽的蹂躏，我们没有时间仔细勘察每个房间，沿着走廊继续前进，很快是同样狼藉的209室，但对面211室的门却是关着的，我探出手使劲推了推，门没开！我回头看看秦悦，秦悦一瞪我："你手中不是有枪？"

我这才意识到能用枪解决的绝不用废话。于是，我示意众人退后，举起AK74，我又有些狐疑，这门看不出有锁，怎么打？只看到中间有条缝，踌躇片刻，最后我还是扣动了扳机，第一次用AK74，而且还是多年未用的旧枪，我加着一万分的小心，子弹打在门中间的黑色玻璃上，火星四溅！我伸手又推了推，门有些晃动，但还是没开，邪了门了！我退后再射击，直到把满满一个弹匣打完了，我才再次使劲去推门，宇文和秦悦也上来帮忙，门后传来刺耳的摩擦声，这声音又让我想起了弧形墙壁被打开的那刻，我本能地先缩了回去，但宇文和秦悦已经推开了这扇门！

原来抵住门的是两张办公桌，子弹已经打碎了门缝，也打坏了办公桌，我们这才得以进来。这间211室屋内也是一片狼藉，我们很快在屋子角落里发现两具骸骨，尸骨还算完整，看样子并没有遭受猛兽的攻击，秦悦上前检查，我发现这两具骸骨貌似是一男一女，两具骨架紧紧抱在一起。"看来是一对情侣啊，堵着门……"

"闭嘴！"秦悦又一瞪我，"这是一男一女，是不是情侣不知道，但他俩是死于枪杀，准确地说是互相开枪自杀！"

"什么叫互相开枪自杀？"

秦悦拿枪一怼我，"笨蛋！就是我给你一枪，同时你也给了我一枪！"

"问题是门没有被怪兽撞开，他们为啥自杀？"我不解。

"因为恐惧吧……"夏冰在我身后幽幽说道。

秦悦回头看看夏冰，我忽然觉得秦悦看夏冰的目光发生了一些变化，但我说不出是什么变化。

"是出于巨大恐惧，在基地的最后时刻，他们选择了用枪自己结束生命！"

"还有个原因……"宇文口里含着电筒，手里拿着从文件柜中翻出的文件，含糊不清地说着，"因为他们的职责就是守卫这间档案室。"

"档案室？"

宇文拿出口中的电筒说道："对！这两人最后也算是死在自己的岗位上，而且从门后的情况看，应该还没有人进到这里，猛兽也可能见这门紧闭，没有进来。"

"档案都有什么？"我问道。

"喏，这是基地人员的档案！"

宇文递给我手中的档案，果然都是S国情报机构军人的档案文件。宇文又抛给我一份，是基地一位年轻科学家的档案，我随手翻翻，又扔回了档案柜。

"松松，抓点紧！我们现在没时间也不可能检查这里的档案，我们必须快点离开这里。"

宇文还在柜子里翻找，我注意到211室一侧摆放着一排排铁质的档案柜，看来这个基地还真是五脏俱全！秦悦、袁教授也都和宇文一起翻找着，只有夏冰怔怔地站在原地，注视着他们，我则紧张地来回踱着步，一会儿走到门口，向黑漆漆的走廊探望，一会儿举着枪注视着周围。我等的实在不耐烦了，再次催促宇文："松松，能不能抓点紧？"

宇文这次倒是听了我的话，停下手里的翻找，翻看着手里一份档案，然后直接抛给了我，"这个人你应该会感兴趣。"

"我感兴趣？"我接过档案，一头雾水，但还是很快被这份档案所吸引。

2

我狐疑地翻开这份档案，黑白照片上是一张年轻俊朗的脸，小伙子看年纪也就二十多岁，引起我注意的是他的相貌，这张脸有明显的亚洲人基因，我开始翻看这份档案。他叫伊利亚·马明诺维奇·梅什金。这个姓氏让我想起了陀思妥耶夫斯基的名著《白痴》，那里面主人公就姓梅什金，这是一个比较小众的姓氏。民族那一栏写着这人有一半中国血统，另一半犹太血统，毕业于莫斯科大学，除了这些基本的档案信息外，其他就没什么了，我不禁奇怪。

"这人的档案怎么就一页？和其他人都不一样。"

"我就知道你会对这人感兴趣，一半中国人血统，一半犹太人血统，有意思吧？"宇文反问我。

"这也正常，S国有很多犹太人，很多名人都是犹太人，伟大的物理学家朗德就是犹太人。至于中国血统，可能是中国留学生，也可能是在中国生活的S国人后代，'二战'后S国政府允许他们自由选择国籍，这样的人，有不少人后来回到了S国。"我解释道。

"OK，你说的可能对，但是他的档案确实很奇怪！"

秦悦从我手里拿过这份档案来看了看，叹道："马明诺维奇，好奇怪的名字！"

"对哦！很有意思，S国的姓名中间那部分是父名。而诺维奇一般是男性的后缀，这个马明很奇怪！"宇文说道。

"父名？难道他父亲姓马？"秦悦反问。

"这个难说，因为我只是音译过来，无法确定这个名字的真实含义。"

秦悦收起了那一页纸的档案。

"好像也没什么发现了，快撤吧！"

我们继续向前走，走廊的地面上依然留有长长的裂痕，我们不敢掉以轻心，这个走廊和三楼的走廊一样，是个环形走廊，两边的房间全部用奇数编号，从没有出现过偶数编号的房间，我一直没想通这是为什么，也许只是格林诺夫的怪癖，很快我们进入了213室。

213室比较大，里面的实验设备一片狼藉，很显然这曾经是一间实验室。往里面走，发现这间实验室内堆满了各种瓶瓶罐罐，我们分散开来，检查这些瓶罐，秦悦很快有了发现："都是标本，有植物的，有动物和动物器官的，也有人体器官的！"

"并没那么简单吧？"夏冰举起了一个玻璃罐子，福尔马林溶液里浸泡着一个像动物爪子的东西，像是猫科动物的爪子，但又十分巨大，夏冰端详了半天，"以我的经验看，这不是地球上现存任何动物的爪子！"

夏冰轻轻将这个大罐子放在了桌子上，我吃惊地看着玻璃罐子中的爪子说道："这难道就是格林诺夫复活的远古巨兽？"

夏冰不置可否，袁教授又拿过来一个大罐子。

"这里面的肺很显然属于一头大型猫科动物，我猜很可能与这个爪子来自同一头史前巨兽！"

袁教授给出了明确的回答，我感到浑身一颤，胃里一阵作呕！赶忙离开面前这两个大罐子，秦悦倒是见怪不怪，还一个劲地问这是哪种史前巨兽？袁教授摇摇头说："我们都没见过，所以也就无法具体确定。"

秦悦有些失望。

"看来格林诺夫真的复活成了史前巨兽……"

夏冰却说："还是我昨天说的问题，格林诺夫就算复活了史前巨兽，但地球上目前的环境无法让史前巨兽存活！"

"这罐子里的东西已经说明史前巨兽不但复活了，而且还长得挺好，看这么粗壮的爪子应该来自一头健硕的史前巨兽吧！"秦悦反唇相讥。

袁教授沉重地点点头回复："从这几个标本看，格林诺夫不但复活了史前巨兽，而且这些史前巨兽成长到了一定年龄，否则不会有这么粗壮的爪子和肺。同时再联想地上的裂痕、那些人的尸体、碎裂的骨头，这些史前巨兽看上去强大无比，一定是成年的个体！"

"可……可我还是没明白格林诺夫是如何做到的，而且还是在三十年前。"夏冰使劲摇着头。

"天才……"袁教授嘴里喃喃自语。

"哼，是魔鬼吧！"秦悦纠正袁教授。

"他是天才，但更是魔鬼，一个可怕的科学狂魔！"

我们又在这个实验室里发现了一些无法解释的标本，袁教授都把他们归入了史前巨兽的行列。我只想赶紧离开这里，离开这间让我不寒而栗的实验室，我第一个走出213室，推开了对面215室的门，这里比起前面那些房间还算整齐，里面是一个巨大的机器，宇文跟着走了进来，惊道："这可是稀罕货！"

我走到机器的侧面，发现整个机器占满了这个房间。

"这是个啥？"

"超级计算机。"

"超算？"我怎么也无法把眼前这台巨大笨拙的机器，和电影里科幻的超级计算机联系起来。

"老式的超级计算机！准确地说是二十世纪七十年代初S国制造的超级计算机，要知道S国当时虽然是超级大国，但在电子技术这块，S国和U国一直有比较大的差距。不过这已经是当时最好的东西了！"宇文又补充道。

我重新打量起眼前这台少见的超算，巨大的金属外壳，正面一排老式的屏幕，确实是二十世纪七十年代的货。不过，我忽然觉得有哪里不太对劲，夏冰走到我身旁，看看这台巨大的仪器。

"对，应该有这台超算，如果格林诺夫想复活远古巨兽，想弄清黑轴的秘密，需要大量计算实验数据！"

"可……"我终于发现了什么，"但这么大一台机器会耗费很多电力，我们在这里都没有发现电源……"

我的疑问也引起了袁教授的兴趣。

"我也注意到了，地堡内还有发电机，也有电源插座和开关，而这座巨大的中央实验室耗费电力应该更多，可我没有看见任何电源插座和开关，也没有发电机，除非……"

"除非什么？"我盯着袁教授。

袁教授还没说话，夏冰却接着说道："除非这里不依靠一般的电力！"

"不靠电力？"

"对！用其他的能源形式。"

"就是你说的能量？"

夏冰沉吟下来许久，她才又说道："我们现在还搞不清这里的能量，更不明白他们所用能源的产生、输送与使用形式，不过眼前这台巨大的超算已经说明了，当年这里一定有巨大的能源！"

"难道是外星文明的科技？"秦悦有点懵。

宇文摇着头说："即使黑轴是外星文明留下的，但这座庞大的实验室是格林诺夫他们建的，他们在几十年前就掌握了外星文明的技术？不可思议！"

我也觉得匪夷所思，但很快我们在217室找到了一些答案。

3

217室正中央又出现一台钻井，我很快发现这只不过是一台模型，宇文仔细观察后，用手比画了一下说："这模型有三米多高，看不出这个家伙究竟有多大。"

"笨蛋，这上面不是注明了比例尺吗？"我用手电照射模型下方，上面出现一比一百的字样。

"一百倍？"宇文有些吃惊，"三米多高，一百倍就是三百多米，一座摩天大楼的高度，这还只是钻井在地面上的部分，真正的钻头在下面！"

"也就是说这台钻井会打得特别深？"秦悦问道。

宇文的话让我想起了什么，"我记得冷战时期，也就是这个实验室存在的同时，S国科学院在北极圈内的科拉半岛打了一口世界上最深的井，整整打了二十年，耗费大量资金、人力、物力，一直打到一万多米深才停止！"

"当年打那么深的井想干吗？"秦悦反问道。

"科研喽！"

"废话，他们在这儿也是科研呢？我问的是具体目的！"

"我哪知道他们具体目的，也许是为了寻找地心文明！"

我随口胡诌了一句，没想到秦悦倒很感兴趣地说："是啊，除了外星文明，还可能是地心文明！"

面对秦悦这样的科学白痴……呃，凭良心说这么讲秦悦不公平，她已经很聪明，懂得很多了，连地心文明都知道，但她在我们这些超级大脑面前就显得肤浅了。

"地心文明，你相信啊？"

"完全有可能啊，我看过那个电影……叫什么……叫什么《地心……地心历险记》来着！"秦悦忽然变得一脸天真。

"天啊，我的秦大警官，那是电影好吗？"我看看秦悦天真的样子，又解释道，"你知道当初S国打这口井最大的难度是什么吗？并不是坚硬的地层和矿石，而是地热，地幔下温度太高……"

"据说S国当时克服了这个问题。"宇文戳了我一下。

"嗯，钻头可以克服，生物可没办法在下面生存，所以我压根儿就不相信有什么地心文明存在！"我斩钉截铁地说。

"那为什么S国后来不继续钻探了呢？"秦悦继续问道。

"据说是因为经费不足，你知道的后来S国解体了嘛！"我答道。

宇文却说："据我所知，科拉半岛那个深井是从一九七○年开始钻探，打到一九八三年时就已经达到了一万两千米，便基本停了下来，后来工程又持续了十年，直到一九九四年才彻底结束，但这后面十年只打了二百六十二米！"

"也是一九八三年……"我陷入了思考。

"是啊，或许那个深井在一九八三年钻到一万两千米时发现了什么，或者出了什么事而停下来……"秦悦又开始她的合理大胆想象。

"发现了地心文明？"我白了秦悦一眼，然后又盯着面前这座模型，"这么巨大的钻井，我想格林诺夫或许也想打到那么深！"

"不过他失败了！"身后传来了袁教授的声音。

袁教授和夏冰一直在翻看墙边的资料柜，这时候袁教授拿着一沓资料接着说："虽然我不是很懂这种文字，但我大概看懂了上面的数据，这就是他们在这儿钻探的情况。"

袁教授将资料摆在模型旁边的桌子上，指着其中一份资料，我们注意到这份打印的资料上出现了一张有些模糊的草图，我用手电仔细辨认回道："这好像是红区和黑轴的示意图！"

"对！就是红区和黑轴的图，你们注意看这上面密密麻麻的点，就是这些用金黄色标注的点，如果我没理解错，这些金黄色的点，就是当年他们钻探过的钻井。"

"这么密集！"我注意到这张图上，红区内在东、西、南、北几个方向上各有两三个点，而在靠近黑轴的地方则密密麻麻全是金黄色点，已经完全覆盖了黑轴，这样的景象让我想起之前在古墓上看见过的盗洞，心里顿时一惊，"这么说来，黑轴已经被格林诺夫打满了洞，那黑轴的秘密很可能都被他掌握了。"

"是啊，所以他翅膀硬了，才有反抗的资本！"秦悦推断道。

"不，不！"袁教授摇摇头，看着宇文，"宇文应该看明白了吧？"

宇文一直盯着示意图旁边密密麻麻的文字看，这些文字后面还有一排排数字，看到最后，宇文眉头紧锁。

"恐怕格林诺夫还没有掌握黑轴的秘密！"

"什么意思？"

"你们看示意图旁边长长一排就是这些钻井的数据。"宇文指给我们看，"这些数据显示，格里诺夫虽然在红区和黑轴打了这么多钻井，但打得都不深，特别是黑轴上的钻井，全都只打了几十米深，红区的这几处离黑轴较远的钻井打了一百多米深，也就是说离黑轴越近，钻井打得越浅，离黑轴越远，则打得越深！"

"这说明黑轴下面非常坚固，也包括靠近黑轴的地方！格林诺夫费尽心机，打了这么多个井都无法打深！"

我说着忽然瞥见217室另一侧的空间很大，我拿手电朝那一侧空间照去，一排排铁架子上摆满了岩石标本。我走过去查看，都是格林诺夫当初打这些钻井，取样的标本，一列列摆放很整齐，看来这里也没遭到破坏。我粗略看了一下，果然这些标本都只打到几十米到一百多米不等。

我回到钻井模型旁边，夏冰发现了另一份资料，"更有意思的是这份资料，这应该是一份碳十四检测报告。"

宇文翻看后，点点头，"这是一份在黑轴取样的碳十四检测报告！"

"取样？取的什么样？"

宇文来回翻看了这份资料，然后茫然地看着同样翻看过这份报告的夏冰与袁教授，"这报告上取样取的都是这些貌似和黑色玻璃一样的东西，分别取自黑轴不同方位，但……但是……"

"但是他们无法完全分析出这种黑色玻璃的成分！"夏冰指着这份报告，"这份报告后面还附有一份英文的报告，是他们以莫斯科大学的名义送给U国普林斯顿大学三块这种黑色玻璃的样本，普林斯顿大学做的研究报告。同样普林斯顿也无法完全分析出这种黑色玻璃的成分，只是在其中发现了少量的碳元素！"

"嗯，这份厚厚的报告其实内容很简单，之所以厚是因为格林诺夫将黑色玻璃样本分给了多家科研机构和大学研究，包括莫斯科大学、列宁格勒大学、S国科学院、德国马普所、普林斯顿大学等，最后得出的报告都是无法完全分析出其中成分，只检测出碳元素！"宇文说道。

"太不可思议了！顶尖大学的学者也分析不出这种物质的成分！"我不敢相信。

夏冰翻过一页。"更不可思议的在后面，几家研究机构都认为这种黑色玻璃应该不是天然矿物，而碳十四检测这种黑色玻璃产生于距今十万年之前……"

"呃……是的，虽然每家研究机构具体检测数据有偏差，但碳十四检测都在十万年之前，普林斯顿检测的其中一块样本给出的碳十四检测数据是距今三十万年！"宇文说着将报告上的详细数据翻译给我们听。

我忽然感觉这个信息量很大，不禁问道："分析不出黑色玻璃的成分，却又认为不是天然矿物，那……那是什么？还……还距今十万年到几十万年！"

"我想很可能就是我们推测的外星文明产物，而这个外星文明的文明程度、科学水平远超我们，所以我们根本分析不出他们的东西！"宇文推测道。

"那这碳十四测的年代呢？"

"说明黑轴是外星文明几万年前遗留在这里的。"宇文给出了一个看似合理的解释。

秦悦似乎没听太懂，她张张嘴，想说什么，又没说，最后她把这几份报告都收进了她的背包，我们撤出了217室。

紧接着应该是219室，沿着走廊向前，看到的却是221室，这又是什么花样？这个格林诺夫总是不按常理出牌啊！221室的大门显然是被外力撞开的，碎裂一地的黑色玻璃，让我们都警觉起来。

4

我们小心翼翼地走进221室，发现这里满目疮痍，遭受过严重的破坏。221室空间很大，里面全是损坏的钻头，宇文用手电仔细照射了一遍地上的钻头。

"这些钻头证实了刚才那份报告，所有钻头都严重损坏，因此他们在黑轴钻了那么多井都钻不下去！"

"这里的钻头都是最坚硬的钻头了！"我辨认着这里各式各样的钻头，"硬质合金钻头，高等级钨钢钻头，金刚石钻头，PDC钻头……"

"那个年代的技术都可以钻探到地下一万两千米，而在这里竟然钻不下去……"秦悦喃喃自语，像是在想什么。

我们很快又来到了223室，223室的大门同样是被巨大外力撞开的，只是撞击的角度好像不同，里面的空间同样也很大，我估摸这里对应三楼，就是那间有很多大铁笼的房间。所不同的223室没有铁笼，却很奇怪，我们刚一进来就感到潮湿闷热，总的来说这里在戈壁深处，一直是相对干燥的，但223室明显要潮湿得多！我用手电照射，发现屋顶与其他房间不同，铺设了密密麻麻的管道，每条管道上都有许多通风口。

"这么多管道和通风口？"

"下面也有！"秦悦说道。

我循着秦悦手里的马灯发现223室地面四周也有细细的管道，上面同样有很多通风口，只是这些口径显得更小。再看室内的陈设，一片狼藉，但可以看出这里原来似乎摆放或是种植着许多植物，我忽然想到了夏冰曾经提过的小环境。

"这里像是在模拟一种环境……"

"对！我有一种感觉，这是在模拟一种古老的环境！"夏冰同意我的观点。

"古老的环境？"秦悦又有些懵。

"嗯，准确地说可能是在模拟适应史前生物生存的小环境！就像我说的如果格林诺夫要复活史前生物，那么必须具备三个条件，提取完整有活力的DNA，寻找适合的代孕母体，而更重要的是诞生下来的史前动物如何生存长大？"

"所以他们试图模拟史前小环境！"我说完又想想，"可是这里的空间用来圈养史前动物，而且还是猛兽，还是太小了啊！"

夏冰又观察了一遍说："我想这里只是他们建立的小实验室，他们一定还有一个超大的模拟实验室！"

"这个就够烧钱的了，比这个大的那得多少钱？"我不敢相信。

此时，秦悦忽然提醒我们。

"这里被袭击得很严重啊！我猜在基地最后的时刻，这里还豢养着一些史前动物幼崽，然后被……"

秦悦话没说完，昨天一直困扰我们的嚎叫声再次传来，这次叫声比昨天清晰了许多，更加诡异恐怖！我们都本能地举起了枪，紧张地注视着周围，但五分钟过后，一切又恢复了平静，我们谁也不敢说话，我对宇文指了指门外，宇文的眼睛里露着恐惧，我的心脏狂跳不止，也许……也许史前巨兽就在外面走廊上！

我端着AK74，蹑手蹑脚走出了223室，倚在门边观察许久，才转到走廊上。黑漆漆的走廊，再往前走，又出现了大量骨骸，有的骨头呈明显的碎裂状，我盯着一个碎裂的头骨，当年这个年轻生命被巨兽踩扁头骨的一幕让我不寒而栗，浑身一哆嗦，我迈过这些头骨，发觉我们已经沿着走廊转了一圈，前面是最后一间225室，这里的骸骨明显多起来，显然当年这里经过一场血腥的搏斗……呃，也可能只是一场屠杀！

225室的门口堆满了骨骸，密密麻麻，我几乎是踩着这些骨骸进去的。进去后才发现225室不大，里面还有一道铁栅栏门，只是门已经被撞弯曲变形了，推开完全变形的铁栅栏门，里面全是尸骨，我注意到尸骨上残留的制服和配件，这些人都应该是军人，但他们身边多没有枪支武器，而铁栅栏门里面则密密麻麻摆放着完好的枪支弹药。

"这应该是中央实验室内的弹药库！"我推测道。

"这些军人都没有武器，而密集的死在弹药库门口，说明当时事发极其突然，在中央实验室的S国情报机构人员还来不及到这里取武器弹药，就都……"宇文说道。

"按理说这里危险，他们应该随身携带武器弹药。"秦悦有些不解。

"应该有值班的，而其他人很可能被什么事降低了警惕性。"我一边说，一边走到了225室的最里面。

"也许都是格林诺夫捣的鬼。"宇文嘟囔说道。

"所以后来科莫夫应该率地堡内的人员赶过来增援，没想到最后都死在了这里……"秦悦走到了我身旁，盯着我们面前的一个柜子。

我盯着面前的铁皮柜子看了半天，然后打开了柜子，柜子里是整齐的一排步枪，并没什么特别的。我刚转身要退出这间让人压抑的弹药库，秦悦突然拽住了我。我看着秦悦问她什么事，秦悦并没回答，而是怔怔地望着柜子上方，我顺着秦悦的目光，依稀发现在柜子上面隐约露出了一个铭牌，上面似乎有什么符号。这时，我们身后传来袁教授催促，"快下去吧，要不我们天黑也走不回去了。"

我用手电也照向柜子上方被遮挡半截的铭牌，两支手电射出的强光中，铭牌上隐约现出了219几个阿拉伯数字，这就是那个消失的房间吗？想到这里，我的心里一阵紧张……

5

"我们好像发现了那个消失的房间。"我招呼宇文过来，一起抬走了面前的铁皮柜子，果然一扇普通的铁门出现在柜子后面，219的门不是黑色玻璃，而是铁门，门上有锁，我们面面相觑，最后秦悦掏出一根细铁棍在锁眼里捅了几下，门锁里传来嘎达一声，锁开了！

秦悦又掏出那支微声手枪，压低声音说："这间屋子是被人从外面用柜子堵上的，里面一定会有……"

我回头看看宇文，宇文举着AK74，直直地对准219的门，见到秦悦和宇文给我护驾，我狂乱的心总算安静了一点，我猛地推开房门，黑暗中，一股熟悉的味道扑面而来，这是什么？我的面前一片漆黑，脑中混乱如麻，秦悦紧随我闯进了219室，然后是宇文，我则怔怔地伫立在门口。秦悦和宇文用手电筒照射这里，我已经感觉到219室是不大的房间，很黑，我手中电筒的光亮越来越暗，我知道秦悦已经提醒过我们，我们所携带的电池不多了，在宇文和秦悦交替的手电光线中，突然在墙边有一个金黄色的圆形物体吸引了我。我走上前，仔细观察，像是一个开关，只是这样的形状很少见，想到这里，我使劲按下了这个金黄色按钮，219室一下子亮了起来，我深受惊吓，浑身一颤："这……这是什么？"

灯？大家都是一惊，我们本能地朝屋顶望去，屋顶有一个圆形的发光体，但是我们并没有看出灯的模样，这个发光体就像是镶嵌在屋顶的黑色玻璃中，也没有发现电线或是电路之类的东西，宇文不禁惊叹起来，"高科技啊！这不会是外星人技术吧？"

秦悦也寻找半天，"这灯难道用的不是电？"

"也许这在外星人那儿都不叫灯……"

宇文的话没说完，我就对他做了个噤声的动作，那种熟悉的气息越来越强烈，我仔细观察这间屋子，大约有十五平方米，四周墙壁、屋顶、地面还是那种黑色玻璃，但是这间屋在中央实验室内显得有了生活气息，里面陈设着一些简单的家具，很明显这间屋子有人住过，甚至……甚至这里刚刚有人住过！

秦悦从桌上杂乱的书籍和资料中翻找出一些中文书，又看了看四周的陈设，猛然说道："不对！这里刚刚有人住过！"

袁教授和夏冰最后进来，但他们很快就意识到了什么，夏冰有些震惊，又有些恐惧地摇着头。

"这……我嗅到了帅的气息！"

我看着夏冰也沉重地点点头。

"帅没有死，而且他真的来到了这里，并且在这儿住过！"

"这……"袁教授也很震惊，"这么说外面的柜子是帅走后抵上去的？那……那他人呢？"

秦悦握着枪，走到门口，再穿过军械库，到外面走廊看了一圈，待秦悦回来，她随手关上了军械库已经变形的铁栅栏门，又关上219室的门。此刻，这间不大的219室内，我们五个人面面相觑，每个人脸上都透着复杂的表情，紧张、恐惧、震惊、茫然、不解……我们似乎已经接近谜底，但又不知从何突破？沉默了几分钟后，宇文从桌子上，还有地上搜罗了一大摞文件资料，扔在我们面前。"我想这都是袁帅留下来的！"

"还有这个！"我忽然发现在靠墙的柜子里有两件衣服和一个旅行背包。

夏冰一把扯过那两件衣服。

"这……这就是帅的衣服，其中这件冲锋衣还是我们在U国一起买的！还有这个背包……"

"我们还是先来看看这个！"宇文打断了情绪有些激动的夏冰，他指着面前一大摞文件资料，"我刚才粗看了两眼，不得了！"

"怎么不得了？"我们都围坐在了宇文的身旁。

"这份资料详细讲了S国当年对黑轴和灵线的研究，最关键的是他们给出了一个结论，而这个结论和我们的推测并不一致！"宇文脸色有些沉重。

"怎么？有什么不一致的？"我焦急起来。

"我们之前根据种种迹象，推断黑轴是外星文明遗留在地球上的基地或者飞船，但这份报告的结论是——史前超文明！"

史前超文明？我好像第一次听到这个词，大脑一下有些懵，秦悦看着我，我知道她对这词更懵，不过她毕竟是警察，时刻保持着清醒的反应，她马上反问宇文："这是格林诺夫他们的结论？"

"呃……"宇文有些迟疑，"这也是我没搞明白的地方！"

"什么意思？"

"这份报告并不是格林诺夫、阿努钦或者柳金写的，也不是科莫夫，甚至连他们名字都没提，而是一个叫伊利亚·马明诺维奇·梅什金的人写的！"

"等等！这个名字好像在哪儿听过？"我马上意识到了什么。

"在……在那间档案室内，那个有一半中国血统一半犹太血统的青年！"秦悦回想起来。

"对！对！就是这个马明诺维奇，我当时还对他的身份很好奇，没想到这么快又遇上了。"我也回想起来。

"可这个人的档案上除了一些基本资料，其他是一片空白啊！"夏冰也想了起来。

"这人到底是什么人？这上面写了吗？"我问宇文。

"我还没看到，但……接下来更有意思的是，整个报告是以S国科学院的名义写的，所以我推测这个什么马明诺维奇应该是他们科学院的什么人。"宇文指着报告上S国科学院的图章和徽记说道。

"这就有点奇怪了！"我觉察出了问题，"之前S国情报机构主席的信中说，这里所有的研究都由他们情报机构负责，不要再让其他单位知道，怎么科学会扯进来？"

袁教授想了想说："S国情报机构本身是没那么多专业人才的，从其他单位，比如大学和科研院所抽调人是可能的，但既然S国情报机构主席发话了，别的单位是不会参与进来，除非……除非是出了一些特殊情况。"

"特殊情况？"

"比如产生了重大学术分歧，导致整个项目无法继续时，可能会请新人参与进来……不过这都是我瞎猜的！"袁教授推测道。

"即便有别的机构参与进来，以S国情报机构的保密之严格，这些都应该属于绝密文件封存，甚至是销毁！"秦悦不解。

"这上面并没有出现保密字样。我们还是看看这个年轻人说了什么吧！"宇文环视众人，压低声音，我还从来没见过宇文如此严肃。

6

宇文翻到报告后面，指着报告上一处地方开始翻译。

　　首先，我认为可以排除黑轴是现代人类文明的产物，对有关样本的碳十四检测报告，已经很明确地说明了这个问题，黑轴的存在下限应在距今五万年前，上限在距今五十万年前。黑轴和附近地区发现的各种样本也充分证明其建设者的文明程度远超当今人类，以今天或者可以预见的未来两百年内，我们人类的科技水平无法达到黑轴所呈现的技术水平。其科技和文明程度之高，可能需要我们经过数百年甚至更长时间的努力才可能达到，且在这个努力过程中，我们不能犯任何错误！

　　其次，我认为也可以排除黑轴是外星文明的产物。之前有关学者进行的讨论，多认为黑轴来自外星文明，但我个人以为这种可能性很低，甚至并不存在。假设有外星文明能够抵达地球，那么这种外星文明的技术与文明程度将远远高于地球文明，那么他们一定有能力并有理由对地球或人类开展某种行动，这种行动可能但不限于与人类广泛且直接的接触、调查地球与人类，或对人类进行打击、奴役等军事行动。但从人类的历史和考古发现看，地球和人类并未遭到外星文明的打击和奴役，也未与外星文明产生直接广泛的接触。就我国科学家研究和掌握的资料显示，所谓的一些外星文明接触事件多是间接的，并不可证实的，有极少数被认为是直接的接触事件，但最后都被证实并非外星文明所为，因此，我初步认为黑轴也并非是外星文明的产物。

那么，我认为黑轴是一种史前超文明的产物。所谓史前超文明是指在我们现代人类进入文明时代之前，地球上所产生的高度文明。我们知道地球有四十六亿年历史，而现代人类文明只有短短数千年，最多不会超过一万年，那在地球漫长的历史中，我们现代人类文明诞生之前，很可能存在一个或几个和我们类似或比我们更高级的文明形态，至今在我们地球上的一些科考发现，产生许多不可解释的史前超文明现象，比如我本人有幸参观过的位于巴基斯坦境内的莫亨约·达罗遗址，这里的一些令人震惊的发现，已经被认为是我们现代文明之前的高级文明所为。

具体而言，按照时间轴划分，在史前超文明的研究领域可以分为两种观点。

第一种观点认为史前超文明存在于类人猿或猿类出现之前，也就是三千万年前，甚至更早，在数亿或数十亿年前，这个阶段的研究者认为史前超文明后来毁于大的自然灾害或行星碰撞，造成地球重新退化到了低等级生物时代。

第二种观点认为史前超文明存在于人类已经出现但还没产生现代文明之间，也就是距今几万年到几百万年之间。

这个阶段往往是被忽视的阶段，大多数学者认为这个阶段离人类现代文明很近，不会产生高级文明后又被毁灭。但如果仔细研究就会发现，人类现代文明短短几千年就可以发展到今天的程度和规模，并还在以更快的速度发展，那么我们完全有理由相信在距今几万到几百万年之间曾经产生过更高级的文明。这个文明存在的时间可能并没有想象中的长久，但其发展速度很快，产生了比目前我们现代文明更高的技术与文明，但最后因为某些因素导致毁灭。在地球四十六亿年的漫长历史中，几乎没有留下什么遗迹，黑轴或许是少数几个例外。

就这两种观点而言，我个人更倾向于后者，也就是人类现代文明之前地球上曾经存在过史前超文明，它存在于距今几万年到几百万年的某个时间段内，黑轴就是这一次高级文明的产物，具体原因我将另有论述。

在史前超文明研究领域，按文明的产生又有两派不同的意见：一派意见认为史前超文明来自外星文明，他们的理由主要认为史前超文明的技术和文明程度远超我们现代文明，因此认为史前超文明得到了外星文明的帮助，或者直接就来自外星文明，我认为这种论述显然是荒谬的。另一派意见认为史前超文明是地球的内生文明，正如我前面所说，既然我们现代文明可以在短短几千年发展到今天的程度和规模，并还在更高速地呈爆炸式发展，那么我们完全有理由相信史前超文明就来自地球本身，更准确地说就来自我们人类。

至于黑轴的建造、用途及最后的废弃，还有上一次史前超文明毁灭的原因，我将专门进行研究，另行报告，以上就是我关于黑轴的初步分析和推断结论。

宇文翻译完这段话，屋内陷入了沉默，这个结论显然信息量太大，推翻了我们之前的推断，如果正如这位年轻的梅什金所言，那么黑轴就是史前超文明的产物，我接过这份报告又看了看前面列举的样本和数据，喃喃自语道："看来梅什金是对的……黑轴……灵线……史前超文明……"

宇文又进一步解释道："这个梅什金论述还是很严谨的，首先他否定了黑轴是现代文明的产物，然后又否定了是外星文明的产物，最后他提出了史前超文明的概念。我觉得更有价值的是后面关于史前超文明的论述，我还从来没想到，特别是他说的按时间轴划分，史前超文明很可能存在于离我们不远的几万到几百万年前。"

"这说明了什么？"秦悦还是很懵。

"之前流传比较广的史前超文明学说，都认为史前超文明诞生在数亿年前，甚至几十亿年前，后来毁灭了，注意这个毁灭和后来那个毁灭不一样，这个毁灭是指全部，所有……"说着，宇文激动地挥舞起双臂，"就是一切都毁灭了，然后人类才从猿猴重新开始进化，产生了人类，再然后在最近几千年产生了人类文明。"

"也就是说几亿年前的史前超文明说不定根本不是我们人类所

建立的，可能是任何生物，与我们今天的人类没有任何关系。而第二个毁灭指的只是毁灭文明，就是……"我进一步给秦悦解释，"怎么跟你讲明白呢，就是在时间轴上这种史前超文明是由人类，我们，以及与我们长相差不到的人类建立的……简单说就是我们现代人类的近亲，在我们现代文明之前建立了一个超高的文明，只是后来这个高度发达的文明全部毁灭了，然后又隔了数万年，我们现代人类又进一步进化，开始建立我们今天的现代文明。"

秦悦似乎是听懂了，说道："近亲？我觉得这种可能性很大！"

"可是……似乎还是有些问题……"袁教授皱着眉说，"报告里面说的年代离人类现代文明很近，如果建立了高度文明，应该会留下遗迹啊，但是目前地球上发现的遗迹很少且多不能证实。"

"报告里提到了巴基斯坦的莫亨约·达罗遗址。"我说。

"那个遗址也并不能确定！"袁教授说。

"我们眼前这个黑轴不就是吗？"秦悦突然冒出来一句，袁教授张张嘴，想说什么，但却没有说出来。是啊，如果不是因为我们身处黑轴，我们也是很难一下就相信这份报告里所说的内容。

7

又是一阵沉默后，秦悦问道："那么这个距离我们现代文明不远的史前超文明又是怎么回事呢？黑轴是什么？他们又是怎么毁灭了呢？"

宇文翻出又一份报告说："这个梅什金果然又写了一份报告，不过这份报告很短，大多是他本人关于黑轴和黑轴文明的推断！"

"黑轴文明？"我惊道。

"对！这不是我起的名字，是这第二份报告里梅什金起的！"说着，宇文又开始翻译第二份报告，一幅关于黑轴文明波澜壮阔的画卷出现在我们面前。

　　首先要说明一下，将此份报告与上份报告分开论述，主要是因为上份报告基于黑轴的发现和研究，有比较充足的论据，而下面关于黑轴的建造、用途及最后的废弃，还有上一次史前超文明毁灭原因的报告，只是我的推断，甚至只是猜想，仅供参考。

　　我认为黑轴的建造、用途与最后的废弃，与上一次史前超文明毁灭有直接关系。通过黑轴中某些样本的研究，我认为上一次史前超文明大约毁灭于十万年前的某个时间，下限不会晚于十万年前。并进一步推断上一次史前超文明经历了一个较长的发展过程，在某个阶段，其技术和文明程度有了突破性的发展，但在这个突破性阶段后又迅速走向衰落和毁灭。为论述方便，以下我就将上一次史前超文明称为黑轴文明。

　　第一，黑轴文明的产生与发展。黑轴文明的建立者应该与我们现代人类是近亲，也是由猿猴进化而来，但因为某种原因，他们早于现代人类，率先进化并使用工具，建立了早期的黑轴文明。这个时间最早应该在距今二三百万年。

黑轴文明的初级形态与我们现代文明相仿。黑轴文明也跟现代文明一样经历了一个较长较缓慢的发展阶段（类似于现代人类工业革命之前的历史），其后在某个时间节点，黑轴文明因为某些技术的进步，进入了爆炸式增长期（类似于工业革命之后的现代人类文明），并达到了最终超越我们现代人类文明的文明水平。黑轴文明所处的时间正处于第四纪冰期，但第四纪大冰期中间也有几次数万年或十几万年的间冰期，即相对比较温暖的时期。黑轴文明的快速发展和全盛期即在一次最长的间冰期内。

第二，黑轴文明的技术与文明。黑轴文明掌握了许多超越现代文明的关键技术，特别是在能源和医疗健康领域，比如可控核聚变技术，比如基因改造重组技术等。当然黑轴文明可能并不具备现代文明如此众多的科学技术与艺术分类，但这更突出了他们在某些领域发展出了远超我们现代文明的科学技术。

更进一步论述，比如可控核聚变技术使黑轴文明极大地，甚至是永久性解决了能源问题，这也是一直困扰现代文明发展的大问题。黑轴文明很可能是在可控核聚变技术取得突破后，很快摒弃了化石能源，也使其他技术门类得到了极大的发展。再比如黑轴文明在健康医疗领域的成就，更是让我们现代文明望尘莫及的，据我们对零号实验室的初步研究，其基因改造重组技术达到了难以想象的高度，黑轴文明很可能掌握了克服癌症与许多不治之症的技术，并可延缓衰老，很可能使当时人类的寿命延长到了一千岁左右，具体的研究数据将另有详细报告。

总之，黑轴文明的某些技术与文明达到了很高的程度，是目前现代文明难以企及的，但黑轴文明似乎不太重视艺术文化领域，在科学技术领域也有许多空白，或并不发达，所以黑轴文明相对于现代人类文明，是个偏执、较单一的文明，这可能与黑轴文明时期的气候与环境有关。当然，我们不妨大胆想象，我们现代文明会在一个革命性的突破之后，快速发展为更高级的文明。

第三，黑轴文明的异化与分裂。但令人奇怪的是黑轴文明在发展到高级文明形态后，很快就出现了异化和分裂。以下为叙述方便，我将黑轴文明的人类称为黑轴人。黑轴人的人口我们现在还很难估计，黑轴文明产生的时期基本上与第四纪冰川期同期，所以总体上黑轴文明时期的气候要比现代人类文明寒冷，地球上可开发和长期居住的地区比较少，这也就造成了黑轴文明的人口一直没有爆炸性增长，早期黑轴文明的人口我保守估计可能只有几百万人，中期达到几千万人，在鼎盛期，黑轴文明的人口也只有几亿人。

寒冷、饥荒、资源危机、自然灾害给黑轴人带来深刻矛盾，黑轴人逐步分裂为两大阵营，其中一部分掌握超高知识技术的黑轴人开始进化，他们多是精英阶层，智商超群、学识渊博、理性强大、坚定执着、追求完美，他们不断将黑轴文明推向新的高度，但在这个进化的过程中，他们也越来越封闭，越来越不接受其他阶层的意见与努力，甚至到后期他们发展了庞大而严密的组织，超越了民族与国家的概念，我暂时将这类黑轴人称为闭源人。

与之相对，其余黑轴人的生存空间受到挤压，他们中的许多人主张黑轴文明应该多元、开放、包容，而不应该一味追求技术进步，垄断技术，造成巨大的技术壁垒与鸿沟。这些人也逐步超越国家与民族的概念，组成了相对松散的联盟，我暂且将这些黑轴人称为开源人。闭源人与开源人开始还能和平共处，但随着技术鸿沟的进一步拉大，两者之间的矛盾日深，最终走向对抗，这就是由闭源人的完美进化带来了整个黑轴人的异化。

第四，黑轴文明的对抗与毁灭。在黑轴文明后期，国家和民族形态已经彻底瓦解，闭源人与开源人展开了旷日持久的对抗和战争。黑轴文明依然高度发达，但已经开始走下坡路，闭源人自恃巨大技术优势，对开源人发动了近乎屠杀的战争。开源人虽落后于闭源人，但在巨大压力下也在进化，他们多元、开放、包容的态度，使他们不断革新，技术水平突飞猛进；而闭源人则越来越保守封闭，认为他们的各种科学技术、文明制度都已完美无缺，拒绝改变。

　　原本闭源人以为凭借自己巨大的技术优势，可以短时间结束战争，但这场旷日持久的战争让双方都陷入了泥潭。此时，第四纪冰期中最长的一次间冰期结束，地球进入第四纪大冰期最寒冷的时期，人口大量减少，经济持续衰退，社会动荡不安，自然灾害频发，闭源人的人口本来就占少数（大约百分之五到百分之十），在人口损失巨大的情况下，闭源人逐步在与开源人的对抗中处于劣势。

　　但这个时候，闭源人依然不进行改革，既不改变与开源人的关系，也不进一步进行技术升级，或者说这个时候闭源人已经无法进行革命性的技术升级。相反，他们更加封闭，排斥异己，闭源人认为开源人之所以技术进步飞速，是闭源人中的叛徒所为，凡与开源人通婚、私通，甚至只是有交往的闭源人，都被怀疑将其技术出卖给开源人，都被视为叛徒而遭到杀戮！最后很可能闭源人用自己最后的技术优势与开源人展开决战，而在这场决战中（很可能是核战争），黑轴人几乎全部灭亡，曾经辉煌的黑轴文明也随之湮灭。

　　第五，黑轴与灵线。具体说到黑轴文明的覆灭就不得不提到黑轴与灵线，黑轴文明与我们现代文明类似，给地球划分了类似于经纬度的线条，这就是我们所谓的"灵线"，至于他们划分灵线的标准和方法，我们现在还不得而知。在此之后不久，应该是在黑轴文明技术快速突破的时候，黑轴人，当然主要是闭源人发明了飞行器，这种飞行器可能早期与我们的飞机相似，后来则演变为更高级的飞行器，这种更高级的飞行器可以高空飞行，也可超低空飞行，超低空飞行时其依靠灵线判断方位，而灵线与灵线的交汇处就是我们所谓的"黑轴"。

黑轴文明的飞行器长期被闭源人垄断，闭源人后来在黑轴建立了某种能源生产与储存装置，很可能就是我前面所提及的可控核聚变反应堆。这种能源装置可以不断地向四周的灵线传输能量，飞行器便可借助灵线补充能源，由此实现了超远程全球飞行，黑轴也逐步发展成为闭源人的基地、堡垒、能源补给站、飞行器母港。在闭源人与开源人持久的战争中，逐步处于下风的闭源人大多躲进了黑轴这样的基地内，最后的核大战后，黑轴基地大都被毁灭，黑轴文明也随之毁灭。

我们看到的这个黑轴很可能是坚持到最后的几个闭源人的基地。我推断在最后的时刻，地球已经进入核冬天状态，这个黑轴内很可能聚集着最后的闭源人精英，依靠超强的科研能力，他们极力在此塑造了一个小环境，企图保存黑轴文明最后的火种，但他们最终还是失败了。

整个地球重新回到了蛮荒原始状态，直到第四纪大冰期结束，我们的祖先快速进化发展，现代人类文明诞生。但我不妨大胆假设一下，最后依然有极少数躲避在黑轴内的闭源人存活了下来，只是他们无力回天，他们也回到了蛮荒时代，但他们特有的基因却很可能与现代人类混杂在一起，黑轴文明的种子依然隐藏在我们现代文明之中。

8

这第二篇报告信息量惊人，我听完宇文的翻译之后，不停地摇着脑袋发出感叹："这太不可思议了，根本不像科学分析，而更像是科幻小说，对！科幻小说！"

"是啊！这个梅什金一开始就说了他的论断缺少依据，只是他个人的推测，甚至是猜想！"袁教授也摇头。

"我倒觉得他说的挺有道理！"秦悦一脸严肃地说。

"我觉得吧……"宇文欲言又止，"这个报告对我们现代文明很有暗示作用，比如他说到黑轴文明之前发展很慢，后来有个技术快速突破时期，这之后黑轴文明虽然越来越发达，但却陷入了动荡和战争，最后分为两派阵营，核大战，这倒是很符合当时他们所处的国际环境！"

"你说冷战？"我听懂了宇文的意思。

"是呀，你们回想一下我们现代文明也是经历了一个快速突破期，之前几千年我们发展很慢，后来在工业革命之后，特别是二十世纪呈爆炸式发展，比如核技术、基因技术、信息技术、航天航空技术等等。"

"所以你的意思这个梅什金在借古讽今？那就是他在按照自己的意思瞎编的喽？"

宇文听了我的话，没说什么，秦悦却道："我不认为他是瞎编的，他可能有借古讽今的意思，但更多的还是在研究黑轴。至于他在报告提到的东西，我觉得恰恰很有价值，比如他说黑轴人的寿命居然可以达到一千岁！"

"这确实让我很惊讶，但如果真如他在报告中所说，黑轴人在基因技术上取得了巨大的突破，那么确实可以克服很多疾病，包括现在许多在医学界看来是不治之症的病！"袁教授想了想又说，"但是一千岁……"

"注意，梅什金在报告中提到了零号实验室！"秦悦环视众人，"这个零号实验室我们还没找到，梅什金在论述其他东西时没有提到什么论据，偏偏就是说到黑轴文明在基因技术上的成就时提到了零号实验室！"

"嗯，他是这么说的'据我们对零号实验室的初步研究，其基因改造重组技术达到了难以想象的高度'，我翻译时也觉得很奇怪，他为啥偏偏提到了零号实验室，我想他们在零号实验室一定有惊人的发现！"宇文很笃定地说。

"所以这篇报告可不是科幻小说，也不仅仅是想借古讽今！"秦悦想了想接着说，"还有报告里提到的那个……什么可控核聚变……这玩意我是不太懂，但我记得前不久看新闻里报道过……好像是说如果人类搞定了可控核聚变就能一劳永逸解决能源问题！"

"是的，现在全人类都在攻关这个可控核聚变技术！你知道人类所有技术进步都少不了能源作为基础，所以黑轴文明一下子解决了能源和健康两大问题，太厉害了！"我惊叹道。

夏冰这时候也开口了："我感兴趣的是报告里提到了进化与异化。黑轴文明原来也是有民族和国家的，只是到了高级文明后，随着技术进步，超越了民族和国家的概念，然后就分裂成闭源人和开源人了。"

"这个梅什金倒真是会起名字，那个时候就会用'开源'和'闭源'了，刚才宇文翻译时，我就老想到智能手机。"我嘟囔着。

夏冰接着说道："我觉得这个开源人与闭源人的命名很恰当，我一直觉得随着技术的进步，特别是人工智能的发展，我们现代人类也有可能因为技术走向分裂。古代的时候，用权力、财富、宗教、血统划分人，而将来不排除会用技术划分人，就像黑轴文明这样，一部分自持拥有巨大技术优势的人，与大部分不具备这种优势的人形成技术鸿沟，然后这些人就像闭源系统一样越来越封闭，自认为完美高贵，不愿接受新的改变，最终慢慢走向没落，或是快速走向毁灭，这个梅什金真是个天才，就算是以古讽今也是个天才！"

"好吧！我就暂且相信他说的，还是快点看看最后这个部分，我关心的是黑轴和灵线！"我看了看大家，有些激动地说道，"报告里认为黑轴里就有可控核聚变反应堆，这是否就可以解释黑轴所谓的能量？"

"我觉得很有可能！"夏冰想了想，又道，"你们想想，梅什金在报告里重点说了黑轴文明两个最牛的科技，他的论据从何而来？很可能就是从黑轴而来，所以……我想黑轴内有当年闭源人建造的可控核聚变反应堆，甚至我推测整个中央实验室的能源也来自于此！"

"包括地堡内那一路电源？"我回想起地堡内还能亮起的地灯。

"这太……"宇文非常吃惊，"那按你的意思这反应堆一直在工作，几万年来！一直！"

夏冰冲宇文点了点头，"所以我以为这篇报告解开了我们许多疑团，虽然我们还无法完全用科学去证实！还有最后一个问题，就是闭源人最后集他们科技之大成，建造了最后的几个黑轴，作为避难所，这几个集大成的黑轴又是如何毁灭的呢？"

"难不成一直有闭源人……"我话说到一半，没敢说下去。

"啊！你怀疑黑轴内还有闭源人？"秦悦还是把我没说的话说了出来。

我摇摇头，忽然想到什么，不禁喃喃自语道："闭源人的基因倒是有可能在我们人类身上延续……"

"我再提醒你们一下，报告中梅什金提到关于黑轴人的最高寿命达到一千岁，他另有研究数据详细论述……"宇文提醒我们。

我也猛然想起来："是啊，应该有第三份报告呢！"

"关键这里提到了他有研究数据！"秦悦也很震惊。

宇文冲我们耸耸肩，"我找遍了，没找到这份报告！"

"那你这下面这么多乱七八糟的是什么？"我指着宇文放在地上的那一沓资料。

"这……"宇文露出复杂而奇怪的表情，"这些都是袁帅留下的，大都是关于如何复活史前巨兽的资料和各种实验报告，其中有几份很像是新的，这些年的……"

宇文又吞吞吐吐起来，但他手上却翻出了那几份新的实验报告。我一把夺过这几份实验报告，上面都是中文，我以为自己理所当然能看懂，结果翻开一看全是各种实验数据，我看得有些头大！然后我翻着翻着有几滴液体滴落在报告上，我回头发现原来不知何时，夏冰不声不响站在我身后，也在看这几份实验报告，她的眼泪就这样止不住地落下来，我用询问的目光注视着夏冰，她抽噎着说："从这……这几份……报告看，确实有人在做……做相关实验，想复活史前巨兽……"

夏冰没说袁帅，但我们都不约而同地想到袁帅，我心里暗暗叫苦，一直不相信帅会是科学狂魔，即便他给我注射了有毒针剂，我也不怀疑他，可……可这事实却……怎么会，不知怎的，我的鼻子也是一阵发酸，眼眶有些温热。

9

219室再次陷入长久的沉默，秦悦在检查袁帅遗留的那个背包，夏冰还在抽噎，袁教授面色凝重，一页页详细看着那几份实验报告，最后他将报告重重地扔在地上，什么都没说，失魂落魄地瘫坐在椅子上。

我看着袁教授斑白的头发，突然增多的皱纹，想安慰一下袁教授，可我张了张嘴，却什么也没说出来。这时我忽然发现秦悦从背包里翻出什么东西，却偷偷藏了起来，像是一本杂志，然后她又继续在背包内翻找。

袁教授最后失魂落魄地说了一句话："从这几份实验数据看，这个人对复活史前动物的研究已经远远走在我们科学界之前，不过并不代表他已经能复活史前动物……"

"那……"我刚想开口，秦悦突然从包里翻出一本绿色封皮的老式笔记本，笔记本内滑落出一张长方形的卡片，外观看起来像是明信片，但秦悦把卡片拾起来我才发现，卡片上印着几个黑体大字——失踪人口登记表。

我心里一惊，与秦悦对视一眼，很快我们就看清楚了这张失踪人口登记表，这是一张一九九〇年公安部门的失踪人口登记表。登记的失踪人口叫桂颖，女性，三十六岁，然后是失踪人的照片，最后是一个我十分熟悉的家庭住址，我不禁惊叹道："袁叔，这不是您家吗？哦，不，是袁帅小时候住的地方！"

袁教授一下从失魂落魄中惊醒，接过卡片一看，不禁变色。

"怎么会出现在这里？"

我和秦悦都很诧异地看着袁教授，我很快想到了什么。

"袁叔，这……这是帅的妈妈吧？"我虽然从小就听袁帅念叨他妈妈，但却从来不知道他妈妈叫"桂颖"。

袁教授像是再次受到了巨大打击，痛苦地点点头。

"帅到底想干什么？他怎么会有这个东西？"

"是啊！很奇怪，一般来说这个卡片要留存在公安部门，袁帅怎么会有？"秦悦也大感意外。

　　袁教授似乎是陷入了回忆，"帅的妈妈是在一九九〇年的夏天突然失踪的，我找遍了她可能去的地方，怎么也找不到！然后我去报警，警察帮着我找，还是找不到，他妈妈就这么失踪了，活不见人，死不见尸……我知道这件事对帅影响很大……后来也一直没再结婚……就是怕他难过……"

　　袁教授说着说着又失神地望着墙上的黑色玻璃，秦悦这时打开那个绿色封皮的老式笔记本，"这里面还有一封袁帅妈妈写给他的信……哦……可能也算不上信……"

　　我接过笔记本一看，虽然是本旧笔记本，但几乎没用过，只有第一页写了几行字，字体娟秀，一看就是出于女性之手，我默默地念出了这封很短的信："亲爱的帅帅，妈妈要去很远很远的地方，妈妈也许再也回不来，不能陪你成长，不能教你读书，希望你能快快长大！我知道你是个聪明的孩子，将来一定不会辜负妈妈的。"

　　我读完信，总觉得哪里不对劲。

　　"这封信也太短了，似乎没有写完。"

　　"我倒觉得这封信并不像是绝笔……"秦悦指着笔记本上，"你看这句'妈妈要去很远很远的地方'，还有'也许'，这语气似乎不像是永别，只是……只是很悲伤。"

　　袁教授接过笔记本翻了翻。

　　"这个笔记本我都没什么印象了，当时好像帅他妈并没留下什么信件或是绝笔之类的，所以她突然失踪我一直怀疑是遭遇了不测，但警方说没有证据，只能以失踪人口立案。"

我从袁教授手上拿回笔记本，随手又翻了翻，忽然发现在笔记本的最后一页出现了一句话，同样是用钢笔写就，字迹应该就是袁帅妈妈的，我慢慢念出了那句话——我们打开了黑轴的秘密，它就不会再关闭！

我们打开了黑轴的秘密，它就不会再关闭！当我念出这句话时，所有人都面面相觑，仿佛被这句话震慑，它像一句咒语，又像是一句预言。许久，我才惊道："袁帅妈妈的失踪与黑轴有关系？"

"这……"袁教授也是一脸震惊，刚要去拿笔记本，秦悦已经从我手上拿过了笔记本，翻到前面，又翻回后面，数次对比字迹，最后她才将笔记本递给袁教授。袁教授盯着那行字看了很久，迟疑、惊惧、困惑、痛苦，各种表情交织在他苍老的脸上，最后他嘴里只是小声嘀咕了一句："难道……难道颖也在研究黑轴……"

袁帅的背包已经被翻了个底朝天，秦悦最后把里面的东西全倒出来，包里的东西很乱，貌似袁帅也是匆忙离开了这里。在最后倒出来的物品里，有一个与那个绿色笔记本很像的老式笔记本，只是封皮是蓝色的。我一把拿起来，打开，里面是工整的笔迹，密密麻麻，很明显和桂颖的笔迹不同，看样子像是一个男的笔迹。我粗略翻看，发现内容都是一些生物技术方面的实验笔记，当然都是三十年前的。我快速地翻到笔记本最后，发现笔记本的封套内夹着什么东西，我掏出那个东西，猛一抬头，看见袁教授正怔怔地盯着我手里的笔记本。

"怎么，袁叔，你见过这个笔记本？"

袁教授被我一叫有点恍惚。

"呃……好像……是好像在哪见过，但想不起来了！"

此刻，我将掏出的东西摆在面前，首先就是一张工作证，看皮子也是有年头了，翻开工作证的瞬间，袁教授像是猛然想起了什么。

"这个本子我想起来，是……是我过去同事的，他叫白乐山！"

当袁教授说出"白乐山"三个字时，我的目光也正好停留在工作证上。果然，工作证上用钢笔写的正是——白乐山。紧接着便是年龄、籍贯、民族、政治成分，院系一栏正是袁教授一直工作的金宁大学生物系，最后我看了一眼已经发黄有些模糊的照片，依稀可以看出英俊但有些消瘦的面庞。

10

219室内的气氛仿佛凝固，袁教授怔了好一会儿，才一脸诧异地说道："我记得以前白乐山做实验时，经常在这个小本子上记笔记，怎么会在帅这里呢？"

我快速翻到工作证后面，忽然发现这个工作证在一九八五年十月已经被注销了，我将工作证递给袁教授，袁教授更加诧异。

"这个东西注销后，应该被学校回收上去了，袁帅怎么拿到的！"

笔记本皮套内还有两张老式的火车票，打过孔，说明已经使用过，我不禁疑问起来："袁叔，那您这位老同事的工作证怎么在一九八五年被注销了？"

"因为他死了。"袁教授的话让我们又是一惊。袁教授这时候倒淡定了下来，"喏，你们看到这两张车票了，也是一九八五年的，我还记得那年夏天特别热，学校刚放暑假，白乐山跟我和同事说要去皖南玩。这个人一直对科研很专注，平时几乎就是教室、实验室、图书馆、食堂、宿舍五点一线，节假日他也泡在图书馆或者实验室里，所以他说要去皖南旅游的时候我们都很诧异……"

"后来他就在那边出事了？"秦悦问道。

"嗯，后来快要开学了，学校要求我们年轻老师提前到校，可就白乐山一直没来，学校也联系不上他，你们知道那个年代通讯很不发达……"袁教授像是陷入了回忆，"后来都开学了，白乐山也没出现，他好像没什么亲人，学校询问了我们和他几个朋友，也都不知道他的下落！学校只好报了警，警方去他老家调查，也没有消息……再后来我们就听说在皖南山区人迹罕至的悬崖下面，发现了一具男尸，是当地村民报的案，那时候天很热，发现时尸体已经高度腐烂，呈白骨化，警方无法确定尸体的身份，只是从尸体的死亡时间和学校的报案情况推断，这具男尸很有可能就是白乐山。这件事我记得很清楚，因为当时学校派我和我们教研室另一个老师去辨认……"

"你们最后确认了吗？"秦悦又问。

"呃……怎么说呢，当时学校保卫处的一位副处长，带着我和另一位同事去的，我们到了那边，还见到了白乐山的妹妹，我以前听他说起过他还有一个妹妹，我们四个人看了尸骨和现场遗留的一些物品，最后……最后是二比二……"

"二比二？"我狐疑地看着袁教授苍老的脸。

"我和那位同事与白乐山在一个教研室，所以平时接触多些，我们两人都认为那具男尸不是白乐山，但白乐山的妹妹坚持认为男尸就是白乐山，而保卫处的那位处长平时和白乐山接触并不多，估计他是不想继续麻烦寻找，他也认为那具男尸就是白乐山。"

"那当时警方对死因的结论呢？"秦悦问。

"警方当时的结论是失足坠崖，要以意外死亡结案，因为这不用我和同事表态，我们也没说什么，保卫处那位处长还是想赶紧结案，所以也赞同警方的结论，只有白乐山的妹妹坚决不干，她认为哥哥是被人谋杀……"

"谋杀？"秦悦想了想，"那么她妹妹有什么证据吗？"

"就是没有！她要是能拿出一件证据，警方也不会认为是意外，虽然说保卫处处长有息事宁人的意思，但当时确实没有证据显示这个人的死是谋杀，更何况我压根儿不认为那个人是白乐山！"袁教授似乎很笃定。

"那您和那位同事又如何确定男尸不是白乐山呢？"秦悦继续问道。

"怎么说呢，那具男尸的身高和年龄是挺符合白乐山的，但我们的第一直觉就不对！我当时也是这么跟警察说的，这个在你们警方的档案内都有记录！"

"那最后是怎么结案的呢？"我问。

"这我就不是很清楚了，我们去辨认完就回学校了。后来我曾问过保卫处那个处长，他说最终这个案子是以意外结案，但男尸的身份没有定论。"

"那么后来再也没有这个……这个白乐天的消息？"秦悦又问道。

袁教授摇摇头，"从那儿之后再也没有白乐天的消息，直到刚才……"

"这案子明显有问题啊……"秦悦忽然化身神探，"两张火车票，白乐山突然性情大变，他一定是和另一个人去的皖南……"

"还有桂颖的失踪……"我突然脱口而出，发现袁教授的脸色越来越难看了。

一直沉默的夏冰突然喃喃自语地说着什么，我仔细倾听才听清，她嘴里不停地重复着两个年份："一九八三……一九八五……一九八三……一九八五……"

就在这个时候，宇文忽然在地上拾起一小块黑色玻璃，满脸疑惑地问道："这是袁帅包里掉出来的吗？"

我们身处在这巨大、恐怖、震惊的黑色玻璃建筑内，破碎的黑色玻璃很多，一直没注意这小块黑色玻璃，好像是从袁帅的包里掉出来的，因为这间屋子完好无损，并没有破碎的黑色玻璃。我将这一小块黑色玻璃拿在手上，缓缓举起，冲着屋内的发光体，并没发现这块黑色玻璃与其他的有何不同，但是心里却总感觉这块有些不一样……

狐疑之时，外面再次传来那诡异而恐怖的嚎叫，这次声音离我们似乎更近了，我们都瞪大了惊恐的眼睛，袁教授的额头上渗出了细汗，而我的心脏狂跳不止，竟不自觉地拉住了秦悦的手，夏冰还在喃喃自语，我们五个人都惊恐地望着门口，219的铁门，225的铁栅栏门此刻都敞开着，一阵阴风突然灌了进来，让我们不寒而栗！

11

不能被怪兽堵在里面！这是我的本能反应。于是我端起AK74冲在前面，重新来到外面的走廊上，我回头看去，秦悦和宇文也举着枪跟了出来，而袁教授和夏冰却迟迟没出来！我回头刚要去找他们，袁教授才拉着夏冰走出来，夏冰看上去有些恍惚，但现在顾不上许多，我让袁教授照顾夏冰，然后继续向前搜寻，宇文有些退缩，想掉头上去，我和秦悦对视一眼，此刻我们都感到或许已经很接近谜底了，袁帅就在我们附近！

于是我们继续前进，很快我们来到二楼走廊的尽头，这里也有个大房间，对应三楼的大厅，满地都是尸骨，脚旁随处可见碎裂的尸骨！地上的黑色玻璃在微微幽光中映着长长的裂痕，我们来到通往一楼的螺旋铁梯旁，往下望去，穹顶坠落的钢结构、大块破碎的黑色玻璃、碎裂的尸骨，堆满了往下延伸的螺旋铁梯。我抬起头望去，破碎的穹顶外面天还亮着，我估摸现在是下午两点左右，看着看着，我忽然想到了那两只袭击我们的皂雕。

"这个地方或许就是它们的巢穴……"

"也或许是它们诞生的地方！"秦悦也盯着穹顶，喃喃说道。

"你俩是说皂雕？"宇文问道。

"我一直在想那两只巨型皂雕从何而来？"我回头看看宇文，又望向夏冰和袁教授，"起初我想皂雕是M国高原上的常客，所以出现在这里也不奇怪，不过后来又觉得不对劲，此地如此诡异，磁场异常，皂雕很难在这里辨别方位，更别说生存在这里。再有那两只皂雕太大了，体形超过了一般的皂雕，而且凶猛异常，后来在实验室发现那些标本，我忽然想明白了，那两只皂雕很可能是基地实验的产物，最后基地被毁，它们又奇迹般逃过了大轰炸，后来就一直以此为巢穴……"

"但是格林诺夫和阿努钦不是要复活远古巨兽吗？皂雕是现在地球上还存在的生物啊！"宇文问。

"我猜格林诺夫和阿努钦会在现有生物的基础上做实验，而且复活远古生物，还需要母体孕育嘛！"我推测道。

秦悦摆了摆手反驳道："你们都忽略了很重要的一条，格林诺夫和阿努钦复活远古生物的目的是什么？最初可能只是为了科学目的，但你们再想想S国情报机构支持他们的目的是什么？我想他们如果不弄出点有实用价值的东西，可是很难得到长期支持的！"

"你的意思是，他们很可能在用远古生物的一些特殊基因改造现有生物？"我反问道。

"这样就能理解后来发生的一系列事，包括袁帅！"秦悦很笃定地说，"当时正是冷战高峰，S国情报机构很可能希望格林诺夫和阿努钦通过这里特殊的小环境，复活远古生物的某些基因，然后再利用这些远古生物的一些特殊基因改造现有生物，比如让一些生物变得更凶猛，强壮。比如让一些生物变得更隐蔽，寿命更长。最后甚至将这种基因改造技术用到人类身上！"

"所以我们遭遇的这两只皂雕就是他们实验的产物，更强壮、更凶猛！"我一下明白了，"如果这个技术成熟的话，用到我们人类身上，就可以治愈许多疾病，延长寿命！比如像闭源人一样，能达到几百岁，甚至上千岁！"

"当然还有闭源人掌握的可控核聚变技术，这样就可以彻底解决能源问题，只有这些重大且有实用价值的研究成果才能让S国情报机构如此感兴趣，而不仅仅是理论和科学上的研究。如此回想起来，在格林诺夫走投无路的时候，朗德推荐他去找S国情报机构，真是聪明至极，只是打开了一扇难以控制的恐怖之门……"秦悦越说声音越低。

"也是贪婪之门。试想一下，如果格林诺夫真的取得突破，掌握了这些技术，那么他还需要听命于S国情报机构吗？甚至不需要听命于任何政府和组织！"我推断道。

秦悦已经沿着螺旋铁梯，朝着一楼走去，我和宇文跟着也向下走去。此时，宇文才反应过来说道："后来格林诺夫取得了突破，翅膀硬了，这才有了安德洛夫临终前的命令，他已经感到了危险，格林诺夫他们的研究失控了……"

"可惜科莫夫晚了一步，没能……"我说。

秦悦却打断我说："或许不是科莫夫的行动晚了，而是当时格林诺夫、阿努钦的研究成果已经让科莫夫无法战胜他们，即便他有全副武装的几百人，也无法战胜他们！"

"所以不是科莫夫的行动晚了，而是安德洛夫反应过来的时候就晚了！"我正说着，忽然觉得脚下踩到了什么东西，是一具尸骨，说实在的，我现在已经对这些尸骨见怪不怪了！不过我却觉得脚下这具尸骨还是有些特别，因为其他尸骨身上的衣服已经腐朽不堪，而这具尸骨身上的衣服难得完整，我停下脚步，给宇文使个眼色，宇文心领神会，和我一起将这具趴着的尸骨翻了过来。

翻动扬起的灰土散去，一具白骨呈现在我们面前，吸引我的是这具白骨身上的衣服——一套S国情报机构军官的制服，准确地说是一套将军制服！肩章上一颗金星依然闪耀，袖口、领口、胸前，包括制服的纽扣都是金色装饰，这一切都彰显着制服主人的重要身份，我看看围拢过来的众人，小声说道："科莫夫！"

"终于见到这个家伙了！"袁教授和宇文不约而同感叹道。

"是啊！当年基地的重要人物都不见踪影，只有科莫夫坚守在岗位上，最后战死了！"我不禁感叹道。

"别急着下结论！"秦悦边说边在科莫夫的制服口袋里翻找什么，"制服完好，骨架也基本完整，看不出这家伙是怎么死的。"

秦悦又在尸骨上下翻找了一遍，看得我一阵阵皱眉，胃里还是起了反应。最后秦悦有些失望地拍拍手，"什么都没有。"

我拾起尸骨下的一支手枪，递给秦悦："马克洛夫手枪。"

秦悦检查了手枪，"弹夹内子弹全打完了，看来最后时刻，科莫夫也参与了战斗！从尸骨趴在楼梯上看，他应该是打完了枪里的子弹，反身想上楼时遭遇了不测！"

我们将科莫夫的遗体重新放好，秦悦又将手枪放在尸骨上，我看见秦悦从科莫夫尸骨上似乎拿了件什么东西。我们继续沿着螺旋铁梯向下，通往一楼的螺旋铁梯很长，一圈一圈一直向下延伸，仿佛要把我们带向地心深处，走了很久后，我们来到了更加黑暗的一楼。

12

一楼空间与上面两层不同，中间穹顶之下仿佛是巨大的广场，坍塌下来的穹顶正砸在广场中央，旁边就是那两枚钻地弹的弹片，巨大的弹片和坍塌的钢结构几乎覆盖了一楼中间的广场。

我仰头望去，自己像是置身于井底。

"这地方让我想起了西南地区的天坑……人造天坑……"

"我也想起了天坑，喀斯特地貌形成的天坑下面往往形成自己的小环境，保留一些特殊的动植物……"宇文的话语有些颤抖。

"这地方也像一个小环境……或者说就是格林诺夫当年营造的小环境！"我环视四周，四周不是如上面两层的黑色玻璃，而是黑漆漆，看不到底的黑色空间。

"你们注意脚下，似乎还残留着一些植物！"秦悦提醒我们，我们朝脚下看去，隐约还有一些绿色植物，秦悦用手去拿地上一节看似植物根茎的东西，可当她手触碰到那东西时，瞬间化成了粉末。

"那是一种苏铁类植物，不过已经死了……"袁教授说道，"这里原来应该种满了古老的植物，比如苏铁类、蕨类植物等，而且原来这里是注满水的。"

袁教授这一说，我才感觉到脚下有些松软，我们踩的地面并不是黑色玻璃，也不是钢筋混凝土的，而是一层厚厚的半干沙土，我蹲下用AK74的刺刀插入地面，刺刀竟然全部插了进去，证明底下的土层很厚，"看来格林诺夫当年极力在此营造一个复活远古生物的小环境！"

"大家小心，分开走，如果复活的巨兽还有存活的，很可能就在这里！"秦悦提醒大家。

"也要注意脚下，格林诺夫既然营造了小环境，这儿也可能还残留着一些有害的小虫子，比如这个……"说着，袁教授从地上夹起一条足有三十多厘米长的马陆。

"这儿的东西都大！这可以算巨型马陆了！"我小时候在山上经常看到这些多足爬行动物，不过一般的马陆只会长到十几厘米，而像三十几厘米的也是头一次见到。

秦悦和宇文、夏冰看见袁教授手里的马陆，一阵阵作呕，袁教授又提醒道："这样的虫子还能看见，就怕看不见的微生物，你们多加小心！"

我们散开来，向地下广场的其中一边搜寻，很快我们看到了各种古老的爬虫，我还踩到了一段鱼骨头，是一种很大的鱼，秦悦有些费解地问："这地方都废弃多年，又处于干旱的戈壁深处，这些小虫子怎么还能生存？"

"生物不会灭绝，而只是进化！"袁教授下到一楼后，好像已经摆脱刚才的愁云，有些兴奋起来，"就像我们已经知道的黑轴文明！还有地球上曾经经历的几次，甚至是几十次物种大规模灭绝，但每次又可以重新繁衍，只是这些灭绝的生物变化了外形，慢慢适应新的环境，不断进化！"

"那么人类呢？"秦悦的话让我们都是一惊，袁教授停下脚步看着秦悦，秦悦补充道："我是说那些黑轴人。"

袁教授笑笑说道："我觉得黑轴人也没有完全灭绝，他们还会以一种方式，或者说以一种形态不断演变进化。具体来说，黑轴人分为闭源人和开源人，开源人不好说，但智商超群的闭源人是不会灭绝的，他们很可能以另一种形态衍变，继续生活在这个星球上，因为这个星球就是他们的家园。"

袁教授的话让我不寒而栗，衍变为另一种形态，什么形态？远古猛兽？巨型马陆？还是就在我们身边的空气中……袁教授可能是看出了我的困惑，"呵呵，不用害怕，我说的形态还是人，黑轴文明并不像一些小说电影里的外星文明那么夸张，他们也是地球文明的一部分，我所谓的闭源人很可能以另一种形态存在，指的仍然是人……"

"人？您的意思……"我马上想到了什么，瞪大了眼睛。

"闭源人就在我们中间？"秦悦反问道。

袁教授点点头，"不过并不是以完整个体而存在，我刚才看了那份报告后，一个直观的感受是闭源人很可能会以基因的形式继续在这个星球上衍变。换言之，就是闭源人的基因很可能几千年来一直在现代人类的体内繁衍、遗传、重组……"

"这么抽象！"听到闭源人不是以完整个体存在，我长出一口气，可听到后面，我又觉得有哪儿不对劲，我不禁脱口而出，"那帅是闭源人吗？"

袁教授一愣，停下脚步，怔怔地看着我，过了好一会儿，袁教授才说道："如果我的假设成立的话，携带有闭源人基因的人，都会绝顶聪明，智商超群，并且性格上会有些另类怪异，历史上许多著名的大人物，比如科学家、艺术家、政治家、军事家等都可能是携带有闭源人基因的人。但是帅……"

"帅符合您说的那几点！"我接着说道。

袁教授略显尴尬地笑笑。

"不过我不觉得我有携带闭源人的基因，如果帅携带有闭源人基因，那么……"

"那么来自他的母亲桂颖！"秦悦很肯定地说道。

"这么说就通了，所以袁帅要研究荒原大字，要来黑轴，因为他就是闭源人的进化，甚至……"宇文用惊恐的眼神盯着我们，"格林诺夫、阿努钦这些人也携带有闭源人的基因，这些疯子……"

说话间，我们已经走进了大广场一侧的阴影中，当我们的眼睛适应黑暗，用手电照过去时，在手电的强光照射下，我们发现一楼周围密密麻麻竟是一个又一个铁栅栏门，铁栅栏门似乎围着大广场绕了一圈，我心里暗暗惊道："牢房？！"

我们没说话，都朝着一个方向，我也不知道为什么要往这里走，难道只是出于好奇，来看看这里的牢房？因为这里照不到阳光，脚下的土质明显要松软很多，我们深一脚浅一脚，喘着粗气，在黑暗里前行，当我们用手电照射到离我们最近的那间牢房时，我发现牢房的门是敞开的……

13

牢房要高于一楼的地面，毕竟原来一楼积满了水，牢房肯定要修得高一些！但我仍然无法想象这里恶劣的环境，如果牢房里关的是人，如何能在如此阴暗潮湿，被各种古老变异爬虫和微生物包围的环境中生存？爬上锈迹斑斑并且变形的铁质扶梯，来到牢房前的走廊。走廊是钢筋混凝土的，在这条走廊上一座座铁栅栏门几乎都已融化、撕裂、敞开着。死寂，一种荒诞末世之感！

我们面前的铁栅栏门上有一个被大火烧过的铭牌——111，铭牌锈迹斑斑，呈融化状。 走进铁栅栏门，用马灯照亮里面的黑暗空间，发现整个牢房约有二十平方米，四周墙壁、屋顶、地面都是钢筋混凝土整体浇筑而成。可让我诧异的是牢房里面很干净，什么都没有，没有家居陈设，没有卫生设备，更没有人，我不禁疑惑问道："这牢房原来是关人，还是关动物的？"

"肯定不是关人的！"袁教授看着我们，"注意，我的意思是这儿肯定不是关正常人的，基地人员如果犯了事，都被关在地堡内的那个牢房。"

"那里的条件还算可以了。"我回想起那间有精美家具的单人牢房。

"那么这里可能关动物，也有可能关着那些参与实验的志愿者！"袁教授接着说道。

想到这么恶劣的环境，又想到电网上那些人的尸骨，我忍不住一阵作呕，"您是说那些志愿者就关在这儿，这么恶劣的……"

"不，你别把他们当正常人看待，如果把他们当正常人看待，那么这儿的环境确实难以接受，但他们都是实验品，就跟动物一样，既然格林诺夫在这里模拟小环境，那么他肯定会将那些志愿者放在这里，看他们是否能适应这种小环境！"袁教授说完，又补充道，"当然这都是我的推测，也许并不是这样，这只是关动物的，但我们并没发现志愿者住的地方，所以……"

我们没有理由反驳袁教授的推测，但我还是觉得哪里有问题。

"如果这里关着志愿者，那么在基地出事的时候，为什么科莫夫和那些S国情报机构人员，还有基地的工作人员都死在这里，反而那些志愿者逃出了实验室，只是最后他们没逃出电网？"

袁教授没有马上说话，倒是一直沉默的夏冰开口回应道："只有一种可能，科莫夫在基地最后出事时，带人前来镇压，他所要消灭的除了复活的史前动物，还有这些志愿者……"

"啊！他要杀死这些人？"宇文惊恐地反问。

夏冰此时镇定了许多。

"是的，他们已经不是人，他们只是实验品，而我估计这些志愿者当时已经发生了某种变异，所以科莫夫得到的命令应该包括将这些志愿者转移到安全的地方，比如S国情报机构的医院。但这时，格林诺夫很可能决定殊死一搏，首先发难，科莫夫眼见控制不住局势，于是他匆匆带人赶到这里，想要杀死所有实验品，包括动物和志愿者。

至于最后志愿者为何逃出了实验室，你只要看看二楼满地的尸骨就明白了，科莫夫和他的手下没能阻止这些志愿者和史前动物，包括科莫夫将军自己也成了牺牲品，而志愿者最终扑到电网大门前，很可能死于触电、踩踏及外面的攻击！"

"外面的攻击？"秦悦反问。

"科莫夫应该在外面还留了少数人，这些人很可能是整个基地最后的幸存者。最后是大轰炸，玉石俱焚，少数幸存者接受命令在荒原大字外围布设了雷区……"

随着夏冰的推断，灵线基地最后毁灭的画面徐徐展现在我们面前，可怕而疯狂的结局！我们缓缓退出111室，回到了走廊上，秦悦忽然又问道："科莫夫和他的手下全副武装，拦不住史前巨兽，难道还挡不住这些志愿者，他们可是手无寸铁啊？"

"那就只有一种可能，这些志愿者产生了变异，他们要么变异成力大无穷，要么智商超群，可以驾驭猛兽，反正全副武装的人类，是无法战胜他们的！"夏冰进一步推断道。

夏冰的推断让我不寒而栗，我们又沉默下来，沿着走廊走过一间间牢房，每一间都几乎一模一样，虽然并没有新发现，但这样密集而静谧的空间仍然不断向我们散发着恐惧，我们最后走到了这条走廊的尽头，原来这条环形走廊并不像我之前想象的可以环绕一圈，而是将我们带到了一个巨大的洞口边……

我们又从锈迹斑斑、呈融化状的扶梯上下来，重新踩在大广场松软的地面上，这时我才搞清楚整个一楼的结构，中间环形的大广场，周围环绕着一圈密密麻麻的牢房，但在大广场的一边，钢筋混凝土墙壁上出现了一个黑漆漆的洞口，即便用强光手电照射进去也看不到尽头。我不禁倒吸一口凉气，将手电移回来照射洞口周围，坚固的钢筋混凝土，整体浇筑，整个洞口呈扁长方形，好似我们在都市里见到的隧道，我大致估算了一下，这个巨大的洞口长至少有十五米，高在七米左右，脚下的地面平整，一直向里面延伸，"这就是一条地下公路啊！"

"而且这规模够高速公路级别的了。"宇文也感叹道。

"你们注意看这里。"秦悦站在洞口一边，指着地上一块巨厚的钢板，"这块钢板向洞内弯曲撕裂，再看对面……"

顺着秦悦手指的位置，我发现在洞口另一侧也有一块这样巨厚的钢板向洞内完全撕裂。在离我们不远处的前方，几块巨大的厚钢板躺在洞口，这样的厚钢板让我马上想到了儿时，袁帅带我一起去的那个人造山洞。

"这个洞口原来是有门的！"

"对啊！"秦悦检查了地上的厚钢板，"这么厚重的钢板是用来构筑地下工事的，可以防核生化攻击，这些厚钢板就是洞口的大门。从被撕裂的程度，还有被抛向洞口内侧来看，这扇厚重的大门很可能是在大轰炸时被炸毁的！"

"嗯，当年大轰炸目标明确，两枚钻地弹的目标就是地下，所以上面两层还算完好，一楼的大广场瞬间爆炸燃烧，这么厚的钢板都被撕开，周围的牢房门也被融化，人间地狱啊！"我不禁感叹道。

"但不得不说这种黑色玻璃依然是非常坚固，比这么厚的钢板还要坚固，否则整个中央实验室就不存在了。"秦悦环视周围。

"那……那我们现在该怎么办？"宇文的声音充满胆怯。

说实话，我如今也是腿肚子转筋，害怕！我看看秦悦，秦悦也在看我。

"你们说这条地下公路会通往哪里？"秦悦冒出来这么一句。

该死，我现在只想赶紧上去，谁还想这些，我看看宇文，宇文看看袁教授，这时候夏冰嘴里缓缓说出了两个字——地心！

14

夏冰的话让宇文接近崩溃的边缘，我也极度恐惧，往洞口望去，没有感觉到风，这条地下公路会通往哪里？地心？我逡巡不决，秦悦却说："或许这里就通往那个一直没发现的零号实验室。"

零号实验室！我狐疑之际，突然宇文和夏冰几乎同时惊叫起来，我回头望去，不知何时，也不知是从哪儿冒出来，中央大广场上集结了成千上万的巨型马陆，正朝我们站的洞口爬过来，一条巨型马陆就够我恶心的了，一下子冒出来这么多，而且有的更长！

我举枪就朝地下扫射，希望能震慑住这些恶心的爬行动物，但收效甚微，后面的马陆爬过同伴的尸体，继续朝我们爬过来！我们犹豫之时，浪费了宝贵的时间，此时密密麻麻的巨型马陆已经铺满了洞口地面，还在如潮水般往里面前进，我们只得且战且退……

已经不需要选择，我在向门口扔了两颗手雷后，快速向地下公路深处退去。我们关掉手电，在黑暗中奔跑，很快洞口的亮光消失了，大约十五分钟后，这条地下公路依然没有尽头，荒原大字、黑色玻璃、袁帅的微笑、废弃的电网、科莫夫的尸骨、幼时和袁帅走进的那个洞穴，各种杂乱的画面不断闪现……终于，我喘着粗气停下了脚步，在黑暗中，我们五个人紧紧靠在一起.

"这条地下公路似乎没有尽头。"秦悦小声说道。

"地心……"夏冰又喃喃说道。

"可……可我没感觉是在往下走啊！"我一直在判断方位。

"我们……我们现在该怎么办？"宇文拉住了我的背包带。

"别慌！先等一会儿！"袁教授安抚大家。

"可……"我刚想说什么，忽然嗅到一股从未闻过的腥臭味，我心里猛地一紧，巨大的好奇心让我将手电对准了地下公路前方，黑暗中两道绿光在隐隐闪烁，直到我手中的强光电筒照射到那绿光，四目相对之际，一个我从未见过的巨大生物就在距离我们不超过十米的地方！

我赶紧屏住呼吸，宇文不停地抽搐，秦悦和夏冰这对冤家居然紧紧抱在了一起！浓烈的腥臭味将我们包围，刚才还在嘀咕的我们已经魂飞魄散，瑟瑟发抖，就在这一刻，那个熟悉的诡异而恐怖的嚎叫再次响起，就在我们耳畔，震耳欲聋，就是这货！

"跑！往外跑！"我大喊一声，关了手电，率先往外奔去，我想去拉袁教授和秦悦，可宇文这货死死拽住了我，那么沉，那么沉！我艰难地跑出去几十米，已是气喘吁吁，宇文肯定是吓坏了，不停地喘息，不停地哭丧，我只得大声喝道："你自己跑！我还要断后！"

秦悦正拉着夏冰撞上我们，我把宇文交给秦悦，自己停下，大口喘着粗气，转身举起枪，漆黑的隧洞里传来阵阵嚎叫，那个怪兽离我越来越近，两道绿光闪动，我在黑暗中扣动了扳机，嗒——嗒——嗒！AK74射出的子弹擦亮了黑暗，但我根本没法瞄准，子弹打过去，传来的是更猛烈更接近的嚎叫！我一口气打完了弹匣内的三十发子弹，一边换弹匣，一边继续往外撤！

换弹匣的手剧烈抖动着，我强制自己镇定，集中注意力！怪兽似乎被我的子弹唬住了，没有马上追上来，给了我宝贵的几秒钟时间！对，也就可怜的几秒钟时间，我几乎是百米冲刺的速度在往外狂奔，弹匣一直没有装上，我只得停下来，前方这时总算现出一丝光亮，我终于装好了弹匣！与此同时，那个凶猛的怪兽也追了上来，我回身根本来不及瞄准，又射出几发子弹！这次怪兽没有犹豫，几乎是迎着子弹就扑了上来，我闪身躲过来，借助洞口闪过的一丝光亮，我终于看清了这头凶猛的怪兽，就是传说中的史前巨兽——袋狮！

我面对着史前最凶残的巨兽，双腿不停颤抖，自感小命不保！我举着枪，双臂双手剧烈抖动，大口喘着气……袋狮一声嚎叫，又猛地朝我扑过来，狂乱中，我扣动扳机，嗒——嗒——嗒，这次我看准了射击，有两发子弹打进了袋狮的体内，但袋狮只是略一迟疑，嘶吼着，继续向我扑来！我急中生智，在地上连滚带爬滚了过去，身形较大的袋狮扑了空，返回身，继续向我逼近，我爬起来，不顾一切地向洞口奔去……

袋狮的速度绝对超出我的想象，很快袋狮又向我扑来，我脚下被什么东西绊了一下，猛地摔倒在地，袋狮用力过猛，一下从我身上扑了过去！就在这一瞬间，我浑身上下爬满了巨型马陆，我惊恐地从地上爬起来，不停拍打，拍死的马陆尸体，内脏与不明液体交织在一起，恶心恐怖，但我已顾不得那么多……此时，我的耳膜又被袋狮的吼叫撕扯，脆弱的心脏几乎就要爆裂！可令人惊奇的一幕出现了，这声嘶吼过后，原来爬满我身上的巨型马陆纷纷退去，向洞口外退去，又剩下我和袋狮，四目相对！

袋狮再次发出嘶吼，向我扑了过来，我几乎已经精疲力竭，放弃抵抗，双手抖动得厉害，根本无法举起手中的AK74。就在这时，袋狮身后响起了枪声，几颗子弹准确地打进了袋狮的身体，袋狮一阵嘶吼，反身向后扑去，我反应过来，是袁教授救了我！没想到袁教授的枪法如此精湛，我赶忙向洞外撤退，撤到一楼的大广场，秦悦也返回身，向袋狮射击，袁教授和秦悦两个人与袋狮正在对峙。

"快撤！"秦悦冲我喊着，我拉上宇文，扶着夏冰，艰难地爬上了螺旋楼梯，秦悦和袁教授在打光子弹后，也跟着冲上螺旋楼梯。袋狮猛地扑向螺旋楼梯，袁教授抄起楼梯上一块钢板，朝袋狮砸去，袋狮被钢板砸中，暴怒地号叫着。

我们不顾一切地冲上二楼，袋狮眼露凶光，似乎有些犹豫，没有马上冲上来。来不及多想，我们一口气冲上三楼，全都精疲力竭地瘫倒在地上，大口喘着气，此时，我才发现外面天已经黑了。

15

夜幕降临，凶兽在侧，这座巨大、恐怖、震惊的中央实验室绝非久留之地。又是一阵嘶吼，我的耳膜已经产生幻听，但还是本能地站了起来，秦悦也站起来，熟练地换弹匣，举枪对下面的袋狮射击，宇文拖着哭腔爬到弧形墙壁旁，想找到机关，关上这堵弧形墙壁，但这一切都是徒劳！

此刻，我们面临选择，是冲出去被黑夜包围，还是选择……选择301室暂避，躲过黑夜。看着外面沉沉的黑幕，还不知会有什么等着我们！我们几乎不约而同地选择了躲进301室，宇文最后堵上门的时候，脚下的黑色玻璃地面重重一响，我们知道那个怪物踏上了三楼的地面。

目光扫过，昨晚过夜的301室还保持着原样。我们屏住呼吸，靠在门后，门外的走廊传来沉重的踏步声和黑色玻璃细微的碎裂声……时间仿佛凝固，也不知过了多久，怪兽似乎已经远去，外面的走廊又恢复了平静。

"我们不能一直待在这儿……"我压低声音，喘着粗气说道。

"那我们能去哪儿？外面现在都黑了。"秦悦反问我。

"不如……不如待在这儿等天亮。"宇文也说。

沉默再度降临，这诡异的空间静得可以听见心跳，宇文还在大口喘着粗气……我稍稍镇定，慢慢站起来，不敢推开手电，在黑暗中向前走了几步，观察着四周，五分钟后，我走到301室靠外侧的那一边，转过身小声说道："我有一种预感，那怪兽不会放过我们，这里并不安……"

我背对着301室外侧，面向大家话还没说完，就见所有人都张大嘴，瞪大眼睛，眼中充满恐惧，我意识到身后有危险！我想回身却又不敢，彷徨再三，还是缓缓转过头，就在那一刻，我双瞳放大，看见外侧的黑色玻璃上隐隐现出一个巨大的黑影，黑影从上往下，猛地撞击了外侧的黑色玻璃，看似牢固的黑色玻璃竟现出了一条长长的裂痕！夏冰发出了撕心裂肺的呼叫，宇文则完全傻了，求生的本能让我反应过来，大吼一声："快跑！到车上去！"

我们五个人又手忙脚乱移开门口的东西，连滚带爬地奔出301室，奔出一楼大厅，拼命逃出这座巨大、恐怖、阴森的中央试验室！我最后一个奔上了车，秦悦的手抖得厉害，几次发动车都没发动成功，宇文几乎崩溃，袁教授倒还有几分镇定，率先驾驶大切冲进了胡杨林。扭头再看那边，袋狮已从一楼大厅冲了出来，露出可怖的獠牙，猛地向我们扑来……

关键时刻，我紧紧握住秦悦颤抖的手，车终于发动起来，我再望去，袋狮的巨掌离我越来越近，越来越……我猛地瞪大眼睛，整个人都怔住了！就在袋狮的巨掌拍碎牧马人车窗的瞬间，牧马人一头冲进了胡杨林。

碎裂的车窗扑面而来，划破了我的额头和手臂。此刻，顾不上许多，两辆车在胡杨林里并排疾驰，几次差点撞上朽倒的树干，我们也不知道在往哪里狂奔？白雾依然没有散去，辨不清任何方向，我们只是想离那个恐怖的实验室远些，再远些！我和秦悦很快发现大切在前面画出了一道弧形，像是拐了个弯，我俩对视一眼，也跟了上去。我们出了胡杨林，很快两辆车开始剧烈颠簸起来，越往前，颠簸越厉害，这让我想起了在荒原大字上驾驶的感觉，难道我们已经开出了红区？

但理智告诉我不可能，我们还没看到电网，怎么会出了红区？前面的大切似乎不堪颠簸，在前方停了下来，我们也在靠近大切的地方停下来。我要打开车门，秦悦却一把拉住我，观察一番，见宇文他们下了车，秦悦才缓缓打开车门。

脚下果然是高低不平的石块，像是陨铁，但仔细观察却比陨铁光滑得多。

"黑色玻璃？"秦悦吃惊地辨别出来。

宇文、夏冰和袁教授也吃惊地看着脚下密密麻麻的黑色玻璃，我依稀看出了一些端倪，"这些黑色玻璃好像是按照一定规律排列的……"

夏冰此时脸色好了很多，盯着脚下的黑色玻璃，喃喃说道："这……这才是真正的荒原大字啊！"

"啊？"我们吃惊地盯着夏冰。

"当然这不是我们最初在照片上见到的荒原大字，这是闭源人摆出来的荒原大字！"夏冰很笃定地说。

"闭源人的荒原大字？"我已经被吓得有点晕。

"嗯，你们有没有考虑过格林诺夫为什么会想到在绿区布置那么多荒原大字？"

夏冰的话马上让我想明白了。

"因为黑轴文明的闭源人也曾经企图用这种方式接触外星文明！"

"是的，闭源人拥有那么高的科技，他们肯定会像我们现代人类一样，对宇宙和外星充满好奇。这满地的黑色玻璃就是闭源人摆出来的文字和符号，只是我们完全不认识这些文字和符号。"

夏冰说着望了一眼宇文，宇文还在发抖，他用马灯照着附近的黑色玻璃，盯着看了很长时间，最后还是摇了摇头说道："这……这些符号和文字与现代文明的任何文字，符号体系都对不上，包括我所知晓的那些死文字！"

"这么牛吗？我忽然想起了帅写的那篇论文，完全用的是我们不认识的文字！"那些奇怪的文字浮现在我脑中。

宇文也想起了那篇论文。

"对！现在回想起来，那篇论文或许就是用黑轴文明的文字写的，所以我当时就纳闷了，居然还有我不认识，甚至不知道的文字？可惜现在没法对比。"

"哎，你们说黑轴文明当年有几种文字？就一种呢，还是像我们现代人类一样有成千上万种文字？"秦悦忽然提了这么个问题。

"既然黑轴文明分为闭源和开源两大阵营，那么可以肯定闭源人就一种文字，而这种文字一定是他们认为最完美的文字，也就是我们脚下这些荒原大字。他们甚至认为这种最完美的文字可以去沟通外星文明，所以排列在黑轴周围。"夏冰推断道。

"好了！我们还是赶紧离开这里吧！"袁教授打断了我们的讨论，又朝中央实验室的方向看去。

宇文却面露难色。

"我的车算是彻底交代在这里了！刚才被这些黑色玻璃顶到了底盘，没法再开了！"

"不需要车！"袁教授的话让我一惊，再看袁教授指着前方半空中，"看，那大概就是黑轴！"

我们抬头顺着袁教授的手望去，雾气散去了一些，在绰绰夜色中，一个巨大的阴影出现在不远处，那难道就是黑轴？

16

袋狮似乎并没有追来，我卸下一块弹药箱的钢板，钉在副驾驶的玻璃上，再查看我们的装备，所带的食品、电池、水都已所剩不多，我脱下沾满血迹和马陆残骸的衣服，扔了出去，换了一件之前已经穿过的旧T恤。一整天体力透支，我们最后还是决定先在车里忍一宿，第二天早上再出发去黑轴，或许在这个恐怖的红区内，只有我们的车，还能提供些许安全。已经顾不上安排值夜，大家只是将车门紧闭，吃完了我们携带的最后一点食品，便沉沉睡去……

也不知睡了多久，咚咚咚——我被一种奇怪的声音叫醒，睁眼望去，外面依然是漆黑一片，天还没亮……我正狐疑之时，一扭脸发现车窗外站着一个人，咚咚咚——那人又敲击了车窗，我看见那人戴着手套，穿着冬装，现在正是酷暑时节，这人怎么这副打扮？我不敢贸然开门，透过车窗往外观察，那人还戴着帽子，帽子似乎与衣服是连成一体的。那人也发现我在看他，便脱去帽子，我终于看清了那人的脸，心里一惊，浑身猛地一颤，敲车窗的人竟然是——袁帅！

我略一迟疑，看看身旁还在沉睡的秦悦，袁帅冲我做了个开门的手势，我无法抗拒，他仿佛有一种魔力吸引着我，就像小时候一样。我缓缓地打开车门，走下了车，颤巍巍地问袁帅："你怎么跑到这儿来了？"

"我带你去一个地方。"袁帅答非所问。

"去哪儿？"

"到了你就知道了。"说罢，袁帅转身走进黑夜里。

袁帅从小就喜欢这样，故弄玄虚，我依然无法抗拒儿时的玩伴，生怕他又消失了，便急匆匆跟上了他。在黑夜中，在浓雾中，我们踩在黑轴文明的荒原大字上，深一脚，浅一脚，艰难前行，走出一段后，地上的荒原大字消失了，我们踏上松软的沙土，袁帅走在前面，沉默不语，就像小时候一样，我跟在后面，亦步亦趋……

很快，一个巨大的井架出现在我们面前，井架锈迹斑斑，废弃的钻头触目惊心，我猜这就是格林诺夫当年在黑轴附近打的深井之一，但我还是开口问袁帅："这井架……"

"不要管这些无聊的东西！"袁帅很不屑地说。

"那钻头看上去很坚硬……"我还继续嘟囔着。

"再坚硬的东西也打不穿黑轴！"袁帅依然继续向前赶路。

"黑轴究竟是什么？"我难掩好奇。

"你很快就会看到了！"袁帅的话语有些不耐烦。

"我……"我还想说什么，但我忽然发现脚下已经不是松软的沙土，而变成了坚硬的黑色玻璃，"这……这就是黑轴？"

袁帅没有回答，沉默着往前走路。我感觉地势在逐步抬高，很快脚下出现了台阶，九级，转弯，又是九级，又是转弯，还是九级，还是转弯，如此反复，我脚下的地面越来越高，我伫立在高台上，向四周望去，黑夜中巨大的黑轴被浓浓白雾包围，还是无法窥见全貌。

就在我一愣神的工夫，我的眼前猛然一亮，豁然开朗，等我反应过来时，发现自己已经置身于一座宏伟如宫殿般璀璨夺目的大厅内。这是怎么回事？刚才还在外面爬楼梯，这会儿怎么一眨眼……我仔细回忆刚才的那瞬间，任何人类的词汇也无法形容那一刻的经历和感受，一眨眼？一瞬？不，完全不是那样的感觉，完全是瞬间置身其间……像是穿透屏幕一般，我的科学素养让我很快想到了一个词——维度！对，只有维度可以解释刚才的经历和感受！

黑轴文明相对现代文明，是更高的维度，他们的许多技术是我们完全无法理解和感受的，就在我胡思乱想的时候，袁帅终于说话了——

"欢迎来到黑轴！"

"这……这就是黑轴？"我一脸惊诧地望着周围，白色，抑或是银色，还是透明的，我完全无法辨别周围墙壁……呃，用墙壁这个词太落俗了，该说是空间！我完全无法辨别周围空间的颜色与形状，整个宫殿的形状似乎是在随时变化的，就像这会儿，从我斜对面走过来了十多个人，我完全无法看清他们是从哪里走过来的，斜对面有门吗？门那边还有空间？不知道，我只看见那十几个人越来越近，面容越来越清晰，可我并不认识这些人，但又似乎在哪儿见过。

我努力回忆着，忽然我发现了一个熟悉的身影——蔡老，蔡鼎甲教授！猛然我想起了秦悦曾经给我看过的照片，这些人不就是那些失踪的精英吗？他们慢慢走到袁帅身旁，呈半圆形围住我，脸上带着一种难以捉摸的表情，我依然是一脸惊诧："你……你们都是闭源人？蔡老，您也是？"

蔡老没说话，只是和那些人一样，冲我点了点头，袁帅开口说道："准确地说我们只是最接近闭源人的人，真正的闭源人已经永远消失了！"

"帅，是你绑架了这几位吗？"我反问。

袁帅没说话，那些人却笑了，我接着又问："是你想复活那些远古生物吗？"这次袁帅笑了，我一口气又问道，"你为什么给我注射了……"

这次袁帅打断了我："因为只有如此，你才能来到这里。"

"什么意思？"我继续惊诧。

"普通的现代人是无法到这里来的，只有闭源人或者闭源人基因的携带者才能来到这里！"袁帅的回答让我一头雾水。

"我……我也是闭源人……吗？"我问了一个之前从没想过的问题。

"是的，我觉得你也是闭源人基因的携带者，你和我们一样，所以你有危险，记住，你有危险，所以，我把你带到这儿来！你的反应看来还不够好，得再给你注射一针……"说罢，袁帅又拿出了那种很微小的针，我根本看不清针管，看不清里面有什么，但袁帅已经逼近我，他的表情难以捉摸，我本能地向后退去，我感觉后面不远处就应该是刚才进来的门，可我向后退了十步，二十步，三十步，四十步……可恶，怎么还没到门，如果后面真的有门，我早就应该到了，我回头望去，后面的空间仿佛是个无穷无尽的深渊，没有尽头，我刚才是怎么进来的？再看袁帅以比我更快的速度，握着针管来到了我的面前，这是要谋害发小的节奏啊！我想呼救，却感觉喉咙被什么东西堵住了，只发出了一些含糊的声音，我再想后退，却被袁帅一把抓住，不知为何，从小瘦弱的帅，此刻变得异常强壮，孔武有力，我竟无法反抗，眼见着针管猛地扎进了我的皮肤，扎进了动脉，啊——

我终于叫出声，却把身旁的秦悦吓了一跳，秦悦惊醒过来，我才意识到原来刚才又是一场梦，一场可怕的梦！我将梦境对秦悦述说了一遍，说完了我嘴里仍然在不停地念叨："闭源人……我也是闭源人？"

"放心吧！就你这尿样，绝对不会是闭源人！"秦悦一脸嘲讽。

"那……袁帅……他怎么说我是闭源人？"

"你傻了吧！那是梦！"秦悦关切地摸摸我的脑门。

梦？可是一切都是那么清晰，连那几位失踪者的面容都是那么清晰，怎么会是梦？我极力回忆着刚才的梦境，当我完全从梦境中走出来时，我警觉地向四周望去，我们还在原地，我和秦悦刚才在牧马人的后排座位上睡着了。宇文他们的大切就停在离我们不远的地方，黑夜、白雾，并没有人敲车窗！"我们睡了……"

"谁跟你睡了？"秦悦立马回怼我一句。

"好，好，我是说现在几点了？"

"我估摸刚才睡了有五六个小时！"

"这不还是睡了！"

秦悦猛地一掐我，一阵钻心疼痛，我一龇牙，把秦悦又吓一跳："我可没碰你！"

"那个…那个伤口……好像更疼了……"说着我脱了T恤。

秦悦用手电照射我后背，又用手按了按针眼周边的肌肉，"针眼周围并没有溃烂啊！但是……但是你后背好像变得坚硬了许多！"

"坚硬了？"我狐疑道。

"血管和静脉好像都鼓胀起来……"

"这……"我重新穿好衣服，不明白这代表什么，我忽然想起梦境中袁帅说的话。

"帅说因为他给我注射了这种不明液体，我才来到了黑轴，这是什么意思？"

秦悦皱起眉头说了一句："我刚才注意到你说的这句话，设想一下，黑轴如果拥有适合史前生物生存的小环境，那么我们今天的生物，也包括人类是否能在这里生存？"

秦悦的话让我茅厕顿开，不禁一拍她的肩膀。

"你有时候还是很聪明的嘛！不论我体内的液体是什么东西，就你刚才说的，我们明天能否进入黑轴恐怕还不好说。"

总之，明天的一切还充满了未知，就在我俩说话间，正对着我们，穿透白雾亮起了一些红光，我们终于可以辨别出那儿是东方，新的一天来了……

第八章　第七日

1

就在我望着东方的红光发愣时，秦悦拍拍我，"哎，那个袁帅联系你了吗？"

我这才想起这一天一夜那个手机都没有再响起，我甚至怀疑昨夜是不是我的幻觉，但旧手机上的短信的的确确存在，如果对方是帅，不论他对我有何企图，为什么不再联系我？或许他……想到这里，我失望地摇摇头。

"喏，我给你看一样东西！"秦悦忽然话锋一转。

"什么？"我一扭头看见秦悦从车后座拿出一本像杂志的东西，我猛地想起在219室发现袁帅遗留的物品，其中在袁帅的背包里秦悦偷偷藏起了一个像杂志一样的东西，"这是从帅背包里发现的？"

秦悦点点头，这时我才看清楚原来并不是什么杂志，而是一本像账本的东西……呃，准确地说就是账本，因为秦悦已经翻开了这个账本，里面果然都是密密麻麻的数字。

"这是什么？"

"账本！必大医药集团的账本，就是袁教授他们公司。"秦悦翻到后面，指着其中一处说，"不过这是本老账本！"

"老账本？对啊！现在不都电子化了吗？"

"他们公司电子化也够晚的！这个账本是二〇〇七年度的，从这份账目可以看出当时他们公司的规模并不是很大，资产也就在几个亿，主要产品是基于袁正可教授团队在九十年代研发的几款药品。喏，这有份股东名单，袁正可在这份股东名单中排名第二，排名第一的是一位叫苏必大的商人。袁帅失踪以后，我们也曾调查过这个人，他早年经商，做矿产生意发家后，偶然机会认识了袁教授，他对袁教授的科研成果很有兴趣，于是投钱，袁教授以研究成果入股，成立了必大医药集团，主营药品研发、生产。你注意看，在这份股东名单里苏必大占到百分之四十六的股份，袁正可占百分之十九，也就是说他们占有绝对控股的股份，我推断他们的关系应该非常紧密，至少在当年是这样。但也就是二〇〇七年，必大集团发生了很大的变故，你注意看这里……"

秦悦翻到了后面一页，继续说道："当时必大集团急于上市，据我们从侧面了解的一些情况，苏必大当时因为矿业生意巨亏，资金链很紧张，所以急于推必大集团上市融资。但他接触了很多机构和基金，几乎都拒绝了他的要求。"

"我记得那会儿股市是牛市，应该很好融资啊！而且据我了解袁教授的科研成果很受资本市场追捧，怎么会……"我感到困惑。

"我也感到奇怪，但年代已久，只有几位当事人可能知道。我推测当时不止苏必大的资金链紧张，袁教授那时候也没有什么新的科研成果，早年那几款药在市场上已经没有优势，所以必大集团处于一个青黄不接的阶段。但恰在此时，也就是二○○七年的四月，必大集团得到了一笔巨额融资。你注意这，这是二○○七年八月必大集团增资扩股后的股东名单和资产负债表，必大集团一次性增资达二十亿，增资扩股后前十大股东的名单也发生了巨大变化，排名第一的是一个叫云象基金的机构，占到必大集团百分之五十一的股份，处于绝对控股的地位！"

"这不等于把公司拱手让人了吗？云象基金？我好像从未听说过啊！"作为一位有近二十年股龄的老股民，我平时对金融证券还是挺关注的。

秦悦点点头说："是的，我也从未听说过这个基金，而这个基金出手如此阔绰，令人咂舌！更奇怪的在后面，你继续看这，云象基金占到百分之五十一的股份，第二大股东却依然是袁正可教授，依然是占百分之十九。"

"这……这怎么可能？增资扩股后，苏必大和袁教授的股份都应该被稀释，更何况是如此惊人的巨额投资。"

"然而这就是事实，再看苏必大的股份稀释成了百分之五，不过仍然排名第三，并列排名第三的也是位新加入的个人股东，看名字似乎是个外国人，而且是位女性，伊……伊莎贝拉？她所占的股份也是百分之五。"

我摇着头疑惑道："太不对劲了，如果苏必大的百分之四十六的股份被稀释到百分之五，那么袁教授的股份应该被稀释成只剩下百分之二左右。"

"所以我看了这个账本以后觉得很不对劲，袁帅失踪以后，我们曾经调查过袁教授的公司，必大集团在二〇〇八年步入了发展快车道，袁教授的几款新药在市场上大获成功，特别是在治疗癌症方面的几款新药比同类产品优势明显，市场占有率比较高。并且，必大集团在国外开设了多家分公司，建立了多家实验室。必大集团很快在U国IPO，几轮融资后，短短几年集团资产规模达到数百亿，上市公司市值高达百亿美元，俨然成为医药行业的新兴巨头。"

"那现在必大集团的股权结构呢？"我问道。

"我们调查时根本不知道这个云象基金！"

"什么？云象基金不是占百分之五十一股份的第一大股东吗？即便后面几轮融资，股份被稀释，云象基金应该还在前十大股东的名单上吧？"我感到非常吃惊。

秦悦合上了这个账本，像在回忆："现在必大集团的第一大股东是一家叫DUW的外资公司，占百分之三十五的股份，我们也查了这家公司，注册地在开曼群岛，这种公司很难查！"

"那这家公司的办公地？"

"在U国一个偏僻的地方。"

"看来必大集团变成外资控股了，真是眼花缭乱的资本运作，云象基金又在其中扮演了什么角色？"我陷入了思考。

"云象基金一定和这个DUW公司有千丝万缕的联系。问题在于，他们为何看上了二〇〇七年岌岌可危的必大集团？"秦悦很笃定地说。

"还有奇怪的股东名单！"

"对！现在必大集团的第二大股东依然是袁正可，只是他的股份也被稀释了，变成了百分之九。"

"毕竟扩张这么快，百分之九依然很多！那么排名第三的呢？"

"排名第三的依然是苏必大，但只占百分之二点四了，那个伊莎贝拉也是，排名并列第三，百分之二点四，其他股东没有明显变化，基本跟二〇〇七年增资扩股后相似，只是股份都被稀释了。"

"那也就是说必大集团一切的改变，都源于二〇〇七年的那次增资扩股！只是袁教授的股份为何在那次增资扩股后……"

"或许我们应该去问问袁教授本人！"秦悦说完，我们就见袁教授从大切里走出来，伸了个懒腰，宇文也跟着走下了车，看来他们是睡醒了。

我压低声音问秦悦："那么必大集团的账目与荒原大字和黑轴又有什么联系呢？"

"这就要去问袁帅了。"秦悦也压低了声音。

我俩下车，找到宇文、夏冰、袁教授商量下一步的行动，我见秦悦并没有跟袁教授提及账本的事，只好强压住内心的好奇，和宇文一起检查了大切，大切的底盘确实损坏严重，一时半会儿是修不好了！于是，我们决定弃车，带上必要的装备，徒步向黑轴前进。没走多久，地上的黑色玻璃消失了，我们感觉离黑轴越来越近了，谁也没有说话，只顾埋头赶路，这是第七天的清晨。

2

雾气依然很重，我们踩在松软的沙土上，向着昨晚隐约显现的阴影前进。大约半个小时后，高大的井架出现在我们前方的浓雾中，就和梦里的一样，油迹斑斑废弃的高大井架，断裂的钻头触目惊心，宇文上前检了一番，本该异常坚固的PDC钻头整个碎裂开来，宇文困惑不已，"这井地下究竟是有多坚硬，这么坚固的钻头都……"

这时，夏冰从井架旁边捡起一块黑色玻璃。

"应该就是这些黑色玻璃，之前我们困惑格林诺夫用什么机械开采切割这些材料，其实黑色玻璃可以开采，但非常耗费开采和切割机械，至少以人类现代的矿山机械大规模开采，切割难度很大，所以格林诺夫他们能建成中央实验室很不容易，也正因此，所以他们除了建成中央实验室，就没有进一步大规模开采这种材料。"

"我推测下面的黑色玻璃地层非常厚，每向下开采一米，就会损坏一个钻头，成本实在太高！"秦悦推测说。

我站在高大的井架下，还沉浸在昨夜那个梦中，有些恍惚，直到袁教授招呼我们"快往前走吧"，我才最后一个跟上来。

又在浓雾中走了大约一个小时，并没有出现梦境中的黑轴，脚下还是松软的沙土地，我更加困惑，急走几步，赶到前面，突然脚下嘎达一声，像是踩到了什么东西，我低头一看，竟是一块碎裂的骨头，秦悦也在旁边发现了碎裂的骨头。

"好像不是人类的。"

夏冰几乎同时从地上拾起一根骨头。

"像是某种动物的……"

白雾越来越浓，完全看不到两米外的东西，我们五个人只好紧紧靠在一起，我警觉地观察着四周，侧耳倾听，死寂，听不到任何响动！我注意着脚下的变化，黄褐色的沙土中，夹杂着一些黑色的物质，还有零星出现的白骨……突然，我发现前面的地面有了变化，我还是本能地迈出了一步，但马上我就意识到自己脚下是断崖！一阵惊叫，我的身体快速向下滑落，拽着我的宇文和秦悦也跟着滑落下来，再后面还有夏冰的惊叫声。

好在断崖不是很深，我们五个人坠落到了一个大坑中，直到滑落坑底，传来一阵尖锐的呼啸声，我浑身一颤，这是什么声音？似乎在哪儿听到过！宇文惊慌失措，在坑底不停地扑腾，扬起沙土和一根根白骨，我观察周围，这才发现坑底全是白骨，还有巨大的动物骨架。

重新恢复死寂，坑底只剩下我们的喘息和心跳声，夏冰仰头看着比自己还高的巨大骨架，我忽然觉得这幅画面很是诡异。

"那是什么动物，这么高大？"

"猛犸象！"夏冰轻轻说出，"一头巨大的猛犸象骨骸，但并不是化石……"

"你的意思是这是格林诺夫他们复活的猛犸象？"

夏冰没有回答，继续往前走，遍地骨骸，好几座高大的猛犸象骨架，诡异的情景让我内心狂跳不止。

"坟场……"

我不知道怎么从嘴里念出了这两个字，坟场？对！除了这两个字还有什么文字可以形容这里的恐怖，一种末世的感觉笼罩着我们，夏冰喃喃地说道："是的，这里就是史前动物的坟场，只是它们都不是化石，而是几十年前死在这里的。"

"从这些骨架碎裂的程度看，它们最后应该是死于那场大轰炸。"秦悦说着从地下拾起一片钢板，又是航空炸弹的钢板。

"可这地方为何会聚集如此多的史前动物？"我问道。

"你们没觉得这里的环境又有了变化……"夏冰说着，瞪着大眼睛看着我。

"变化？"我隐隐是觉察出了变化，"好像气温在上升，潮湿闷热！"

"不仅仅如此！空气中的氧含量提高了，那种能量越来越强烈了！"夏冰又伸展开双臂，像是在接受黑轴的能量。

"也就是说我们离黑轴越来越近了！"我说道。

"我想应该是的，而这里一定有适合史前动物生存的小环境，所以这么多史前动物聚集在此，也一起死于大轰炸！"

夏冰的话音刚落，我忽然觉察出什么，是嗅觉！我敏锐的嗅觉又闻到了一股腥臭味……透过前方慢慢散去的白雾，那头袋狮就伫立在我们前方，正直直地盯着我们，看来我们要去黑轴，必须先干掉这个怪物了！

还没等我反应过来，秦悦反应迅速，已经先下手了，嗒嗒嗒——一连串的枪声，秦悦手中的AK74喷射出火焰，袋狮恼羞成怒，嘶吼着，猛地扑了上来！这时候，宇文不知哪来的勇气，提起他昨天在中央实验室拾到的一挺RPK轻机枪，怒吼着："来啊！畜生！"

RPK轻机枪的火力远超AK74，七十五发的弹鼓打得宇文兴奋起来，但袋狮依然扑了过来，这畜生似乎毫不畏惧，直直地朝宇文和机枪扑来，即便身中数弹，依然嘶吼号叫，将宇文扑在地上。

慌乱中，宇文的机枪哑火了，眼见宇文小命不保，我和秦悦对着袋狮开火齐射，但因为宇文被压在下面，我们不敢随便乱射，秦悦的枪法要比我好得多，嗒嗒……点射几下后，袋狮的眼睛似乎被打中，疼痛难忍的袋狮暴怒起来，翻滚着转身扑向秦悦，我赶忙对准袋狮后背射击，双手剧烈颤抖，子弹射出去，都打在边上的沙土里，我用不停颤抖的右手抽出AK74的刺刀，上刺刀，大喊着，怒吼着，使出最后力气，也扑了上去，一刺刀正扎在袋狮后背上，袋狮的血喷溅出来，溅的我满脸满身都是，血腥味和疼痛刺激着袋狮，它在猛地扇了秦悦大腿一下后，转向了我。

我躲闪开来，袋狮再次扑向我，我觉察到袋狮的动作已经迟缓，它身上的几处伤口都在不停流血，再看看宇文和秦悦似乎也都受了伤，眼下只能靠我了！想到这里，我故意挑逗袋狮，袋狮又一次扑向我，我蹲下身体，举起刺刀，猛地刺向袋狮柔软的腹部，好像刺了进去，我猛地再一用力，感觉我的手腕都要断了！但我成功地在袋狮的腹部撕开了一道长长的刀口，袋狮一声哀号，一下摔倒在巨大的猛犸象骨架上，我手中的枪也脱了手。

此刻，我知道我们可以杀死这头袋狮了，我回身看看秦悦，秦悦躺在地上，大腿受了伤，夏冰上前扶起她。宇文也从地上爬了起来，好在他刚才只是被袋狮打晕过去，这会似乎已经恢复过来，再看袋狮躺在猛犸象巨大的骨架下哀号，身上几处伤口都在向外喷血！

我的双手沾满了袋狮的血，在不停地颤抖，枪被甩到了几米开外，袋狮盯着我，我依然心存恐惧，趴在地上，竟不由自主地向后退却！袋狮艰难地站起来，巨大的身躯，凶狠的目光，但我知道这已是它的困兽犹斗！袋狮步履蹒跚，最后一次向我发起了攻击，嗒嗒嗒——一连串的枪响，袋狮从半空中重重摔下来，最后向我绝望地看了一眼，哀号着，抽搐着，血慢慢流干，身体慢慢僵硬……我回头望去，是袁教授拾起了宇文的RPK轻机枪，给了袋狮最后一击！

3

一场恶斗终于结束，我们全都精疲力竭，瘫倒在沙土地上，大口喘着粗气……过了好一会儿，秦悦支撑着站起来，一瘸一拐走到袋狮的尸体旁，仔细勘察。我已完全没有气力再去理会这些，斜靠在巨大的猛犸象骨架上，失神地望着近处袋狮的尸体。突然，秦悦惊骇但极力压低声音对我们说道："不对！袋狮在遇到我们前，就已经受了重伤，否则我们恐怕并不是袋狮的对手！"

"在……在我们之前？"宇文惊惧不已，腾地从地上坐了起来。

"袋狮的皮肤上有大面积糜烂，这并不是我们造成的！"秦悦压低了声音。

"你……你的意思是有人对袋狮……"我刚刚放松的身体又开始

紧张起来。

秦悦吃力地点点头。

"这些人显然是有备而来，对袋狮用了某种生物或者化学武器。"

秦悦的话每一个字都重重砸在我心头，我们已经精疲力竭，秦悦和宇文也都受了伤，如果再遭遇任何危险，后果都不堪设想！此刻，我开始觉得从地堡出来就应该听秦悦的，先撤出去，但现在想这些为时已晚。

死寂的巨兽坟场里，传来了一些奇怪的声音，那声音不大，细微而有节奏，仿佛由远及近，我们互相看看，都瞪大了双眼，注视着迷雾中……那一个个戴着防毒面具的黑衣人如另一世界的魔鬼，缓步走出了浓雾，他们手里握着黑色的冲锋枪，全副武装，显然已经发现了我们，他们到底是人是鬼？或是黑轴文明的闭源人？

"快跑！"关键时刻，求生的本能促使我喊了出来，我强打精神，慌不择路，想去扶秦悦，却被密集射来的子弹阻止！但也因为这轮射击，让我从刚才的恐惧中清醒过来。狗屁闭源人，闭源人不会这么低级，还用MP5冲锋枪！用现代人类的枪支！就是一伙坏蛋，但这究竟是伙什么人？我想到了幽灵车队，又是一连串的射击，我顾不上多想，拾起身旁那支AK74，只得自己先爬上了坑。浓雾依然很重，这伙人人数占优，我们只能且战且退，嗒嗒嗒……我回身射击，但很快就被对方的火力压制，我精疲力竭，不时被地上的骨头绊倒，连滚带爬，拼死奔逃。

我也不知在浓雾中奔跑了多久，周围的空气越来越糟糕，我感到窒息，又饿又渴又累又害怕，但我似乎摆脱了那伙人的追杀，白色的浓雾中，只剩下我一个人！秦悦、宇文、夏冰、袁教授都不见了，我怅然若失，头痛欲裂，这是哪儿？我为什么会在这里？难道这一切都只是一个噩梦？帅，你究竟在哪儿？我完全失去了控制，重重摔倒在松软的沙土上，身旁的巨大骨架提醒我，这是黑轴！这是巨兽坟场！而我已经无力继续，只得等待死亡的降临，我直直地平躺在巨兽坟场里，双眼失魂落魄地望着天空，白色的浓雾让我无法看见太阳，让我无法看清这一切，我不甘心，我想支撑着站起来，但一切都是徒劳，我的身体已经不属于我，我就像一个濒死的人，只剩下呼吸和一些残存的意识……

很快，我那点残存的意识也开始弥散，梦境，幻觉，一点点在我脑中展开、铺陈，就在这时，我依稀听到了巨大的机器轰鸣声，残存的意识支撑我艰难扭动脖子，我看见了装甲车，隐约听到了宇文和秦悦的声音，这也是幻觉吗？我想喊，想招呼秦悦和宇文，但嘴巴只是微微动了动，便完全失去了知觉，我不甘心但又无可奈何地闭上眼睛，世界终于安静了。

就在这时，我忽然感到一只孔武有力的臂膀扶起了我……

4

我慢慢地睁开眼睛，仿佛置身另一个世界。

"欢迎来到黑轴！欢迎来到零号实验室！"一个熟悉的声音在耳畔响起。

当袁教授的脸庞出现在我面前时，我终于确信我真的处于另一个世界，就像我梦里梦见的一样，这个房间……呃……准确地说应该是这个奇怪的空间充满了不确定，白色，或是银色，也可能是透明的，我完全无法辨别周围空间的颜色与形状，这是哪儿？零号实验室？我又回想起了那个梦，袁帅对我也说过同样的话，只是这一次是袁教授。

"这……这是哪儿？"现实中这个空间带给我的震撼远超梦境，我有些恍惚。

"欢迎来到黑轴！欢迎来到零号实验室！"袁教授又一次重复了刚才的话，吐字清晰，语速适中，犹如一台精密机器发出的声音。

零号实验室？我闭上眼，回想经历的一切，我在巨兽坟场与袋狮搏斗，精疲力竭，也可能是吸入了某种有毒物质……那些戴防毒面具的魔鬼是什么人……后来我们在迷雾中失散……最后我晕倒在坟场，依稀看到宇文开着装甲车冲进来……宇文、秦悦、夏冰，想到他们，我猛地睁开眼，这才发觉自己躺在一个像是床，又像是手术台的平台上，平台像是水晶制成的，透明、坚硬，但并不冰冷，反而有些温温的感觉。我想站起来，一使劲，忽然发现自己的手腕被什么东西固定在了台子上，动弹不得！

我忽然意识到自己失去了自由，我再次使劲，试图挣脱，但手腕上像手铐的东西却越来越紧，我感到了巨大的危险，惊慌失措下，又一次问出了那句话："这……这是哪儿？"

袁教授依然不紧不慢地回答我："欢迎来到黑轴！欢迎来到零号

实验室！"

复读机啊！我有些不耐烦了。

"这是黑轴吗？"

袁教授冲我笑笑，笑得很天真。

"是的，这就是黑轴内部。"

"我们怎么进来的？"周围是一个个与我身下一样的台子，只是那些台子上似乎都有一层玻璃罩，是那种不透明的玻璃罩，当然这些材质可能也不是玻璃，只是像玻璃而已，类似中央试验室的黑色玻璃。

"你是我带进来的！"袁教授依然很天真地微笑着。

"那其他人呢？"我忽然注意到那些玻璃罩下似乎躺着都是人，马上想到了秦悦、宇文、夏冰，还有帅……

"不，你不用担心那些台子上的人，他们不在那儿！"袁教授看出了我的担心。

"那他们呢？还有帅？"

"我们还是先来说说零号实验室吧！"袁教授依然保持着这个语速，面带微笑，"我们已经知道那个叫梅什金的年轻学者将人类现代文明之前的史前文明称作黑轴文明，这都是源于当年那些S国对这里的长期研究。闭源人建造了这里作为最后的基地，这里应该集中了黑轴文明最高的科技成就，但很可惜，我们现代人对黑轴的探索研究还是太低级了，格林诺夫、阿努钦、柳金，也包括那个梅什金，他们集中了那么多年轻精英，花费二十年时间，耗费无数人力、物力、财力，也只研究到这里！"

"什么？格林诺夫他们对黑轴的研究只有这个空间？"我忽然又想起了什么，"他们不是钻探了吗？"

"对！当年他们在黑轴的不同位置打了二十四口钻井，其中包括这里……"袁教授说着缓缓侧过身，我忽然发现在袁教授身后，整个空间中心有一个黑漆漆的洞口。

"这……"

"这就是当年格林诺夫在零号实验室正中，也就是在整个黑轴正中打的钻井。但他所做的一切都是徒劳，黑轴坚硬无比，就像我们已经看到的一样，碎裂的钻头！他在黑轴上打的二十四口井，耗费巨资，耗费无数个钻头，也只能打到几十米深。然后他又在黑轴周围，也就是红区内打了几十口深井，也只能打到一百米深，据说最深的那口井是一百九十八米！"

"也就是说黑轴在下面的空间很大？"

"不错，你很聪明，我也是这么想的。"袁教授顿了顿，又继续说，"于是，我展开了想象，这下面的空间应该很广泛，应该继续钻探下去，但我没有那么多资金，我便选择在这儿，就是这个地方用高能炸药一点点炸开了一个空间……"

"你之前来过这里，而且一直在研究黑轴？"我的大脑掀起了惊涛骇浪，不得不重新思考这一切。

袁教授像是根本没听到我的话，继续说道："下面果然有一个很像可控核聚变反应堆的装置，这个反应堆似乎曾经遭受过破坏，但一直在工作，一直在向四周缓慢散发着某种能量。你知道我们现代人类也一直在研究可控核聚变技术，S国曾经第一个搞出了托卡马克装置，随后，各国纷纷搞出了自己的托卡马克装置。近些年来，我国在这方面取得了重大突破，处于世界领先水平。我仔细研究了黑轴的可控核聚变反应堆，发现它与众不同，目前我们的科技水平还无法理解它的工作与输送原理！

"黑轴文明的科技水平远高于我们，他们的可控核聚变反应堆，设计、制造、工作、输送原理与我们的托卡马克装置完全不同。如果能研究、学习、复制黑轴文明的技术，我们也许很快就能掌握可控核聚变反应堆技术，也就能彻底解决地球的能源问题了。

"不错，我就是这么想的，但我们与黑轴文明的技术真的有代差，即便我们看到了他们的可控核聚变反应堆，即便我们的科技已经进步到现今水平，我们依然无法弄清楚这个反应堆的工作与输送原理，更谈不上研究、学习、复制……"

经过袁教授这么一讲，我忽然感觉到了巨大的能量，这难道是下面的可控核聚变反应堆带来的能量？我不知道，我的大脑一片空白，我根本没法理解这里的一切，只是……只是袁教授他究竟要干什么？

"你究竟要说什么？"我质问道。

"非鱼，你别急！"袁教授依旧不紧不慢，"你还记得那个梅什金在关于黑轴文明的报告里，重点提到了两项技术，以此证明黑轴文明远超现代文明，其中一项是可控核聚变，解决能源问题。另一项就是基因技术，闭源人的寿命长达一千岁，这也正是我最感兴趣的！"

"怪不得，你的研究领域就是基因技术，生物制药，你的公司也是……"

"看来你调查了我的公司？"

"是秦悦，警方调查过你的公司！"

"不过这都不重要了！"袁教授继续说，"你们太小看我了，我根本不在乎公司、股份、金钱，甚至名誉、地位也不重要，都太俗！"

"那你在乎什么？"

"这颗星球上只有两件事会让我感到热血澎湃。一是研发出让人类健康长寿的科技，二是让人类变为多星球栖息种族的科技。"袁教授忽然说出了他的理想，弄得我哭笑不得，我是该对他肃然起敬，还是该感到恐惧？

5

袁教授似乎看出了我的复杂心情，笑笑说道："因为我们现代文明迟早也会像黑轴文明一样毁灭，所以我们必须做这两件事！显然第一件事对我而言更靠谱些。"

"所以你就希望从闭源人身上找到长寿基因密码，制成新药，听起来倒是很伟大哦！"我冷笑了两声。

"难道你不觉得很伟大吗？"

我没回答他的问题，转而问道："这间实验室里冷冻的都是……"

"很好！你真的很聪明，用了'冷冻'这个词。"袁教授似乎越说越兴奋，"不过我要告诉你闭源人的技术远不是你我可以想象的，冷冻是人类所能想象的极限，但他们似乎并不是用的冷冻技术，而是一种更高明的技术！"

"当年格林诺夫应该在这里发现了这些闭源人！"

"是的，格林诺夫、阿努钦他们在这里吃惊地发现居然还有闭源人，这是他们在基因技术方面突飞猛进的重要原因，否则他们什么也做不了，所以他们很重视这里，把这里称作'零号实验室'。"

原来这就是零号实验室的来历。

"可黑轴里面为何只有这个空间？"

"我刚才已经说了，不是黑轴里面只有这个空间，而是我们现代人类进不去！"袁教授微微皱了皱眉，"懂吗？即便是这个空间，也不是谁都能进来的。"

这句话我有些耳熟，似乎在哪听过，没错，梦里袁帅对我说过！"那什么人才能进来？"

"携带有闭源人基因的人！"袁教授很肯定地说。

"什么？我……"

"不错！你就是携带有闭源人基因的人。"袁教授很笃定地说，"帅也是！"

"那格林诺夫……"

袁教授想了想说："我想他们应该也是，格林诺夫、阿努钦，甚至包括柳金和那个有一半中国血统的梅什金！"我的大脑又陷入了更深层次的混乱，袁教授继续说，"非鱼，别着急！想理解这个问题确实有点难，这又要从黑轴文明说起，闭源人和开源人持久的大战后，黑轴文明急剧衰落，人口大量死亡，但还有极少数闭源人幸存下来。可是他们的文明已经衰落，这极少数的闭源人也无力回天，加上当时地球进入最寒冷的大冰期，人口再一次急剧减少！这最后幸存的闭源人，开始与我们现代人的祖先杂居通婚。于是，闭源人的基因就转而在现代人的繁衍中一代代遗传。我甚至认为现代文明历史上，大部分伟大的思想家、科学家、政治家、艺术家、军事家，各类精英都是携带有闭源人基因的人。"

"这……这只是你的胡思乱想吧？"我对袁教授的推测既震惊，又置疑。

袁教授并不反驳我，而是继续自顾自地说道："你难道没有发现，这些伟大人物都有一些共性，他们的成功隐藏着一些密码？"

"也就是你所谓的闭源人的基因……"

"不错！我坚信这一点，格林诺夫和阿努钦也坚信这点。我之前曾经跟你们说过，他们一定要做出点让S国情报机构感兴趣的东西，否则他们庞大的研究计划无法持续。而这个东西，就是提取闭源人和史前生物的基因，最终达到改造人类的基因，让人类变得更强大、更健康、更长寿！"

"听起来很美好，不过他们却复活了史前巨兽！"

"那只是整个庞大计划的一部分，这里保存下来的闭源人有限，直接拿人做试验风险太大，所以只能先提取史前动物的DNA，然后加以改造、培育、复活……"

"最重要的环境——史前环境呢？"

"黑轴周围的环境就是一个类似史前的小环境，空气中的氧含量很高，所以他们在此试验、豢养、研究史前动物，当然这里的环境还不能完全与史前的环境相比，因此我怀疑他们又挖掘了那条地下公路？"

我浑身一颤，又想起了那条不知通往何处的地下公路。

"你去过那条公路？"

"不，你也看到了，大轰炸过后几十年，是你和秦悦第一次打开了中央实验室的弧形墙壁，中央实验室下面我从来没进去过。所以我还得感谢你和秦悦，帮我打开了弧形墙壁，看到了下面的世界！还要感谢你们与怪兽搏斗，这么多年了一直困扰……"

"帅是怎么下去的？"我想起了219室，打断了袁教授。

"当我在219室看到帅的物品时，也很吃惊！我猜可能……很可能下面还有别的通道，而这个通道很可能就是那条地下公路，或许那里面隐藏着整个基地的最后秘密。我想当时格林诺夫见钻探不起作用，于是想到从侧面修一条通道向下，因为作业面很宽，所以形成了那条宽大的地下公路！"袁教授的回答模棱两可。

"这也是你的猜测……"

袁教授脸上露出诡异的笑容。

"猜测？非鱼，你要知道我们相比普通人已经很聪明，但对比闭源人和黑轴文明，我们很渺小，我们知道得很少，所以……所以我们可以大胆猜测！不过我可以肯定格林诺夫的想法与我差不多！"

"这倒是，你们都是科学狂人和魔鬼嘛！"我已经慢慢转变了对袁教授的认识。

"有时候，人类的进步就是需要这样的科学狂人，也可以按你说的是科学魔鬼。"袁教授似乎对这个称呼毫不介意，还很享受。

"那么你知道当初基地最后发生了什么吗？"

"你们不是已经都看到了吗？"

"格林诺夫和阿努钦呢？还有那个柳金？"

袁教授摇摇头，说："我也不知道，他们的下落或许是个永远的谜！"

6

我和袁教授的对话进行到这时，突然传来一阵诡异而尖锐的声响，由远及近，越来越响，紧接着，零号实验室的墙壁发生了某些变化，宇文和秦悦闯了进来！袁教授见状先是一愣，看上去有些慌张，但随之他又恢复了镇定。

我不知道秦悦和宇文是如何闯进来的，不过他们发现了我，刚要来解救我，却被什么东西挡了一下，两人同时摔倒在地，袁教授轻轻一笑。

"想不到你们也能来到这里！"

"你以为你的那些手下能挡得住我吗？"秦悦支撑着站起来，盯着袁教授，"可惜我们没有早点看出你有问题！直到我得知基地最后遭受大轰炸后，S国情报机构在外围埋设了雷区，我才觉得我们进入基地太顺利了，雷区几乎没有对我们造成麻烦，为什么会这么顺利？”

“因为是我带你们进来的。”袁教授冷笑了两声。

“在地堡，后来在中央试验室我总觉得是有人在引领我们，想让我们看到一些东西，又有意识隐藏了许多东西，不想让我们看到，越往后这种感觉就越强烈！直到我在袁帅背包里发现了那本账本！”秦悦说着说着，似乎有些体力不支。

“账本？”袁教授露出了一丝惊慌，喃喃自语道：“我说那东西怎么不见了呢？”

“再来你引我们进巨兽坟场，想在那里干掉我们……”宇文接着说道。

“不，只是想干掉你们两个，非鱼和夏冰我是不会干掉的。然而这个地方太过诡异，我也没想到袋狮居然还活着，闯了出来……”袁教授很自信地说着，“好了，你们能坚持到现在也是个奇迹了，让我来从头说起吧！”

“从头说起……”宇文明显也感到体力不支。

“为什么想干掉你们俩，因为你们只是普通人，无法适应黑轴里的环境，所以也无法在黑轴里待太长时间。待的时间超过半个小时，就会有很强烈的不良反应，超过一个小时就会有生命危险，当然这也因个人体质不同略有差异，但总的来说都差不多！除非是携带闭源人基因的人，携带的闭源人基因越多，越能适应这里的小环境。”袁教授说着将目光停在我的身上，秦悦和宇文先斗袋狮，又战黑衣人，本已伤痕累累，这会儿更是难以支撑，瘫坐在地上。

"那……那你和非鱼，还有夏冰是携带闭源人基因的人？"秦悦额头冒出豆大汗珠，大口喘着粗气。

"不！我并不是！我跟你们一样只是普通人，但我经过了进化！"说罢，袁教授像是彻底变了一个人，猛地扯下衣服，露出上身结实的肌肉，一根根血管和青筋暴起，犹如二十岁年轻小伙子的身体，只是我……我注意到了他身体上清晰而明显的针眼。

我倒吸了一口凉气惊叹道："这……这就是你的伟大理想……计划……实验……将普通人变成……"

"对！非鱼，你说得很对！我的理想就是让人类的寿命延长，甚至可以达到闭源人的寿命！"袁教授提高了声音，洪亮而坚定。

"魔鬼……可怕的疯子！"秦悦已经瘫倒在一个台子边上。

"人类需要我这样的疯子，我是为了全人类！"袁教授吼道。宇文和秦悦张张嘴，想说什么，却已说不出来。袁教授稍稍平静了一会儿，平缓下来说道："其实你们只是我整个庞大计划的最后一小部分，因为帅的消失，迫不得已的一小部分，我的庞大计划早在三十年前就开始了！"

"三十年前？就……就是基地出事后不久……"我越发吃惊。

"对！三十年前，我该如何跟你们说起呢？"袁教授略作思考，"就从你们最关心的袁帅说起吧！你们所了解的整个事件也是从袁帅开始的，帅的出身就是不平凡的，也就注定了他不平凡的一生！"

"帅……帅是携带闭源人基因的人吧。"我已经猜到了这点。

袁教授笑了笑："你只说对了一半，帅不仅是携带闭源人基因的人，准确地说他是携带有闭源人基因最多的人，至少在目前我已知的人当中！"

"携带闭源人基因最多的人？"我的大脑有些混乱，但马上想到袁帅的母亲，那个叫桂颖的女人，"帅的母亲也是携带有闭源人基因的人？"

"不仅仅是桂颖携带有闭源人基因，帅的父亲也是携带有闭源人基因的人，所以帅就是目前我已知的人当中，携带有闭源人基因最多的人！"袁教授说的话有些拗口。

我听得也有点头大，但我确实在这里并没感到有明显的不适，除了失去自由！难道我也是携带闭源人基因的人？否则我怎么没像秦悦和宇文一样……我的大脑依然保持着高速运转，甚至我感觉比在外面运转速度更快了，我马上听出了袁教授话里的问题。

"不对啊！你不是普通人吗？"

袁教授大笑起来。

"因为我不是袁帅的亲生父亲，袁帅的亲生父亲就是你们已经知道的那个——白乐山。"

"啊——"我惊得目瞪口呆，秦悦和宇文也很吃惊，这是我们怎么也没有想到的，从小和袁帅经历的往事一幕幕在我脑中闪现。

袁教授的笑声震得实验室发出了奇异的回声，像是传到了很远的地方，又反射回来。

"这一切都要从我的大学时代说起，从本科到研究生再到毕业留校任教，我和白乐山从同学再到同事，在一个教室上课，在一个寝室生活，在一个实验室做试验，在一个教研室搞科研，曾经我们的关系非常亲密，几乎无话不谈。但这一切都因为桂颖发生了改变。"

"袁帅的母亲……"

"对！都是因她而起，桂颖是我们的师妹，我们读研一的时候，她那会儿才上大二。我和白乐山当时都做助教，第一次在见到桂颖的时候，我就被她深深吸引，完美的容颜，聪明又热情……"

"但桂颖却不喜欢你，爱上了白乐山，多么老套的剧情！"我冷笑道。

"是很老套，但关键不在于此！"袁教授眼中闪过愤怒，愤怒中又带着一丝狡黠，"重要的是桂颖和白乐山都是携带闭源人基因的人！"

"于是，你就开始了疯狂的计划？"我反问道。

袁教授摇摇头予以否定："错，谁也不会一步想到这么伟大的计划，即便我有最发散的想象力，也不可能最初就想去改造人类基因，将人类的寿命延长到一千岁！更何况开始时我并不知道桂颖和白乐山携带有闭源人基因，甚至连黑轴文明和闭源人都不知道！一起初是因为白乐山的优秀，他太优秀了，优秀到我每天只睡四个小时，在试验室和图书馆努力十六个小时，拼命努力也无法赶上他。他给我带来的阴影从本科延续到研究生，再到留校任教，每一年、每一月、每一日、每一时、每一分、每一秒，时时刻刻压制着我，让我无法呼吸，不能有片刻懈怠，但即便如此，我依然无法……"

袁教授越说面目越扭曲，我暗暗吃惊，长久以来，袁教授在我心目中就是智慧的化身，那位能一直压制袁教授的白乐山，简直就是神一般的存在了！

7

袁教授像是陷入了回忆。

"我至今记得很清楚，那年夏天特别热，我们的科研项目进行到了最关键的时刻，白乐山给我的压力也让我喘不过气来，整整两年，为了这个项目我们都投入太多，每当研究方向出现分歧时，都是他的想法占据上风，那年我的心理已经到了崩溃的边缘。而这个时候，更让我不能接受的事发生了，我屡屡向桂颖示爱，可她却一次次拒绝我，也就是在这两年，我发现她喜欢上了白乐山，不过白乐山那家伙却醉心于他的科研，竟然对桂颖的暗示没有反应，连我都看出来……最后，桂颖还是打动了白乐山，在我们那个项目进行到最艰难，最关键的时刻，他们也陷入了热恋中！我原以为他们的恋情会影响我们的项目，可没料到白乐山反而受到桂颖的启发，就在那年暑假之前，我们的项目取得了重大突破！我觉得我不得不行动了……"

"所以是你跟白乐山去的皖南山区？"我又想起了关于白乐山失踪的调查。

袁教授微微点头回复道："不错，也不知道袁帅是从哪儿搞到当年的资料，以他的聪明不难推测出另一张火车票属于谁。那时候旅游的人不像现在这么多，我将白乐山推下了山崖。"

"难道没人知道是你与白乐山去的……"

袁教授断然打断我："可能是天赐良机，当时学校刚刚放假，桂颖也因为父亲身体不好回了老家，而我又选择了一个很近的地方，只需几天，于是白乐山和我没向任何人打招呼，我们两人就出发了。白乐山原计划和我爬完山，再去桂颖的老家，准备给她一个惊喜！可惜呀，他们再也没有机会……缠绵……"

袁教授说到这时，脸上满是难以琢磨的表情，有得意，有愤恨，又似乎夹杂着惋惜，我的头脑则越来越清晰。

"然后你就盗取了白乐山的科研成果，申请专利，又成功得到了桂颖……"

"不！你说的只是常规套路，呵呵，你可以说我盗取了白乐山的科研成果，但那也是大家的功劳，而且发表的论文也署了他的名字，还是第一署名，可惜他不在了，后面的利益也就没他什么事了，我这么做所有人包括桂颖都没有异议。除了她，大家皆大欢喜不是很好吗？只是……只是我们失去了一位天才……"袁教授停了停，仿佛在回忆一件极其重要的事。"至于桂颖，我给了她必要和足够的关怀，但她并不太领情，只是当她知道自己怀了白乐山的孩子时才慌乱起来，因为在那个年代，一个未婚先孕的女性将要承受很大的压力，更何况她还要把孩子生下来，抚养长大，桂颖的压力可想而知！"

"她……她干吗非要把孩子生下来？"秦悦忽然吃力地问道。

"因为那是她和白乐山的孩子！"袁教授恨恨地说，"我记得那是开学后一个雨夜，桂颖来找我，对我说她怀了白乐山的孩子，我劝她打掉孩子，但她执意要生下这个孩子！我不理解，也不能接受，因

为我想和桂颖在一起，生个孩子，桂颖万般无奈下，终于对我说起了
关于黑轴文明和闭源人的秘密。"

"也就是说这……这个世界上有一些人始终知道自己携带着闭源
人的基因？"我惊讶道。

袁教授点点头表示肯定。

"白家和桂家都是携带有闭源人基因的家族。你们可以想象我当
时的震惊，我一下子知道了那么多！起初我还以为桂颖是伤心过度，
大脑出了什么问题，但她说得那么认真，那么确切，不由我不信……
后来我就与桂颖结了婚，她生下了这个孩子，就是袁帅！这孩子果然
生下来就与众不同，聪慧异常，我也很喜欢帅，可惜……可惜他不是
我的亲生儿子！"

我终于知道了袁帅的身世，怪不得他从小就是那么特立独行，
那么孤僻、不合群！可桂颖呢？帅为何从小就失去了妈妈？袁教授像
是看透了我的内心，又接着说："我后来事业发展顺利，又娶了桂
颖，除了帅不是我亲生算是个遗憾，其他倒也不错，如果就这样过下
去……但桂颖毕竟不是一般人，与我生活的几年中，她觉察出了问
题，并在暗中调查我，直到一九九〇年的夏天，桂颖突然对我说要去
一个地方……"

"就……就是这里吧？可……可桂颖是怎么知道这里的？"秦悦
越来越虚弱，声音也越来越小。

"这我就不知道了。她当年想把我带到这里，想用这儿让我交
代清楚，再将我干掉，就像我除掉白乐山一样。可惜从一开始，我就

知道了她的企图。第一次来这里，我确实很不适应，幸亏后来我在沙尘暴后遇到了一个人……"我马上想到了那日松，袁教授笑笑说道，"对，就是那日松。前几天我又见到他时，虽然他变化挺大，但我还是一眼就认出了他，可他却没认出我，或许是我这些年变化太大了吧。"

"那日松？"我们都很吃惊，回想起那日松曾经对我们回忆过在这儿遇险的经历，我不禁说道："可桂颖携带有闭源人基因啊，她应该智商超群，居然会被你……"

"女人一旦被爱情冲昏了头脑，智商基本就……"袁教授露出一丝狡黠的微笑，"否则我确实不是她的对手，可惜她犯了女人都会犯的错误。在最后时刻，她……她可能是为了袁帅，心慈手软，被我反戈一击杀了！说实话我舍不得杀她，我真的很爱她……九死一生的我，最后将桂颖带到了这里，放在了你身下的台子上。"

"什么？"我吃惊地扭动身体，"那……那她人呢？"

"我不知道。我想是被帅带走了吧。"

"所以当帅失踪的时候，你就猜到他会到这里，到这里寻找她母亲的遗体。"我浑身颤抖，却无可奈何。

袁教授重重地点点头，"对，本来我的计划很完美，但是没想到帅和他母亲一样，成了一个搅局者。"

8

此时，秦悦和宇文面色青紫，浑身颤抖，已经快坚持不住了！我使劲扭动身体，手腕上的手铐却越来越紧。我想到了帅和夏冰，快来救我啊！但在这个奇异的空间里，除了我们三人，只有袁教授在盯着我，我愤怒地质问他："帅是搅局者，你把我绑在这干吗？"

袁教授接着笑道："因为你是他的发小，最好的朋友呀！你要想搞清楚这个问题，还是得从帅说起，本来我的公司一直运转很好，我得以获得稳定资金开展我的秘密研究，我也一直醉心于我的研究，没有再婚，帅一天天长大，虽然他有些另类，但总的来说他还是在我的可控范围之内。可大约在二〇〇七年的时候，我的研究正进行到关键时刻，公司的资金出了问题，这时候正在U国留学的帅给我和公司介绍了一个基金，他说这家基金也是他无意中认识的，正寻求在亚洲投资项目，特别对生物基因领域的项目感兴趣，所以就转而介绍给了我。"

"啊！云象基金竟然是帅介绍的？"我越发吃惊。

袁教授也是一愣。

"看来你们知道得挺多！对，就是这家云象基金，我现在怀疑很可能从那时候起，帅就怀疑上了我，并对荒原大字和黑轴文明展开秘密研究，但那时他还不知道自己是闭源人基因的携带者。"

"不！我不相信，如果帅那时候就知道，他一定会对我说的！"我仍然相信袁帅。

"有时候人不能太自信。"袁教授说着，向周围看了看，然后说道："如果不是那时，也是在他遇到夏冰的时候，他俩是在蓝血团认识的，这是一个颇有能力的精英组织……"

"夏冰曾经对我提过这个蓝血团，现在想来蓝血团的精英，也很可能是闭源人基因的携带者！"此时回想起来，我忽然觉得这一切都不简单。

袁教授又吃了一惊。

"你知道的还真不少！蓝血团中确实有不少人是闭源人基因的携带者，帅和夏冰都是。"

"夏冰也是？"我吃惊之余忽然想明白了许多事。

"对，所以我很乐意看到他俩恋爱……"

"这样你就可以得到携带闭源人基因更高的孩子。"

"哈哈，当然这只是我计划的一部分。随着后来公司的资金得到改善，我的研究取得突破，并将一些最前沿的成果投入到研发的新药中，使我们公司在基因技术领域和癌症治疗领域都达到了世界领先的水平！我还在继续推进我的研究，就像我前面说的，我希望研发出让人类更健康长寿的技术，所以我绝不希望有人打乱我的计划，不希望有人破解黑轴的秘密，而帅从荒原大字入手，慢慢知晓了黑轴文明和闭源人，也知道了自己的身世，最后甚至调查到了他的母亲和白乐山，这个时候我不得不采取行动了。可就在我的人要对帅采取行动时，他在U国发生了车祸。"

"车祸难道不是你所为？"我头脑又混乱起来。

"这怎么可能？我不希望帅死！所以当夏冰告诉我车祸和那个神秘女人的事，我就知道帅很可能是想摆脱我，金蝉脱壳！甚至可以说是后来他在铁路桥上消失之前的一次不成功的预演！"

"可帅后来不还是回家了吗？"

"那是我诱捕了他，车祸后没多久帅就偷偷回国了。他四处活动，一方面联络了那几位精英，发动他们一起研究荒原大字，探索黑轴。另一方面在暗中调查我的公司，还有桂颖和白乐山的往事。于是我设计诱捕了他，把他软禁在家中，后面的事你都知道了……"袁教授看着我，突然用手撕去了我的上衣，我本能地反抗，也不知他哪来的力量，竟将我牢牢按住，我不明白他要干吗，就见他盯着我身体观察了一会，才缓缓松开手说，"你身体的变化都是因为帅给你注射的那一针，你一直很好奇他为什么这么做吧？"

"还有铁路桥上的那一幕。"

袁教授轻叹了一声。

"其实你被卷进来是必然的，我从小就观察你，觉得你也与众不同，我想帅也注意到了……"

"靠什么来判断谁携带有闭源人基因？"

"两个方法，一个是集中时间的观察判断，一个是用基因检测的方法，两个方法都需要很长的时间。"袁教授说着不知从哪掏出了一支又粗又长的针管，里面的液体呈黑紫色，与袁帅给我注射的类似。"袁帅回国后找的那些帮手一个个都被我控制了，但是帅却逃脱了。他从家逃走后，首先想到了你。当他找到你的时候，我的人也到了，就埋伏在附近，差一点……差一点就打死你了。"

我不禁一震，后知后觉道："怪不得帅要约我在那么偏僻的地方接头，他最后突然往桥上跑……其实是他发现了你的人，为保护我才……"

"我想是这样的，当时我不希望任何人接触帅，不希望任何人知道荒原大字的事，所以我给手下的命令是与帅接触的人，格杀勿论！除了那几位对我来说有价值的精英！他给你注射的东西其实是我研制的，都是我的心血，可以大大增强普通人的体质，帮助普通人适应黑轴的环境。帅不能完全确定你是否携带有闭源人基因，是否能适应黑轴的环境，所以才给你注射了这个，但他给你注射的剂量很少。你看看我，我一直在拿自己做实验。"袁教授有意在向我展示与他年龄不相符的身体。

"桥上的帅又怎么会消失了？"我至今百思不得其解。

袁教授愣了一下，想了想说："非鱼，你要知道在闭源人的世界里，有许多用现代科技无法解释的事，至于帅身上的许多事，只有你亲自去问帅了！我能猜到的是他很可能搞出了一个叫'鲫鱼'的装置。"

"鲫鱼？"我在大脑里快速搜寻，似乎有点印象，"鲫鱼，是那种可以吸附在大型鱼类身上的鱼吗？"

袁教授用赞赏的目光看着我："你真聪明！对，鲫鱼因为自身不善游泳，于是便进化出了吸盘，可以吸附在擅长游泳的大型远洋鱼类身上，比如吸附在鲨鱼身上，由鲨鱼把它带到它想去的地方！"

"你是说帅发明了一种类似的装置，可以吸附在火车车身上，但火车的速度……"

"我只是说一种原理，据说当年闭源人就有这样的技术！通过压缩空气形成一种真空状态，使身体并不真正接触到车身。当然具体帅是怎么做到的，你只有去问他本人了。"

我忽然明白了这一切，"所以当你发现帅逃出你的控制后，便引导我们上路，并胁迫我引袁帅出来？"

袁教授还在笑："非鱼，你要知道以帅的智商，我诱捕他一次，就不可能再抓到他了！他也知道我们公司的强大，那些他联系过的精英一个又一个消失，他肯定不会再轻易露面。当夏冰来找我时，我就更加清楚帅已经知道了一切，你和宇文掺和进来，警方也已注意到我们，这个时候我只能改变策略了！"

"所以你先是将我们和警方的怀疑引向袁帅，让我们都认为是袁帅有问题。然后你和夏冰一起来找我，故意给我透露出关于荒原大字的秘密，引我上路。"

"是的，我要找到帅！他既是我试验计划的一部分，也是关键人物，如果他将我所进行的一切公布出去，那么我这么多年的心血就会白费，我的庞大计划就完蛋了，就像当年格林诺夫和阿努钦的计划……"

"你也想复活史前动物？"

"不，我对复活史前动物并不感兴趣，我说了我都是为了人类的健康长寿。我们遭遇的巨型皂雕和复活的袋狮都是当年大轰炸后的幸存者，当初格林诺夫和阿努钦走错了路，我正是吸取了他们的教训，只提取史前动物的DNA，加以分析破解，然后在现代动物身上做实验，以此观察两者的反应。下一步就是从这里的闭源人身上提取

DNA，再用于现代动物，直至最后应用于现代人类……"袁教授一脸陶醉，"我判断帅一定会来这里，一方面源于他对荒原大字和黑轴的兴趣，另一方面则是为了找到他的母亲。所以我引导你们上路，以你为诱饵，因为你是他最近的人了，他一定会出现……"

"但是帅并没出现，哈哈！"我终于笑出了声，也终于相信那个给我发短信的人就是袁帅。袁教授又一次环视四周，我看出了他眼神中流露出一丝沮丧，我接着说："或许帅根本就没来这里，都只是你的猜想罢了！"

"不！他一定在这里！帅一定在这里！"

袁教授激动起来，并掏出了枪，疯狂地对我吼叫，随即又向四周喊道："帅，你快出来，爸爸是爱你的，你听话，只要你听话……"

袁教授吼叫着，眼里含着泪花，我慢慢明白，或许袁教授的确是爱袁帅的，毕竟这么多年的父子关系，但比起他疯狂的计划，父子之情也变得脆弱不堪了。这么多年，他可以不结婚，也不享乐，过着几乎清教徒的生活，试验、探索、冒险、努力、不择手段，都是为了他看似伟大、美好，实则疯狂的计划。袁教授怒吼的声音越来越低，最后变成了哀鸣……

9

就在这个时候，我听到了一种低微的尖锐声响，慢慢地，慢慢地，这种尖锐声响越来越响，越来越刺耳，紧接着，零号实验室的墙壁起了变化……可是走进来的人并不是袁帅，而是夏冰！夏冰和袁教授对视了一眼，径直走到了我近前，注视着我，我的内心五味杂陈，颤抖地问夏冰："你……你也参与了袁教授的计划吧？"

夏冰漂亮的眼眸里露出复杂的情绪，有无奈，有恐惧，又有悲哀。

"或许我的命运在出生的那刻就决定了，袁教授其实算是我的养父，我是无父无母的孩子……"

"啊？无父无母？"我一脸惊诧。

"据说我是被牧民从草原上捡回来的孩子，也有人说我是喝了狼奶才活下来，总之我被一户牧民收养了，再后来袁教授在牧民家里见到我，觉得我并不属于这里，就带着我走了！然后资助我上学，最后到U国留学，遇见了帅！"

"你和帅谈恋爱也是袁教授安排的吧？"

袁教授微微摇头补充道："既是也不是，本来我并没这个计划，但他们遇见后，帅真的很喜欢夏冰。我忽然就产生了一个大胆的计划，他们都是携带有闭源人基因的人，而且是携带闭源人基因很多的人，下一代……我不敢想象！真的不敢想象！"

夏冰接着说道："在黑轴文明时期，闭源人对男欢女爱持否定态度，认为这是头脑不理智的低级行为。闭源人认为完美的交配需要筛选进化，而人类没来由的喜爱增加了完美交配的不确定性。只有携带闭源人基因的人和同样携带闭源人基因的人交媾才能增加闭源人的基因，反之则会退化。但我们毕竟还是人，我被袁帅真挚的情感打动，也慢慢对袁帅有了感情……"

"所以……所以你是爱帅的？"

夏冰痛苦地点点头："我当然明白教授也是拿我做诱饵，因为我和你都是帅最亲密的人！"

"不！"我和袁教授竟然异口同声喊道。

我抢先说道："你已经失去了帅的信任，否则帅不会在U国离你而去！"

"不！"夏冰摇着头，"我相信帅还是爱我的，我现在只想要他。"

袁教授似乎还在观察着周围，可惜并没有袁帅出现，袁教授失望之余，转而手握那支针管逼近我，"其实拿你做试验也是挺好的，你也是闭源人基因的携带者，只不过你是隐性的，给你多注射些，我相信你能有让人惊喜的反应……"

我注意到针管里的液体比帅给我注射的多出几十倍，颜色也要深得多！我感到不寒而栗，使劲扭动身体，想要挣脱，却都是徒劳，我看看秦悦和宇文已经奄奄一息，如果不赶紧离开这，他们小命不保。而我……我只能将求助的目光移向一旁站立的夏冰，夏冰不知所措，脸颊上滚落两行热泪。

袁教授已经完全变成了科学魔鬼，他压住我的手臂，对准我的静脉就要扎下去，嘴里还在不停地狂叫着："帅，你再不出来，我就扎了！"然后袁教授又神经质地小声嘀咕，"一定会有惊人的反应，一定会的！非鱼，你一定和帅一样，都是闭源人基因很高……"

当袁教授的针管离我还有几厘米时，我猛地瞪大了恐惧的双眼，心脏狂跳不止，眼睛几乎就要迸出眼眶！脑中不停地闪过我们这一路遭遇的画面，帅真的会出现来救我们吗？"教授，外面已经起风了，沙尘暴很快就会来……"夏冰忽然提醒袁教授。

"不急……"袁教授只是微微怔了一下，却丝毫没有要停下来的意思。我闭上了眼睛，耳畔传来袁教授的喃喃低语，"我知道人类迟早会打开黑轴的秘密，但没想到是由我们打开！一开始我也没想到会陷这么深，它……它太诱人了，高度发达的科技，千年的健康寿命，取之不尽的能源……啊！既然我们已经打开了黑轴的秘密，它就不会再关闭！"袁教授的喃喃自语就像是咒语，让我心惊肉跳，我感觉针尖已经扎进了我的肌肤，进入了静脉血管。咱这次就算是交代了，我是就此死去，还是会变异成嗜血狂魔？就在我胡思乱想的时候，突然，我听到了一阵声响，像是什么东西坠落的声音！几乎同时，胳膊上一阵刺痛，刺痛让我猛地睁开双眼，还是零号实验室的诡异空间，身下还是透明坚硬的台子，但是袁教授不见了，夏冰也不见了……

我手腕上那个类似手铐的装置解除了。我猛地坐起身一看，发觉袁教授的针管就在身旁，针头在我的胳膊内侧划出了一道长长的口子，但针管里的黑紫色液体还残留在针管里，并没有注射进我的静脉。再看离我不远的实验室正中，是那个黑漆漆的深井，当年格林诺夫费力开凿的钻井！我忽然明白了，就在刚才千钧一发之际，是夏冰！夏冰救了我们！她推着袁教授一起坠入了这口深井！我连滚带爬地从台子下来，扑到深井边，往下望去，黑洞洞的，看不见底，井壁的黑色玻璃闪着微微幽光，让人眩晕，不寒而栗。

我没有时间犹豫，必须马上把秦悦和宇文架出去！当我最后费尽全力，将宇文拖出零号实验室时，铺天盖地的沙尘暴就从天边倾斜下来，裹挟着黄土、沙砾、枯树、杂物砸向我们！我从未见过如此凶猛的沙尘暴，白雾早已消散，天空变成昏黄色，我们三个几乎是被狂风吹下了黑轴，跌跌撞撞，遍体鳞伤！

当我们几人四仰八叉，趴在闭源人留下来的荒原大字上，浑身伤痛，任凭狂风、黄沙吹过我们的身体，但能呼吸到新鲜的空气，真好！

10

也不知过了多久，四周的风声渐渐停了，一切又恢复了宁静，我们仨互相搀扶着站起来。望着不远处的黑轴，浓雾消散，这是我们第一次真正窥见黑轴的全貌，全然不像我们想象中那样高大，也并不神秘，此刻，黑轴就像是一座不大也不高的黑色石头山。

日头已经向西，我们还是想在天黑前离开这里，因为这里给我们内心投射的恐怖阴影，恐怕很多年都不会消散！找到我们的车，大切已经彻底无法发动，我们匆匆收拾，发动牧马人，向外驶去。傍晚时分，我们终于翻过了来时的那座高山，那日松果然如约还在等待着我们，他见我们，兴奋地冲着我们使劲挥手、欢呼，或许对他而言，我们还能回来宛如奇迹！

当我们驶近真武庙时，我忽然叫秦悦停车，因为我发现就在草地上，斜着伫立了一块不大的石碑。

"这块碑我们之前怎么没发现？"我小声对着秦悦和宇文嘀咕道。

"看上去不像古代的碑！"秦悦说了一句。

　　宇文凑上前去，拂去碑上的灰土，显露出一行像是用刀刻上去的文字。

　　"是俄文！写的是——我们打开了黑轴的秘密，它就不会再关闭！"

　　宇文喃喃地读出了碑上的文字，我们打开了黑轴的秘密，它就不会再关闭！这句话已是第三次出现了。第一次是在桂颖留下的笔记本后面，第二次是从袁教授的嘴里，而这次是在这块草草刻成的碑上，是谁刻下这如咒语般的话语，是格林诺夫，还是阿努钦，或是柳金？还是那个有一半中国血统的梅什金？

　　而这碑文是对人类的忠告，还是得意的嘲笑？

　　　　　　　　　　　　　　　　　　第一部　完

图书在版编目（CIP）数据

黑轴：荒原大字 / 顾非鱼著 . -- 北京：台海出版
社，2022.1

ISBN 978-7-5168-3182-3

Ⅰ . ①黑… Ⅱ . ①顾… Ⅲ . ①幻想小说 – 中国 – 当代
Ⅳ . ① I247.5

中国版本图书馆 CIP 数据核字 (2022) 第 011739 号

黑轴：荒原大字

著　者：顾非鱼

出 版 人：蔡　旭　　　　　　　封面绘制：李宗男
责任编辑：员晓博　　　　　　　封面设计：李宗男

出版发行：台海出版社
地　　址：北京市东城区景山东街 20 号　　邮政编码：100009
电　　话：010-64041652（发行、邮购）
传　　真：010-84045799（总编室）
网　　址：www.taimeng.org.cn/thcbs/default.htm
E – mail：thcbs@126.com

经　　销：全国各地新华书店
印　　刷：嘉业印刷（天津）有限公司
本书如有破损、缺页、装订错误，请与本社联系调换

开　　本：880 毫米 ×1230 毫米　　　　1/32
字　　数：350 千字　　　　　　　印　张：14.5
版　　次：2022 年 1 月第 1 版　　　　印　次：2022 年 9 月第 1 次印刷
书　　号：ISBN 978-7-5168-3182-3

定　　价：60.00 元